MånPocket

En miljövänlig bok!
Papperet i denna bok är tillverkat
av helt mekanisk trämassa – utan
tillsats av klor och kemisk massa
eller andra miljöfarliga ämnen.

JOHANNE HILDEBRANDT

FREJA

Sagan om Valhalla

MånPocket

Omslag av Anders Timrén
Omslagsfoto av Jörgen Hildebrandt och Bulls Photonica

Svensk utgåva enligt avtal med Bengt Nordin Agency

www.manpocket.se

Denna MånPocket är utgiven enligt överenskommelse med Bokförlaget Forum AB, Stockholm

Tryckt i Danmark hos
AIT Nørhaven A/S 2004

ISBN 91-7001-084-6

1

Det var stilla, alltför stilla. Ingen skällande hund, inga barnskratt, inga röster. Freja rös och svepte manteln runt sig.

En vind drog över gårdsplanen och rev upp ett moln av damm. Grinden till den tomma hagen slog ödsligt. På åkern neg grödan.

Inga människor, inga djur.

Rädslan sipprade in i magen och vred sig runt som en kall orm.

Vad i Gudinnans namn hade drabbat dessa människor?

Långhuset var inte särskilt stort, knappt arton steg långt. Det var byggt på det gamla viset och det tjocka halmtaket nådde nästan ned till marken.

Hon visste att svaret måste finnas där.

En sönderslagen urna låg vid dörren. Mörkröd surgröt täckt med damm bredde ut sig vid hennes fötter.

En pöl av färskt blod blandade sig med gröten. Freja darrade till och tog ett steg tillbaka. Vinden ökade i styrka. Den ryckte i hennes flätor, slet loss en hårslinga som piskade mot hennes kind. Hon märkte det inte.

Två långa spår löpte från blodpölen in under den grovt tillyxade ekdörren. Ett långt skaft pressade mot dörren så att den inte gick att öppna inifrån.

Nu visste hon.

Hon sträckte fram handen och lyfte försiktigt undan skaftet.

Dörren öppnade sig med ett lågt knarrande. Hon tog ett steg in i långhuset. Gråsvart rök kom vällande i tjocka moln. Den rev i lungorna och hon vek sig hostande medan tårarna rann längs kinderna. Hon ville inte se, ville inte veta mer, men något tvingade henne att fortsätta.

Plötsligt hördes ett dån inifrån huset. Det lät som om underjorden öppnat sig. Ljudet från en rasande eld skrämde Freja mer än något annat. Hon snyftade till och såg in i det grå dunklet. En mager man låg på mage bara några steg in i hallen. Han bar en kjortel om höfterna, inget mer. Den brunbrända ryggen var förvandlad till ett köttigt sår. Någon hade huggit honom i besinningslös vrede, om och om igen. Vitt ben skymtade bland blodigt kött. Freja borrade in naglarna i handen, smärtan drev bort vanvettet och hon tvingade sig att lyfta blicken och se mer.

De döda låg överallt: kvinnor, barn, män, tjänare. Det var som om en jätte haft ihjäl dem och sedan kastat ut dem på jordgolvet i besinningslöst raseri.

Vid eldstaden låg en kvinna med kluvet ansikte, hennes vita bröst föll ut ur den sönderslitna klänningen. Vid hennes sida låg tre små barn, nästan jämnstora, och stirrade på Freja med döda ögon.

En av dem, en liten flicka, höll fortfarande en halmhäst i handen. De måste ha blivit skräckslagna när mördarna kom och sprungit mot sin mor för att få skydd. Förgäves.

Röken slingrade sig runt de små kropparna, elden flammade högt från sovbänkarna. Snart skulle hela långhuset slukas av flammorna.

En ljushårig kvinna låg halvvägs under en sovbänk, som om hon försökt gömma sig därunder. I sina armar höll hon ett lindebarn. Hennes hår vällde som månljus över det döda barnet. Lågorna hade redan fått fäste i hennes klänning, de letade sig upp mot ansiktet, slickade hennes kropp.

Elden fanns plötsligt överallt. Den slog upp över de döda, åt dem, förtärde dem. Frejas mage vändes ut och in och hon kräktes.

– Gudinna, ha förbarmande.

Hon torkade sig om munnen med klänningsärmen och såg in i flammorna. Aldrig hade hon sett något så fasansfullt.

I nästa stund fattade hon själv eld. Lågor slog ut över hennes kropp, slickade den, svedde bort hennes gyllene hår. Hon lyfte ansiktet och skrek, inte av smärta för elden skadade henne inte, utan av sorg och vanmäktig vrede.

Så spred sig elden från Freja ut över Vanaheims åkrar, ut över världen. Lågorna sträckte sig ända upp till himlavalvet och allt var förödelse.

Freja satte sig panikslagen upp och slog med händerna på kroppen. Hon måste släcka elden. Bort! Den måste bort!

– Lugn. Allt är bra.

Den trygga rösten återförde henne en bit närmare verkligheten. Var befann hon sig? Gullveigs silverfärgade hår skymtade plötsligt i mörkret.

Freja stirrade tomt på mostern medan hon kämpade med skräcken. Det var bara en dröm. Hon var i säkerhet.

Hjärtat skenade i bröstet. Hon lyfte händerna och gned dem mot de tårvåta kinderna medan hon förtvivlat försökte återfå sansen.

Hon var alltså hemma.

Freja låg i sin sovbänk i prästinnornas hall. Ena axeln var tryckt mot lerväggen där några halmstrån stack ut och rev hennes arm. I halmtaket skymtade de mörka sjoken av spindelväv. Hennes ränsel hängde fastbunden i en av bjälkarna. Den gungade lätt fram och tillbaka mot den flätade vassväggen som skärmade av hennes bädd från nästa. Särken klibbade mot hennes svettiga kropp.

Ingenstans fanns det eld.

Ett snörvlande från andra sidan gången fick henne att vända på huvudet. Njorunn låg på rygg med armen slappt hängande ut från bädden.

Hade hon inte skrikit? Ingen verkade i varje fall ha vaknat. Freja skakade irriterat på huvudet. Allt var så förvirrat.

Hon la sig försiktigt ned igen och såg in i den gamlas ögon.

– Jag är ledsen att jag väckte dig, moster.

Hon kände inte igen sin egen röst, den var liten och tunn, som en liten flickas. Gullveig svarade inte utan strök henne istället över håret. Freja grep den gamlas hand, klamrade sig fast vid den som om hon var en liten båt i en storm och Vanaheims översteprästinna en lugn vik att söka skydd i.

– Blev du varslad?

Det var ett konstaterande, inte en fråga.

Freja nickade, drömbilderna dansade framför henne, så levande att hon började skaka igen.

– De var döda ... och brann. Det har hänt eller det kommer att hända. Vi måste hjälpa dem!

Gullveig la handen på fosterdotterns panna och nynnade tyst. Det hettade till och en välgörande värme spred sig genom Frejas kropp. Skräck och mardröm krympte ihop.

När Freja åter andades lugnt tog Gullveig tillbaka sin hand, men Freja ville ha mer värme. Hon kröp ihop som ett litet barn med huvudet i den gamlas knä och drog in den trygga lukten av jord och rök.

– Berätta nu, sa Gullveig tyst.

Freja förklarade så noga hon förmådde. Varje ord rev i halsen som om den glupande röken varit verklig och inte en dröm. Gullveig lyssnade utan att säga ett ord. När Freja var färdig satt hon stilla och såg in i dunklet.

– Något värre varsel har jag inte sett, sa Freja med sårig röst.

– Du ska inte oroa dig, svarade Gullveig lugnt.

Den gamla var mer skakad än hon visade. Tecknen på den ofärd som skulle drabba Vanaheim hade funnits där sedan länge. Nornornas väv närmade sig sitt slut. Frejas tid var inne. Hon plockade med en slinga av hennes ljusa hår och suckade.

– Obönhörligt rinner tiden undan.

Freja höjde sitt huvud och såg upp på henne.

– Vad menar du?

– Du var bara fem, sex somrar när du kom till mig. Du var en liten allvarlig flicka och nu är du vuxen och invigd, sa Gullveig.

– Jag minns. Det kändes som att äntligen komma hem.

Gullveig såg den lilla flicka som Freja en gång varit framför sig, drottning Åses dotter.

Flickan hade gråtit och vädjat under de övningar som senare lärt henne att kontrollera sin kraft. Gullveig hade stålsatt sig, varit obeveklig i sin undervisning. Andarna hade manat henne att skynda på. Det fanns så mycket en ung prästinna måste lära sig.

– Tycker du att jag varit för hård mot dig?

Freja skakade på huvudet.

– Nej, jag visste ju att jag måste.

Gullveig log sorgset medan den gamla oron vaknade till liv.

Freja var född till ett storslaget öde, men inte ens hon kunde se vilken framtid som väntade fosterdottern. Nornorna höll flickans livsväv i det fördolda. Kanske var det för att mörker och vanvett hotade att uppsluka stora sierskors sinne innan de nådde sin fulla kraft. Och Freja hade långt kvar tills hon behärskade sin förmåga. Kanske skulle hon dö och därmed inte hinna fullfölja sitt livsverk.

Gullveig suckade. Om hon ändå fick veta. Freja var i början av sitt liv medan hon själv längtade efter att gå till efterlivet. Fuktkalla vintrar hade ätit sig in i hennes kropp. Knäna värkte och var svullna. Hon kunde inte ens se ordentligt längre, dimman framför hennes ögon gjorde allt suddigt och grått. Ändå krävde Gudinnan att hon skulle fortsätta. Kanske skulle hon inte få tecknet att överlämna sin mantel förrän Freja var redo att ta hennes plats. Hon hoppades innerligt att det skulle bli snart.

– Vila dig nu, sa Gullveig med en sista klapp på fosterdotterns huvud.

– Ja, moster. Freja la sig åter ned på bädden.

– I morgon får vi tyda tecknen. Vi ska nog finna på råd, viskade Gullveig och stönade till när smärtan högg henne i höften. Stegen mot bädden var tunga.

Freja låg kvar och kämpade mot sin längtan att springa efter och krypa ned bland Gullveigs fällar, såsom hon gjort när hon var liten. Men hon var vuxen nu och fick vara tacksam över att översteprästinnan tagit sig tid att komma till henne. Det var länge sedan Gullveig visat henne så mycket ömhet.

Det prasslade till i halmen när någon av prästinnorna vände sig i sömnen. Freja låg stilla på fällen och såg upp mot halmtakets skuggor. Hon var klarvaken och skulle inte kunna somna om. Någon hostade i dunklet, torra rivande hostningar slet i sovande lungor.

Plötsligt kände Freja hur nödig hon var. Hon reste sig upp. Det hårda golvet var kallt under hennes bara fötter när hon försiktigt tassade mellan knyten, pallar och annan bråte som låg kastad på jordgolvet.

Dubbeldörrarna gnällde till när hon smet ut på gårdsplanen. Tunga dimslöjor slingrade långsamt över marken. Freja mumlade vördsamt en hälsning till dessa diser som vakade över hallarna.

Det andra långhuset skymtade som en skugga på andra sidan gårdsplanen. Hyddorna bortanför såg hon nästan inte alls.

Men den uråldriga eken på gårdsplanens mitt sträckte sina knotiga grenar mot den försvinnande natten. Flyktiga diser trevade sina fuktvåta fingrar uppför världsträdets grova stam. Allt var stilla.

Freja skyndade mot den lilla skogen bakom dödshuset. Där satte hon sig på huk och kissade på mossan. Hon drog in den trygga lukten. "Allt är som vanligt", sa hon till sig själv och såg ut över det oändliga havet som bredde ut sig nedanför kullen. Gryningsljuset var ett svagt löfte i väster. Snart var dagen här, den första efter vårblotet.

Plötsligt kände Freja lukterna från sin kropp, gammal svett blandad med den fräna lukten från föreningen med Vidar. Låren var kladdiga långt ned på knäna.

– Kom du, viskade bäcken Johka som porlande sökte sig fram mellan träd och mossa. Freja drog särken över huvudet medan hon famlade efter minnena från blotet. Nattens varseldröm hade drivit bort allt det underbara som hänt dagen innan. Hur hade hon kunnat glömma?

I går hade hon dansat med Gudinnan. Tillsammans med sina systrar hade hon skänkt marken växtkraft och liv.

Freja blundade och log, återkallade bilderna inom sig. Hon såg hur Gullveig höjde kniven och skar upp hingstens hals. Hur det pulserande blodet forsade ut över offeraltaret.

Den signade kraften hade uppfyllt henne. Hon hade dansat runt stenaltaret, piskad av trummornas hetsande extas, bronslurarnas mörka toner kallade samman makterna. Hingstens mörka blod vällde över stenhällen, dess kraft spred sig över offerkullen i dova stötar och vidare över ön där den gav livskraft till åkrar, djur och människor.

Gudinna och Gud förenades på det blodbestänkta altaret i en kaskad av ljus. Det heliga paret, Gullveig och alvernas överstepräst Frej, välsignade Vanaheim.

Vidar hade funnits vid hennes sida, men ändå inte. Tvillingguden hade tagit över hans kropp. Gudinnan sjöng i Frejas blod, signad kraft tog över hennes sinne.

Till slut hade hon flutit ned på marken med sin gud över sig och Vidar hade släppt sin säd ned i den heliga marken.

Så hade blotet fullbordats.

Freja log när hon försiktigt klev ned bland bäckens hala stenar. Vattnet slöt sig runt henne och stack små kalla nålar i skinnet. Hon rös och kände hur huden knottrades. Efter några djupa andetag vande hon sig och musklerna slappnade av.

Var fanns Vidar nu? Sov han tillsammans med sina bröder? Hon behövde inte ens blunda för att se hans ansikte framför sig. Han var så vacker, kroppen så smidig och len men ändå stark.

De talade nästan aldrig med varandra och träffades bara under ritualerna. Kanske var det bara bra. Kanske skulle hon bli besviken om hon lärde känna honom närmare.

Freja grep en näve grus från bäckens botten.

Det var nog bäst att saker och ting förblev som de var med Vidar. Med några raska rörelser gned hon bort de sista spåren från vårblotet från insidan av låren. Det sved till när de glimrande gruskornen rev i det mjuka skinnet.

Så smög sig varseldrömmen objuden in i hennes medvetande igen.

– Men nog är det väl konstigt att jag drömmer så ondsint natten efter blotet? sa hon till Johka.

– Akta dig, håll drömmen borta tills dagen är här, varnade bäcken.

Freja nickade. I skiftet mellan natt och dag var det viktigt att inte öppna sig för tungsinta tankar. Nattens mörkermakter kunde dröja sig kvar och nästla sig in i hennes inre. Det hade hänt förr.

Hon ville inte bli som den vettlösa Orga som hittats omkringirrande i skogen efter att ha smitit ut i mörkret. Nu satt hon i sin bädd med tom blick och ibland skrek hon så att blodet isade i dem alla. Vem visste i vilken värld Orga levde?

Freja steg huttrande upp och drog på sig särken. Den stramade runt kroppen när hon skyndade tillbaka mot hallen. Men istället för att gå in till sina sovande systrar gick hon bakom långhuset och kurade ihop sig mot dess vägg. Hon behövde vara ensam en stund med sina tankar. Freja fick precis plats mellan halmtaket och marken. Hon såg disernas morgondans på det ändlösa havet.

Freja log sorgset och smekte de svarta ormarna som var tatuerade på hennes armar. Hon var vigd till självaste Mångudinnan. Om ofärd skulle drabba hennes folk måste hon stå fast och tyda tecknen så att Vanaheim bestod. Det var hennes plikt och det gav henne styrka.

Gryningen var nära nu, fåglarna hälsade den nya dagen. Det hade ljusnat så mycket att hon kunde tolka sin dröm. Freja slöt ögonen och tömde huvudet på tankar.

Drömmen var ett förebud, men inte som de vanliga om någon närståendes död. Varsel, som när hon var flicka fått henne att vakna skrikande på nätterna och fått prästinnorna att skynda till hennes bädd för att hjälpa och tolka. Dem hade hon lärt sig att leva med.

Nej, det här var något mycket värre. Bilderna av de brinnande kropparna dansade framför hennes ögon. Lukten av rök och bränt människokött stack i näsan.

Svaret kom omedelbart. Hon behövde ingen hjälp att tolka budet, inga sjungande sierskor som kastade sina magiska ben för att få svar från flyktiga diser.

Freja visste vad drömmen betydde.

Det var början på hennes folks undergång. Skakad slog hon armarna om knäna och kröp ihop. Kunde det verkligen vara möjligt?

När skulle det ske? Och varför? Hon suckade och la pannan mot sina knän.

Om hon bara hade fått se mer. Då hade hon kanske kunnat hjälpa dessa arma människor. Men de förbannade drömmarna med mörka skärvor ur framtiden gav aldrig de svar hon behövde. Allt hon fick var tysta viskningar om skräck och död. Alltid död. Som hon önskade att hon sluppit dessa syner. Tänk att få vara fri som de andra unga kvinnorna i Vanaheim. De som kunde gå till blotmarknaden och höra berättarnas historier, skratta och leva sina liv utan att veta någonting. Tänk att få leva så fritt.

Det rasslade till i kokhuset. Tjänarna hade kommit från hyddorna nedanför kullen för att koka prästinnornas morgongröt. Det trygga ljudet från löparens flykt över malstenen hördes svagt över gårdsplanen. Det rosa och blå himlavalvet förebådade det ögonblick när Solgudinnan sprängde fram med sin vagn dragen av gyllene hästar.

Borta vid lunden hördes en spröd sång. Prästinnorna hälsade den nya dagen. Freja lutade sig tillbaka och mumlade tyst med i den ljusa besvärjelsen. Vanaheims halmtak började glöda nere i dalen. Den gudomliga reste sig från sin helgedom.

Mörkret gav vika för ljus och lugn. Solgudinnan hade anlänt med den nya dagen. Freja tackade för välsignelsen.

Så blandade sig något annat med prästinnornas och fåglarnas sång. En hälsningssignal. Freja såg ut över vattnet. Två små skepp skymtade i den bortflyende morgondimman. Årorna piskade mot vattenytan som om de hade bråttom.

Ljudet från deras horn rullade frågande över vattnet, en lång signal svarade dem och båtarna var därmed välkomna in i Vanaheims vik.

Föraningen drabbade Freja som ett slag i magen. Hon kröp snyftande ihop och bad om styrka och hjälp. Men det hade redan börjat.

Trygve, hövding i Hallunda, sänkte sitt horn och grep tag i masten. De fyra roddarna ökade omedvetet takten, de var dödströtta och längtade efter vilan i hamnen.

Trygve kastade en blick bakåt, båten med varor fanns fortfarande kvar bakom dem.

– Bara några tag kvar nu, ropade han och såg bekymrat på Vanaheims gårdar som bredde ut sig på stranden. Bakom husen fanns tre kullar och på den högsta, den i mitten, tronade ett enormt långhus. Drottning Åses hall.

Viken var fylld av främmade båtar, handlare som kommit för blotet. De gled förbi ett saltskepp söderifrån och så slog äntligen den lätta snipan i sandbotten. Männen sänkte trötta sina åror.

Med ett språng var Trygve i land. Han rättade till yxan som var nedstucken i bältet och gav sig iväg med bestämda steg.

Nyfikna ansikten tittade ut från hyddorna på stranden för att ta reda på vad som stod på. Handlarna såg yrvaket upp från sina fällar och knyten. Ljusa ansikten från östhavet, mörka män norrifrån med sina broscher i ben, trolltrummor och fällar från okända bestar, alla stirrade de nyfiket. Men ingen sa ett ord.

Bara den gamling som hälsat dem välkomna med hornet vågade ställa sig i Trygves väg.

– Kommer det Hallundabor så här sent? Blotet är ju över, sa han och plirade nyfiket. Hans bruna kolt var fläckig av smuts och han hade inte många tänder kvar i munnen.

– Jag har brådskande ärende till drottning Åse.

– Jaha, vad har då hänt?

– Det är inte för dina öron, sa Trygve och fortsatte raskt på stigen som slingrade sig uppför kullen.

På vägen låg flera långhus med sina gärdesgårdar och inhägnader med grisar, kor och får. En liten, mager pojke manade snabbt undan sin getflock från stigen när han fick syn på Trygve som kom gående med raska steg. Kvinnorna och männen som redan gett sig ut på åkrarna för att bli färdiga med arbetet innan eftermiddagshettan tog vid ropade efter honom:

– Vad har hänt, Hallundabo?

– Kommer du med ofärd?

Trygve svarade inte utan körde ned huvudet mellan axlarna och gick vidare med manteln fladdrande efter sig som en svart korpvinge.

Snart var han framme vid drottningens gård, sägenomspunnen för sin skönhet. Öns främsta ristare hade smyckat de mörkgula lerväggarna med bilder av vårblot, begravningar, skepp, gudinnor och gudar. De glödde dovt i morgonsolen.

Trygve klev fram till den stängda dubbeldörren och såg bistert på drottningens märke i det tjocka träet, två ormar som slingrade sig runt ett vildsvinshuvud.

Han hämtade andan, strök sedan med handen över skäggets flätor, rättade till yxan i bältet och bankade på.

Två hjärtslag senare öppnade en rundlagd äldre kvinna och såg på honom med irriterad nyfikenhet.

– Vilket ärende kommer du med så här tidigt? fräste hon utan att ens lägga märke till att Trygve faktiskt var en hövding och därmed krävde aktning och respekt.

– För mig till drottningen omedelbart, sa han med en röst som lät sturskare än han kände sig.

– Hon är inte färdig till att ta emot besök.

– Flytta på dig kvinna, mitt ärende kan inte vänta! röt Trygve.

Kvinnan synade honom misstänksamt och ryckte sedan på axlarna.

– Jaha. Kom med då, sa hon trumpet.

Han följde henne in i det jättelika rummet, säkert mer än femtio steg långt, fyllt av överdådig skönhet och prakt. På lerväggarna hängde den bonad som berättade om hur Gudinnan varnat vanerna för den stora katastrofen och hur hon visat deras skepp vägen till Vanaheim. Den lystes upp av två facklor vars hållare bestod av slingrande solspiraler som fästs på väggen.

Bredvid hängde praktsköldarna i brons dekorerade med Solgudinnans och evighetens spiralmönster. Sköldarna fångade ljuset från facklorna och sände trådar av spunnet guld över rummet.

På golvet låg skinn från både vildsvin, varg och björn. Enorma älghorn hängde på bjälkarna. Där fanns till och med ett säte snidat i trä med bronsfötter formade som solhjul.

Trygve stannade och såg sig storögt omkring. Det var första gången han besökte drottningen och han hade ingen aning om att hennes rikedom var så stor. Där var drottningens tron borta vid kortväggen. Drakar, ormar, gudinnor och slingrande bladmönster hade snidats ur träet och målats i skimrande färger. På det höga ryggstödet fanns Vanaheims märke högt över Åses huvud. Han hade hört berättarna sjunga sånger om högsätet och inte ett ord var överdrivet. Det var sannerligen det vackraste han någonsin sett.

– Sluta glo och följ med.

Trygve ryckte till och följde efter kärringen som gick fram till härden framför högsätet.

Där satt drottning Åse på en pall och åt sin morgongröt ur ett träråg.

Håret var utsläppt och hon bar en enkel gul klänning, vilket fick henne att se både ung och oskyldig ut. Hon såg frågande på Trygve och tjänstekvinnan.

– Vad är detta, Beilja?

Så fort hon talade försvann det mjuka och hon förvandlades till den drottning hon var.

– Enträgen var han. Sa det var bråttom, sa den buttra tjänstekvinnan.

Åse såg forskande på Trygve och vände sig sedan till Beilja.

– Ställ fram det bästa huset har och se till att hans folk blir väl omhändertaget.

Beilja nickade och försvann nedåt rummet med gungande steg. Trygve stod kvar, osäker på vad han skulle ta sig till.

– Välkommen till min hall, Trygve från Hallunda. Du kommer med ofärdsbud, konstaterade Åse och stoppade in en nypa gröt i munnen med fingrarna.

Han nickade och strök sig nervöst över skägget.

– Så fram med det, sa Åse, ställde ned tråget och lutade sig fram för att lyssna.

Trygve framförde sitt ärende med låg röst. När han var färdig skickade Åse genast iväg honom. Därefter satt hon länge tyst och sammanbiten och såg på svärdet Sigil som hängde ovanför högsätet. Det sirliga svärdet hade gått i arv mellan åtta drottningar. Det var format ur elden i ett enda syfte, att skydda Vanaheim.

– Snart får du ta ned ditt arv från väggen, sa Gondul, kvänernas drottning, medan hon ställde sig med korslagda armar och såg upp mot svärdet. Hon var klädd i en särk av mjukt sälskinn och hade havsgudinnan Rans märke tatuerat i pannan. Runt halsen hängde ett praktfullt halsband av tänder från både varg och björn. Trots att Gondul var både liten och senig var hon fylld av styrka och kraft.

– Det ter sig så, svarade Åse och kände sig plötsligt mycket gammal och trött. Som om budet tagit all hennes styrka.

– Du vet vad Gullveig säger. Den sjunde tidsåldern når snart sitt slut och med den dör vår värld, sa Gondul bistert och spände sin rovdjursblick i Åse.

– Så vad är ditt beslut?

Åse reste sig och sträckte på ryggen som om allting redan var oåterkalleligt avgjort.

– Jag tänker slåss, fränka.

– Väl talat, sa kvänernas drottning och satte sig ned på huk medan hon smålog för sig själv.

– Man ska aldrig ge sig utan strid.

Åse vinkade till sig de tjänstekvinnor som stod längre ned i hallen och väntade. Hon sa exakt vad var och en skulle göra och säga. De lyssnade storögt och gav sig sedan av, några till häst, men de flesta till fots.

Bud gick ut över hela Vanaheim, till de äldstas råd, prästinnornas hallar och till alla de uppburna besökare som dröjt sig kvar på ön efter blotet. Alla skulle de samlas hos Åse för att hålla ting.

Gullveig hämtade henne strax efter morgongröten. Den gamla gick tyst förbi tjänarnas hyddor, kokgropen och högen av spruckna kokstenar. Först när mostern började följa stigen mot kullens högsta topp förstod Freja att de var på väg till helgalunden.

De äldsta prästinnorna var redan där när Freja steg in bland de heliga träden. De satt på de tretton stenar som omgav helgastenen i lundens mitt. Bara en sten var tom och där satte sig Gullveig.

Freja steg bävande in och berättade om sin dröm. Snotra, Eir och de andra äldre lyssnade och teg.

Först när Freja berättade om det varsel hon fått i gryningen såg de på varandra och började viska sinsemellan.

– Jag vill inte att du talar om detta med någon. Kan du lova mig det? Gullveig spände blicken i henne på ett sådant sätt att hon bara kunde nicka.

De skickade iväg henne och Freja gick bort till gårdsplanen. Njorunn och Siv satt hopkurade i skuggan under halmtaket och skvallrade om vårblotet, om vilka som legat samman och vilka som hade slagits. Freja slog sig ned vid deras sida, hennes huvud höll på att sprängas av oro. Vad skulle nu hända? Vad skulle de äldre komma fram till? Hon lutade sitt värkande huvud mot väggen.

Tjänsteflickorna hastade fram och tillbaka med händerna fulla av ämbar och knyten. Frejas mage rörde oroligt på sig. Innan blotet hade hon fastat i nio dagar och nu var hon hungrig jämt. Freja bestämde sig ändå för att vänta, om hon åt för mycket skulle hon kunna bli sjuk. Hon torkade svetten från ansiktet. Trots att dagen var ny var det redan hett.

De äldre prästinnorna kom ned från lunden och satte sig under vårdträdets skugga. De talade med huvudena tätt samman. Freja såg oroligt på dem. Några av de yngre flickorna höll på att tvätta den vagn som Gullveig färdats i till ceremonin. När de var färdiga började de putsa de höga hjulens ekrar med varsin handfull grått fårull.

– Är ni inte klara ännu? Kör tillbaka vagnen!

Freja såg upp när Snotras gälla röst skar genom dammet. Prästinnan kom gående med ett ilsket uttryck i ansiktet. Snotra var tunn som en martall, den vida kjolen slängde runt hennes ben. Hon var Gullveigs närmaste och ingen av de yngre kunde förstå varför översteprästinnan hade valt henne när det fanns så många andra dugliga prästinnor.

– Se, nu ska hon köra med flickorna igen, viskade Siv.

– Att hon alltid ska vara så elak, sa Njorunn.

Freja teg och såg hur Snotra stannade och sa något till flickorna. Dessa började genast knuffa vagnen mot lidret. Trävagnen var stor och tung, de höga läderklädda hjulen ovilliga. Svetten rann över flickornas bara överkroppar när de försökte få vagnen dit Snotra pekade. Till slut lyckades de knuffa in den i den del av långhuset där verktyg och vagnar förvarades.

– Det duger. Ta nu bort blommorna, sa Snotra och pekade på de slokande blad som smyckat vagnen och nu låg utspridda i dammet.

– Stackars flickor, sa Njorunn.

– Säg inget, då sätter hon oss i arbete och det orkar jag inte, i dag är vilodag, viskade Siv.

De såg lättade hur Snotra försvann in i kokhuset. Flickorna sopade gårdsplanen med risknippen och rev upp ett dammoln som fick dem att hostande resa sig upp.

I samma ögonblick kom en budbärare inridande genom den öppna grinden. Kvinnan hoppade av sin svettiga lilla bruna häst och såg sig omkring. Snotra var först fram, Gullveig kom snart över gårdsplanen, som om hon visste att någon väntade.

Freja sträckte nyfiket på halsen. Budbäraren viskade något i Gullveigs öra. Skulle hon våga gå fram? Men innan hon hann bestämma sig hade flickan återigen hoppat upp på hästen och galopperade ut från gården. Gullveig stod kvar och talade med Snotra. Freja gick fram mot dem med bultande hjärta. Hade detta något med budet att göra? Så såg Gullveig upp och kastade en kort blick på hennes ansikte.

– Byt om Freja. Du ska med till Åses hall.

– Vad har hänt?

– Allt det du redan sett. Sätt fart. Fråga inte mer.

Freja skyndade mot långhuset med bultande hjärta medan Snotras elakaste blickar skar i hennes rygg. Hon har ingen betydelse, tänkte hon medan hon sprang in i den svala hallens dunkel. Bara jag får veta.

Det verkade som om hela Vanaheim samlats på drottning Åses gårdsplan för att ta reda på vad som stod på. Freja såg förvånat på trängseln. Hon kände igen de flesta. Även om hon som ung prästinna sällan fick lämna hallarna kom folket ofta till dem för att söka hjälp för sjukdomar och bekymmer. Freja nickade åt en ung kvinna som haft febern i vintras och väntade tills folk flyttade sig för att artigt släppa fram dem.

Två av Åses krigare stod vid den öppna dörren. Allvarliga och stela, med armarna i kors och dolkar nedstuckna i bältet på magen. Båda hade långt blont hår, höftkläden och korta svarta mantlar. Slingrande tatueringar täckte deras armar och bröst. När Gullveig gick in böjde de sina huvuden i respekt för Vanaheims översteprästinna.

Den gamla gick med bestämda steg med ormstaven i hand. Ingen som såg henne kunde ana hennes smärtor i höften. Hon var värdig. Som översteprästinna och syster till drottningen hade Gullveig en viktig plats att fylla. Utan Gudinnans välsignelse kunde inga beslut tas på tinget.

Bredvid Freja gick Snotra, tyst och spänd. Hon kunde inte för sitt liv begripa varför Gullveig skulle släpa med sig Freja. Det var inte nyttigt för någon som var så ung. Det kunde stiga henne åt huvudet. Freja var knappt fullvärdig prästinna, hon visste inget om världen utanför. Det hade varit bättre för alla om hon stannat hemma och arbetat, då skulle hon med tiden få lära sig att vara ödmjuk.

Freja kände Snotras illvilja, den stack som små nålar i huden, men hon brydde sig inte ett dugg om den. Upphetsningen över att få följa med överskuggade allt. Äntligen behövde Gullveig hennes hjälp, äntligen var hon värdig att få delta i de högstas råd.

Hallen var redan full av gäster som stod samlade runt Åses högsäte. Deras sorl dämpades när de tre prästinnorna närmade sig. Man drog sig ödmjukt åt sidan och lämnade plats för Gudinnans utvalda.

I nästa stund stod Freja på knä inför Vanaheims drottning.

– Gudinnans nåd över dig vår drottning, lyckades hon få fram och vidrörde sin panna, sitt hjärta och sitt sköte innan hon såg upp på sin mor.

Åse lyste av makt och rikedom. Hon bar en röd klänning och ett tungt guldhalsband runt halsen, det största Freja någonsin sett. På båda hennes armar slingrade sig bronsspiraler. Manteln var full av gnistrande stenar och på magen bar Åse en spetsig praktbuckla, stor som fyra knytnävar. Freja sänkte huvudet och såg på drottningens skinnskor, dekorerade med vackra broderier.

Hon kände sig liten och dum inför sin mors storhet. Åse gav henne en kort blick och lutade sig sedan tillbaka på vargskinnsfällen som låg över högsätet. Hennes gröna ögon utstrålade sträng styrka.

Freja bugade en sista gång och drog sig undan medan hon kände det välkända suget i maggropen efter något ömhetstecken från den kvinna som var hennes mor. Men hos Åse fanns ingen medkänsla att hämta. Hon var drottningarnas drottning.

Det var Åse som Gudinnan gett makt att härska över vanernas riken, hon var domaren som skipade rättvisa, folkets beskyddarinna. Inte hade hon tid med sina döttrar. Det fick andra sköta, det var ju därför hon gett Freja till Gullveig.

Freja tog sin mosters arm och hjälpte henne att sätta sig ned på en av de vackert snidade bänkar som ställts i en vid halvcirkel runt Åses högsäte. Därefter tog hon plats bakom överstepрästinnans rygg tillsammans med Snotra. Där stod de sida vid sida såsom tjänarinnor.

De övriga gästerna började ta plats. Det pirrade i hela kroppen av spänning när Freja såg på dem. De var vanernas främsta, berömda kämpar, hövdingar och drottningar vars namn sjöngs runt eldarna under de långa vinterkvällarna.

Där var den sägenomspunna Gondul, hon satt bara ett par armslängder bort. Det var som att se en uråldrig sagodrottning ta form i denna verklighet. Gondul behärskade stridsmagi bättre än någon av Vanaheims prästinnor. Många stammar hade förgäves försökt inta hennes ö men Gondul hade plöjt ned deras blod i jorden.

Frejas syster, Gefjyn, stod och talade med kvänernas drottning. Gefjyn såg liten ut vid hennes sida, det svarta håret hängde oflätat på hennes rygg. Hon gestikulerade och skrattade.

Avunden högg till i Freja när hon såg systerns glädje. Hon var två vintrar yngre än Freja och hade uppfostrats av Gonduls stam, nu ansåg hon sig vara en av dem. Men Gefjyn liknade mest en ivrig hundvalp där hon svansade runt och tiggde ömhetsbetygelser av både drottningen och de skräckinjagande krigarkvinnor som stod bakom Gonduls rygg.

– Vad flinar du åt? väste Snotra i hennes öra.

– Inget, sa Freja och försökte se uttryckslös ut medan hon såg hur Gondul började tala med den dystra Alvarin, kung över Alfheim. Han var så gammal att han nästan gått i barndom. Skägget var grånat, blicken skum. Han klamrade sig fast vid sin dotter med en hand som liknade en rynkig klo. Dottern, den vackra Alfhild, var däremot i sin krafts dagar. Hon hade tränats till prästinna i Vanaheim i sin ungdom innan hon återvände för att överta sin faders plats den dag han dog. Ett stort lugn vilade över hennes finlemmade ansikte. Det mörka håret var konstfärdigt uppsatt med bronsnålar. Munnen var fyllig, ögonen klarblå och hon bar en fotsid mörkröd klänning. Även om Alfhild var hyllad för sin skönhet hedrades hon också för sin rättrådighet. Redan nu styrde hon över det mesta i Alfheim.

Hon lutade sig över sin far och växlade några ord med Gondul. De skrattade tyst som åt ett hemligt skämt. Ändå kunde skillnaden mellan de båda kvinnorna inte vara större. Gondul såg råbarkad ut vid hennes sida. De var som om de kom från olika tidsåldrar. Ändå fanns där vänskap mellan dem, det var tydligt för alla och envar.

Alfheim var en stor halvö västerut och det var där tvillinggudens präster hade sin största helgedom. Deras överstepräst, Frej, satt vid Alfhilds sida. Han var den vackraste mannen bland vanerna, blond och mildögd såg han nyfiket ut över tingsgästerna.

Frejs ansikte lyste upp när han mötte Gullveigs blick. Med två raska steg var han framme vid översteprästinnan. I går hade han varit besatt av tvillingguden och lagt ned Gullveig på det blodiga altaret och hedrat Gudinnan med sin mannakraft. I dag fanns bara oro i hans ögon.

– Moder, sa han och sjönk ned på knä framför översteprästinnan.

– Överstepräst?

– Vad säger du om allt detta?

Frejs röst var lågmäld och allvarlig.

– Vanaheims ödestimma är inne. Vi visste att detta skulle ske, svarade Gullveig.

Freja spetsade förvånat öronen. Vad talade de om? Vilka tecken? Visste de redan vad som skulle ske? Ingen hade sagt något till henne. Freja gav Snotra en elak blick. Det var säkert hon som höll henne borta från de äldstas råd.

– Freja fick en drömsyn där hon såg en gård bli plundrad.

Frej gav Freja en hastig blick och lutade sig närmare Gullveig.

– Då måste det ha börjat, viskade han så lågt att Freja bara anade orden.

– Hur ställer sig Alfheim?

– Vi följer dig, översteprästinna.

Gullveig nickade belåtet.

– Gott. Gudinnan kommer att pröva oss. Vad som än händer får inte Vanaheim bli splittrat. Då kommer allt att falla. Jag vill att du svär vid Gudinnan att alltid skydda Vanaheim.

Frej grep den gamlas hand och såg allvarligt in i hennes ögon.

– Den eden svor jag för länge sedan. Jag svär den med lätthet igen.

Han rynkade sin panna och gav Gullveig en orolig blick.

– Har du sett något annat i dina syner?

Banden mellan Gullveig och Frej var starka. De var mycket mer än kvinna och man, de var Gudinnans mäktigaste tjänare, ett heligt par. Frej var beroende av Gullveigs makt och styrka. Att förlora henne kunde innebära hans egen undergång. Hans oro var förståelig. Men Gullveig bara skrattade och klappade hans släta hand.

– Det som finns i väven kan ingen ändra på.

– I går tog Solgudinnan emot vårt offer. Varför skickar hon olyckor på vårt folk redan nästa dag? Jag förstår det inte, sa Frej.

– Det är inte din sak att fundera över Gudinnans vägar. Gå tillbaka till din plats. Vi talar mer sedan, sa Gullveig.

Hennes röst var nu avvisande och kylig. Frej nickade och skyndade tillbaka till sin plats bredvid Alfhild.

Freja såg forskande på prästens ansikte, så likt hennes eget. Hade de blodsband?

Hon skakade på huvudet. Det var för mycket att fundera på i dag.

Vanaheims äldsta, kloka kvinnor och män från gårdarna satt och talade allvarligt med varandra.

Så tog Åses berättare, en rundlagd man med en enkel brun mantel plats vid drottningens fötter. Det var han som skulle föra vidare vad som sades under tinget.

Åse reste sig och såg ut över de som samlats.

– Trygve från Hallunda har kommit med ofärdsbud. Lyssna på vad han har att säga.

Hon satte sig ned. Nu var det så tyst i salen att man kunde höra sina egna hjärtslag.

Trygve reste sig från bänken och ställde sig mitt i ringen. Han såg ned i marken som om han kunde dra kraft ur jorden för att framföra sin sak.

Freja väntade andäktigt.

– Tala, uppmanade Sigvard Vittfarne otåligt.

Freja kvävde ett leende åt sin mors berömda kämpe som otåligt korsade sina armar på bröstet. Han som reste med sitt skepp till världens ände och åter, borde ha tillräckligt med lugn inom sig för att låta en man samla sig.

Men uppmaningen hjälpte.

– En främmande stam sveper genom skogarna i väst. De dödar mitt folk och bränner våra hem, sa Trygve.

Ett lågmält mummel bröt ut i salen. Freja slöt ögonen och såg de döda människorna framför sig. Hennes varsel hade varit tydligt och rätt.

– Främlingarna kommer som skuggor om natten. De kan ta björnhamn. De som lyckats fly berättar alla samma sak. Hur de pälsbeklädda fienderna flytt mot skogen.

Trygve vred sig så att alla i ringen kunde se hans ansikte.

– Jag säger er alla. Denna stam skyddas av onda makter. De dyrkar krigsguden Tiwatz och han har gett dem magiska svärd som inte kan brytas. De få som sett dem och överlevt säger att svärden ser ut som stillastående vatten.

Trygve såg på åhörarna med en blick som nästan var triumferande. Han hade presenterat de värsta nyheterna som kommit till Vanaheim under deras livstid.

Freja kippade efter andan och såg ned på Gullveig. Hon var den enda som inte rörde en min. Drottning Åse satt framåtlutad i sitt högsäte och studerade åhörarnas ansikten som om hon letade efter något hos dem.

– Det säger jag er, tre gårdar har de bränt och plundrat. Snart är vanerna vid Hallunda döda om ni inte kommer till vår hjälp. Därför ber jag er, ädla fränkor och fränder. Hjälp oss, sa Trygve och böjde sitt huvud inför rådet. Hans grå flätor dolde hans nedslagna blick.

Församlingen började diskutera sinsemellan med höga röster. Vad skulle Vanaheim göra? De måste hämnas på främlingarna, men hur? Tre gårdar var en fruktansvärd förlust i djur och människoliv.

– Varför har ni inte anfallit dem? Varför söka stöd hos Vanaheim, har ni inga egna kämpar? frågade Gondul och lutade sig framåt, själv hade hon aldrig sökt hjälp utifrån när hennes ö hotats.

Gonduls ord fick Trygve att rodna under skägget.

– Det här är inte bara några båtar med kämpar, det är en hel stam som brutit mark och byggt gårdar i de stora skogarna i väst.

Vi är inte många som bor runt Hallunda. Våra bästa kämpar har dött när de försökt försvara sin jord.

Gondul fnyste och lutade sig tillbaka. Trygves ansikte blev rött av skam.

Frej bröt in.

– Vet ni varifrån de kommer?

Trygve vände sig tacksamt mot alvernas överstepräst.

– De kommer långväga från öst.

Drottning Åse lyssnade tyst i sitt snidade högsäte. Det svaga skenet från facklorna dansade över hennes fårade ansikte.

– Är detta samma folk som vi hört om av handlarna? De som spridit förödelse hos så många?

Hon lutade sig irriterat tillbaka i högsätet.

– I så fall har de vandrat långt för att bosätta sig vid Vanaheims stränder. Förbannat att detta skulle drabba oss.

Trots att Freja lämnats bort till Gullveig redan som liten och därför inte kände sin mor särskilt väl visste hon ändå vad Åse tänkte. Ett härtåg mot denna stam skulle bli kostsamt både i guld och i människoliv.

Vanerna var inget krigarfolk, de dyrkade inga krigsgudar utan Gudinnan som fick säden att växa på åkrarna och som gav dem rikedom i gyllene brons och guld. De strider som de trots allt utkämpat var mestadels mot främmande som anföll deras skepp. Det var sällan som deras grannar hotat Vanaheims gårdar. Det var inte ens säkert att Åse kunde samla ihop tillräckligt många dugliga kämpar. Gondul hade visserligen många tappra krigare bland sina kvinnor, men hon skulle kräva mycket guld för att delta i strid och det var drottning Åse som skulle få betala.

– Vad kan prästinnorna göra? Kan ni sejda sjukdom över dessa främlingar eller är de för långt bort?

Gullveig skakade på huvudet.

– Vi måste ha något från dem vi skjuter trollskott på, ett hårstrå, en nagel, en bit kläde, annars går det inte. Krafterna måste ledas mot sitt mål.

– Men om ni hade ett hårstrå från deras drottning så hade ni kunnat sända olyckor över henne?

– Ja, naturligtvis. Även om hon skyddar sig är vi många och kraftfulla. Det kan dröja ett tag, men förr eller senare bryter vi ned hennes skydd, sa Gullveig sanningsenligt.

Freja nickade bakom hennes rygg, trots att hon visste att ingen såg. Trollskott var något hon behärskade till fulländning. En gång hade hon hjälp en bondkvinna genom att sända pissjuka över en karl som behandlat henne skändligt. Freja smålog åt minnet. Det var egentligen inget som prästinnorna borde syssla med, men Gullveig brukade se genom fingrarna.

Att skjuta trollskott var inte särskilt svårt. Det var bara att galdra rätt formler, blanda samman blod från en sjukling med något som tagits från den som skulle drabbas. Allt fästes vid en brinnande pil som sköts i väg mot fullmånen. Med den mörkas hjälp fördes sjukdomen vidare till offret som brukade falla samman efter en dag eller två.

Det var som att sejda fram liv i jorden fast tvärtom. Nästan alla prästinnor klarade av det. Själv kämpade Freja med mäktigare krafter, som att styra vädret, en konst som Gudinnan förunnade få prästinnor.

– Vi vet inget om dessa främlingar förutom att det sägs att de är starka som björnar. Hur många är de? Skyddas de av någon okänd kraft? sa Åse.

– Vi borde besöka dem. Kanske kan vi tala med främlingarnas drottning och kräva gäld i guld eller brons. Om de förstår vanernas fulla styrka är de kanske villiga att sluta fred, föreslog Gullveig.

Åse såg tankfullt på sin syster som smålog bistert.

– Och om vi besöker dem så kan vi hitta de ting som trollskotten kräver, fortsatte Gullveig.

– Men vem ska tala med odjur som förvandlar sig till bestar och dödar våra barn? frågade Trygve upprört.

– Jag, svarade Gullveig.

Freja spärrade upp ögonen. Skulle Gullveig bege sig ut på en sådan lång resa? Hon som var så gammal och trött. Till och med Frej såg orolig ut när Gullveig mödosamt reste sig stödd på ormstaven. De gula stenar som utgjorde ormens ögon gnistrade till som om de levde.

– Jag reser. Om de inte vill sluta fred och betala gäld så återvänder jag och då vet vi åtminstone mer om hur vi ska besegra dessa märkliga främlingar, sa hon lugnt.

Drottning Åse betraktade tankfullt sin äldre syster. Hon hade sannerligen åldrats rejält det senaste året.

– Är du säker?

Vanaheims översteprästinna skrattade till.

– Inte ens en främling har mod att bära hand på en prästinna.

– De har mördat kvinnor, mödrar med barn! De föraktar Gudinnan. Tänk om de tar dig ifrån oss moder, utbrast Trygve upprört och reste sig.

Orden fick Freja att dra efter andan. Hur vågade han avbryta två kvinnor när de talade?

Gullveigs styrka växte som en mörk skugga när hon såg på Hallundas hövding.

Vem var Trygve att angripa Gudinnans mäktigaste bundsförvant på jorden?

Trygve, som uppenbarligen talat innan han tänkt, insåg genast sitt misstag och kröp ihop av skam.

– Förlåt mig moder. Mina ord var förflugna, sa han undergivet.

Gullveig vände sig mot sin yngre syster utan att säga ett ord och väntade på att hon skulle fundera färdigt.

Drottning Åse hyste inga förhoppningar om att främlingarna skulle betala någon gäld, men den kunskap som Gullveig kunde samla på sin resa kunde bli avgörande när hennes kämpar anföll. Om de kunde skyddas av prästinnornas trollskott skulle segern bli lättare och vaners liv skulle sparas.

Det var viktigt att vara beredd på allt. Det hade hon lärt sig av sin egen mor. Om det fanns någon ond makt som beskyddade främlingarna så skulle hennes syster ta reda på det.

Men det måste ske snart. Kämparna måste vara åter till skörden. Om hon skickade bud efter krigare redan nu så kunde de samlas i Hallunda.

Åse smålog för sig själv medan hon smekte den mjuka vargfällen. Det var inte mer än rätt att Trygve höll kämparna med mat. Hallundas skickliga smeder hade gjort hans buk rund och välgödd. Han kunde gott föda kämparna medan de väntade på Gullveigs återkomst. Så fort översteprästinnan kom till Hallunda kunde de anfalla.

Åse nickade förnöjt åt sin plan och svepte med blicken över rådets allvarliga ansikten. Det var en utmärkt plan hon tänkt ut.

– När kan ni skicka era kämpar?

– Så fort du betalar oss, svarade Gondul omedelbart.

Hennes krigare gapskrattade bakom hennes rygg och kvänernas drottning såg själv riktigt upplivad ut inför utsikten att dra ut i strid.

Åse nickade nöjd.

– Och du Sigvard?

Den vittfarne handelsmannen steg stolt fram.

– Mina skepp är alltid redo. Jag har tjugo stridsvana kämpar, fler kan jag skaffa om det behövs.

Alfhild reste sig plötsligt och växlade en utmanande blick med Sigvard.

– Alfheim kan skicka fyra båtar, sa hon värdigt.

Nu kände även de andra att de var tvungna att avge sina löften. En efter en reste de sig. Åse räknade tyst för sig själv. Det blev till slut en ansenlig här, betydligt fler kämpar än hon räknat med. När den sista hövdingen sagt sitt och salen stillnat reste sig Åse värdigt och slog fast:

– Det är beslutat.

Med två ljudliga handklappningar befäste hon de löften som givits. Sorlet steg mellan väggarna och alla reste sig från sina platser. Tjänare lösgjorde sig från hallens bakre del och kom rusande med glänsande fat fulla med söta bär och platta nybakta bröd. De utsirade hornen fylldes med honungsmjöd och delades ut till de mest framträdande gästerna.

Freja tog ett bröd, åt det mekaniskt. Ett besynnerligt lugn låg över henne, som om varken moderns eller mosterns beslut var en överraskning, som om hon alltid vetat vad som skulle ske. Inte heller Gullveig förvånade henne när hon torrt konstaterade:

– Du följer med.

Freja nickade belåtet. Med alla sina krafter skulle hon lära känna dessa fiender och därefter använda sin makt för att krossa dem. Hon log ett tunt leende. Det här var det enda som betydde något. När allt var över skulle främlingarna ligga döda i sitt eget blod.

Öga för öga, tand för tand. Så var lagen.

Freja tog en tugga från brödet och såg sig omkring. Det fanns så många människor i hallen att det var svårt att andas. Larmet skar i öronen. Under en kort stund längtade hon tillbaka till lugnet i prästinnornas hallar, men så besinnade hon sig.

Istället hejdade hon en tjänsteflicka som gick runt med rödbär på ett fat och tog en näve som hon njutningsfullt stoppade i munnen medan hon började gå omkring i salen på jakt efter något mer att äta.

Freja stannade till vid Trygve som var omringad av kvänerkrigarna. De långa skinnklädda kvinnorna såg likadana ut som sin drottning, de bar samma tatueringar, deras hår var insmort i lera så att deras flätor var styva och grå.

Vassa dolkar glänste i deras bälten. Trygve såg nervös ut när de lutade sig ned och överöste honom med frågor om främlingarna.

– Ser svärden verkligen ut som stillastående vatten?

– Har de inga andra vapen alls?

– Kan vi tala med någon som har sett främlingarna?

Trygve försökte svara så gott han förmådde. Freja flinade åt hans tafatthet. Hon hade själv många frågor till kvänerkvinnorna, men förstod att hon inte skulle avbryta.

Istället trängde hon sig bakom ryggen på en hövding från småöarna och ett par av hans kämpar som stod och talade med en av gamlingarna från rådet.

Sigvard stod borta vid väggen och drack ur ett svartfläckigt kohorn med snirkliga beslag. Han tjänade Åse och kom hem med många vackra ting till sin drottning, därför hölls han högt i Vanaheim. Han var ståtlig men också skräckinjagande, lång och bister, mycket olik den ljuse Frej. Det sades att han rest längre bort i världen än någon annan av vanerna och att han var en obesegrad kämpe som skaffat sig stora rikedomar. Freja försökte nå fram till honom, hon ville höra honom berätta något från världen utanför, men när Alfhild svepte förbi i sin röda fladdrande klänning tändes något i hans ögon och han skyndade fram till Alfheims blivande drottning.

– Var hälsad Alfhild manbetvingare. Din skönhet blir allt mer bedövande för var dag.

Alfhild stannade till och gav Sigvard en road blick.

– Och du blir allt mer fräck, min vän.

Sigvards ansikte mjuknade, det fick honom nästan att bli vacker.

– Jag har rest över hela världen, sett de vackraste kvinnorna som finns, men ingen mäter sig med din skönhet. Alfhild, lyssna till mig. Snart har jag samlat en förmögenhet som kan mäta sig med Åses, jag ber dig ta mig till din make.

Alfhild skrattade till.

– Det säger du varje gång jag träffar dig. Men jag undrar, har du inte tillräckligt många kvinnor och barn Sigvard?

Hennes glänsande armband rasslade när hon lekfullt smekte kämpens kind.

– För det är väl inte så att din håg står efter Alfheims högsäte och inte efter mig? viskade hon leende och gick vidare mot drottning Åse.

Sigvard stod svarslös kvar och såg efter henne medan han knöt sina nävar så att knogarna vitnade.

Freja stod handfallen, något så spännande hade hon aldrig väntat sig. Sigvard trånade efter Alfhild. Ofattbart. Kanske skulle han bli kung en dag, det sades att han ville ha allt han kunde få. Men Alfhild verkade inte så dum att hon föll för hans uppvaktning.

Hon skymtade ett ensamt bröd som låg kvar på en stor bronstallrik. Hon skyndade dit och lyckades få tag i brödbiten innan någon annan tog den.

I samma ögonblick väste någon i hennes öra.

– Stå inte här och bli märkvärdig nu.

Det var Snotra.

Freja ryckte till. Illviljan stod som en sky runt den äldre prästinnan.

– Varför är du så arg? sa Freja förvånat.

– Du ska hålla dig på din plats. Mer än så är det inte, svarade Snotra och gick sin väg.

Freja svor muttrande en ed. Vad hade hon nu gjort? Ända sedan hon var liten hade hon tigit och lyssnat på de äldre prästinnorna. Alltid gjort sitt bästa vad som än krävts. Hon hade krafter mäktigare än de flesta prästinnor i de trettons råd, det visste alla. Ändå höll de henne därifrån, höll henne borta från alla viktiga beslut. Och hon var tvungen att stå ut med Snotras illvilja dag som natt.

Frejas humör förbättrades knappast av den skugga som nu gled upp vid hennes sida. Hon suckade djupt åt Gefjyn som stod hånleende intill henne.

Plötsligt tedde sig Snotras avoghet som en mild sunnanvind.

– Allra käraste syster, sa Freja med en röst som dröp av avsky.

– Jaså, du ska tala med främlingarna. Vilken tur att du slipper släppa Gullveigs kjortel, annars hade väl allt blivit för hemskt för dig. Hur många gånger har du lämnat prästinnornas hallar? Visst ja, de släpper ju ut dig ibland så att du kan bola med någon alvapräst.

Gefjyn började gapskratta, ett gällt och obehagligt skratt. Hon stod så nära och bröstade sig så att Freja var tvungen att ta ett steg bakåt.

– Jag ser att det svider i skinnet av avund. Det är nog bäst att du stannar vid vår mors kjortel, lilla syster. Där kan du nära ditt hat till alla och envar och slipper verkliga faror, fräste Freja.

Gefjyn fnyste och slängde med huvudet så att det mörka håret dansande. Hennes ansikte var hårt och spänt, de ljusblå ögonen lyste av avoghet.

– Och vem är du? Inget kan du göra förutom att sjunga, bjuda ut din kropp och låtsas drömma mardrömmar som får hela ön att hoppa högt.

Freja tog ett steg framåt, pressade sin kropp mot Gefjyn och höll sitt ansikte så nära att hon kände lukten från hennes mun. De två systrarna blängde ilsket på varandra.

– Jag kan också förbanna dig så att du aldrig mer kan lyfta din båge. Så försvinn, syster, innan jag lägger en stridsboja på dig!

Gefjyn backade osäkert undan och med en ilsken blick försvann hon bort till Åses högsäte där Gondul redan stod och förhandlade.

Freja såg irriterat efter sin syster, hon förstod inte hennes hat men hon borde inte tillåta sig att bli så arg. Det var fel att hota om man inte var beredd att verkligen lägga handling bakom orden. Men hon var trött på sin syster, att de båda legat i Åses mage var något som varken Freja eller någon annan kunde förstå. Det var inte bara deras sinnen som var så olika, deras utseende skiljde sig lika mycket från varandra. Frejas hår var gult som halm, ögonen var mörkt gröna och hon var högväxt och stark. En dag skulle hon ta sin mosters plats som den främsta bland prästinnorna. Gefjyn var istället den som fötts till att axla drottningens mantel.

Två systrar som styrde ön, balans mellan guld och gudinna. Så hade det varit hos vanerna sedan tidernas gryning.

Men hur detta skulle gå till kunde de inte begripa för sällan hade två systrar varit så främmande inför varandra.

Den kortväxta Gefjyn var så mörk att hon kunde ha haft en svartalf till far. Hennes ansikte var grovt, kroppen smidig och stark som en jägares.

Hennes håg stod till jakt och strid, ständigt var hon ute i markerna för att fälla byten med sin båge. Gefjyn hade uppfostrats hos kvänerna på gammalt vis och lärt sig deras seder. De bodde i hyddor och samlade inte på brons och guld. Istället jagade de säl i sina kanoter och björn och vildsvin uppe på land.

Kvänerna levde inte tillsammans med sina män, de träffade dem bara ett månvarv om sommaren. Denna tid var det enda Gefjyn avskydde hos sin fostermor och hennes folk. När männen lämnade ön tog de med sig de söner som fyllt sju och uppfostrade dem hos sig. Då la friden sig åter över kvänernas rike.

När Gefjyn återvände till Vanaheim var det tydligt för alla och envar att hon föraktade sederna i sin mors hall och såg ned på sitt mjukkindade folk.

Gefjyn hånade Freja men hon hade ingen aning om den träning som Freja underkastat sig. Freja hade redan som barn lärt sig att kunna sitta orörlig vid en helig sten under dagar och nätter för att lära känna dess kraft. Hon hade lärt sin ande att ta fågelhamn och flyga över världen.

Hon hade lärt sig leva med sierskeförmågan som ständigt gav henne bilder av sorg och död. Under ändlösa solvarv hade Freja studerat olika växter och lärt hur de lindrar sjukdomar. Hon hade lärt sig hur man hjälper barn till världen och hur ritualerna måste utföras.

Hon hade satt förbannelser på fiender och lärt sig hur man undviker den onda motkraften. Framför allt hade hon vandrat genom det plågsamma dödsriket och överlevt initieringen till prästinna. Hon var en utvald.

Hon behövde inte lyssna på sin okunniga systers gnäll.

2

Allt måste vara fulländat. Freja bar sin finaste klänning, den kornblå med långa ärmar och ett löst skört över höfterna så att de såg större ut. Hennes hår var uppsatt i nio flätor, lika många månader som barnet ligger i magen, det heliga talet. Kjolen och en överdel låg packade i ränseln samman med spåbenen och smyckena.

Runt halsen bar hon sitt finaste guldhalsband. Det var så stort att tre rader solspiraler fick plats på den breda plattan, det var det dyrbaraste hon ägde.

Freja började plocka bland de askar och knyten som låg utspridda på bädden. Vad mer skulle hon ta med?

Hon kastade en blick på de yngre systrarna som trängdes bakom hennes rygg. Deras frågor ekade obesvarade i hallen:

– Är du inte rädd?

– Vad ska du säga till främlingarna?

Freja teg. Hon hade inga svar att ge. Förgäves försökte hon istället samla tankarna och skjuta bort sin oro. Handflatorna var våta av svett. Äntligen skulle hon få lämna ön, hon skulle få resa, se världen.

Fanns det verkligen vidunder och troll i de stora skogarna? Kunde man se Skades ande? Fanns där jättar och förtrollade björnar?

Flickornas frågor fortsatte att hagla.

– Kommer du att sakna oss?

– Hur länge ska du vara borta?

Freja vände sig ilsket om, nu fick det vara nog. Men deras lysande ögon hindrade henne från att jaga iväg dem. De ville inget illa, de var bara nyfikna.

Hon såg på deras klänningar som låg slängda mellan bäddarna. Längs hallens kortsida stod krukor staplade under Gudinnemärket vilket lyste rött på väggen. Härdens svartnade stenar. De blankslitna sittstockarna.

Detta var hemma. Det var här hon vuxit upp.

Strupen snördes åt.

– Seså, lämna Freja ifred.

Sivs uppfordrande röst fick flickorna att motvilligt backa några steg.

– Nej, gå och gör era sysslor.

Siv slog ihop händerna och det skarpa ljudet fick dem att viskande lomma iväg.

– Var vi någonsin sådana? undrade Siv.

Det prasslade när hon satte sig på bädden bredvid askar och knyten.

Freja svarade inte. Blodrot var alltid bra att ha. Hon stoppade ned den sandfärgade växten i ränseln och luktade på ett litet knyte med silverört. Den var för gammal och hade tappat sin kraft. Hon la den missnöjd åt sidan.

Snotra, deras främsta på läkekonst skulle ju med på färden. Hon skulle säkert ta med sig flera ränslar fulla med läkeväxter. Men borde hon inte packa stenört och disahorn? Det var lika bra att vara på den säkra sidan. Freja pressade ned örterna i ränseln.

– Jag avundas dig inte, syster, sa Siv med mjuk röst och strök undan en gyllene hårslinga från ansiktet.

Hon var både mindre och yngre än Freja men hon hade en kropp som var gjord för att göra liv. Höfterna var breda, brösten stora, ansiktet runt och vänligt.

Freja slutade med sitt febriga packande och såg upp på sin vän. De hade vuxit upp sida vid sida. Det här skulle bli första gången sedan de var barn som de skulle vara åtskilda. Rädslan högg till inne i bröstet.

Tänk om de aldrig skulle ses igen?

– Jag tror att ett storslaget öde väntar dig. Det här är dina första steg, sa Siv.

Freja ryckte på axlarna och drog åt remmen runt den nu ganska fulla ränseln.

– Vi får se vad som händer. Det ska i alla fall bli skönt att lämna ön och slippa arbetet, morgonritualerna och de äldstas övningar. Vad som än sker så vet jag att jag slipper gå över ön för att leta efter en sten med fyra färger som ska läggas utanför kokhuset eller någon annan tråkig uppgift, sa hon och undvek därmed att tala om sin rädsla och oro.

Siv skrattade. Det fanns inte en enda prästinna som inte avskydde dessa, till synes, meningslösa övningar, som skulle utföras förutom det dagliga arbetet.

– Jag avundas dig. Du får se världen och du har välsignats med all denna kraft. Siv vände bort huvudet för att dölja den skugga som drog över hennes ansikte. Freja kände igen hennes sorg.

– Vem vet. En dag kommer kanske dina mostrar och hämtar dig åter, sa hon försiktigt.

Siv kom norrifrån och efter att hennes mor dött under en säljakt lämnade Sivs mostrar henne i Gullveigs vård. Då var Siv bara några år men hon mindes det ändå och drömde ofta om sin släkt.

– Det här är mitt hem nu. Siv log tappert.

Freja log tillbaka. Hon hade delat så mycket med Siv, de hade tröstat varandra ur hopplöshet, tävlat och tillsammans mognat från barn till kvinnor.

– Vi kommer snart att ses igen.

Freja höjde den osynliga vägg som drev bort oönskade syner och slog sedan armarna om Siv. Förvånad kände hon hur en liten mage pressades mot hennes egen.

– Du är ju välsignad! flämtade hon och la handen på Sivs klänning. Det nya livet vibrerade av spirande kraft.

Siv rodnade och vände bort huvudet.

– Vad är nu detta? sa Freja upprört.

– Under höstblotet tog Frej gudens plats. Tillsammans hedrade vi Gudinnan. Med en sådan far måste barnet bli vackert, eller hur?

Vad talade hon om? Siv hade inte legat samman med Frej under höstblotet. Freja mindes det väl. Så började hon sakta förstå.

– Vad har du tagit dig till?

Sivs kinder blev ännu rödare.

– Vi var samman i kokhuset. Jag ville det verkligen. Jag har åtrått den mannen i hela mitt liv. Han är den enda jag vill ha.

Hon sträckte trotsigt på ryggen och sköt fram magen.

– Jag ångrar inget.

Freja la ömt handen på hennes kind.

– Om barnet inte kom till vid ritualerna så är det inte säkert att Gullveig låter dig behålla det.

– Jag kan inte driva ut ungen från min mage. Aldrig! Jag ska behålla det hos mig.

Den annars så väna Siv blixtrade till som ett sommaråskväder. Freja såg förbryllat på sin vän. Vad hade flugit i henne? Hon begrep ingenting.

– Men …

Hon hann inte avsluta meningen.

– Freja. Det är dags.

Snotras röst ekade plötsligt som ett piskrapp genom hallen.

– Jag måste gå. Vi får tala mer sedan, sa Freja och svepte sin blå mantel runt axlarna.

– Vänta, jag hjälper dig, här.

Siv tog försiktigt de två runda spännena med varsin utsirad orm och fäste dem under Frejas hals.

– Tänk inte mer på det jag sa. Var försiktig.

– Det lovar jag, svarade Freja och skyndade ut på gårdsplanen med ränseln i handen.

Systrarna trängdes under vårdträdets skugga, där fanns också flera alvapräster som kommit för att följa de utvalda till båten. Det ilade till av glädje i Freja när hon såg Vidars breda axlar. Hon skyndade in i hans utsträckta famn.

– Trodde du inte att jag skulle komma? Han gav henne en varm kyss.

Freja smekte alvaprästens guldgula hår, njöt av hans värme.

– Jag är glad att du kom, flämtade hon när hans mun lämnat hennes.

– Jag blir glad när du kommer tillbaka, sa Vidar och tillsammans började de gå efter processionen.

Freja vände sig om och kastade en sista blick på Siv som stod utanför halldörren tillsammans med Njorunn, Frid och alla hennes systrar. Hon vinkade en sista gång och kunde nästan inte hålla tårarna tillbaka när hon gick ut genom den flätade grinden.

Men så fort hon lämnat gårdsplanen var det som om alla sorger och oro rann av henne. De var på väg ut i världen. Äntligen skulle hon få se vad som fanns där ute, bortom Vanaheim.

Freja log mot det disiga solskenet. Hon svävade över den upptrampade stigen, förbi äppellundarna där vita blomblad singlade ned på gräset. Förbi tjänarnas hyddor nedanför kullen.

En gammal man satt utanför sin hydda och flätade en vassmatta. Han vinkade och pekade på en mager get som stod bunden vid hans sida och tuggade på en pinne. Ett litet barn satt under djurets mage och sög på en av spenarna. Eir la en hand på geten och barnet och välsignade dem båda innan hon skyndade efter de andra.

När de närmade sig Vanaheims hallar lämnade folk åkrar och gårdsplaner för att följa dem till båten.

Alvaprästerna stämde upp en avskedssång, som ekade mellan kullarna och fick grisarna att trängas oroligt i sina hägnader av flätade vidjor.

Freja vinkade och välsignade tills hon blev trött i armarna. Snart var de nere i hamnen.

Åses praktbåt låg värdigt och vaggade i viken. De snidade ormhuvudena i för och akter såg levande ut, som om de skulle kunna hugga varje fiende som närmade sig båten. Längs med båtens sidor slingrade fler heliga ormar. Det var denna jättelika flatbottnade sjöhäst, hälften så lång som prästinnornas hall, som skulle föra dem över havet till Skades land. Trygves två båtar såg små ut där de väntade bredvid.

Åses sjöfarare, en gammal man med få tänder kvar i munnen och hans söner stod vid relingen och väntade. Prästinnorna var de sista som skulle stiga ombord. Båten var sedan länge lastad och klar. Tre brunraggiga små hästar stod i dess mitt. De hade noga bundits fast och kunde inte göra mer än att trampa oroligt. Tre tjänstekvinnor satt på robänkarna tillsammans med en handfull av Sigvards kraftiga kämpar. Männen skulle vakta båten men inte följa med till främlingarnas gård.

Drottningen såg, lätt oroad, hur Gullveig värdigt kom vandrande fram till henne. Det var så mycket som var beroende av hennes syster nu. Skulle hon verkligen orka? Den gamla höjde sin ormstav och uttalade en välsignelse över drottningen.

– Jag vet att makterna är med dig, men jag ska ändå blota för din välgång, sa Åse.

Gullveig lutade sig tungt mot sin ormstav.

– Jag tackar dig för det. Nu vill jag att du ger mig ett löfte, svarade hon och smekte ormhuvudets glänsande ögon.

Åse suckade inombords och väntade sig en av Gullveigs halvkvädna visor som kunde tolkas lite hur som helst. Men hon var ovanligt tydlig denna gång.

– Jag vill att du svär vid Gudinnan att du aldrig tillåter att Vanaheim splittras. Du kan profetian, om vårt folk inte står enade kommer Ön att gå under.

Åse såg forskande på Gullveig medan det kröp över hennes rygg. Vad hade hon sett i sina syner? Vad visste hennes syster som hon inte berättade?

– Du vet vilken ed jag svor när jag tog vår moders plats. Om Vanaheim hotas så är jag beredd att göra det yttersta offret. Fram med det du vet, jag ber dig både som din syster och som din drottning, sa Åse.

Gullveigs rynkiga ansikte skrynklades ihop. Under en kort stund kunde Åse nästan svära på att systern tänkte berätta vad hon sett, men när hon väl öppnade munnen var det ett gammalt ärende hon berörde.

– Oenighet kan också drabba dem som har starka blodsband. För att stå emot måste vi hela det som är bräckligt.

Den gamla skrattade när hon mötte Åses irriterade blick. Med några hasande steg var hon borta vid vattnet. Långsamt vadade hon ut till skeppet. Drottningen skakade sakta på huvudet när hon såg hur den gamla därefter lyftes ombord. Hon visste exakt vad Vanaheims översteprästinna menat med sina sista ord. Gullveig ville att hon skulle försonas med Freja.

Hon sneglade på dotterns allvarliga ansikte där hon stod och väntade på behörigt avstånd med prästinnor och präster. Hennes bedjande blickar kändes som knottbett på huden. Men till skillnad från myggor och insekter kunde Freja inte viftas bort, trots att Åse sannerligen försökt genom åren. Det räckte inte med att hon gett bort flickan till Gullveig och Gudinnan, hon krävde ändå omsorger. Den gamla irritationen sved till.

Gullveig hade en gång sagt att om flickan kunde lära sig att använda sin fulla kraft så skulle hon bli den mäktigaste prästinnan som någonsin levt på ön. Men för Åse räckte det med att ha den allseende Gullveig som sin syster. Gudinnan visste att det inte alltid varit lätt att leva med henne vid sin sida. Likväl hade hon, skrikande och blödande, satt en likadan till världen.

Åse rättade till bucklan på magen, dess spetsiga topp pekade trotsigt ut mot havet. Freja var en avbild av den man Åse hatade mest i denna värld. Och hon behärskade konster som skrämde vettet ur henne. Inte ens Gudinnan själv kunde kräva att hon skulle älska en sådan dotter. Nej, Åse föredrog Gefjyns trotsiga tystnad, den påminde åtminstone om henne själv. Hon svepte med blicken över hamnen och försökte hitta sin yngre dotter men fann henne ingenstans. Hon hade väl smitit iväg som vanligt.

Snotra hostade till och fångade hennes uppmärksamhet. Åse nickade stelt mot Gullveigs hjälpreda. Så kom Freja tassande med vädjande hundögon. Hon gav flickan en kort blick och önskade henne lycka till. Besvikelsen fladdrade till i Frejas ögon när hon vände sig om för att gå. Åse blev irriterad när Gullveigs ord började eka inom henne. Kanske var det sista gången hon såg flickan vid liv. Kanske... nästan utan att veta vad hon gjorde lösgjorde Åse den svarta sten som hängde i ett läderband runt halsen.

– Här dotter. Den ger dig tur.

Flickans ansikte började stråla av glädje. Åse lämnade över stenen, på dess blanka yta fanns märket för styrka, förstod Freja vad det var? Få kände till tecknens makt och ändå färre fick bära dem öppet. Men nog måste dottern begripa, annars skulle väl Gullveig berätta det.

Talismanen var den avskedsgåva Frejas far hade gett Åse innan han gav sig av. Hon hängde smycket runt Frejas hals. Stenen la sig tillrätta på det unga bröstet.

– Gå nu, sa Åse strävt.

I nästa stund inledde Gullveig offret till havsgudinnan Ran, hennes gälla röst bad om god vind och säker överfart. Åse såg Freja klättra ombord. Snart stävade båten ut ur viken med ett följe av fåglar svävande runt masten. Prästinnorna var på väg.

Freja brann av upphetsning när seglet hissades och båten gled ut från viken. Hon såg sin mor bli mindre och mindre på stranden. Snart syntes bara Vanaheims tre kullar. De var ute på havet. Ran fyllde det grå seglet med en frisk vind, båten forsade fram genom vattnet med Trygves två båtar seglandes bredvid, som om de var två föl som följde drottning Åses präktiga båt.

Freja satte sig tillrätta i fören och kände hur hela hennes väsen fylldes med nytt liv. Båten gled fram genom vågorna som en smidig häst, en saltvåt vind smekte hennes ansikte.

Det var sannerligen såsom berättarna brukade säga, att segla var som att gunga i Gudinnans armar. Allt omkring henne var signat blått, himmel, hav allt flöt samman. Den gudomligt ljusa strålade från himlavalvet. Freja kisade för att se vargarna som jagade Gudinnans vagn, men de var dolda under en tunn molnslöja.

Under dem svallade Rans rike, Solgudinnans nyckfulla syster. Varje afton körde den strålande sin vagn ned till havet för att sedan fortsätta till underjorden där hon med hjälp av Rans magiska fisk drev tillbaka rimtursarna som försökte ta över människornas rike och döda allt liv. Det var dessa frostjättar som sänt vargen att jaga solvagnen och den dag som besten hann ikapp dragarna skulle kylan och mörkret åter sänka sig ned över världen. Den eviga vinterns tidsålder skulle vara över dem igen.

Varje dag och varje natt var en kamp. Det enda de kunde göra var att beveka den stora modern, hon som fött fram allt, att hon skulle ge sina gudinnor kraft att förbarma sig över människobarnen.

– Jag tackar dig du strålande, ljusa, mumlade Freja.

– Det är en bra tid att segla på. Nu är Ran på gott humör, sa den tandlöse gamle sjöfararen och smekte relingen.

– När är det värst att segla? frågade Freja.

Han ryckte på axlarna.

– Två handsbredder ditåt, skrek han till den äldste sonen som satt längst bak och höll i rodret. Den unge mannen nickade och pressade den långa träpinnen en bit åt det håll fadern pekade. Den gamle nickade nöjt, lutade sig fram över relingen och stack fingrarna i vattnet. Han smakade på det, grymtade något ohörbart, och torkade sedan handen på den svarta ylleöverdelen.

– När är det värst? frågade Freja igen.

– Jodu. Det är svårt att ta sig till de dimmiga öarna efter höstblotet. Hon tycker inte om att man tar sig över det stora vattnet då. Vanskligt för långväga handlare att ta sig hem efter blotet.

– Hur hittar man dit då?

Freja såg vädjande på den gamle gubben som kliade sig i det brunbrända ansiktet med ett finger. Hon ville veta allt om havet och världen utanför Vanaheim.

– Det fick jag lära mig av min far. Man följer skuggorna och smakar på vattnet, ser på kusterna och öarna. Sedan visar ju Gudinnan vägen på natten med sina himlatecken.

– Hur ser det ut på de dimmiga öarna? Har du sett de dansande jättarna?

– Jo, det har jag faktiskt och något liknande kommer jag nog aldrig att se.

Freja kippade efter andan. Han hade verkligen sett dem på riktigt! Den gamle skrockade och kliade sig på hakan, nöjd över all uppmärksamhet den unga prästinnan visade honom.

– Rör sig verkligen stenarna i cirkeln?

– Det var stilla när jag var förbi, men man vet ju aldrig vad de har för sig när det är mörkt. Men nog är stenarna stora må du tro, större än det högsta träd. Mäktiga är de, prästinnorna och alverna på öarna, som fått dem att vandra från berget ända till stencirkeln.

– Hörde du Gullveig? Han har sett den heliga cirkeln.

Den gamla satt på en av robänkarna och såg ut över havet. När Freja ropade vände hon på huvudet och log.

– Jag vet.

– Varför kommer inte prästinnorna från de dimmiga öarna till Vanaheim?

– Det har de gjort många gånger, sa Gullveig.

Freja tystnade förbryllat. Det här var åter ting som hon inte kände till. Hon ville fråga gubben mer, men han klev bort till andra sidan båten där han skrek på en av sina yngre söner att ta bort hästskiten som kommit från de skräckslagna djuren.

Freja klättrade fram till Gullveig. Hon måste få veta mer.

– Varför byggde de den heliga ringen?

– Av samma skäl som din anmoder offrade sina makar, för att blidka Gudinnan. Rimtursarna reste sig från Nifelheim, kylan och mörkret höll på att erövra hela världen.

– Men blotade de inte på öarna?

– Jo, men Gudinnan var rasande. Alltför många hade vänt sig bort från henne. De höll gudarna högre. Folket där begrep inte vilka krafter de satte i rörelse. Först när Solgudinnan vände sig bort och mörkret sänkte sig över dem förstod de vilket misstag de gjort. Männens gudar kunde inte hjälpa dem. Människorna stod ensamma mot jättar och tursar. Lyckligtvis fanns det prästinnor som fann på råd. Om de reste det mäktigaste templet som världen skådat till Solgudinnans ära så skulle hon återvända till dem.

– Blidkades hon?

– Ja, till slut.

– Men varför vände de sig från Gudinnan?

Gullveig suckade och strök undan en hårslinga som fladdrade i den varma brisen.

– Det händer ibland. Det finns ondsinta gudar som häller gift i männens öron när de sover om natten. När männen vaknar tror de att de är starkare än Modergudinnan. Ordningen störs och kaosmakter bryter in. Då går det alltid illa för människorna.

– Är det vad som hände med främlingarna?

Gullveig nickade.

– Så du förstår att det aldrig kan gå väl för dem.

Freja nickade tyst och såg sedan ut över havet. Det hade en annan färg än den hon var van vid, till och med lukten var annorlunda, den var mjukare och inte lika stickande som vid ön. De mörkblåa vågorna jagade varandra lekfullt medan solen glittrade i dem.

Allt verkade så fridsamt, men hon visste att fruktansvärda bestar som kunde sluka båten i en enda tugga lurade nere i havet. Och ännu längre bort, bortom den blå horisonten slutade människornas rike, där levde rimtursar sida vid sida med bestar och andra monster som hela tiden försökte ta sig in deras värld. Bara Solgudinnan drev dem tillbaka.

– Hur länge kan vi segla innan vi lämnar människornas rike?

Gullveig småskrattade.

– Det får du fråga honom om, sa hon och pekade åt gubben där han stod och spanade i fören.

Freja slöt ögonen och lutade sig tillbaka medan hon funderade över sin egen bräcklighet. Det långsamma vaggandet fick henne snart att falla i en välsignad drömlös sömn.

När hon vaknade var de framme vid Skades land. Båtarna följde dess kust norrut. Freja satte sig åter vid fören och såg hänförd ut över de ändlösa skogarna. Ett par gånger skymtade några hyddor inne i en vik. En gång trodde hon sig se någon från det gamla folket i skogen men hon var inte säker. Det var i alla fall någon kortvuxen som stod och såg på de tre båtarna i skydd av låga buskar.

Det gamla folket undvek människorna. Det sades att när Frejas folk kom seglande till detta land, vägledda av Gudinnan som räddade dem undan den stora katastrofen hade vanerna stridit mot det gamla folket, bronssvärd mot yxor av sten.

Vanerna hade segrat och sedan den dagen var det gamla folket försvunnet. De levde djupt inne i berg och skrevor där ingen kunde hitta dem.

Freja trevade med handen efter den svarta stenen som hennes mor skänkt henne och följde kraftrunans tecken med fingertopparna.

– Det var en storslagen gåva du fick, den där betyder mycket för din mor, sa Gullveig mjukt.

Gullveig satt i skuggan under det tyg som spänts upp för att skydda prästinnorna mot eftermiddagssolen. Freja drack sval enbärsdricka ur en kruka.

– Var kommer den ifrån? Har du skänkt den? frågade hon och skickade sedan vidare krukan till Gullveig.

Offerlammet bräkte olyckligt från sin plats i aktern. Tjänarinnorna satt runt omkring djuret och försökte mata det medan de talade samman med höga röster. Hästarna stod med sänkta huvuden och slog olyckligt med sina svansar. Kämparna satt djupt försjunkna över ett brädspel.

– Nej, den har din mor fått av någon som betyder mer för Åse än vad jag någonsin gjort.

Gullveig smålog sorgset. Snotra tittade upp och såg avvaktande på överstteprästinnan. Freja var inte dummare än att hon förstod att här fanns en historia. Hon la huvudet på sned och vädjade stilla.

– Berätta.

Gullveig tvekade. Kanske var tiden ändå inne att Freja fick veta. Samtidigt skulle hon bryta mot deras seder om hon berättade allt. Barnen tillhörde modern.

Hon mötte Snotras ilskna blick. Det sprutade som eldkvastar ur hennes ögon. Gullveig bestämde sig. Snotra borde lära sig att vissa regler måste brytas, att helheten ibland är viktigare än detaljerna. Dessutom var eftermiddagen långsam och resan lång.

– Du förstår flickan min. I sin ungdom älskade Åse en ung alvapräst vid namn Njord. Det var den vackraste mannen i Vanaheim. Deras kärlek var stor.

Freja stelnade till. Den här historien var uppenbarligen något enastående. Hade hennes mor älskat en man? Det verkade otänkbart.

Gullveig såg hennes förvirring och skrattade.

– Nåjo. Vi har inte alltid varit gamla och skrynkliga. Din mor har alltid varit allvarlig, men under sin ungdomstid var hon gladare än du någonsin sett henne. Nåväl, vår mor dog i lungsvikt och Åse tog över hennes mantel. Naturligtvis valde hon Njord till sin kung.

Gullveig log åt det förflutna. Bilder från förr skymtade förbi i det glittrande vattnet.

– På den tiden var drottningens hall en lycklig plats. Inget din mor gjorde gick fel. Jag hjälpte din mor föda sina barn. Kokade gulmåra för att lindra hennes smärtor när hon skrikande och blödande satte nytt liv till jorden. Den första var en stark gosse.

När hon födde nästa barn så började hon dock bli bekymrad. Också det var en pojke. En mager stackare som bara stannade några timmar i denna värld. Och efter det hände ingenting. Två år gick och inget liv slog rot i Åses sköte. Detta trots att hon ofta var vid källan och la ned gåvor till Gudinnan. Njord sörjde om möjligt ännu mer. Landet måste ha en fruktsam kung, Gudinnan tillåter inte något annat.

Folk började bli oroliga. Det viskades i hallarna, och snart hördes de första rösterna som krävde att Åse skulle skicka bort Njord och skaffa sig en kung som hade kraft i sina länder. Man hånade honom öppet, kallade honom kung Kuklös.

Lyckligtvis var skördarna goda under dessa år för du vet väl vad som hade hänt annars?

Gullveig såg uppfordrande på Freja som snabbt svarade.

– Han måste blotas så att Gudinnan blidkades.

Gullveig nickade förnöjt.

– Nu var ju Njord alvapräst och därför trodde alla att hans fruktsamhet var god.

– Men så var det inte, sa Snotra.

– Så var det inte, sa Gullveig.

– Jag sa som det var, att något måste göras för att Åse skulle föda ungar. Till slut skickade jag iväg Njord. Han tog den förstfödde pojken med sig. I Alfheim svor han sig till tvillingguden. Strax efter att han rest började Åses mage att växa. Men då var det för sent. Åse talade inte om vare sig det som hänt eller om sin växande mage.

Men en dag när jag kom till hennes hall förklarade hon att barnet var en dotter och att jag skulle få ta hand om det.

Gullveig försjönk i djupa minnen medan Freja satt orörlig vid hennes sida. Med bultande hjärta anade hon fortsättningen på historien.

Hon nuddade försiktigt Gullveigs mantel.

– Snälla moster, berätta mer.

Den gamla ryckte till.

– Fortsättningen kan du säkert ana, sa den gamla. Åse födde sitt tredje barn. Det var du. Den gamla reste genom tiden och såg åter ned på den nyfödda Freja som låg i hennes armar. Hon log stillsamt åt minnet.

– Vad hände sedan?

Frejas röst var spänd som en bågsträng. Det här var första gången som hon hörde om sitt förflutna. Detta var den första ledtråd hon fått till sin mors kyla.

– Var inte så hård mot Åse. Hon har inte haft det lätt i livet. Hon lever ett annat liv än vad du gör, hon hör inte Gudinnans röst, känner inte hennes vilja. Åses makt är världslig, hon varken ser eller förstår, bara anar. Var du tacksam för att du är en utvald och döm inte dem som står utanför, sa Gullveig som om hon läst Frejas tankar.

– Din fars avskedsgåva var den talisman som du nu bär runt halsen. Bär den med glädje. För trots att din mor sörjde honom så mycket att hennes hjärta blev hårt fortsatte hon bära talismanen. Det är den sista resten av hennes livs stora kärlek.

– Men Gefjyn? sa Freja skakad över all denna kunskap hon fått.

Gullveig nickade.

– Ja, Åse var ju tvungen att ge liv åt ytterligare en dotter. Strax efter din födsel fick jag välja ut en ny kung åt din mor. Själv brydde hon sig inte det minsta. Jag hittade en ståtlig jägare, Gendilfs son. Åse var i alla fall inte missnöjd och hon födde snart Gefjyn. Men när flickan var halvvuxen fick han feber och dog. Därefter har hon inte valt sig någon ny kung.

– Vad hände med Njord? sa Freja.

Min far. Hon kunde nästan inte tänka ordet, så ovant var det för henne att tänka sig att det någonstans fanns en man som avlat henne. Tanken fyllde henne nästan med vämjelse.

– Ja, Njord. Hans krafter var stora och han lyckades bli överstepräst i Alfheim. Det blev naturligtvis ännu svårare för din mor. Njord kom ju till vår ö och deltog i ritualerna tillsammans med mig. Även om hon visste att det var Guden och Gudinnan som använde våra kroppar led hon ändå av att se våra välsignelser. Åse blev allt mer tystlåten. Att vara drottning är ett hårt och ensamt arbete. Hela världen kräver en bit av din mor, det ska du veta. Njord var en god man och han sörjde Åse med hela sitt hjärta. Till slut lämnade han sin plats som överstepräst och vad jag vet lever han fortfarande i Alfheim.

Freja slöt sina ögon, huvudet sprängde av den otroliga berättelsen. Hon hade aldrig kunnat ana att hennes mor och moster upplevt något dylikt. Och hon hade en bror, det bekräftade de gamla misstankarna. Skulle hon våga ställa frågan?

– Vad hände med pojken? Min bror.

Gullveig tvekade, hon hade kanske svarat om inte Snotra lagt sig i.

– Vissa saker bör man inte veta. Och har du inte fått mer kunskap än du behöver?

Freja dolde sin irritation och såg ut över vattnet.

– Snälla Snotra, låt mig få veta.

Snotra lyssnade inte, istället vände hon sig till Gullveig.

– Det kan inte vara bra att berätta hela sanningen. Tänk vilka problem det kan ställa till med.

Gullveig nickade.

– Nu ska jag vila.

Hon la sig mödosamt till rätta på fällarna och slöt ögonen. Det var meningslöst att fråga mer.

Båtarna letade sig in i ett myller av kala klippöar där bara några grästovor lyckats bita sig fast. Ju längre de seglade, desto grönare blev klipporna som reste sig ur havet. Här luktade havet sötare och bergets färg var mörkare. Vidsträckta träskmarker bredde ut sig på land. Främmande fågelskrin ekade över vattnet.

När de nådde en gles skog med högresta lövträd förklarade sjöfararen att de nästan var framme. Det var först då, i det ögonblicket, som Freja började tänka på vad som väntade. Rädslan sköt igenom kroppen som ett vitglödgat spjut. Under en kort stund kunde hon inte tänka klart. Vad skulle hända dem?

Hon kastade en blick på Gullveig. Den gamla satt fridfull och såg ut över vattnet. Freja svor en tyst ed, vad som än hände skulle hon inte göra sin moster besviken. Hon skulle värdigt möta det framtiden hade i sitt sköte. Hon skulle inte tappa besinningen.

Båten la till vid den steniga stranden med en dov duns. Upphetsad sjönk Freja ned i det ljumma vattnet och vadade in till det okända landet. Lukterna stack i näsan, så annorlunda än dem hon kände till. Inte ens ekarna luktade som hemma. Hon stod förundrad och såg sig omkring. Detta var Skades land. De var äntligen framme.

De skäggiga kämparna lastade svärande ur de vilt gnäggande hästarna. De kämpade sig upp på det fasta landet där de genast började snappa åt sig grässtråna som bitit sig fast mellan stenar och klippor.

Tjänsteflickorna började förbereda nattens läger. En kämpe lossade yxan från bältet och gick för att samla ved. De andra kom gående med knyten och urnor och la dem försiktigt i en hög. Freja gick kämparnas ledare, Byggvir, till mötes när han kom vadande med offerlammet i sin famn. Hon tog djuret och följde Gullveig och Snotra in i skogen för att be om främmande disers beskydd.

Skogen var avvaktande, dess kraft pulserade svagt mellan mossiga stammar och grå stenar. Gullveig gick fram till ett stort klippblock som låg kastat mellan träd och täta snår. Hennes mantel fastnade i buskagen och hon började tyst sjunga en galdr för att lugna skogens väsen. Freja lyssnade med hela sin kropp. Det fanns en närvaro i denna skog som hon inte kände igen. Den sträckte sig fram till henne, kände lammet som skräckslaget bräkte i hennes famn. Hon stod lugnt stilla medan diserna kände på henne.

– Jag hälsar er skogens andar, jag hälsar er trädens andar, jag hälsar er vattnets andar…

Lammet bräkte medan Gullveig sjöng galdren, det lilla hjärtat pickade mot Frejas handflata som om djuret anade sin förestående död. Tiden var inne.

Hon la lammet på den grå stenklippan. De tre kvinnorna började mässa. Gullveig lyfte sakta den utsirade bronskniven medan hon hälsade på skogens väsen och bjöd in dem. Det prasslade i torra löv när de osynliga samlades runt dem.

Kvinnorna ökade galdrens styrka, deras röster slingrade sig upp mot trädtopparna, ut mot vattnet, in i det okända. Freja kände hur kraften ökade i skogen, den vibrerade mellan stammarna, in i henne. Hon gled in i sejdens dimmiga gränsland mellan världarna. Sången stegrades till ett skri. I samma ögonblick skar kniven upp lammets hals. En mörk våg svepte över Freja medan blodet rann ut över den grå klippan. Halvt i trans tog hon sin signade kvist, doppade den i blodet och skvätte sedan lammets livskraft ut över träd, blad och mark. Nu var skogens puls densamma som hennes. De pulserade tillsammans i vågor. Gullveig smetade ut blodet så att varje skrymsle av den grå klipphällen färgades röd. Blotkraften fick stenen att gnistra av kraft.

Kvinnorna tackade makterna, de tackade Gudinnan, de vädjade och bad om deras hjälp och beskydd.

– *Erce, erce,* hör dina döttrars ord.

Så tystnade de, samtidigt.

Det var fullbordat.

Freja gled ut ur transen som om hon vaknade ur en dröm. Inte ett ljud hördes. Tystnaden var fullständig. Så kände hon en våg av värme skölja genom kroppen. Fåglarna började åter sjunga och vinden leka med trädkronorna.

Deras offer var mottaget. De hade disernas beskydd.

Nu kunde de börja sin vandring.

– Det här är Lökk. Hon kommer från en av utgårdarna och har ofta jagat i trakten. Det är hon som ska visa er vägen till främlingarnas gård, sa Trygve och gjorde en gest mot den magra flickan vid hans sida. Med sina långa ben och sitt toviga hår liknade tösen ett föl, men hon hade en vaken blick med mycket tåga i.

Gullveig nickade gillande.

– Det är en knapp dagsmarsch dit, sa Lökk.

– Jag skulle också gärna följa med, sa Hallundas hövding.

– Nej, Trygve, inga män får störa vår resa. Så länge vi bara är kvinnor skyddas vi av Gudinnan och varken fiende eller best kommer att röra oss.

– Det må vara sant, men jag tänker ändå lämna två av mina båtar, sa Trygve.

– Du gör som du vill. Är alla redo?

Gullveig såg sig omkring. Tjänsteflickorna höll de tungt packade hästarna i repen som spänts runt djurens huvud.

– Allt är klart, sa Freja och la ränseln över axeln.

– Må Gudinnan vaka över er, hälsade Trygve.
– Vi har intet att frukta, svarade Gullveig trosvisst.
Freja vinkade till kämparna och den gamle sjöfararen medan hon följde Gullveig in i skogen.
– Vi ska be för er, ropade de.
– Det är hitåt, sa Lökk och tog ledningen in i den glesa skogen.

Snart var lägret försvunnet bakom dem och de var omslutna av trädstammar. Freja såg sig förundrat omkring. Det kändes som om hon flöt fram över markens torra löv. Efter den långa resan i båten var det en lättnad att få använda kroppen igen. Blodet rusade i henne.
Detta var sannerligen ett äventyr.
Snart skulle hon se mördarna, snart skulle hon bli ett redskap för Gudinnans hämnd. Hon såg sig storögt omkring.
Solen sköt gyllene pilar genom de ljusgröna trädkronorna högt över deras huvuden. Fåglar svepte förbi för att sedan sjunga ut deras närvaro i en högljudd kakafoni. Ett par rådjur stelnade till bakom de lena, raka trädstammarna och stirrade förvånat på dem.
Men de var inte de enda som följde deras vandring. Freja kände skogsandarnas osynliga blickar i ryggen. Det prasslade bland löven när de följde dem i spåren. Freja skärpte sina sinnen för att kunna se dem, men de var som skimrande luft i solskenet. Det närmaste hon kom var att se hur en trädstam för ett ögonblick blev otydlig när en av andarna passerade förbi. Ända var de där, överallt. De var som en nyfiken vänlig kraft som tumlade runt omkring henne.
De gick inte särskilt länge denna första dag. Gullveigs ben var stela, och de behövde inte skynda sig. De stannade för natten och prästinnorna hällde ut lite mjöd i en cirkel runt lägret medan tjänarna satte upp tältet. Därefter la Freja försiktigt bröd och bär på marken medan hon sjöng en gåvogaldr. Aftonens blåvita ljus förvandlade skogen till ett tempel. Skogsandarna blev lite skarpare. Om Freja koncentrerade sig med sin fulla kraft kunde hon se deras uppspelta

nyfikenhet när de trängdes runt maten. Små grönskimrande varelser knuffades med grå vättar. Andra andar hade ingen riktig form, deras kraft kunde snarare kännas än ses. Och bakom de yngre fanns själva markens själ, tung och trygg som en moder. Freja kastade en blick mot tältet där Snotra och Gullveig satt och talade samman. En av tjänarna höll på att tända elden.

Hon tog några försiktiga steg in bland träden. Torra löv kittlade under fötterna. En igelkott kikade yrvaket ut från ett taggsnår. Freja satte sig på huk och kallade på den inom sig. Det lilla djuret såg sig nyfiket omkring, vädrade med sin svarta nos. Freja fortsatte ropa. Nu var den nästan ute ur snåret. "Kom till mig, kom till mig, jag har mat att ge", ropade Frejas ande. Igelkotten bestämde sig, den vaggade mot henne med ivriga steg, de små svarta tassarna prasslade i löven. Freja log, trevande med högerhanden i bältet. Nu var den nästan framme vid hennes fötter. Hon grep sin kniv och högg till.

Den svartvita taggiga kroppen naglades fast i marken. Djuret hann inte ens skrika till förrän det ryckte till och dog. Det sista hon kände var dess förvåning.

Freja lyfte upp dolken och såg belåtet på den döda igelkotten. Det var inte mycket kött i den, men det var i alla fall en omväxling till den jästa gröten de ätit på resan.

Hon såg sig om. Skogsandarna stod samlade runt henne, de var avvaktande.

– Förlåt mig, mumlade Freja och lyfte bort igelkotten från kniven. En av taggarna stack henne i fingret så att det började blöda. Hon svor till, men lyckades krama ur lite blod från det döda djuret och lät det droppa ned på marken tillsammans med blodet från sitt finger.

– Jag tackar för gåvan, sa hon vördnadsfullt och kände hur andarna flockades runt gåvan för att dricka dess livskraft.

Freja tömde sitt sinne på egna tankar. Hon bjöd in dem att fylla hennes medvetande. Gensvaret kom först trevande, som om de inte vågade lita på henne. Freja satt kvar, lugn med slutna ögon.

De kunde lita på henne. Hon bjöd in dem. Allt var fred. Andarna stillade sig, sedan kom en outhärdlig våg av känslor.

Med hela sitt sinne, med hela sin kropp uppfylldes hon av en nästan olidlig vördnad inför den enorma skönhet som fanns i denna skog. Känslan övermannade henne, den skar nästan sönder henne. Vackert. Allt var så vackert. Hon kände, nej hon var, skogens grönskimrande själ. Hon var det långsamma växandet, vinterns vila och explosionen av liv under våren. Hon var de uråldriga stenarna som bar visdom från jordens gryning; det snabba skugglivet som levde under ruttnande trästubbar; den djupa skogsmagi som förtrollar varje träddunge. Hon var ett med Gudinnan.

Tårarna rann längs kinderna och Freja tackade tyst för att hon förmådde se. Andarna drog sig sakta tillbaka, hon försökte hålla kvar dem men visste samtidigt att hennes förstånd inte skulle klara av mer.

Snart var de alla borta och hon satt stilla kvar.

En hand på hennes axel återförde henne till verkligheten.

– Din blick har blivit klarare, sa Gullveig lågmält.

Freja kramade den gamlas hand. Hon visste inte vad hon skulle svara, det fanns inga ord som kunde beskriva det hon just upplevt. Istället höll hon upp kniven med den döda igelkotten.

– Jag har fångat lite kött.

– Åh så bra. Kom så rostar vi den på elden, log mostern.

Freja reste sig, tornade upp sig över Gullveig. När hade hon blivit så lång? Eller var det Gullveig som hade blivit mindre?

Hon följde förvånat den gamlas mödosamma steg med blicken. Hennes kropp var så gammal och skör. Hon liknade en fågelunge under sin blå linneklädsel. När hände detta? När blev Gullveig så gammal?

Hon skyndade fram, gav igelkotten till en av tjänarinnorna och hjälpte istället den gamla att sätta sig ned vid elden.

– Min kropp är sliten, den värker och gör ont. Bara Snotras värmande händer gör mitt liv uthärdligt, men jag är trött, så trött. Jag längtar efter den dag jag slipper vakna.

Gullveigs röst var torr och saklig men orden skar i Frejas hjärta. Hon kurade ihop sig bredvid mostern och la huvudet i hennes knä. När Gullveigs händer strök hennes hår kom tårarna.

– Så, så. Inte ska du sörja, än lever jag. Och vad som än händer har du ett långt liv framför dig, använd det väl. Den gamla tystnade och såg in i elden en lång stund, som om hon såg Frejas liv utspela sig inne i flammorna.

– Hur stenig än stigen är måste du följa den. Du ska inte lyssna till andras ord. Du måste vandra rakryggad. Hela Vanaheims öde beror på detta, sa hon med sierskans tonlösa röst.

Freja satte sig upp och såg forskande på Gullveig. De onda aningarna kröp längs ryggraden. Men den gamla vinkade bara avvisande med handen och såg lystet på den uppochnedvända igelkotten som rostades på en het sten.

– Nu äter vi.

Tor förbannade åkern. Som så många gånger förr vädjade han till dess torra jord. Han hade gjort allt han kunde, ändå ville inte säden slå rot. Inte ens det dyrbara lamm som han offrade efter sådden togs emot av denna motsträviga mark.

Bara några glesa strån vajade i den ljumma vinden. Och det var inte den enda otur som drabbat honom. Få av djuren hade fått ungar denna vår. I skogen höll villebråden sig borta. Bara havet gav motvilligt ifrån sig någon enstaka fångst.

Förbannelsen låg kvar över dem.

Han suckade och kliade sig bekymrat på den mörkröda stubb som växt ut på hans haka.

Till vintern skulle de få svälta. Det var ingen mening att låtsas om något annat. Det var inte första gången som hungern slitit i tarmarna och drivit de svagaste av dem till vanvett och död.

Han kastade en blick mot skocken av ungar som skrattande sprang fram och åter på gårdsplanen. Under vintern skulle de gråta av hunger och förtvivlat tigga om mat. När den tidiga våren kom skulle de ligga tysta och orkeslösa på sina bäddar. De svagaste skulle stilla dö och grävas ned i skogen utan några större åthävor. Han hade sett det hända många gånger förr.

Tor följde den pojke som en av trälkvinnorna födde för tre somrar sedan med blicken. En liten vild unge med samma mörkröda hår som han själv.

Tors far hade velat sätta ut honom i skogen men Tor hade vägrat. Inga ungar skulle dö i onödan.

Han sträckte på den värkande ryggen och svor en stillsam ed. Vad som än krävdes skulle han se till att hans folk skulle överleva. Förbannade vare de häxor som kallat ned detta över dem. Jorunn hade velat att de skulle blidka Gudinnan, men den gamla tron hade inget att erbjuda dem förutom döda barn och svältvintrar.

Oden hade sedan länge vänt Gudinnan ryggen. Han sa att ingen karl skulle ta order från en kvinna, att de visste bättre än att låta häxor styra över deras liv. Tiwatz makt var mäktigare än någon av dessa fruntimmer.

Det Oden sa var sant. Tor hade känt gudens närvaro i striden. Han visste vilken berusande makt Tiwatz hade.

Ändå hade häxor nedkallat denna förbannelse, besegrat den högste av dem alla.

Tor tog upp en sten ur den torra marken och slungade den ilsket bort mot skogbrynet. En lätt beröring över hans fuktiga rygg fick honom att rycka till.

– Vad tänker du på?

Det var hans mor, Jorunn, som såg upp mot honom med sina bruna sorgsna ögon.

– Det blir ännu en hård vinter, mor. Åkrarna ger inte mycket. Förbannelsen ligger kvar över oss som en ruttnande fäll och förgiftar vårt liv.

Han spottade ilsket ned på den ofruktbara marken.

Jorunn suckade. Hennes redan så böjda kropp sjönk ihop en liten bit till. Också hon hade försökt att offra till detta främmande land, men det var som om det inte lyssnade på henne. Som om det värjde sig för hennes böner. Ändå var hon född av en prästinna och borde därmed ha makten att tala till jorddiserna.

– Vi har klarat oss i tre vintrar och byggt oss en präktig hall. Landet är stort, inga främmande har kommit med eld och yxor. Det kommer säkert att bli bättre, sa hon tröstande.

Tor fnös.

– Ingen har kommit än, men karlarna i Utgård stal boskap från några främmande gårdar när de svalt. De sa att där var kritterna feta och säden växte tät. Mor, jag kommer göra detsamma. Jag ger mig av med några karlar till hösten när skördarna är bärgade och visthusbodarna fulla. Det sägs att det finns fler rika gårdar om man vandrar österut. Du kommer inte svälta i vinter igen. Jag ger dig mitt ord. Sedan får vi ta striden efteråt. Det har vi gjort förr.

Han smålog bistert.

Jorunn klappade sorgset Tors sträva kind. Hon visste vad som skulle hända. De främmande skulle samla sina fränder och komma för att driva bort dem. Allt skulle ske igen. Detta var hennes folks öde.

Sorgset såg hon upp mot tunet, som om hon redan väntade att få se fiender. Men där, bland det höga gräset, väntade istället en annan syn som fick henne att skrika till av överraskning.

– Se, Tor!

Han följde hennes blick och flämtade häpet till.

– I Tiwatz vagga, flämtade han.

Tre ljusvarelser kom svävande nedför sluttningen. De skimrade av blått och guld som om de bundit sol och himmel runt omkring sig.

Var det människor eller Gudinnor som kommit för att hemsöka dem?

Han tog några steg fram och kisade mot varelserna. Kvinnan längst fram bar en lång stav med ett glittrande huvud.

– De är den gamla trons prästinnor, sa Jorunn andäktigt.

Hennes ord fick den gamla skräcken att vakna.

– De kan störta oss i fördärvet igen. Du vet att häxor alltid kommer med ofärd, sa Tor osäkert.

Kanske borde han varna sina vapenbröder. Tillsammans kunde de driva bort kvinnorna från deras mark.

– Tor, de är Gudinnans döttrar. De kan rädda oss. De är de enda som kan häva förbannelsen, sa Jorunn.

– De kommer inte att leva länge när far får syn på dem, sa Tor bistert och såg upp mot kvinnorna. Ju närmare de kom desto mänskligare blev de.

Jorunn nickade och strök bort en tår från kinden medan hon samlade sig. Det måste finnas ett sätta att blidka Oden så att han lät prästinnorna ge dem livet åter.

Hon såg upp på sin storvuxne son.

– Du har rätt. Oden har druckit hela dagen. Han är vettlös, om du inte hjälper mig så kommer vi alla att dras ned i fördärvet.

– Vad ska jag göra?

Jorunn förklarade.

Det höga gräset nådde nästan Freja till midjan. För varje steg hon tog reste sig ett moln av damm, insekter och fjärilar.

Snart kom de ned på en väl upptrampad stig. Hon hoppade över en hög med kospillning och såg sig nyfiket omkring. Nu var de nära främlingarna. Snart skulle Freja få se bestarna som kunde ta björnhamn. Upphetsning blandade sig med rädsla så att hon inte kunde avgöra var det ena slutade och det andra tog vid.

Vid den första anblicken skiljde sig främlingarnas gård inte särskilt mycket från Vanaheim. Den nytimrade hallen var liten men den var byggd på samma sätt som hennes mors hall med tjockt halmtak och ljusa lerklinade väggar. Hon såg hur en kvinna och en storvuxen man skyndade från en åker mot hallen.

De hade sett dem.

Freja drog ett djupt andetag. De var tre utvalda som beskyddades av Gudinnan. Inga onda makter var starka nog att besegra dem. Hon såg på Gullveig som oberört vandrade framåt med sin ormstav, och drack av den gamlas lugn.

Det fanns inget att frukta.

Ändå, fanns där något. En vag obehagskänsla växte sig starkare för varje steg Freja tog. Något var fel. Känslan ökade ju närmare gården de kom. Hon sög den till sig, vände och vred på det märkliga. Det var som om marken vred sig i obehag över sina gäster. Hon skärpte sin blick, men såg inga väsen omkring sig.

Snotra vände sig om och växlade en allvarlig blick med Freja. Hon hade också känt det. Vad var det här?

Freja koncentrerade sig med all sin kraft, men där var tomt. Inte den minsta skiftning i luften. Ingen kraft vakade över invånarna på gården.

Förvåningen fick henne att trampa rätt i en hög kospillning igen. Hon svor och torkade snabbt bort den fuktiga smeten med en näve torrt gräs.

Hade inte främlingarna blidkat diserna innan de slog ned sina bopålar? Förstod de inte vad som kunde hända om makterna inte stod vid deras sida?

Bakom gärdesgårdarna fanns några ynka strån på torra jordplättar. Inte ens kornet grodde som det skulle. Det var de eländigaste åkrar hon sett i hela sitt liv.

Några magra kor betade vid skogskanten medan en smutsig vallpojke storögt stirrade på dem. Kritternas revben stack ut från de magra kropparna. De såg ut som om de precis släppts ut efter en lång kall vinter. Det blev allt svårare att hålla rädslan stången. Freja skyndade fram till Gullveigs sida.

– Vilka otyg plågar denna gård?

Den gamla gav henne en sammanbiten blick.

– Så där illa växer inte säd om man så kastar den på ofruktbar mark. Det ligger sjukdom över marken här, sa Gullveig.

– Och nu ser jag varför. Må Gudinnan vara oss nådig, sa Snotra och tvärstannade på stigen och pekade mot hallen.

Freja flämtade till när hon såg det ofattbara. Bredvid långhuset låg ett stort klippblock, två manslängder högt och med släta sidor. Främlingarna hade byggt sin hall vid en helgasten – inte undra på att säden inte växte på åkrarna!

– Moster, hur är det möjligt? sa Freja andlöst. Hon hade aldrig sett något så vanvördigt. Aldrig trott att någon människa kunde göra något så dumt.

Minsta lilla barn visste att i en helgasten bodde diser som krävde både vördnad och blot. Och under dem bodde de små och om inte de behandlades med respekt kunde de skicka sjukdom och död över både människor och fä. En helgasten var en helig plats där makter från luft, eld, ande och jord samlades.

Där hade främlingarna byggt sitt hus och deras avfallshög fanns strax bredvid.

– Inte undra på att makterna rasar. Det här är en ohelig plats, sa Gullveig tyst och tecknade en skyddsruna i luften. Den glimmade svagt och föll sedan kraftlöst mot marken.

Freja rös av skräck, men gjorde likadant. Agg och avsky slog emot dem för varje steg de tog mot den lilla grinden i gärdesgården. Hur kunde människorna leva där inne? Hur var de beskaffade?

– De onda makterna har kanske tagit över dem? sa Freja.

Hennes röst darrade trots att hon försökte låta morsk.

– Nej, här råder Gudinnan och hennes makter. De är vredgade men de tar inte över sinnen, sa Gullveig.

Freja svalde hårt och hoppades att Vanaheims översteprästinna hade rätt. Hennes puls slog så hårt att det dånade i öronen. Brinnande kroppar från drömmen dansade framför hennes ögon.

– Kom ihåg nu att samla på er saker till trollskotten. Men försiktigt, manade Gullveig.

– Vad händer om de inte vill betala gäld och sluta fred? undrade Freja.

– Då kommer makterna att ge dem deras rättmätiga straff, svarade Gullveig.

En kvinna kom och ställde sig framför grindens tunna slanor. De var alltså väntade. Freja såg nyfiket upp på den ensamma systern. Allt kring henne var brunt som bördig jord: det långa håret som hängde fritt, kolten, färgen i det magra ansiktet. Kanske var det björnen som gjort henne så brun?

Freja stirrade nyfiket på främlingen. Hon såg sannerligen inte ut som om hon kunde ta björnhamn, men man kunde kanske inte vara säker. Snart skulle hon kanske förvandla sig? Frejas steg blev spända. Hon skulle i alla fall vara beredd.

Först då såg hon att kvinnan varken bar armband eller några andra smycken. Denna stam måste vara utarmad om inte kvinnorna förmådde samla sitt brons och sitt guld i armringar. Minsta lilla tjänarinna i Vanaheim bar åtminstone ett halsband. Freja tog de sista stegen och stannade sedan vid Gullveigs sida. Det var nu det gällde. Gullveig höjde staven med det snidade ormhuvudet. Dess ögon gnistrade i solskenet.

– Fred och god växt. Må Gudinnan vaka över dig, syster, sa hon artigt.

Kvinnan såg sig om över axeln och formade blixtsnabbt en hälsning med sin hand.

– Och över dig, prästinna. Jag är Jorunn.

Rösten var låg och orden sluddriga, som om hon hade något i

munnen, men det gick att förstå vad hon sade. Freja andades sakta ut. Om hon kunde teckna Gudinnans skålformade märke med handen skulle hon nog inte förvandla sig och försöka slita dem i stycken.

Tvärtom verkade hela hennes väsen glöda av oförfalskad rädsla. Freja drog efter andan. Vad hade drabbat dessa främlingar, vad fanns där inne som var så fasansfullt att de själva fruktade det?

– Systrar, hör på mig. Det är ofärdstider här på gården, min make är inte som han ska. Det är bäst att ni går, jag fruktar att något kan hända er, varnade Jorunn.

Gullveig kastade en blick mot gårdsplanen bakom kvinnans rygg.

– Jag ser er förbannelse men jag fruktar varken din make eller makterna. Jag har viktiga ärenden att dryfta med dig, drottning, sa Gullveig.

Jorunn sjönk ihop, som om hon bar på en stor skam.

– Jag är ingen drottning. I denna hall är det min man, hövdingen, som tar alla beslut, viskade hon med nedslagen blick.

Freja spärrade häpet upp ögonen. Kunde verkligen detta vara möjligt? Vilka var dessa främlingar? En man som fattade alla beslut. Hon började nästan skratta.

– Nåväl. Då talar vi först med er prästinna.

– Nej, nej. Jorunn suckade tungt. Vi har ingen sådan. Min make helgar andra gudar.

Freja gapade. Inte ens om främlingarna varit talande björnar hade hon blivit mer förvånad. En man som bestämde, ingen prästinna och en hall som byggts vid en helgasten. Dessa främlingar hade ju ingen som helst aning om hur världen fungerade.

Till och med Gullveig verkade lite skakad när hon bad om att bli förd till denna hövding. Jorunn protesterade, men föll sedan till föga och öppnade motvilligt grinden.

På gårdsplanen stod en handfull kvinnor och män och stirrade som om prästinnorna var andar som stigit upp ur ett träsk. En gapande träl tappade ett ämbar. En vacker man med hår som moget vete stod vid smedjan och såg på gästerna medan han trevade mot höften som om han sökte ett vapen som inte fanns där. Tystnaden lade sig tungt och en våg av obehag välde mot de blåklädda kvinnorna. Jorunn lutade sig mot Gullveig och viskade:

– De tror ni är häxor. Lyssna nu noga, håll er nära min son Tor, vad som än händer. Han kommer att beskydda er.

De såg häpet på kvinnan. Detta nya var svårt att förstå.

Så slogs hallens dubbeldörrar upp med en smäll och en svartskäggig man kom uthaltande med svajande steg. Han stannade och rättade till sitt breda bälte medan han överlägset såg på kvinnorna.

– Vad är detta? Besök? ropade den svarte på samma rotvälska som Jorunn. Häxorna har kommit, en gammal, en ung och en mitt i mellan, sa han och skrattade så att magen skakade över bältet.

Det fanns i alla fall någon som var välnärd på gården.

Den svarte haltade fram till Gullveig och synade henne noga. Skägget var okammat, runt munnen fanns gamla matrester kvar. En sur andedräkt stinkande av gammalt mjöd slog ut från munnen. Blicken var kall och illvillig. Detta var alltså mannen som härskade över denna gård.

Freja rös, något fulare hade hon aldrig sett, men Gullveig mötte hövdingens blick utan att tveka. De stod tysta och mätte varandra som två hingstar innan de börjar slåss om ett brunstigt sto.

En munter röst bröt dödläget.

– Far, var är din gästfrihet? Ska du låta kvinnorna svimma av hettan på gårdsplanen?

En storvuxen yngling med mörkrött hår och musklerna spelande under den spända huden steg ut på gårdsplanen. Hans leende var brett och vänligt.

– Jag är Tor. Välkomna till Idunvallen, sa han och nickade artigt mot prästinnorna.

Så detta var Jorunns son. Freja synade honom noga. Trots sina enkla kläder förde han sig som en kung, som om hans svällande muskler var en mantel. Det långa håret skimrade i mörkrött. Och välväxt var han, nästan ett huvud längre än Freja och hon var längre än de flesta på denna gård. Han liknade faktiskt ingen annan man hon sett.

Tor mötte oblygt hennes blick, mörkblå ögon som förundrat såg in i hennes. Freja drog efter andan. Hon slog snabbt undan sin blick. Bäst att inte väcka ont blod.

Tors muntra uppmaning bröt också kampen mellan hövdingen och Gullveig. Hövdingen ryckte till som om han vaknade ur en dröm.

– Ja, vad har hänt med vår gästfrihet? Välkommen till Idunvallen. Maka ställ fram dryckeshorn till våra gäster. Ingen kan säga att Oden inte tar hand om sina gäster, sa den svartmuskige och gjorde en gest mot de öppna dörrarna.

Jorunn gav sin man en orolig blick innan hon försvann genom dörrarna och började ge sina tjänare order. Freja steg in i det svala dunklet, hennes obehag växte medan ögonen vande sig vid mörkret. Där luktade främmande. Vad skulle hon få se? Fanns där björnskinn som främlingarna använde när de skiftade form? Men när hon såg sig omkring var där få överraskningar.

Långhuset såg ut som prästinnornas hall även om det var mycket mindre. Sovbänkarna hade bara sex platser, tre på var sida. Takhalmen luktade fortfarande friskt, de grova stockarna var ännu ljusa, de kunde inte ha byggt huset för så länge sedan.

En liten låg och sov i en vagga som spänts mellan två avskärmningar. Barnet vaggades av en flicka med mörkt tovigt hår och smutsigt ansikte. Flickan såg rätt på Freja med en fullständigt tom blick. Två äldre kvinnor, med lappade klänningar, stökade runt bland lerkärlen under bäddarna. Men det som fångade Frejas blick var de två märkliga svärd som hängde i kors på kortväggen vid härden. Var detta de förtrollade svärd som inte kunde brytas som Trygve talat om?

Freja hade aldrig sett något liknande. Hon tog ett par steg mot dem, uppslukad av den dova glansen. De var inte skinande som gyllene brons utan var verkligen blanka som stillastående vatten. Vad var det för märkliga krafter som fanns i denna hall?

– Sitt, sa den svartmuskige och slog sig ned på en av stockarna som låg runt den slocknade härden.

Gullveig slog sig ned stolt och orädd, Snotra vid hennes sida, lika rakryggad.

När Gullveig la sin ormstav på golvet, ett tecken på att hon inte var orolig skyndade Freja att sätta sig nära Snotra. Det kändes tryggt och säkert. Snart skymdes solljuset från dörröppningen och flera män steg in. De satte sig på de andra stockarna och stirrade på prästinnorna. Deras blickar var fulla av misstänksamhet. Hon undrade hur hon skulle få fatt på ett hårstrå från dessa män, de skydde ju henne som elden.

Tor slog sig ned på stocken mitt emot henne, bredbent och stor. Han stirrade på henne lika ingående som han gjort på gårdsplanen, blickarna stack som bitande myror över kroppen. Tacksamt tog hon emot det dryckeshorn som Jorunn överlämnade. Hövdingen, Oden, reste sig raglande upp och de drack husets skål.

Mjödet var sötare än hon var van vid och det var starkt. Inte undra på att dessa män var druckna. Tömde hon hornet skulle hon tappa både vett och sans.

Hon hade nog trott att Jorunn skulle sätta sig ned vid deras sida, prästinnorna satt ensamma på sin stock, men Jorunn och de andra kvinnorna stod en bit från härden och tittade. Flickan med barnet var försvunnen, vaggan hängde tom över bädden.

Det kändes märkligt att sitta runt en slocknad härd med bara män. Oden raglade till och började tala med sin sluddrande dialekt.

– Välkommen till Idunvallen. Vi gläds åt att äntligen få gäster från detta obrutna land. Det var många solvarv sedan vi anlände till denna plats …

Oden stirrade tomt ut i luften medan han fortsatte att tala med hög röst. Vilken märklig man han var. Och ful. Tänk att leva med en sådan vid sin sida. Freja rös. Stackars Jorunn. Och att han tog alla beslut, det var ofattbart. Hur kunde kvinnorna tillåta att männen tog makten? Var de svagsinta? Män kan inte tolka Gudinnans vilja.

Så många svårbegripliga ting hade skett sedan de kom till främlingarnas gård att det snurrade i hennes huvud. Hon svepte med blicken över de skäggiga männen som satt bredbenta och lyssnade andäktigt på sin hövding. Där satt mördarna.

Bilderna från hennes dröm kom i vågor över hennes ögon. Där satt de belåtna och välgödda medan de dödas kroppar låg svartbrända i sin forna hall. Hatet slog ut i henne som en blomma på våren. De borde ligga livlösa på gårdsplanen med spjut i sina hjärtan. Deras ansikten borde hackas sönder till blodiga massor.

Hatet la sig till ro i maggropen när förvissningen växte inom henne. Männen på Idunvallen skulle få sitt straff för sina illgärningar. Hon skulle nog finna på ett sätt att komma åt något från dem så att de låg sjuka och hjälplösa när vanernas kämpar steg in på gårdsplanen.

Hövdingen Oden fortsatte att tala, om sin hall, om sitt folk. Freja lyssnade inte utan såg bara hans smutsiga skägg röra sig under de köttiga läpparna. Hennes förakt växte. Varför skulle de sitta här och lyssna på hans svammel? De var prästinnor i Gudinnans tjänst. De stod så oändligt högt över de här simpla utgårdsmännen.

Ändå. Hon skärpte förvånad sin blick. Något annat skymtade bakom hans druckna skepnad. Freja koncentrerade sig, kände med alla sina sinnen efter vad som gömde sig inom honom. Det dröjde innan hon till slut kände igen det.

Han hade kraft. Samma dova kraft som alvaprästerna hade. Freja gapade av förvåning. Var han en präst eller kände han inte sin egen förmåga? Men hur kunde han då låta sin gård bli ofruktbar? Var han blind? Ond? Vad var det för förbannelse som låg över dessa män?

Återigen la hon märke till Tor som oförväget stirrade på hennes ansikte. Han var lika irriterande som en fluga som vägrar låta sig viftas bort. Man behövde inte vara prästinna för att känna hans lust och åtrå. Den var lika verklig som den lena stock som Freja satt på. Hon blängde argt mot hans öppna ansikte. Vad trodde han? Att hon skulle kråma sig som ett brunstigt sto bara för att han satt där och fånstirrade med halvöppen mun.

Trodde han verkligen att hon, en prästinna och dottern till en drottning skulle sära på låren åt en gudlös, mördande främling? Hur kunde han ha så höga tankar om sig själv?

Hon lystrade när Gullveig började lägga fram sitt ärende så försiktigt hon kunde, väl medveten om att hon balanserade på en knivsegg.

Den gamla talade omständligt om den helgade marken.

– Det är inte mycket liv i er mark, inledde hon försiktigt.

– Nej, sa Oden och avbröt därmed Gullveig vilket i sig var ett brott för en man.

– Vi har brukat jorden så väl vi kunnat men den värjer sig för vår plog, fortsatte han oartigt utan att ta notis om den gamla. Istället pratade han oändligt länge om sin kamp för att tämja marken på denna plats och hur hans folk vandrat genom mörka skogar för att komma hit.

– Hur många gårdar har ni byggt? frågade Gullveig listigt.

– Tillräckligt många för att vi ska känna oss tillfreds, svarade Oden. Så berusad var han uppenbarligen inte.

– Men jag ser att det sitter många kämpar här vid er härd. Jag antar att det finns många andra i de gårdar ni byggt på nybruten mark?

– Det finns många modiga kämpar i min stam. Berätta nu istället var ditt folk lever. Vi kan utbyta varor och vänskap. Hur seglar man för att komma till Vanaheim?

– Åh, bortom solnedgången, över det stora vattnet. Jag är bara en gammal kvinna och känner inte till vilka vägar som leder hem.

– Men hur har ni då kommit till Idunvallen? Är ni ensamma, tre oskyddade kvinnor?

– Vi är aldrig ensamma, Gudinnan vakar över oss.

– Nu har du väckt min oro. Inte kan kvinnor vandra själva genom skogarna?

– Här är kvinnor fredade för både främlingar och bestar.

– Varifrån gick ni? Hur länge har ni vandrat för att komma hit?

Det gnistrade till i Odens ögon. Uppenbarligen trodde han inte ett ord på vad Gullveig sa.

– Vi har vandrat genom markerna så länge att jag inte längre minns varifrån vi började. Som prästinnor måste vi besöka alla Vanaheims gårdar för att sia om framtiden och välsigna jorden som brukas.

– Men era kläder är rena och ni bär inga spår efter långa vandringar genom stora skogar.

– Vi har många klädnader med oss och vi tog på oss det bästa vi hade för att hedra dig och ditt folk.

Oden tystnade och drack ur hornet. En av hans bröder lutade sig fram och viskade i hans öra. Oden nickade.

– Kan du svära på att ni bara är tre och att inga kämpar väntar uppe i skogen för att plundra och bränna vår gård?

Gullveig såg honom länge i ögonen innan hon svarade:

– Jag svär vid Gudinnan. Detta är inte skälet till att vi kommit hit.

– Så vad är då skälet?

Freja kurade ihop sig. Det var nu det gällde. Det var nu som det kunde gå fel.

Hon räknade till sju kämpar som stod längs väggen eller satt runt härdens slocknade kol. De var storvuxna men ändå mindre än ynglingen Tor. Långt skägg hade de, kläderna var enkla. De var vanliga män, inga mäktiga krigare som kunna ändra skepnad till björnar och vargar. Även om det fanns mångdubbelt fler krigare på de andra gårdarna borde hennes folk kunna besegra dem.

Det fanns inte i hennes sinne att kämparna skulle skada dem. Gästfrihetens lagar förbjöd detta. Det var en av de äldsta lagarna i världen. Även om de var främlingar kunde de inte bryta mot detta, något sådant var otänkbart.

De märkliga svärden glimmade till där de hängde på kortväggen. Om hon bara kunde undersöka dem närmare, ta reda på vilken kraft som bodde i dem.

Tors blickar fortsatte att krypa över hennes kropp. Utan att ens veta varför, beslöt hon sig för att ge honom ett snabbt ögonkast. Han tog tacksamt emot det och hon blev plötsligt full av skratt. Han påminde om en stor hundvalp som tiggde smekningar.

Men nu var det allvar. Gullveig tog sin stav och ställde sig upp. Hennes gestalt växte när hon höjde den snidade ormstaven. Oden såg skakad ut där han satt i skuggan av vad som nyss varit en kraftlös gammal kvinna. Gullveigs röst dånade över gården.

– Gårdar runt Hallunda har bränts, vaner har skändats. Vi söker illgärningsmännen. Om vi får gäld och de sluter fred kommer Vanaheim inte att hämnas. Då kommer våra prästinnor att signa marken så ingen behöver stjäla något mer. Men om mördarna trotsar Vanaheim och Gudinnans makt kommer eld och förödelse att drabba deras gårdar och deras efterkommande tills ätten är utdöd.

Gullveig satte sig ned, hon krympte ihop framför deras ögon.

Erbjudandet var hederligt och storsint. Men tystnaden i hallen var kall. Det var som om hela gården höll andan. Oden satt tyst och såg ned i det stampade jordgolvet. Freja kände hur han byggde upp ett raseri inom sig. Det stod omkring honom som ett svartrött moln.

Det här kunde aldrig gå väl. Hon kastade en nervös blick på kämparna som stod runtom. De var beredda. Händerna låg på dolkarna i bältet. Musklerna var spända, redo till språng.

Freja svalde hårt. De kunde väl ändå inte bära hand på tre prästinnor? De kunde väl inte …

– Far, har jag din tillåtelse att tala?

Tor reste sig hastigt upp. Oden svarade honom med en överrumplad grymtning. Trots att Tor var gårdens äldste son var det en oerhörd fräckhet att bryta in i ett rådslag. Tor visste nog detta, ändå vände han sig omständligt till Gullveig.

– Vi har hört hur du lagt fram din sak och min far, som är vida känd för sin klokhet och välvilja, ska tänka igenom vad du sagt. Men jag vet att jag talar för alla här på gården när jag ber dig tänka på detta: Vi känner inte till några plundrade hus, inte heller några stulna kritter. Dina anklagelser svider illa. Vi har kommit hit för att leva i stillhet och fred. Vi önskar fred med våra grannar, vilka de nu är, de har aldrig besökt vår hall. Gästfrihetens lagar kräver att vi ärar er, men nu tror jag att det är dags för oss alla att återgå till våra sysslor. Jag ska följa er till ert läger. I morgon ska ni återvända hit för att äta och dricka vid min fars härd. Därefter kan ni återvända hem och säga till era fränder att min far är en gästfri man som önskar sina grannar väl.

Tor tystnade. Kämparna stod avvaktande, fortfarande beredda. Men så reste sig Oden raglande upp.

– Väl talat min son. I morgon håller vi gästabud.

Männen gav sitt bifall och en våg av lättnad svepte genom hallen. Gullveig nickade och reste sig värdigt och gick snabbt ut genom de öppna dubbeldörrarna. Freja följde efter medan raseriet skummande i henne. Dessa främlingar ljög dem mitt upp i ansiktet, men efter Tors tal fanns det inget annat de kunde göra än att ta farväl.

Gullveig och Snotra var vid grinden. De gick snabbt och talade tyst samman. Freja skyndade på sina steg. Plötsligt kunde hon inte fort nog komma bort från främlingarnas mark. Hon kämpade mot impulsen att springa.

Så hörde hon steg bakom sin rygg. Tor skyndade bakom henne, med ett fånigt leende på läpparna. Freja skyndade ytterligare på stegen för att komma nära sina systrar.

– Ha inte så bråttom, jag vill tala med dig, vädjade han.

– Det finns inget som jag vill tala med dig om.

– Jag vill dig inget illa, tvärtom. Snälla vänta, sa han lågt och grep tag i Frejas handled. Det var inget illasinnat grepp, allt han ville var att sakta ned hennes steg så han kunde förklara sina gärningar. Men Freja var värnlös. Hon hade inget försvar rest mot beröring, det var det sista hon väntade sig.

När Tors skrovliga hand grep tag om hennes tunna handled fattade världen eld. Hon sögs ned i underjorden, övermannad av en kraft som nästan slog henne sanslös. En våg av bilder dränkte hennes huvud. De kom så snabbt att hon nästan inte hann se dem. Tor med blodig stridsyxa, vrålande av ursinne medan han högg en främmande man. Tor som sprang genom vidsträckta skogar. En ring av män som satt bredvid en hängd yngling. Tor som skyddande höll ett spädbarn på sin kraftfulla arm. Det här var det förflutna. Freja vacklade till. En bild från framtiden trädde fram, smärtsamt klar och tydlig. Tor lägrade en kvinna på en helgasten. De klamrade sig fast vid varandra, grät av både njutning och sorg. Kvinnan var utvald, hon hade de heliga ormarna på sina armar. Med stigande fasa såg Freja hur kvinnan i synen vände på huvudet. Under ett kort ögonblick såg hon rätt mot henne. Det var hon själv. Hon låg samman med främlingen. Detta var också hennes framtid.

Korta blixtar av mörker. Så var allt borta. Kvar fanns bara smärta och förvirring.

Snotra hade kommit till Frejas hjälp och lyft bort Tors hand. Gullveig hjälpte henne upp från marken.

– Vet du då inte ens att hon inte kan vidröras! utbrast Gullveig rasande.

Med en snabb gest drog hon upp Frejas ärmar och visade de heliga ormarna som slingrade sig över armarna.

Tor backade undan i skräck. Häxmärket. Han hade vidrört en häxa. Han var dubbelt förbannad.

– Tvi lede för trollpack och häxor! ropade han.

– Vad är ni för ett folk? Jag borde snöpa dig så att du aldrig mer kan pissa, väste Snotra ilsket.

Tor bleknade och grep sig mellan benen för att skydda sig. Handfallen såg han hur den omtöcknade Freja leddes över ängen tillbaka till lägret i skogsdungen. Hon kämpade med varje blytungt steg. Så fort de nådde fram föll hon samman. Gullveig sjönk ned vid hennes sida och höll en helande hand på pannan. Här var också makterna närvarande, ingen skrämmande tomhet, ingen illvilja som åt på hennes ande. Freja drack av Gullveigs värme och skogens styrka, likt en törstig vandrare i sommarhettan som äntligen når en sval källa.

Hon skulle ligga samman med främlingen Tor. Han, en hedning, en krigsdyrkare, en slaktare. Freja vred sig där hon låg på jorden, den ljusblå klänningen färgades brun av smutsen. Det kunde inte vara sant. Fick inte hända.

Freja reste sig, slog undan Gullveigs hand och vacklade till närmaste träd och kräktes våldsamt. Tårarna strömmade ned längs kinderna. Aldrig någonsin skulle hon ge sig åt denna man. Hon såg upp mot den mörka himlen och svor tyst en helig ed. Hör mig moder. Aldrig att jag förråder mitt eget folk och ligger samman med denna krigsdyrkare. En sval vind smekte hennes hår och hon kände sig tröstad. Synen måste ha varit ett misstag, ett ondskefullt spratt av främmande gudar.

Tor såg med stigande fasa hur Freja leddes bort. Han hade velat tala med henne, inte kunde han ha vetat att hon skulle falla ned på marken skrikande och skakande som en vettlös hund.

Och de där svarta ormarna... han rös. Hade hans far sett dem hade han slagit ihjäl kvinnorna. Tor var säker. Ormarna var en symbol för all otur de drabbats av. Han såg skräckslaget på sin grova hand, som om han förväntade sig att den skulle skrumpna och falla av som ett ruttet äpple.

Samtidigt vaknade ilskan. Han hade räddat kvinnornas liv. Om han inte brutit in och föreslagit ett gästabud hade hans far stuckit ned denna Gullveig med sitt spjut. Tor hade stiftat fred och vad hade han fått för det? Bara ovett.

Ändå hade han trotsat sin egen far. Han hade gjort det för sin mors skull, lyssnat på hennes vädjanden.

Det var detta han ville berätta för den yngsta av dessa prästinnor från den gamla tron. Han ville varna henne och förklara. Men allt han fick i gengäld var hot om att bli snöpt. De var sannerligen otacksamma. Där kom de med sina gyllene smycken och krävde hans folk på guld. Men han skulle sannerligen inte låta sig hotas av dessa häxor. Han som var den främste kämpen av dem alla. Tor gick med raska steg mot deras lägereld, plöjde genom det höga gräset och muttrade ilsket.

Han var nästan framme när han såg Freja komma ut från skogen och sätta sig vid elden. Hennes gyllene hår stod som en sky runt hennes huvud. Tor stannade och drog plågat efter andan. Nu kom den igen, denna förunderliga svaghet som denna kvinna spred i hans kropp. Det måste vara en förhäxning. Han blev som vatten, som en sjukling som inte kan resa sig ur bädden. Ingen annan kvinna gjorde honom så svag och han hade sannerligen känt många i sina levnadsdagar.

Vad hände med honom?

Drack hon hans mannakraft?

Han visste svaret även om han inte ville säga det högt. Den unga prästinnan var den vackraste kvinna han någonsin sett. Han begärde henne så det värkte i ljumskarna. Han ville gå fram till elden, ta henne i sina armar och bära henne till sin gård. Prästinnan var hans. Varför kunde hon inte själv se det?

Så besinnade han sig. Hans tankar var ovettiga. Klanen skulle fördriva honom om han låg samman med en häxa. Det skulle vara ett svek både mot hans far och mot deras Gud.

Och se vilket fån han gjorde av sig själv när hans strök runt deras läger som om hon vore en löpande tik.

En av deras hästar gnäggade oroligt i kvällningen. Tor gled ljudlöst bort från platsen och återvände till sin gård. Han behövde en trälkvinna, annars skulle han tappa sitt vett och sans.

Han måste driva bort häxan från sitt sinne.

3

Freja vaknade svettig och outvilad. Natten hade varit full av dunkla drömsyner. Hon låg stilla och såg upp i tälttakets skinn medan hon samlade tankarna. Ett flyktigt minne av hur Tor vandrat i gränsvärldens dimmor fanns kvar. Hon försökte minnas, men bilden löstes upp och gled undan, in i glömskan.

Därutanför frustade en av hästarna till.

Hon strök bort svettdropparna i ansiktet. Det var varmt, men ingen vanlig hetta utan en tung, tryckande värme som pressade mot tinningarna. Det kändes som om makterna byggde upp sina krafter inför gästabudet. Kanske borde de blota igen.

Ett svagt rosslande fick henne att sätta sig upp. Snotra låg fortfarande och sov. Hennes annars så spända ansikte var fridfullt, lätta snarkningar kom från hennes läppar.

Freja reste sig försiktigt och drog på sig en kjortel. Hon böjde sig ned och gick ut, solen skar i hennes ögon.

Hettan var ännu värre utanför, nästan overklig. Den långa slänten ned mot främlingarnas gård var fylld av ljusdiser, luften darrade och skiftade av deras närvaro. Gården nere vid vattnet gick knappt att urskilja, långhuset böljade bakom disernas dans. Ändå hade dagen knappt börjat.

Det var overkligt tyst, inga fåglar hördes, bara insekternas surrande från det höga gräset. Hästarna stod med sänkta huvuden i skuggan av ett träd, de betade inte utan slog bara trött med de långa svansarna. Ett rassel från en ek vid skogsbrynet fick Freja att se upp mot de torra, spretande grenarna.

Där satt tre svarta korpar och stirrade på henne.

Tre stycken! Lika många som prästinnorna. Freja rös och avvärjde det onda ögat. En av svartdisernas budbärare ruskade på fjäderdräkten. De andra var orörliga, avvaktande.

– Har du sett? frågade hon Gullveig.

Den gamla satt i skuggan under ett enkelt solskydd byggt av slanor och lövruskor. Hon såg kisande upp mot korparna och nickade.

– Budbärarfåglar vid vårt läger.

– Vad betyder de, moster?

– Vi får väl fråga makterna.

Gullveig plockade omständligt fram de magiska benen från skinnpungen hon bar i bältet. Freja satte sig på huk vid hennes sida, såg hur mostern höll spåbenen mot munnen och viskade något ohörbart till dem innan hon kastade ut dem på fällen. De föll gulskimrande över skinnets grå lockar innan de la sig till ro. Gullveig lutade sig muttrande över dem.

– Se här.

Hon höll upp en knotig benbit med det svarta tecknet för fara inristat. Freja kippade efter andan. Det var sannerligen ett ofärdstecken, ett till!

– Vad kommer att hända med oss moster?

Den gamla tvekade så länge att Freja förstod att hon dolde något inom sig.

– Jag har inte sett något som tyder på illgärningar under gästabudet, svarade Gullveig.

Hon rafsade hastigt upp de andra benen så att det inte gick att se vad de visade. Freja strök bort lite svett från pannan. Skulle hon fråga rätt ut eller skulle hon lirka med Gullveig? Hon valde det sistnämnda.

– Tror du att främlingarna sluter fred?

Översteprästinnan satt tyst utan att svara.

En av de yngre tjänstekvinnorna kom fram till dem och ställde ned två lerkärl. Freja tackade och såg ned i det ena, det var surnad blodgröt. Hon tog en handfull av den gråsvarta gröten och stoppade den i munnen. Där fanns också några sega fiskbitar och hon tuggade långsamt på dem.

Den syrliga gröten smakade inte i dag. Magen var fortfarande orolig efter gårdagens kräkningar. Hon stoppade tillbaka smeten och drack istället lite vatten från den andra urnan.

– Moster, jag ber dig. Vad kommer att ske?

Gullveig skruvade på sig och drog i sina grå testar som stod åt alla håll, flätorna hade gått upp under natten.

– Allt kommer nog att lösa sig till det bästa vad det lider. Snotra tog ett hårstrå av den liderliga främlingen som följde efter dig. Vad såg du hos honom i går?

Freja slog ned blicken, skammen sköljde över henne när hon såg drömbilden där de vällustigt slingrade sig runt varandra framför sig.

– Jag såg hur han tog livet av andra män, sa hon undvikande.

Gullveigs skarpa ögon började glittra av skratt.

– Och det var allt?

– Det var det enda som var viktigt, sa Freja.

Den gamla skrattade så att de grå testarna hoppade runt hennes huvud. Hon lutade sig fram och klappade Frejas kind. Hennes hand var sträv och varm.

– Du har varit som min egen dotter, tror du verkligen att du kan dölja något för mig. Jag förstår nog var du såg. Benen säger detsamma. Vill du veta vad?

– Nej. För jag kommer aldrig ge mig åt en sådan, fräste Freja.

– Gott.

Gullveig nickade tyst för sig själv och höll upp en blekgul benknota från en björn. Den svarta runan som dansade över det skrovliga benet gnistrade av kraft. Freja huttrade i värmen. Det var tecknet för kamp.

– Om du ger dig till honom måste du kämpa mot makter större än du själv. Inte ens din Mångudinna kan hjälpa dig.

– Jag svär vid diserna att aldrig vanhelga mitt folk.

Det var en ed som hon med lätthet svor. Gullveig nickade för sig själv medan hon stoppade ned benen i sin skinnpung.

När hon var klar tog hon en bit gröt, det var den bästa maten för en åldring som mist nästan alla sina tänder. Freja såg förtvivlat på henne, hon ville skaka om henne, vädja, gråta.

– Du vet något som du inte vill berätta.

Den gamla skakade på huvudet.

– Vi är alla barn i Gudinnans famn. Hon vakar över oss.

– Snälla, jag ber dig. Är vi i fara?

– Tyst nu flickebarn, dina frågor tröttar ut mig. Ordna mitt hår istället.

– Ja, moster, sa Freja ödmjukt.

Hon kastade en ängslig blick på de tre korparna i det döda trädet och ställde sig på knä bakom den gamla medan hon letade i pungen runt bältet. Kammen, den snidade av ben, låg längst ned under en tygtrasa, några band och spåknotorna. Hon lirkade upp den och började dra de vita tänderna genom Gullveigs tunna grå hår.

Den gamla satt med slutna ögon och njöt av beröringen. Bara när Freja tog i för hårt grymtade hon till. När allt hår var genomkammat och hängde runt Gullveigs ansikte som en tunn slöja flätade Freja fyra flätor på var sida. Hon knöt ihop dem med de blå banden och fäste dem på motsatt sida. Den sista flätan, pannhåret, la hon mitt på huvudet och fäste med en nål. Nöjd reste hon sig och beskådade sitt verk. Nu såg Gullveig ut som en översteprästinna.

– Det finns mer hår att ordna, sa Snotra sömnigt.

Freja ryckte till. Hon hade inte hört när hon kom ut ur tältet.

– Seså flicka. Så hemsk är jag inte.

Snotra satte sig i skuggan och lossade sitt svarta hår. Svetten rann i små rännilar från hennes hårfäste ned i ansiktet. Freja började reda ut håret med kammen och kände Snotras vilande vrede.

Det fanns inte mycket glädje i Snotra, hon styrdes mer av plikt än av kärlek till Gudinnan. Ibland verkade hon inte ens ha förståelse för mänsklig svaghet och rädsla. Det var en märklig egenskap hos en läkekvinna som måste leta efter sjukdomar både i och utanför den sjukas ande. De andra läkeprästinnorna var mjuka till sinnet och kunde se djupt in i en människas inre. Men det var som om en hård knut fanns inuti Snotra. Freja visste inte varför. Hon flätade snabbt hennes hår och var precis färdig när Gullveig kisade ned mot gården.

– Vi får en gäst, sa hon kort.

Freja följde hennes blick. Slänten var tom och öde. Men efter ett tag skymtade hon en gestalt i den darrande hettan. Hon reste sig för att ta emot besökaren. Korparna uppe i den döda eken lutade sig intresserat framåt och plirade mot gästen.

Det var en flicka med ett barn i famnen. Hon såg sig oroligt omkring medan hon skyndade mot deras läger. Ju närmare hon kom desto tydligare blev hon mellan de dansande diserna. Flickan var ung, inte mer än ett barn. Benen och armarna var magra som pinnar. Kläderna var desamma som främlingarnas, en kolt av brunt tyg. Svart tovigt hår hängde runt det magra ansiktet. Barnet hängde livlöst mot hennes axel. Hon kämpade med dess tyngd, ansiktet var högrött av ansträngningen.

– Det är en sjuk en hon kommer med, konstaterade Snotra.

Flickan nådde fram till deras läger. Hon såg skräckslaget på dem medan hon tungt hämtade andan.

– Vad kan vi göra för dig, dotter?

Gullveigs vänliga röst fick flickan att rycka till. Hon kastade en sista blick över axeln innan hon svarade:

– Kan ni göra något? De säger att ni kan trolla bort sjukdom.

Utan ett ord lyfte Snotra barnet från flickans axel och la henne på fällen under grenarna. Den lilla reagerade inte. Hon låg på rygg och såg rätt ut i ingenting, ögonen glansiga, kinderna röda.

– Ni dödar henne väl inte? De säger att man måste ge något tillbaks om man söker eran hjälp. Om ni räddar ungen så får ni ta mig. De kommer ändå att slå ihjäl mig när de får reda på att jag varit här.

Freja såg förvånat på den skräckslagna flickan.

– Vad menar du?

– Jag ... Plötsligt började flickan gråta. Hon sjönk ihop på gräset i en skakande hög.

– Ta du hand om henne så ser vi till barnet, sa Gullveig.

Freja såg handfallen på tösen. Vad skulle hon göra? Hon tog urnan med vatten och gick försiktigt fram.

– Här, drick.

Flickan tystnade tvärt och såg misstänksamt på henne. Hon torkade undan tårar och snor med baksidan av handen.

– Det är bara vatten, sa Freja.

Den unga gästen grep tveksamt urnan och luktade på dess innehåll. Till slut drack hon, mycket och länge. När hon gav tillbaka lerkärlet var det nästan tomt.

– Förlåt, sa hon med liten röst.

Gullveig drog med handen över barnets kropp medan hon sjöng gällt för att kalla samman andarna. Tösen hoppade till och kröp ihop av rädsla.

– Gullveig och Snotra är de bästa läkekvinnor som finns. Det var klokt att komma hit med din syster.

Flickan snörvlade till.

– Det är inte min syster, ungen är min. Jag fick henne förra våren. Ynklig var hon från början. Det var tur att Oden var borta. Jag gick till Tor me'na och han satte henne på staken och gav'na namn. Sot heter hon.

Freja såg förbryllat på flickan.

– Vad menar du med att han satte henne på staken?

Nu var det flickans tur att se förvånad ut.

– De tar ungen i knät, lyfter den mot staken tre gånger och ger den ett namn. De erkänner då att ungen kommit från deras stake.

En våg av fasa sköljde genom Freja. Något så fruktansvärt hade hon aldrig hört.

– Ligger de samman med barnet!

Flickan skakade fnissande på huvudet. Hennes ansikte förändrades när hon log, hon blev nästan söt.

– Nej, nej. Inte så. Det är ett namngivande. Ingen kan sätta ut en unge som har namn.

– Jaha, sa Freja fortfarande skakad.

Något så okunnigt som att männen bestämde om barnen skulle leva eller inte hade hon aldrig hört talas om. En sådan sed var ett brott mot Gudinnans innersta väsen. Barnen kom ju från kvinnornas kroppar. Och att männen dödade barnen om de inte ville ha dem! Freja rös av fasa medan den sanna innebörden sakta sjönk in. Att lägga ut ett litet barn på marken i en skog så att vargen kunde sätta tänderna i dess mjuka strupe. Hur kunde de förmå sig till sådant?

Hon såg på den sjuka lilla flickan. Hennes tunna arm låg slapp mot fårskinnsfällen. Det fjuniga mörka håret på hennes hjässa var vått av svett.

– Är det Tors barn? frågade hon.

Flickan ryckte på axlarna.

– Jag vet inte, sa hon uppriktigt. Det kan vara hans, eller så är det någon av de andras. De är många som kommer till min bädd på nätterna. De tycker bra om mig, karlarna, sa hon och sträckte stolt på ryggen.

– Jag gick till Tor me'na' eftersom han är den enda som brukar ge dem namn. Ja, förutom Balder då. Han namnger också men han har jag inte legat samman med, sa hon sakligt.

Freja såg Tor framför sig. Att han, en krigsdyrkare, värnade om liv och barn. Drömsynen smög sig sakta på henne igen. Hon slog hastigt undan den och tackade Gudinnan för att hon levde i Vanaheim.

– Hur är Oden då? frågade hon flickan som ryckte på axlarna.

– Han är hård och skoningslös, skyddar oss mot dem som vill oss illa. Kommer ni blota mig om ungen blir frisk?

Flickan spärrade upp sina stora bruna ögon, hon liknade en orolig kviga. Freja skakade stilla på huvudet och kvävde skrattet som bubblade i magen. Blota en hjälpsökande, vad var det för prat?

– Gudinnan har gett oss förmågan att hela och det är vår plikt att hjälpa alla som söker sig till oss.

Flickan andades lättad ut. De bruna ögonen fick nytt liv.

– Ni ska inte sticka kniven i mig då?

– Nej, svarade Freja och började skratta.

Flickan nickade belåtet för sig själv.

– Kan ni rädda ungen då?

Snotra såg upp från den lilla.

– Det är sommarfebern. Hon får pilbark och gulmåra, det borde hjälpa. Men flickan är svag, hon har fått för lite att äta. Det kan göra att hon inte orkar. Snotra spände blicken i flickan som rodnade under smutsen.

– Vi har haft ofärdstider. Det är ont om mat till de små, mumlade hon.

– Hövdingen har rund mage, konstaterade Snotra med motviljan drypande ur orden.

– Jo, ja, stammade flickan.

– Ska jag hjälpa dig med något? frågade Freja.

Det var onödigt av Snotra att ställa flickan till svars. Hon hade ju kommit till dem, beredd att offra sitt liv för att barnet skulle leva.

Hon var kanske ung, men hon var sannerligen ingen dålig mor.

– Jag ordnar det här, sa Snotra och ropade till tjänarna att tända elden. En av kvinnorna tog fram eldstenarna och slog snabbt fram gnistor på veden. Snart flammade den högt.

Flickan satte sig hukande i skuggan och väntade. Det var när hon vände ryggen till som Freja såg revorna på den brunslitna särken. Utan att tänka sig för drog hon upp klädnaden, gulvariga strimmor ömmade på flickans rygg.

– Vad har hänt? flämtade Freja.

– Inget! fräste flickan och kastade sig undan medan hon ilsket drog ned sin särk.

– Vad har de gjort mot dig? Har de piskat dig?

– Låt mig vara!

Flickan kurade ihop sig som ett ilsket djur innan det anfaller. Freja backade undan med blottade handflator.

– Lugn, jag ville bara sköta om dina sår.

– Se till ungen, det var därför jag kom hit.

– Men de har ju slagit dig.

– De slår uppstudsigheten ur mig annars fördärvar jag hela gården, skrek flickan och blottade sina tänder som ett hotat djur.

Freja teg stilla. Det fanns inget hon kunde göra eller säga.

Snotra la växterna på en varm sten så att de torkade. Därefter smulade hon ned en nypa i en trämugg med vatten som hon med stor möda tvingade i ungen.

– Hon kommer nog att leva men hon måste dricka mycket annars stannar sjukdomen hos henne, sa Snotra och räckte över barnet. Runt hennes hals hängde ett löv som vikts ihop runt några örter.

– Det måste vara kvar. Det håller borta de onda andarna så de inte äter barnets kraft.

Flickan nickade andäktigt.

– Tack, viskade hon och smekte sin lilla dotter som sov mot hennes axel.

Snotra räckte över ett knyte mjukbark där hon lagt resten av växterna hon värmt torra.

– Lägg ned det i vatten som får stå. Sedan ger du henne att dricka varje dag.

Flickan tog andäktigt emot knytet och tackade ännu en gång.

– Jag ska gå nu, sa hon.

– Vänta, sa Snotra och synade henne med örnblick.

– Vet du att du har en till i magen?

På ett enda hjärtslag växlade flickans ögon från tacksamhet till ren skräck. Hon klamrade sig fast vid sitt sjuka barn.

– Nej, det får inte hända...

Snotra la handen på hennes mage.

– Det är nytt, bara ett par månvarv. Se på dig. Du är ju själv bara ett barn, du kan inte springa runt och skaffa ungar hela tiden.

Flickan skakade skamset på huvudet.

– Finns det ingen läkekvinna hos er? frågade Gullveig vänligt.

– Hon dog för ett par vintrar sedan. Jorunn kan en del, men hon vågar inte göra för mycket. Oden slår henne sanslös om han ser.

Prästinnorna såg tysta på varandra. Inget behövde sägas, de förstod varandra ändå.

Snotra suckade och gick muttrande bort till sin ränsel och tog fram några knyten som hon la på fällen.

– Se här flicketös. Känner du igen några av dessa?

Flickan nickade stumt. Snotra plockade samman växterna och la dem i några stora löv. Hon överlämnade knytet med en irriterad min.

– Gör som jag säger. Varje gång månen är full tar du två nypor som du kokar i två munnar vatten. Jorddra drycken, har ni inget hål för jorddiserna så går det att dra det genom ett hål i ett träd. Be hela tiden till Gudinnan att hon ska skona din kropp. Sedan dricker du det i månskenet. Det kommer att ta bort ungen i din mage och hindra fler att komma dit. Men det bästa är om du slutar ligga samman med karlar, du har ju knappt börjat blöda.

– Tack. Jag ska försöka, mumlade flickan och böjde ödmjukt sitt huvud.

– Gå nu, sa Freja.

– Ja, sa flickan och klamrade sig fast vid knytet och barnet. Freja följde hennes rygg med blicken, de varande såren skymtade vid varje steg.

– Vad är det här för folk? Kan de ingenting? muttrade Snotra ilsket.

– Varför slår inte Gudinnan dessa män sanslösa? sa Freja förundrat.

Bara Gullveig stod tyst.

Tor stod dold inne bland träden och såg Kol lämna prästinnorna med sitt sjuka barn på axeln. Han svor tyst för sig själv. Trälflickan var vanvettig, Oden hade förbjudit alla på gården att gå i närheten av främlingarna. Trots allt stryk hon fått lydde hon ändå inte. Det här gick inte längre. Flickans trotsighet kunde sprida sig bland de andra trälarna. De måste slå ihjäl henne.

Han viftade bort en fluga från kinden, käkmusklerna spelade när han bet ihop tänderna. De borde ha lämnat Kol när de plundrade hennes klans ynkliga hyddor på stranden vid den stora floden i öst. Det var han som hade hittat henne gömd bakom en sten, en skräckslagen unge på bara några somrar. Oden hade tagit henne med, det hade dött flera trälar under vintern och de behövde nya. Det hade uppenbarligen varit ett misstag. Tor suckade och kliade sig på benet med yxans träskaft medan han såg hur Kols unge hängde lealös på hennes axel.

Det var han som namngett den ynkliga flickan. Inte för att han trodde det var hans utan för att Kol grät och åbäkade sig.

Vreden kokade i kroppen. Förbannade träl. Hade han inte försökt piska vett i henne för bara några dagar sedan? Så fick han se Freja som stod och såg ned på gården. Synen stillade knappast hans sinne.

Förbannade otacksamma häxa. Hela morgonen hade de suttit i rådslag och talat samman om vad de skulle göra med prästinnorna.

Odens bröder ville hugga huvudet av dem, de sa att dessa vaner gärna fick komma i horder, de skulle ändå falla under deras svärd och då skulle de vinna feta krigsbyten. Men Tor hade också lyssnat på sin mors kloka ord och han la fram hennes plan inför sin far och sina farbröder. De behövde häxornas hjälp att häva förbannelsen som låg över deras jordar och djur. Därför skulle de ge prästinnorna en gåva, men inte för att deras fränder i Utgård plundrat vanernas gårdar, de skulle de aldrig erkänna, utan för att visa sin goda vilja inför sina grannar. På så sätt skulle de behålla ansiktet.

Oden hade gått med på detta, något som förvånade både Tor och hans bröder. Men när Tor tänkte efter mindes han begäret som glimmade till i Odens ögon när han såg på prästinnornas halsband av guld. Oden hungrade efter rikedom men inte enbart, han ville också ha mer kunskap. Och på Frejas bröst hängde en sten med ett heligt tecken. Han hade tidigare talat om den ordmagi som behärskades av häxor på en ö. Med dem kunde makterna besvärjas. Oden ville ha deras kunskap. På ett eller annat sätt skulle han skaffa sig den.

– Låt dem signa marken och om de återvänder med kämpar så kommer Tiwatz ändå att ge oss seger, hade Oden förklarat för klanens män.

Det var både klokt och förutseende. På så sätt kunde de både få liv i jorden och feta krigsbyten. Hur de än gjorde skulle de vinna.

Tor kliade sig frånvarande på ärret han hade på bröstet. Han var less på att slåss. Ända sedan Jorunn skrikande födde fram honom på marken i Jotunskogen hade han levt med svärdet vid sin sida. Vandra och slåss, det var vad han gjort i hela sitt liv. Varje gång hans stam slagit ned sina bopålar hade de blivit fördrivna. Det blev värre när solen blev hetare och säden brände sönder åkrarna. Det var svårt för alla att finna mat och marklösa stammar hade det värst.

Tor och de andra kämparna plundrade och stal allt vad de kunde komma åt, men deras byten blev mindre och mindre. Gamlingar och barn dog, de blev färre efter varje vinter.

De dog en långsam död som så många andra stammar före dem. Det var ofärdstider fyllda med hunger och svältvintrar.

Men Oden fann på råd. Han måste ge ett storslaget offer till Tiwatz. Efter mycket grubblande beslöt han att skänka det största en man kan ge.

Än i dag kunde Tor se sin unga brors ansikte framför sig när hans far ledde honom mot döden. En tunn yngling som var rädd men också beslutsam. Stammens öde vilade på hans axlar. Det var han som i andevärlden skulle förmå Tiwatz att hjälpa Odens folk.

Först när fadern lade snaran om hans hals försvann pojkens självbehärskning. Skrikande och sprattlande höjdes han mot ekens grenar. Pojkens mor, en kvinna som Oden stulit vid en räd, ylade som ett sårat djur vid sin döende sons fötter.

Men Odens ansikte var slutet. Han såg tyst sin son dö och stannade vid ekens fot i två dagar och två nätter. Utan mat eller dryck satt han och talade med andarna med sonens kropp vajande över sitt huvud. Tor väntade vid lägret tillsammans med sina bröder. Inte ett ord sa de till varandra om vad som hänt.

Den tredje dagens gryning kom deras far tillbaka med tunga steg. Synen av honom gjorde dem alla skräckslagna. Ålderdom hade ristats in i hans ansikte, gråa testar i hans hår.

Men av det Oden berättade fick de alla nytt hopp. Han hade fått en syn av gudarna om ett ändlöst land där säden neg tung på åkrarna och skogen var full av vilt. Det var ett land där solen var mild och regnet fuktade jorden. Där kunde de leva i fred och överflöd.

Klanen började genast den stora vandringen. De kämpade sig genom ändlösa skogar och stred med människor på gårdarna, tog vad de ville ha. Många av dem dog på vägen, av utmattning, sjukdom eller svält. Ändå fortsatte de norr och västerut. De tog sig över det stora vattnet.

Tor hade trots allt varit hoppfull under deras långa färd. Han kände att solen blev mildare och såg att jorden var rik och givmild. Han visste i sitt hjärta att han äntligen var på väg till en plats som skulle bli hans hem.

Till slut nådde de fram till denna undersköna trakt där skogen öppnade sig mot vattnet. Här hade hans far satt ned sin vandringsstav i jorden och förklarat att de nått sitt mål. Tor hade glatt sig. Det var verkligen som Oden hade sagt. Här fanns det plats för dem alla, solen var mild, myllan frodig och skogen full av liv.

De spred sig över den otämjda marken. Tillsammans bröt de mark och högg timmer. Tor hade arbetat hårt, slitit med glädje från gryning till solnedgång. Men när de sådde den mark som de erövrat från skogen avvisade jorden deras gåvor. Inget ville växa. Marken värjde sig.

Oden sökte svar hos sin gud. Det svar han fann under drömresan skrämde dem alla. Häxor från den gamla tron hade förbannat dem. Tor visste djupt i sitt hjärta vilka de var. Blåklädda kärringar som stått i en ring och mässat över dem när de stred över en gård. Oden sa att han hävt förbannelsen men Tor kunde ju se att inget växte. Den enda som kunde bryta den var en annan häxa. Det visste minsta lilla barn.

Därför var de tvungna att blidka dessa tre häxor som sa att de kom från Vanaheim.

Freja gick sakta över ängen. Klänningen skimrade i ljusblått, solen dansade över hennes gyllene hår. Hon såg ut som en gudinna. En obeveklig längtan att riva av henne kläderna och lägra hennes kropp hettade mellan Tors ben.

Beslutsamt svingande han upp yxan på axeln och stegade sedan in i skogen för att hugga ved.

Först när skuggorna var långa kom en träl till prästinnornas läger för att hämta dem till gästabudet. De var redo. Utan ett ord reste de sig och följde efter den magre, nervöse mannen.

De gick nedför sluttningens dallrande hetta, än fanns inte ens ett löfte om att dagen skulle svalna av. Några mörka moln skymtade långt borta på himlavalvet. Freja kastade en blick på den sjunkande solen och bad gudinnan om klokhet och mod.

De gick in genom grinden som flätats av mörka vidjor. Inne på gårdsplanen sprang en halvvuxen flicka och försökte fånga in en gris som smitit ur sin inhägnad. När flickan såg prästinnorna stelnade hon till och sprang sedan och gömde sig. Trälen visade mot långhusets dubbeldörrar som stod på vid gavel. Därifrån hördes rop av muntra röster. Gullveig stannade till, lutade sig mot staven och viskade till Freja och Snotra:

– Vi sitter inte samman utan sprider ut oss så vi kan ta det vi behöver. Om något händer vill jag att du Snotra tar dig till båtarna omedelbart.

– Men Freja är ju yngre och snabbare?

– Lyd mig, sa Gullveig.

– Ja, moder.

Trälen hostade till borta vid dörrarna.

– Hövdingen väntar vid härden.

De tre kvinnorna gav varandra en sista blick. Freja drog ett djupt andetag och steg sedan in. Elden flammade högt trots värmen utanför, hettan slog mot hennes ansikte som en varm mur. Gårdens kämpar och söner trängdes på stockarna som låg runt härden. De satt i dunkel, bara ljuset från elden dansade över deras svettiga ansikten som tyst stirrade på prästinnorna.

Freja svepte med blicken över männen. De flesta var mantellösa, klädda i enkla bruna särkar med breda läderbälten där yxor och enstaka svärd var nedstoppade. Det fanns fler vapen i hallen än hon någonsin sett. På väggen glimmade de märkliga svärden.

Oden satt i sitt högsäte med en tom pall bredvid sig. Hans svarta skägg var flätat, likaså hans långa hår. Han reste sig och tog emot prästinnorna med en skärande falsk hjärtlighet.

– Välkomna till mitt gästabud. I dag ska vi komma överens om hur vi ska leva som goda grannar.

Hans röst dånade över hallen, männen mumlade tyst något som kunde tolkas som ett instämmande.

– Jag tackar dig hövding Oden. Det värmer mitt hjärta att vara här, sa Gullveig med hög och klar röst. Hon gick fram till hans sida och slog sig ned.

– Vi har tagit fram det bästa gården förmår för att hedra er, sa Oden och svepte med armen. Jorunn kom springande med ett träträg där några kokta köttstycken simmade omkring i sås.

– Jag är hedrad, sa Gullveig och tog artigt en bit. Fett droppade på hennes blå klänning.

Freja såg sig oroligt omkring. Oden verkade åtminstone nykter denna kväll, måtte detta gå väl. Hon följde Snotra till en av stockarna och kämparna flyttade sig snabbt undan för att bereda plats. Hon satte sig längst ut på kanten. För sent såg hon vem som satt på bänken bredvid hennes.

Tor.

Värre kunde det knappast bli. Freja stirrade rakt fram medan hon flyttade sig en bit bort. Obehaget mellan dem växte sig starkt. Jorunn kom förbi med tråget och Freja tog glupskt en bit. Hon hade inte ätit sedan hon kräktes av synen. Girigt tuggade hon i sig fettklumpen hon fångat med fingrarna, en bit brosk krasade mellan tänderna.

– Ni måste ha vandrat långt för att komma hit till oss, sa en mildögd ljus yngling vid Tors sida. Det var han som stått på gårdsplanen när de kom första gången.

– Inte så långt, svarade Freja undvikande.

– Jag är Balder, Odens son. Jag är också bror till den stora lunsen här, sa ynglingen och la en hand på Tors axel. Han såg inte ens upp utan stirrade stelt in i elden medan han tuggade på köttet.

– Jag är Freja, Åses dotter, sa Freja och hoppades att hennes svar var artigt.

– Vet du inte namnet på din far?

Balder såg förvånad ut och även de två skäggiga kämpar som satt bredvid honom på stocken tystnade. De lutade sig fram för att lyssna.

– Nej, svarade Freja. Hon tänkte inte avslöja sin nyvunna kunskap om sin far. Det hade ju trots allt ingen betydelse.

– Vad är det för folk som inte ens känner sin fars namn? utbrast den ena kämpen, en bred man med stor mage och flätat brunt skägg.

– Åja, det gör väl inte du heller, Blodyxa. Gamle Harald kunde väl knappast avlat dig så tandlös och eländig han var när du kom till världen. Din mor bolade väl runt med halva stammen bakom hans rygg, sa hans mindre kamrat och männen runtomkring började gapskratta så att mjödet skvätte ur deras dryckeshorn.

– Min far, Harald, var en stor kämpe. De som talar emot mig kan följa med ut så gör vi upp, sa kämpen vid namn Blodyxa.

Det blixtrade i hans ögon och han la sin hand på det korta svärd som hängde i bältet. I samma ögonblick kom en trälflicka för att fylla på hans horn. Några droppar mjöd föll ned i Blodyxas knä och utan att knappt titta slog han till flickan i ansiktet så hon tumlade bakåt in i skuggorna.

Uppträdet fick männen att tystna och intresserat småskrocka med varandra. Hur skulle detta sluta?

Men Blodyxas kamrat verkade oberörd inför hans eldfängda humör.

– Intet ont om din far men det var fart på gubben som lyckades sätta dig till världen trots att han nästan var död, sa han flinande och rev ned nya skratt.

– Det är lika mycket fart på den här staken ska ni veta. Fråga kvinnorna i huset. De löper som tikar när de ser mig, sa Blodyxa och gnuggade sig mellan benen med ett belåtet leende.

– Det enda sätt de löper på är bort från dig, sa hans kamrat och dunkade gapskrattande Blodyxa på ryggen.

– Du din fuling tror väl att det är så för alla, svarade Blodyxa och började gapskratta. De båda männen klappade varandra på ryggen och tömde sedan sina horn.

– Hit med mer mjöd kärringar, skrek Blodyxa och strax stod trälflickan som han slagit till vid hans sida och fyllde på det bruna kohornet.

Balder lutade sig fram och gav Freja en medkännande blick.

– Din far, satte han dig inte på staken?

Freja sträckte stolt på ryggen.

– Vi har inga sådana seder. I Vanaheim ser vi till vem som är mor, fadern får vi aldrig veta namnet på.

De skrattande kämparna tystnade tvärt. De såg riktigt skakade ut. Till och med Tor slet blicken från elden och såg på Freja. Hon rodnade inför uppmärksamheten.

– Det enda man egentligen vet är ju vem som är moder till ett barn, fadern kan ju vara vem som helst, sa Freja i ett tappert försök att förklara närmare.

Männen satt tysta, någon hostade.

– Ja, det finns ju många olika sätt. Man har ju hört om dom som lever på gammalt vis än, sa Balder till slut.

Männen mumlade något instämmande och vände sig sedan bort och börjande tala om något annat. Freja skakade på huvudet för sig själv, vilka okunniga dårar de var.

Hon såg upp mot högsätet, försökte lyssna på Gullveig och Oden. De hade uppenbarligen inte hört något av vad som sades utan talade allvarligt med varandra. Bara några brottstycken hördes genom sorlet och skratten.

– Många handlare kommer till oss, de från Rygeland har det bästa bronset till yxor, sa Gullveig.

– Mina smeders makt är så stor att Tiwatz har skänkt dem vapen som inte kan brytas. Du ser två av dem där, sa Oden och pekade mot de två svärden på väggen.

– Jag har hört om dessa svärd förr, sa Gullveig.

– De gör mina kämpar oövervinneliga.

Freja lutade sig framåt, men några av männen började gapskratta och hon hörde inget mer. Hon antog att det var bra att de talade samman på ett lugnt sätt. Hon såg sig om efter Snotra som flyttat sig bort från stocken och fann att hon satt och talade med en blekkindad yngling.

– Här. Drick.

Jorunn gav henne ett kohorn fyllt med mjöd.

– Tack. Ska du inte sitta så vi kan tala samman?

Jorunn skakade på huvudet och log blekt medan hon backade undan och försvann bakåt hallen.

Freja tittade ned i det snidade hornet, följde bronsmönstret längs kanten med fingrarna medan hon lyssnade på männens röster.

– Jag la ut snaror i skogen borta vid bränningen, jag ska vittja dem i morgon men det blir väl inget där heller, sa Balder.

– Men Vile fällde ju en hjort där för några dagar sedan, sa Tor.

– Och vi kommer att få höra hans skryt resten av sommarn, småskrattade Balder.

– Det är sant, men jag tror nog att det finns gott om vilt där borta, sa Tor allvarligt.

Han satt med ryggen halvt vänd mot Freja, ändå fyllde hans närvaro den tomma luften mellan dem. Freja skakade på sig, som för att ta bort hans ande från sin.

Hennes blick föll istället på den flicka som besökt dem under dagen. Hon sprang omkring med ett tråg som hon vördsamt erbjöd männen. Freja försökte förgäves fånga hennes blick. Alla husets kvinnor gjorde likadant, passade upp som tjänarinnor.

Hur kunde de tillåta detta? Förstod de inte att det var en skymf mot Gudinnan att inte helga livbärerskorna? Männen var till för att arbeta, det var därför de fötts med starka armar och ben. Deras livskraft var stark och skulle skänkas till kvinnorna.

Freja högaktade sina bröder. De var viktiga delar i det stora världshjulet. Men att ta beslut över kvinnors liv, namnge barn, råda över deras liv! Visste de då inte att bara den stora modern hade rätt att ta och ge liv?

Freja höjde hornet och drack av det sötbeska mjödet. Dess värme spred sig i hennes kropp.

Ett nytt träträg bars runt, det här var fullt med gröt. Hon tog två nävar och svalde utan att tugga, snart kom en flicka med ett tråg kött igen och den här gången fick hon tag i ett ben som hon hungrigt gnagde rent och sedan sög ut märgen ur. Maten stärkte hennes sinnen.

Om bara inte Tor suttit vid hennes sida. Hon sneglade på honom, han åt och drack i tysthet. Huvudet nedsänkt, blicken på maten. Det hade ingen betydelse, hon kände hur uppfylld han var av hennes närvaro. Han kunde lika gärna ha sagt det högt.

Nu när mjödet mjukat upp hennes sinne erkände hon tyst för sig själv att om Tor tillhört hennes folk hade hon nog tagit honom till sig en natt eller två. Han var en grann karl, det kunde man inte ta ifrån honom. De kraftiga armarna svällde under den ärmlösa tunikan. Ansiktet rakat, inte alls så motbjudande skäggigt som många av de andra främlingarnas. Ögon blå som ett djupt hav. Det långa mörkröda håret låg på ryggen ombundet av en läderrem. Han påminde verkligen om en brunstig tjur, en omedelbar styrka förbunden med jorden.

Freja vred på sig. Kanske hade hon varit lite orättfärdig. Han hade trots allt försökt hjälpa dem under gårdagen. Ingen fientlighet fanns i hans sinne.

Inte för att det egentligen spelade någon roll. Om Gullveig och Oden inte kom överens om gäld skulle de lämna denna plats i gryningen för att sedan återvända med krigarna.

Männens blod skulle färga marken.

Om gälden betalades skulle de sejda över marken. Naturligtvis skulle de inte använda någon stor kraft, bara tillräckligt för att lugna den makt som hindrade livet att spira i främlingarnas jord. Så fort de var klara skulle de återvända till de väntande båtarna och resa hem till Vanaheim.

Plötsligt längtade hon hem. Larmet och skriken i hallen var en plåga jämfört med stillheten och friden hos prästinnorna. Hon undrade hur Siv hade det, och Vidar. Var hennes syster Gefjyn redan på väg till Hallunda?

Balder lutade sig fram över Tor, han ropade något till en kämpe bakom elden. Freja snappade blixtsnabbt åt sig ett hårstrå från hans rygg. Hon log belåtet för sig själv när hon stoppade ned det i pungen. Ingen hade märkt något.

Tor drack mer än han brukade, mest för att driva bort häxans närvaro. Men ju mer han drack, desto svårare blev det. Förbannade trollpacka, hennes skönhet kunde göra en man vettlös.

Han kämpade en stund med sitt inre och beslöt sig sedan för att vara förbindlig. Han kunde ju inte sitta tyst bredvid en gäst.

– Jag ber om ursäkt för igår, sa han och såg hur Freja ryckte till av förvåning. Så sträckte hon på ryggen och gav honom en överlägsen blick.

– Vet du då inte att man inte får vidröra en utvald? Inte undra på att era åkrar är så tomma och era kritter så magra, svarade hon.

Tor drog ett djupt andetag och kämpade med ilskan. Förbannade häxa, otacksam var hon och illvillig dessutom.

– Jag är kanske en främling men jag har i alla fall aldrig besökt en gård och krävt gäld för saker folket där aldrig gjort, sa han med tillkämpad artighet.

Hennes vita tänder glimmade till i ett överlägset leende som gjorde honom rasande. Varför såg hon inte att han försökte behandla henne som en ärad gäst? Varför var hon så halsstarrig? Förbannade kvinna.

Tystnaden bredde åter ut sig mellan dem.

Tor såg hur Loke sprang omkring bakom Odens rygg, det gjorde honom knappast på bättre humör. Skulle den narren börja lägga sig i saker och ting?

– Vem är det? frågade Freja och pekade på den klent byggde ynglingen med schamanens slingrande sol- och ormtecken på manteln.

– Det är Loke. Min far tog sig an honom när vi vandrade västerut, sa Tor och hoppades att det skulle få tyst på henne. Loke var den sista han ville tala om.

Tor följde Kol med blicken när hon gick förbi med ett tråg. Han hade inte hunnit tala med sin far ännu, men han lovade sig själv att det skulle bli det första han gjorde i morgon.

– Jag trodde ni hade egna präster? sa Freja och hostade till.

– Min far leder bloten. Loke är honom behjälplig, svarade Tor irriterat. Röken och värmen började störa honom rejält. Varför höll Oden gillet inomhus när kvällen var så varm?

Han beslöt sig för att byta ämne.

– Du hånar oss för vår dåliga mark. Berätta då istället hur vi ska få säden att växa bättre.

Förvånat såg han hur Freja blev mörkröd i ansiktet. Hon tappade nästan taget om kohornet, mjödet skvätte när hon återfick greppet.

– Jag ska hämta lite luft sa hon och gav honom hornet. Snabbt som en hind var hon ute ur hallen. Tor såg häpet efter henne. Vad hade han nu sagt och gjort?

– Skrämmer du bort fruntimren från härden, Tor? Klok tös som springer, så ful som du är.

Balder flinade retfullt. Tor reste sig med en högljudd suck och såg på de två hornen han höll i sin hand.

– Jag får väl gå och se så hon inte skurit halsen av sig i förtvivlan.

Männen storskrattade. Stämningen i hallen började bli riktigt hög. Erik Långbåge tog fram en flöjt och snart sjöng männen en munter sång medan de taktfast stampade i jordgolvet.

– Tung var yxan i min hand. Fienden skrek av fasa.

Tor gick mot de vidöppna dörrarna men stannade till ett ögonblick vid sin far för att lyssna på vad de talade om.

– Om ni signar vår mark så att vår otur vänder kommer ni ha vår vänskap och tacksamhet, sa Oden allvarligt.

– Att bryta en förbannelse är en stor sak, något sådant görs inte i en handvändning. Om vi ska utföra ett sådant arbete måste gälden betalas med råge. Vi borde tala mer om den saken, sa Gullveig.

– Det kan vi göra men kom ihåg att vi betalar ingen gäld, vi ger er en gåva, sa Oden och vinkade till sig en träl som höll ett tråg kokt kött.

Gullveig suckade djupt och smuttade från sitt dryckeshorn.

– Jag har levt tillräckligt länge för att veta att vänskapsgåvor ger man sällan till okända.

Tor såg oroligt på sin far. Han verkade lugn, nästan road, men han kände alltför väl sin fars skiftande humör. När som helst kunde vreden bryta ut. Det hade han själv fått känna på innan han växte sig tillräckligt stark så han slapp ta emot hugg och slag. Men allt verkade gå som de tänkt denna kväll.

Han steg ut på den mörka gårdsplanen och drog in den tunga lukten av jord och laddad värme.

Var fanns hon?

Freja stod vid helgastenen, den skrovliga ytan var sval mot pannan. Illamåendet klingade sakta av när hon kände hur något välkänt rörde på sig inne i dess stillhet.

Hur signas åkrarna! Begrep han inte bättre än att fråga det? Hon kokade av vrede. Minsta lilla barn kände väl till fruktbarhetsritualen? Hur djuret blotades och hur dess blod måste rinna ned i jorden. Därefter föreningen mellan de utvalda på den signade jorden, en kvinna och en man, Gudinnan och guden. Freja hade tagit Gudinnans roll många gånger, hon hade plöjt ned gudens säd i den våta jorden och fulländat offret. Det var en rit full av glädje och lust.

Nu frågade Tor om de skulle göra det tillsammans. Hon drog in den stillastående luften i djupa andetag och omfamnade stenen. Den njöt av hennes närvaro, gladdes över hennes omsorg.

Hon såg upp när ett dovt muller rullade över den mörka himlen. Gudinnan vredgades. Något rörde sig oroligt inne i stenen. Onda järtecken på morgonen, och nu vredgades Hon. Det här bådade inte alls gott.

Tunga steg hördes över marken. En mörk gestalt var på väg mot henne. Tor.

Frejas hjärta började slå okontrollerat. Han stannade ett par steg ifrån henne, stack tummarna i bältet och stod tyst och osäker.

– Allt jag gör förnärmar visst dig? sa han till slut.

Bakom hans nakna ord hörde hon hans vilja. Tor ville ha henne.

Men nej.

Hon var en dotter till en drottning och Gudinnans utvalda. Han var en mördare som slaktat hennes folk. Plötsligt kändes orden kraftlösa.

– Kommer ni att betala gäld så vi kan återvända till Vanaheim?

Frejas röst lät kallare än hon avsett. Den fick honom att skruva på sig av olust.

– Du ska nog få återvända med det du traktar efter.

Förvånat hörde hon stråket av sorg i hans röst.

– Jag såg er i en syn. Hur ni högg ned barnen och brände deras kroppar, svarade hon och höjde trotsigt hakan.

Hennes ord var en talisman som fick hennes längtan att sjunka undan och istället väckte den stärkande vreden.

– Du såg inte mig i alla fall, sa Tor tyst.

Hans sorg var tydligare nu.

– Är du inte ett med dina fränder?

Hans blå ögon började brinna av vrede. Det dova mullrandet drog åter över den mörka skyn.

– Jo. Min klan är mitt liv. Men säg mig, har du sett dina barn tyna bort av hunger? Har du själv känt svälten slita i magen medan du är så svag att du nästan inte kan stå?

Freja skakade på huvudet, lätt skrämd av hans ilska. Hon hade hört rykten om att människor ibland hungrade ihjäl på vårvintern men det hade sällan hänt på ön. Åses lag tvingade människor att hjälpa den som var i nöd.

– Gudinnan skänker oss gåvor i överflöd. Om ditt folk frågat hade mitt folk delat med sig.

– Jo, det kan du tro, svarade Tor bittert. Det är lätt att stå med guld om halsen och tala om givmildhet men tänk om du inte hade något att ge?

– Om ni tjänat Gudinnan så hade ni också levt i fred och med god växt, svarade Freja vasst.

En hotfull vind svepte genom gårdsplanen, tog tag i Frejas mantel, lyfte den så att hon såg ut som en dis i kvällningen. Hon höjde näsan och luktade, ett stort regn var på väg. De borde gå in.

Tor tog ett steg framåt. Nu var han så nära att hon kunde känna värmen från hans kropp. Hon drog in den sträva doften av rök och svett. Strupen snördes åt och det blev tungt att andas.

– Varför sprang du från gästabudet?

Nu var hans mörka röst vänlig, mer pockande. Kanske förstod han verkligen inte vad han egentligen sagt. Vad kunde en bonde från skogarna egentligen känna till förutom att äta, arbeta på åkern och avla barn?

– Brukar du fråga dina gäster om ni ska signa åkrarna tillsammans? frågade Freja.

Tor stod först tyst och förvirrad, så förstod han innebörden av vad hon sagt. Han började skratta. Långa frustande stötar som överröstade gudinnans dova varningar i skyn.

– Inte nog med att jag är så otrevlig att mina gäster faller sanslösa ned framför mina fötter. Jag lyckas också förolämpa dem så att de lämnar min fars härd!

Han stötte ut orden i halvkvävda omgångar innan han åter bröt samman i ett gapskratt. Det ryckte ofrivilligt i Frejas mungipor.

– Jag är sannerligen en misslyckad värd, fortsatte Tor.

Freja vände sig om och dolde sitt leende. Värdigt väntade hon på att Tor utmattad torkade bort sina tårar. När han stillat sig såg han på Freja med plötsligt allvar.

– Sanningen är att du är den vackraste kvinna jag någonsin sett. Jag har tänkt på dig sedan jag såg dig stå utanför min fars hall. Måhända är du prästinna, måhända är du en fiende till mitt folk, men jag begär dig ändå.

Han tystnade och höjde avväpnande sina handflator.

– Nu har jag sagt det. Nu får du snöpa min mandom med en förbannelse så att jag aldrig kan lägra en kvinna igen.

Freja såg häpet på honom. Var karln fullständigt vettlös? Hur kunde han tänka på något sådant en kväll som denna?

Hon pressade sig mot helgastenen, kände rörelserna mot sin rygg. Tor hade talat sant. Hon läste hans tankar så tydligt att de ekade i hennes huvud. Han åtrådde henne så hett att hennes eget blod svarade.

Oroligt, som om han fruktade att hon åter skulle falla ned drabbad av drömsyner, lutade han sitt ansikte över hennes.

– Kan jag?

Rösten var en ömsint viskning. Freja svarade inte, förmådde inte röra sig. Ja, hon ville ha honom i sig, hon åtrådde honom med varje del av sin kropp. Men hon fick inte, han var förbjuden. Att ta honom var en skymf mot hennes folk. Ändå förmådde hon inte slita sin blick från hans mörkblå ögon.

Hans sträva läppar nuddade hennes, skälvde av återhållen kraft, men kyssen var öm och försiktig. Långa mullranden rullade över den svarta himlen. De ökade i styrka och jagade fram. Tor stod ändå kvar, avvaktande. Han andades snabbt och ansträngt, hans läppar mot hennes mun. Freja slöt ögonen, kände hur luften tätnade.

Hon fattade eld. Det var som i drömmen, all hennes behärskning, all hennes kyla försvann. Uthungrad öppnade hon sig mot honom, la händerna mot de sträva kinderna och kysste honom djupt och vildsint. Hans armar slöt sig runt henne, lyfte upp henne mot hans kropp. Hon jublade inom sig när hans mandom växte mot hennes mage.

Inne i hallen torkade Gullveig bort svetten som forsade från pannan med klänningsärmen. Hon började bli ordentligt arg på den svartskäggige.

– Vad säger du? sa Oden.

– Vänta, sa Gullveig kallt och vinkade till sig Snotra. Hon kom genast och satte sig på huk vid Gullveigs sida.

– Var är Freja?

Snotra ryckte på axlarna.

– Hon gick ut. Jag hade gärna gjort detsamma. Det går inte att andas här inne.

– Se!

Gullveig pekade på de två ynkliga bronsarmbanden som låg i ett knyte i Odens knä. De var en förolämpning, både mot henne och mot Vanaheim.

– Tycker du att tre präktiga gårdar inte är värda mer än detta?

Oden ryckte på axlarna och log förbindligt.

– Vi är ett fattigt folk, det här är bara en enkel vänskapsgåva.

Gullveig tog upp ett av armbanden och synade det noga. Hennes blick var skum men hon kunde känna spåren från de tidigare ägarna. Synerna kom i vågor, fick henne att frysa till is.

Skakad gav hon smycket till Snotra som noga tittade på det.

– Gudinnan må ha förbarmande, utbrast hon.

– Här finns till och med Vanaheims märke, sa Snotra och pekade på ett litet vildsvinshuvud som rispats in i bronset.

Gullveig slöt ögonen, kände raseriet slå över henne i stora vågor. Inte nog med att hon tvingats sitta och lyssna på lögner hela kvällen, nu hade hon fått mottaga den största skändning hon kunde få. Hon såg på Oden. Gav honom en blick som fick hans leende att tyna bort.

– Det här har ni stulit från våra gårdar sedan ni mördat mitt folk. Nu ger ni mig två ynka armband och tror att det ska gälda! Hon hötte med smycket framför Oden medan hon skrek ut sin vrede.

– Må Gudinnan bränna dig till aska! Förbannade hycklare och lögnare! Hur understår du dig att ge mig besudlad gäld!

Gullveig såg sig rasande omkring i hallen. Musiken tystnade och kämparna satt och såg avvaktande på Oden medan de sökte sina vapen.

– Jag förbannar er alla niofalt för era skändliga blodsdåd! skrek Gullveig med en mörk röst som inte längre lät mänsklig.

Skräckslagna såg männen hur hon förvandlades framför dem. Hon växte till en svart skugga. Ovanför deras huvuden dånade himlen alltmer vredgat.

– Ni ska brinna i Nifelheim, slukas av rimtursarna, diserna ska slita ut era inälvor och koka dem. Ingenstans kan ni fly från Vanaheims hämnd. Ingen makt kan beveka den mörka modern.

Gårdsplanen lystes upp av eld medan himlen klövs av en skarp smäll. Freja vacklade till och återfick sansen. Full av fasa släppte hon Tor och backade undan. Vad var det för sejd han bundit henne med? Hon höll ju på att svika Vanaheim!

– Aldrig!

Hon spottade ut ordet. Fylld av självförakt och svart raseri höjde hon handen och slog honom i ansiktet. Han tog emot slaget utan att röra sig, höll käken stolt lyft men hans blick var så sårad att hon skrämd drog efter andan.

– Aldrig, upprepade hon, men orden var mjukare nu, en ursäkt i sig.

Plötsligt hörde de att musiken tystnat. Någon ropade inne i hallen, något hände, något var fel.

– Förbannade häxor!

Freja och Tor vände sig samtidigt om, såg Gullveig och Snotra hasta över gårdsplanen. Himlen lystes upp av en ljungande blixt. En man sprang bakom prästinnorna medan han höjde sitt spjut.

– Må Tiwatz slakta er alla, förbannade trollpackor!

Det tog två hjärtslag innan Tor begrep att de alla höll på att slukas av fördärvet. Skräcken fick honom att löpa som en vind mot sin farbrors höjda spjut. Han måste hinna fram i tid, måste rädda livet på prästinnan. Tors fötter piskade mot dammet.

Den yngre av prästinnorna sprang iväg mot skogen. Men Gullveig stod kvar och höjde sin stav, det gråa håret dansade runt hennes huvud. Hennes gälla galdr ekade över gårdsplanen.

Himlens vrede ökade. Människorna skakade av skräck, grisarna skrek i sin hägnad.

Äntligen. Med ett sista språng kastade sig Tor fram mot det höjda spjutet. Han slet åt sig vapnet med en sådan kraft att farbrodern föll ned på marken. I nästa stund fick Tor en hård stöt i ryggen. Hans far forsade förbi med spjutet Gugner i sin hand. Odens ögon var tomma och uttryckslösa. Tor svalde. Det var det uttryck som hans fars fiender fruktade mest av allt.

Bärsärken hade tagit Oden. Hans handlingar var inte längre hans egna. Med ett skrik hämtat från underjorden ställde han sig framför den mässande prästinnan. Oden skakade Gugner mot häxan.

I samma stund bröt ett sådant raseri ut uppe på himlavalvet att gården lystes upp som på ljusan dag. Dånet skakade marken under deras fötter. Tor såg upp på de ljungande blixtarna, såg de två jättarnas kamp i himlen.

– Häxorna förbannar våra kvinnor! Odens vrål fick gårdens män att samlas runt sin hövding. Som om deras närvaro kunde ge honom kraft i kampen.

Gullveigs mässande ökade i styrka. Luften fylldes av en stickande lukt som fick skräcken att krypa över Tors rygg.

Vad gjorde häxan? Förbannade hon dem? En skarp smäll kastade honom nästan till marken. Jorden framför Oden var plötsligt bränd. Häxan hade slungat ljungeld på dem. Men hans far stod kvar och hånskrattade, fylld av heligt ursinne.

Så kom Freja gående, som i trans. Manteln fladdrade runt hennes kropp. Tors fasa kände inga gränser. Han kunde kämpa mot övermäktiga fiender, han var inte rädd för någon levande man, men att se kvinnan han precis hållit i sina armar lyfta sina händer och sjunga en förbannelse över hans folk var mer än han kunde klara.

Odens grova röst gav honom styrka.

– Hon är ute efter allt vårt guld. Hon vill ta allt vi äger. Se hur hon förbannar oss. Tig eller brinn på bålet kärring.

Oden höjde spjutet Gugner, men då kastade sig plötsligt Jorunn på hans arm.

– Du gör oss alla olyckliga. Make jag ber dig.

Hon hängde sig fast.

– Gå prästinnor! Spring!

Men Jorunns ord förblev ohörda. Varken Gullveig eller Freja lyssnade. Deras gälla skrik ekade samstämmigt.

Frejas ansikte var livlöst och slutet, som om främmande makter tagit henne i besittning. Tor svalde. Nu såg han Frejas sanna natur. Nu såg han de ondskefulla krafter som arbetade i hennes kropp.

Oden hade rätt. Häxorna uttalade en förbannelse. De var alla förlorade. Jorunns förtvivlade skrik blandade sig med häxornas. Oden började piska henne med spjutskaftet. Hon låg hopkrupen som ett djur när slagen haglade över den tunna kroppen, om och om igen.

– I Gudinnans namn, sluta!

Hennes förtvivlade rop fick bärsärken Oden att tappa sina sista rester av vett och sans. Tor skrek av vrede.

Himlen lystes upp av ännu en lågande flamma som sökte sig ned i marken framför dem. Dånet skakade deras kroppar.

Gullveig sejdade ned blixtarna i marken. Makterna var i hennes hand och nu vände hon dem mot männen. De slog ned allt närmare. Frejas kraft kom plötsligt vällande från ingenstans. Den ökade Gullveigs makt och hon skrek gällt till blixtarna, manande dem att bränna främlingarna till aska. Vagt kände hon hur kämparna ställde sig i en ring runt henne men i denna stund var hon besatt av mäktigare krafter.

Ljungblixtarna rasade som vettvillingar över den svarta himlen. Dånet överröstade allt.

Oden piskade vanvettigt Jorunn som nu låg livlös och blödande på marken.

Tor försökte nå honom, stoppa slagen, rädda modern, men fyra par händer höll honom tillbaka.

– Låt din far göra upp om detta, sa en av hans farbröder och skrattade drucket som om det var en lustig lek.

Tor kämpade. Han vred sig, slogs och sparkade. Förgäves.

Hans mor höll på att dö framför hans ögon. Han såg hennes ansikte framför sig, hennes sorgsna ögon, kände hennes mjuka hand. Oden piskade det blodiga byltet på marken.

– NEEEJ!!!

En röd hinna av vrede la sig över ögonen, tårar av ilska strömmade nedför ansiktet.

– Sluta din fege edsbrytare. Ge dig på mig istället om du vågar!

Men Oden varken såg eller hörde.

Tor ropade till Balder att gripa in. Men Balder stod som handfallen och såg på vad som hände. Han vågade inte trotsa Oden. Inte när bärsärken red honom.

Det kändes som en evighet. All världens plågor rann genom Tor. Så sänkte Oden spjutet och såg sig omkring. Vansinnet brann i hans ögon.

Han höjde sitt spjut mot elden som korsade himlen och skrek mot de mässande prästinnorna:

– Ni ska brinna på bålet i kväll! Hör hur gudarna kräver det. Ge mig kärringen!

Himlen dånade av vrede. De druckna kämparna jublade, styrkta av Odens vrede. De grep tag i Gullveig, höll ned hennes armar, blottade hennes bröst.

– För Tiwatz! vrålade Oden.

Gugners sylvassa spets slog rakt i den gamlas bröstkorg. Frejas skrik blandades med Tors. Gullveig vacklade till men skyddad av högre makter än en människa kunde förstå fortsatte hon sitt gälla mässande.

Det obevekliga och rakryggade hos översteprästinnan fick Oden att fullständigt tappa besinningen. Han grep den gamlas hår, släpade henne genom smutsen tillbaka in i hallen där härden brann för fullt.

In i eldens höga flammor kastade han Gullveig. Hon skrek som en andevarelse i hettan men lyckades resa sig och vacklade ut med håret och klänningen brinnande. Lukten av bränt hår och kött fyllde salen. Kämparna stirrade som förtrollade på häxkonsterna. Kvinnorna höll för ögonen på sina barn.

– Dö kärring, dö!

Oden höjde sitt spjut och högg det åter i Gullveigs bröstkorg. Hon segnade ned och han sparkade tillbaka henne in i lågorna. Men då hände det ofattbara. Gullveig reste sig återigen. Ett omänskligt skrik kom från hennes svartbrända läppar. Elden åt girigt av hennes blödande kropp, åt den, förtärde den. Som en skräckinjagande elddis stod hon inne i den förtärande hettan. Himlen dånade över hallens tak. Så sjönk Gullveig ned på knä.

Hon borde varit död, nu brann det i hennes kött som sprack i hettan. Stanken spred sig inne i hallen. Ändå lyckades hon sakta krypa ut ur lågorna, skrikande.

Nu fanns det inte längre något mänskligt kvar i hennes gestalt. Oden svor och förbannade. För tredje gången högg han spjutet i gamlingen. Så sparkade han tillbaka henne i elden, där skriket tystnade och hon drog ihop sina lemmar och dog.

I samma stund svepte kyla genom Odens hall. Dubbeldörrarna slog rasande i vinden.

Männen tystnade som om de först då begrep vad de gjort. Handfallna såg de hur det kokade i den gamlas kött. Regnet började slå mot marken utanför och förvandlade det till ett sjudande dån.

Oden ryckte till och såg sig omkring. Som om han vaknat ur en trans. Han samlade sig, såg på det som en gång varit Gullveig och försökte minnas. Förgäves. Allt som fanns var vitglödgad vrede.

Efter en kort stund vände han sig mot kämparna:

– Ta de två andra innan de varnar sitt folk.

Männen nickade och sprang efter sina vapen. Oden följde bistert efter och spände på sig svärd och brynja.

På gårdsplanen stannade han till vid Tor som tigande stod i regnet och såg ned på sin livlösa mor. Hans son var full av märkliga idéer. Han tillbringade för mycket tid med kvinnorna. Nog var han ångerfull för att han vredgats på Jorunn, men hon kunde inte störa sin make i striden.

Inte när bärsärken red honom. Så var det bara. Hon visste detta mer än väl och fick skylla sig själv.

– Ta ditt svärd och gör din plikt, son. Visa att du är man. Sviker du din far och ditt folk ska du dö utan ära och heder.

Tor såg på sin far. Regnet dolde hans tårar.

Oden hade inte ens tittat åt Jorunn. Inte ens skänkt henne en blick. Nu stod han här med sitt spjut och sin dyrbara mantel och gav order. Hatet växte sig starkt i hans bröst. Tor ville döda honom.

Sticka spjutet i hans hjärta. Se honom lida.

Oden skrattade till när han såg sin äldste sons blick.

– Det är bra pojke, där är vreden du ska ta med dig in i striden.

Han la handen på hans axel. Tor reste sig maktlöst och lät sig ledas mot de väntande krigarna.

Jakten på häxorna kunde börja.

4

Freja sprang i blindo genom regnet. Fort, fort framåt. Bort från mördarna. Hennes fötter trummade över de våta löven, regntunga grenar snärtade ansiktet och rev sönder den långa klänningen. Ändå fortsatte hon, såsom en sårad hjort flyr för sitt liv undan jägarna.

Snubblande, kämpande, gråtande tog hon sig genom den mörka regnväggen. Det var som om makterna rasade över det ofattbara som skett. Gullveig var död, slaktad som ett blotdjur. Luften skar som knivar i bröstet för varje andetag hon tog. Till slut saktade hon in och sjönk utmattad ned på marken.

Det gick inte att fly från det som skett. Vanaheims översteprästinna var mördad. Hennes älskade moster var borta. Freja lyfte ansiktet mot regnet, lät det piska mot hennes ansikte, skölja bort tårar och sorg. Förgäves.

Hon skrek ut sin smärta i natten.

De hade dödat Gullveig och hon hade inte gjort något för att förhindra det. Freja vred sig på bädden av våta löv. Varför hade hon inte ingripit? Fanns det inget hon kunde ha gjort för att förhindra katastrofen?

Bilderna, värre än någon av de syner hon fått, dansade framför hennes ögon. Oden som släpade in den sårade Gullveig i hallen. Stanken från den kämpe som hållit kvar Freja när hon försökt komma till sin mosters hjälp. Den mörka skuggan som befriat henne från kämpen och knuffat henne bort mot friheten.

Förvånad mindes hon vad som hänt. Tor hade räddat hennes liv. Hon hade sprungit därifrån medan Gullveigs skrik skar sönder hennes hjärta.

Det omänskliga skriket.

Freja kved och slog rasande sina knytnävar mot marken. Sorgen gjorde så ohyggligt ont, den åt av hennes mage, rev som knivar i huden.

Den svarta skuggan tornade upp sig och slukade henne. Vanvettet tog över. ”Låt dem komma, låt dem döda mig med”, väste hon. Freja kröp runt på alla fyra, klänningen i strimmor runt den nakna kroppen som var full av blödande sår. Smärtan höll på att klyva hennes skalle. Hon rev med naglarna i ansiktet, skrek och förbannade.

– Förbannade mördare!

Freja lyfte ansiktet mot den mörka himlen.

– Hur kunde du tillåta detta?

Hennes rop slukades av regnets dån.

Inget svar.

Hade Hon övergett henne? Var Gudinnan borta? Inte ens Mångudinnans ansikte syntes i den svarta skyn.

En våg av skräck och ensamhet slog över Freja. Mörkret reste sig hotande. Händerna började skaka okontrollerat. Var hon ensam? Freja såg sig omkring i regnet. Den varma skuggan av närvaro var borta. Hennes ande ekade tom bland de stumma trädstammarna.

Hon var övergiven. Hade två av hennes mödrar försvunnit denna förbannade natt? Freja snyftade till.

Som ett vilset barn som ängsligt gömmer sig i mörkret kurade hon ihop sig i vätan. Hon famlade efter offerkniven och slöt lättad fingrarna runt det svala bronset när hon hittade den. Skulle hon ta livet av sig här och nu? Blota sig själv till makterna?

Freja höjde kniven och riktade den mot bröstet. Det vore så lätt att sjunka in i Gudinnans trygga famn.

– Om jag går till dig nu, tar du då emot mig? frågade hon rätt ut i luften.

Fortfarande inget svar.

Hon drog med fingret över den vassa eggen medan hon försökte forma tankarna. Om Gudinnan var borta var Frejas ande förlorad. Då skulle hon vandra omkring i denna främmande skog till tidernas slut. Det var ännu värre än att dö under främlingars spjut.

År av träning gjorde att Freja sakta började ta sig samman. Tankarna började långsamt att klarna.

Gudinnan tog inte emot skadade gåvor. Hon kände på sin blödande kropp. Hon kunde inte dö. Inte än. Inte under sin egen kniv.

Sakta erövrade Freja kontrollen över sig själv. Gullveig var död. Insikten var lika smärtsam som att träffas av Odens spjut.

Gullveig var död.

Men Freja levde.

Liv var en gåva. Liv fick inte kastas bort.

Återigen lyfte hon ansiktet och skrek ut i natten.

– Ta mig hem, stora moder. *Erce,* var är du?

Hennes vädjan ekade ohörd i natten.

Om det bara inte varit så kallt. Freja slog armarna om knäna. Hela hon skakade av rädsla och köld. Vad skulle hon ta sig till? Hon borde ta sig till båten med Vanaheims kämpar, men hon hade ingen aning om var hon befann sig. Himlen var svart, inga bilder kunde vägleda henne.

Åt vilket håll hade hon sprungit efter att Tor befriat henne? Hon visste inte. Allt utom Gullveigs omänskliga skrik var försvunnet.

Trött sjönk hon ned på marken, skakande som en döende medan regnet föll över hennes iskalla kropp. Tiden flöt långsamt förbi.

Plötsligt hörde hon något som fick henne att hålla andan. Ett ljud. Var det främlingarna? Hon la sig platt på marken och såg sig omkring. Där var det igen. Ett tyst prasslande.

Freja slöt ögonen och lät sin ande trevande söka sig fram i skogen. Inga vänliga skogsandars närvaro fanns i denna djupa skog. Inga djur, inga älgkungar.

Så kände hon det. Det fanns ett liv bakom de mörka trädstammarna. Någon därute iakttog henne med motvilja och hat.

Freja slöt ögonen. Hennes tårar blandade sig med regnet. Så hon skulle dö i alla fall. Ensam och övergiven i en främmande skog skulle hon möta sin bane. Utan ceremonier, utan att hennes systrar vägledde henne till den andra världen.

Som hon önskade att hon istället fått dö vid sin mosters sida. Då hade de tillsammans fått återvända till Gudinnan.

Men om detta var hennes öde skulle hon villigt ta emot det. Vilka skäl fanns det att leva?

Freja drog ett djupt andetag.

– Så må det ske, mumlade hon och såg ut i mörkret.

Ett par gula ögon glimmade till bakom väggen av fallande regn. Den grå skulle ta henne. Gula, sylvassa tänder skulle slita sönder hennes strupe.

Den mörka skuggan rörde sig försiktigt mot henne. En vild urkraft, äldre än människan, sökte sig trevande mot den skälvande varelsen full av pulserande blod.

– Kom du, grå syster. Ta mig hem, sa Freja tyst.

Hon försökte hålla rösten lugn medan hon tryckte ryggen mot ett stenblock. Vargen tassade sakta mot henne. Avvaktande. Dröjande.

Nu var den så nära att hon skymtade de spetsade öronen. Hon slöt ögonen, väntade på språnget. Hennes hjärtslag överröstade regnets dån.

Tidsåldrar passerade.

Men inget hände.

Freja öppnade ögonen. Vargen satt en armslängd bort, hukad mot regnet och illa till mods. De såg på varandra, människa och best. Vad var detta? Så reste sig vargen och tog ett par steg bort. Där vände varghonan sig om och såg uppfordrande på henne.

Freja kämpade sig upp på fötter, förvirrad och besviken. Hon hade varit så nära att återförena sig med Gullveig, och nu detta. Kunde det verkligen vara möjligt? Var vargen en budbärare?

Hon såg ut i mörkret och vacklade sedan efter den stora grå mellan de mörka trädstammarna. Smärtpilar sköt genom kroppen, ändå drev hon sig själv framåt, steg för steg.

Natten övergick sakta till grå dag, regnet piskade fortfarande. Vargen stannade och vankade otåligt fram och tillbaka när Freja sjönk ned för att vila. Det var som om något drev på den.

Men vart?

Hon hade ingen aning om var de befann sig. Skogen var tom och öde, som om de gick i gränslandet mellan liv och död. Kanske var det så? Men Freja hade vandrat där förr och då hade hon inte plågats av sin kropp. Nej, detta var nog verklighet. Kanske var det ondsinta makter som lagt en förbannelse på skogen? Hon borde ha sett någon annan varelse, ett djur, en skogsande, under deras evighetslånga vandring, men där fanns bara vargen. Freja drog av några björkblad och stoppade dem i munnen medan hon undrade om Snotra levde. Gullveig hade skickat iväg henne innan hon började sejda ned elden i jorden. Hon måste ha tagit sig till Vanaheims skepp och hämtat kämparna. Tanken kändes trösterik. Odens gård skulle brinna som straff. Öga för öga, tand för tand. Tanken på hämnd gav henne styrka. Steg lades till steg.

Hon måste få vila. Regnet stillades.

Till slut stannade vargen och skakade bort vattnet ur pälsen med en otålig gest. Den vädrade oroligt och klippte med öronen. Freja sjönk ned på marken, kröp bort mot en liten pöl av regnvatten som samlats mellan grenar och löv i en liten sänka. Där drack hon girigt för att stilla den våldsamma törst som rev i halsen. Vattnet smakade jord och ruttna löv. Det var gudomligt.

En mörk mansröst ekade mellan de regnvåta trädstammarna. Både Freja och vargen stelnade till och lystrade intensivt. Jo, det var män som vandrade med tunga steg. Skräcken grep Freja och hon tryckte sig platt mot marken. Hade vargen lett henne till främlingarna? Skulle Oden sticka spjutet också i henne?

En brinnande pil glänste till i halvdagern innan den slocknad föll ned på den våta marken. Freja såg förbryllad på strecket av eld.

Så steg en mörk skugga fram ur regnet, en man med rundsköld och höjt svärd. Freja andades lättad ut. Det var Sten, en av hennes mors kämpar.

Som i en dröm såg hon honom rusa mot henne, hörde hans mjuka röst, starka armar lyfte henne mot himlen. Det sista hon såg innan mörkret uppslukade henne var en grå skugga som slank bort bland träden.

Vanaheims kämpar hade vakat i full rustning när Snotra nådde fram till dem med budet om vad som hänt. Hon berättade det fasansfulla. Från det ögonblicket var det Snotra som fattade alla beslut. Det var hon som var Vanaheims översteprästinna nu.

Att lämna kvar drottningens dotter i fiendeland hade varit vanhedrande för dem alla. Snotra skickade ut kämpar att leta och lysa vägen. Det var riskfyllt, de brinnande pilarna kunde leda främlingarna till dem, men Vanaheims kämpar längtade efter att hämnas sin fallna översteprästinna. De tog gärna strid.

Dagen var långt liden och de hade nästan gett upp hoppet när Sten kom bärande på Freja. Sorgsna samlades de runt den livlösa flickan. Hade de också mist drottningens dotter?

De bar henne till Åses båt, la henne försiktigt på botten medan Snotra tog sig an Freja.

Vanakrigarnas ledare Byggvir hade länge kämpat mot plundrare på haven. När det kom till strider var han listig och förutseende. Så när en spanare kom springande med bud om att främlingar närmade sig var hans män redo.

I träden satt två bågskyttar, bakom trädstammar klädda med grå mossa väntade resten av kämparna med långspjut och vassa svärd. De hukade sig bakom sina präktiga sköldar, gjorda av fyra lager tjockt läder. Främlingarna var inte lika försiktiga. De vandrade övermodigt mot båtarna, slog på sina sköldar och ropade sin krigsguds namn.

Tiwatz!

Tiwatz!

Ropen ekade i den gråtunga skogen. En efter en trädde krigarna fram genom regndimman som varelser från en annan värld.

Freja vaknade till sans. Livrädd satte hon sig upp, men trycktes omedelbart ned av Snotras fasta hand.

– De är här! Ligg stilla och tig!

Freja la sig ned, yr och matt.

Så kom kämparnas vrål när de drabbade samman. Gyllene brons slog mot bitande järn. Skriken från döende män ekade över vattnet.

Men det var bågskyttarna i träden som avgjorde den korta striden. Deras pilar slog in i fienden som dödliga bett, trängde in mellan harnesk av skyddande läder. Fem av främlingarnas kämpar föll, det var för många. Ett gällt rop kallade fienden tillbaka och de försvann in i skogen.

Freja låg stilla på den hårda plankbotten och lyssnade på dämpade rop och stön. Plötsligt svepte en våg av värme och styrka genom hennes tidigare så kraftlösa kropp. Med en snabbhet som förvånade både Snotra och henne själv reste hon sig på darrande ben. Hon kände inte ens vattnet när hon vadade mot den steniga stranden. Hatet brann i bröstet. Allt hon önskade var att se främlingarnas kroppar och sedan hugga och skända dem.

På stranden plockade Sten upp en av kämparnas hjälmar, han höll redan ett nytt svärd i handen. Förnöjd vägde han de båda skatterna.

När en av de fallna främlingarna stönade stelnade han till. Med två snabba kliv var han framme vid den sårade fienden och högg ihjäl honom med en snabb stöt i ryggen. Kämpen ryckte till ett par gånger innan han dog.

Freja svor tyst.

– Måtte du osalig vandra på jorden till tidernas slut, sa hon och tecknade en gastruna över den döda kämpens kropp. Den lyste till och föll sedan ned på liket.

Sten såg skräckslaget på den unga prästinnan. Den förbannelse hon uttalat var fasansfull. Den fallne skulle inte få någon ro i döden, denna plats var för evigt hemsökt. Han växlade en blick med Byggvir som kom för att se vad som stod på.

Vanakrigarna återvände tomhänta från skogen, främlingarna hade flytt. Också de stannade till när de såg Frejas tomma ögon, tacksamma över att ha en sådan mörk makt vid sin sida. Denna unga prästinna med brinnande ögon och klänningen hängande i strimlor kring kroppen vandrade som den mörka modern över slagfältet.

Freja var inte längre sig själv, något mäktigare hade tagit henne i besittning.

Snotra skyndande fram och la en mantel runt hennes axlar, men hon märkte det inte. Istället gick hon fram till en av de fallna främlingarna. Hans rygg var mörkröd av blod, en pil satt djupt nedsjunken i hans axel.

Freja såg länge på hur hans röda hår flöt ihop med blodet från hans sår. Det gav henne en känsla av tillfredsställelse.

Som i en dröm satte hon sig på huk vid hans sida, drog ut pilen och vände honom mödosamt på rygg. Krigaren stönade av smärta. Hans läppar var grå och hans plågade blick fångade Frejas och fick något att sakta vakna till liv djupt i henne. Ändå smålog hon bittert, uppfylld av vitglödgat hat när hon såg vem det var.

– Tor! Hon spottade ut hans namn.

– Hoppas du lider lika mycket som Gullveig.

Tor stönade. Han kände att han höll på att dö. Kroppen var stum, livet rann sakta ut ur den. Ändå ångrade han inget. Han fick dö på slagfältet och mer kunde inte en man önska. Efterlivet skulle bli gott, snart skulle han få sitta i Tiwatz sal.

Han drev sakta bort mot det varma mörkret. Men så drogs han hjälplöst tillbaka till sin kropp, tillbaka till smärta och vanmakt. Tor såg sig förtvivlat om efter den ondsinta kraft som tvingat honom tillbaka till denna eländiga värld.

En gulhårig skepnad svävade i dimmorna. Freja, den vackra häxan. Hon levde. Han försökte lättad att le. Då var allt som det skulle.

Men snart trängde hennes hat igenom hans smärta. För henne hade han offrat allt. Han hade räddat hennes liv. Varför förstod hon inte?

Tor försökte försvara sig, förklara. Läpparna kändes främmande, oformliga. Orden fick smärtsamt stötas ut.

– Visste inget … försökte … min far.

Freja slet tag i hans hår och lyfte upp hans ansikte. Smärtan från tusen spjut sköt genom hans plågade kropp.

– Ändå ger du dig hit för att fortsätta döda, väste hon.

Häxans raseri var lika plågsamt som hans sår.

– Inget … val …

Byggvir stegade fram mot Tor och höjde sitt spjut, redo att ge honom nådastöten.

Freja kastade en sista blick på den döende Tor och skulle precis nicka sitt bifall när hon plötsligt hörde sig själv säga:

– Nej. Han är hövdingason. Vi kan kräva lösen för honom.

Freja tystnade häpet. Vad sa hon? Inte kunde de spara Tors liv. Det vore vanvett! Men det var som om någon annan hade talat genom hennes kropp.

Hon skulle precis ta tillbaka sina ord när hon upptäckte Snotra. Hon såg länge på den unga prästinnan och den fallne främlingen.

– De ska alla dö, svarade Snotra till slut. Hennes röst dånade ut över slagfältet.

Freja reste sig på ostadiga ben. Den mörka transen höll henne fortfarande i sitt grepp.

– Han är värd mer om han lever.

Snotra gav henne en mångtydig blick och såg den främmande makt som skymtade bakom Frejas ögon. Ändå var hon tvungen att anta utmaningen. Om hon tvekade nu skulle hon aldrig kunna axla Gullveigs mantel.

– Det är inte din sak att fundera över. Gullveig är död, jag tar hennes plats.

Raseriet flammade upp inom Freja lika snabbt som om Snotra släppt en fackla på torr halm. Förbannade kärring! Hon skulle inte komma och ta någons plats. Gullveig var inte ens begraven.

– Det beslutar bara Gudinnan, och än har jag inte sett några tecken från henne, vrålade den unga prästinnan med en röst så mörk att Byggvir backade undan ett par steg.

Han stannade tvehågset och såg på de två kvinnornas kamp. Det här var inte bra för deras tur, prästinnor som kämpade om en fallen främling. Han hade aldrig sett något liknande. Osäker sänkte han spjutet.

– Han ska dö. Du hör och du lyder, sa Snotra kort.

– Aldrig. Då ger jag honom blodskydd. Du får döda mig före honom, sa Freja triumferande. Så fort orden lämnat hennes mun ångrade hon dem bittert.

För sent.

Frejas ord löpte över stranden, fick kämparna att stelna till och se på henne med fasa. Att ge någon blodskydd, att svära att skydda någon med sitt liv, var en stor ed. Den gick inte att ta tillbaka.

Snotra bleknade bakom sitt svarta hår.

– Är du vanvettig flicka. Han har mördat Gullveig. Varför kastar du bort ditt liv? Har han galdrat dig vettlös?

Frejas sans sipprade sakta tillbaka. Blodsmaken växte i hennes mun. Vad var det för ondsinta krafter som fått henne att kasta bort sitt liv för en främlings skull? Hon måste ha förlorat förståndet. Vad i Gudinnans namn skulle hon ta sig till?

Hon brydde sig inte om den döende Tor, det var att Snotra omedelbart tagit Gullveigs plats som gjort henne så arg. Men den ed som en gång svurits gick inte att återta. Nu var hon tvungen att stå för sina ord. Kämparna skulle hugga ned först henne, sedan Tor. Hon skulle dö för hans skull.

Hon såg ned på den döende Tor och såg spår av tillit skymta bland smärtan i de blå ögonen. Begrep han inte att vad hon än sa så skulle de båda gå till eftervärlden?

Freja slöt ögonen och ropade tyst inom sig på den Mångudinna hon tjänade. Hon förväntade sig inget svar.

Ändå kom det, som en mjuk smekning. Freja började gråta. Äntligen. Att åter få höra rösten, att slippa vara ensam, var som att omfamnas av en ömsint mor. Men lättnaden förbyttes snart i rädsla. Den milda rösten viskade fram sin önskning. Freja svalde tårarna. Det Gudinnan begärde var ofattbart. Hon hade aldrig hört något liknande. Inte kunde hon ... hon måste hört fel. Men för varje hjärtslag hon tvekade växte rösten, nu var den som ett rasande dån i henne huvud. Hon måste säga det och hon måste göra det nu.

Freja såg plågat på avsmaken och skräcken i Snotras och kämparnas ansikten. Så sträckte hon på ryggen och sa med entonig röst.

– Jag vill ge denne man till min härskarinna. Jag har hört hennes röst. Jag viger honom till Mångudinnan.

Äntligen tystnade Gudinnan. Freja drog efter andan och såg på sina skakande händer. Vad var som hände med henne? Hon såg sig hjälplöst omkring.

Snotra ryckte till som om hon fått ett slag. Inte nog med att Freja öppet utmanat henne, nu skulle hon blota främlingen. Också detta borde vara Snotras uppgift. Freja gick för långt. Alldeles för långt. Hon borde veta sin plats och stödja henne. Hon kände kämparnas förstulna blickar. Såg hur de avvaktande lutade sig mot sina vapen, de var inte längre rädda utan bara förväntansfulla.

Om Snotra skulle styra prästinnornas hallar fick hon aldrig visa svaghet. Bara en väg låg öppen för henne nu.

– Ett offer på en hövdingason. Det var länge sedan någon skänkte en sådan dyrbar gåva, förkunnade hon med en röst som förgäves kämpade med raseriet.

Tor hostade till. En rännil av blod rann från såret i hans breda nacke där pilen suttit.

– Hon kräver honom som gäld för sin fallna översteprästinna, sa Freja tonlöst.

– Vi får glädjas över att hon gav dig kraft att stanna vår hand. Jag ska själv se om hans sår så han förblir vid liv tills offret sker.

Snotra såg sig värdigt omkring.

– Vad väntar ni på? Mot Hallunda.

Krigarna skyndade sig att ta sina sista byten medan Freja klättrade ombord. Hon satte sig vid Tors sida och svepte huttrande manteln runt sin kropp. Vad ville Gudinnan med denna främling? Förtvivlat försökte hon återfå sansen medan de två båtarna roddes genom dimmorna, mot Hallunda, mot Vanaheim.

5

”Asator. Einride.” En gäckande röst viskade Tors smeknamn medan han drev mellan liv och död. Snart tonade den bort i dimmorna. Tor såg sig omkring medan landskapet tog form. Gråkarga klippor sträckte ut sig i oändligheten. Mörklila ljung vid hans fötter. En känsla av saknad i bröstet. Smärtan. Den var borta. Han lyfte lättad sin hand och såg på dess grova valkar. Antingen var han död eller så drömde han, men det verkade inte särskilt viktigt.

Ett hjärtslag senare svävade han över en skog som tycktes honom märkligt välbekant. Det var inte de mörkgröna trädkronorna som gjorde att han plötsligt kände sig hemma, inte heller bäckarna eller de små gläntorna. Nej, det var som om skogens ande fick honom att minnas.

Det var här han vuxit upp, det var här han vunnit sin mandom.

Där stod den gamla eken där Oden offrat hans bror. Den hängdes bleka ansikte skymtade mellan löven och Tor gladde sig över att återse honom.

Om detta var efterlivet skulle han snart sitta vid sin broders sida i Tiwatz hall. De skulle slåss på dagarna och om nätterna skulle undersköna kvinnor servera dem floder med mjöd. Tor skyndade mot sin bror men anden gled undan och försvann.

En rännil av rädsla sipprade igenom honom. Avvisades han från Tiwatz hall?

Nej. En känsla av förtröstan kom honom till mötes. Det spelade ingen roll. Inte nu. Tryggheten föste honom bort från skogen och förde honom vidare, över ändlösa grässlätter, över gråbruna berg vars snöklädda toppar gnistrade där de höll upp världsalltet. En hök cirklade över hans huvud.

Tor såg sig om efter alltings ände men det enda han såg var bergens stolta ödslighet. Hökens skrin sjöng i hans blod.

Om detta var döden fanns inget att frukta.

Han nådde fram till några eländiga stenhus som trängdes vid randen av ett ändlöst hav. De var övergivna, som om de lämnats i all hast.

Tor vilade i de ljumma vindarna, såg ned på husen och på de förvridna träd som klamrade sig fast i den torra stenjorden.

Borta vid den svarta stranden satt en grupp män samlade. Deras ansikten var allvarliga och slutna. Tor sökte sig trevande mot dem, men när han närmade sig fastnade han i en osynlig väv. Han kämpade fåfängt. Höken cirklade oroligt över honom, skrek ut sin ilska.

Bland männen satt en gammal schaman med korslagda ben och trolltrumma i hand. Det var denne som kallat på Tor, förstod han nu. Såsom repen tjudrar en häst så den inte flyr om natten, så höll den gamles sejdsång honom fast i luften. Det fanns inget han kunde göra.

Den gamle var uråldrig, han liknade en mossbeväxt ek som sakta höll på att förmultna. Han lyfte sitt ansikte och sjöng på ett sedan länge bortglömt språk. Tor svarade, men förstod inte hur. Han var såsom delad i två, ändå kändes allt rätt och riktigt.

Bakom schamanen skymtade högarna där de döda begravts för längesedan, andarna var flyktiga ekon från förr, tiden hade upplöst deras existens.

Detta var hans fars födelseplats och den gamle schamanen hade varit hans fars frände. För längesedan hade Oden lett sitt folk härifrån, ut på den långa vandringen västerut. Tor skådade djupt in i den gamles ande och såg den vita ormen som väglett hans far. Ormen hade suttit på Odens axel, viskat och manat honom att rädda sitt folk från fiender och den sol som förbannat dem med torka.

Han kunde höra ormens slingrande löften om det blåskimrande riket i norr där jorden var bördig och skogen full av vilt.

En magisk plats där en mild sol sken på nätterna och där häxor levde som be-

härskade en uråldrig kunskap så full av kraft att hans stam aldrig behövde frukta någon fara.

Hans far hade lyssnat men varit blind för det gift ormen droppade in i hans öra och som sakta frätte sönder honom. När Oden förstod det pris han måste betala var det redan för sent. För första gången i sitt liv kände Tor medlidande med sin far. Han var inte odödlig, också han bar svaghet i sitt bröst.

I samma ögonblick såg den gamle direkt på honom som om den verklige Tor var där av kött och blod. Han sträckte sig mot honom, fylld av frågor, men innan Tor hann säga ett ord var det något som drog honom tillbaka. Tillbaka över berg, skogar och vatten.

Han återvände till sin kropp som mötte honom med en våg av smärta. Tor stönade besviket.

Han låg länge och lyssnade i tystnaden innan han sakta öppnade ögonen. Det svaga ljuset från elden skar i hans ögon. Var befann han sig?

En skuggestalt tog sakta form framför hans ansikte. Han visste vem hon var innan han kunde se henne klart.

Oroliga gröna ögon såg in i hans. Hår som kittlade honom på bröstet. Tor slöt åter ögonen och drog in den mättade lukten från hennes kropp.

– Du är tillbaka, viskade Freja.

Han försökte nicka, men när han rörde huvudet sköt smärtan åter genom kroppen likt förgiftade pilar.

En hand, sval som ett sommarregn, las på hans panna och drev bort värken. Tor låg stilla och njöt. Sedan mindes han. Något var fel. Väldigt fel.

Minnet återvände i vågor. Hans far hade slagit hans mor. Levde hon? Den gamla prästinnan hade brunnit. Han hade tvingats att ta sitt svärd och följa med kämparna när de jagade kvinnorna genom skogen.

Striden.

De hade gått in i en fälla. Han hade fallit för en bågskytt. Det var en hedersam död, han hade glatt sig, men fienden hade inte gett honom nådastöten. Varför?

Nu var han fånge. Tor såg sig omkring. Han låg i en rund hydda. Det var kallt. Var befann han sig?

– Drick det här, sa Freja.

Tor drog plågat efter andan. Skenet från elden målade en gyllene ljuskrans runt hennes huvud. Det fick henne att likna en gudinna.

– Jag drömde ...

Orden rev i hans hals, tungan var klumpig och ovan. Hon la handen bakom hans nacke, hjälpte honom upp och la en lerkanna mot hans läppar. Han drack girigt av den svala drycken. För snabbt. Tor hostade till, smärtan högg i bröstet.

– Din ande höll på att gå vilse. Jag sjöng hem den, sa Freja.

– Jag ska ...

Han försökte resa sig, övervinna svagheten, men smärtan fick honom att sjunka ihop med ett plågat stön.

Freja hade räddat hans liv när han föll på stranden. Hon hade hejdat krigarens spjut. Men varför? Han skakade irriterat på huvudet när minnet halkade undan igen.

Så plötsligt fick han tag i det. Må makterna ha förbarmande. Hon skulle offra honom som en hingst vid vårblotet!

Tor såg på henne med nya ögon. Det var hon som sejdat ned ovädret över dem och förbannat hans stam med sina ormarmar. En häxa satt vid hans sida.

Och han hade räddat hennes liv, han var en dåre som fallit offer för hennes bländverk och förrått sin stam. Nu skulle hon skänka honom till sina gudinnor.

Tack Tiwatz att hans far slapp se honom. Det fanns ingen ära i att dö under en kvinnas dolk. Hans död skulle dra skam över hans folk.

– Förbannad vare du som inte lät mig dö som en krigare, väste han.

Freja ryckte undan handen från hans panna.

– Förbannad vare du som dödade Gullveig. Du borde vara glad att jag räddade ditt ynkliga liv.

– Genom att blota mig!

Om han bara hade haft styrka hade han slagit henne i ansiktet.

– Du borde glädjas över att jag skänker dig till Gudinnan och tar dig från dina oheliga gudar.

– Så talar du inte om Tiwatz, förbannade häxa!

– Jag talar som jag vill. Du är min blotgåva, du tillhör mig. Jag pissar på Tiwatz och hela hans anhang! svarade hon och flinade mot Tors hjälplösa ursinne.

Under en lång stund fick han inte fram ett ord.

Att hamna hos en okänd gudom var som att förbannas i all evighet. Han var fördömd.

– Du kan inte stjäla min eftervärld, sa han till slut.

Men häxan såg bara på honom med sina grönskimrande ögon och svarade:

– Jag kan göra vad jag vill.

Hon smålog och Tor blev så rasande att kroppen började skaka.

– Lyssna din gulhårade hynda. Två gånger räddade jag ditt eländiga liv. Nu ska du slakta mig som en gris. Må du brinna som den andra häxan. Det finns ingen heder hos dig.

Axeln värkte så det svartnade för ögonen. Han borde ha vetat bättre. I hela sitt liv hade Oden varnat honom för kvinnors svek. Ändå hade han tappat huvudet och betett sig som en vettlös tjur vid brunst.

Tor bet ilsket ihop käkarna. Smärtan förvandlade honom till en gnällig kärring. Han skulle inte dra mer skam över sig själv och sitt folk genom att ömka sig över det öde som gudarna gett honom.

– Tro mig när jag säger att jag inte hade något annat val än att skänka dig till Gudinnan. Hon krävde dig, sa Freja.

Hennes ansikte mjuknade till sorgsenhet, som om det verkligen smärtade henne att ta hans liv. Tor svor inom sig, förbannelse över alla falska fruntimmer.

– Jag är svuren till Tiwatz, sa han dovt.

– Det ligger inte i mina händer.

Tystnaden bredde ut sig mellan dem.

Det prasslade till utanför hyddan, dämpade röster hördes där utanför. En ko kallade på sin kalv i fjärran.

Det fanns inte mer att säga eller förklara. En människa är inte fri, var och en måste göra sin plikt mot makterna och klanen.

– Jag förstår, sa Tor.

Freja reste sig smidigt.

– Du har mat där.

Hon nickade mot hans sida och försvann ut genom dörren.

En mansröst frågade varför hon dröjt så länge. Hennes ljusa röst svarade något ohörbart.

Det fanns vakter där ute. Tor stirrade in i hyddans slanor.

Det fanns bara en sak som var viktig nu.

Han måste fly.

Trygves hall var nästan tom. Den slitna trädörren stod öppen och släppte in ett grått ljus i det dunkla rummet. Den kalla vinden blåste från öppningen och fick knippena av torkade växter att vaja från takbjälkarna. Slammer och röster hördes från kämparna som samlats nere vid stranden.

Freja gick till sin sovbänk och la ned läkebladen hon plockat på fällen. De luktade friskt och fränt.

Husfrun svepte beskäftigt förbi i sin bruna kjortel. Hon stökade undan träskålarna från morgongröten samtidigt som hon höll ett öga på sina två minsta flickor som lekte på en flätad vassmatta.

– Nu går hon, sa den äldsta, en ljus mager tös med rufsigt hår, och viftade med det spretiga halmknippet som nästan liknade en människa.

– Neej, protesterade den minsta och sträckte ut sina knubbiga armar efter dockan.

– Hon ska bada, sa den äldsta förståndigt och kliade sig på loppbetten som lyste röda på rumpan.

Freja log blekt och drog på sig skorna utan att bry sig om lagret av smuts och damm som färgade hennes fötter grå.

– Har du inget vettigt att göra? fräste husfrun.

– Jo, mumlade Freja underdånigt medan obehaget slingrade sig över hennes rygg.

– Hon ska inte komma här och tro att hon är märkvärdig och kan göra som hon vill.

Husfruns buskiga ögonbryn rynkades över de vattniga ljusblå ögonen. Freja såg på henne fylld av avsmak. Hon var sannerligen ingen vacker kvinna med sin bastanta midja och armar grova som stockar. En lång rad barnafödslar hade gett henne en smärtande rygg som drev henne till elakhet. Håret var grånat sedan länge. Men hon var Hallundas verkliga härskarinna.

– Jag är tacksam för att ni ger mig husrum, sa Freja undfallande.

– Om det varit upp till mig skulle du inte bo här. Jag begriper nog vad du håller på med, släpa hit en fånge och ge honom blodskydd.

Om saker och ting varit som de brukade hade husfrun svassat och krupit runt Freja. Sedan Gullveigs död var Frejas liv inte som tidigare. Men detta var mer än hon kunde tåla.

– Jag är fortfarande Åses dotter så vakta dina ord! fräste hon.

– Varför bor du inte i din mors tält då?

– För att karln din visade mig gästfrihet, svarade Freja och skyndade ut genom dörren.

Husfruns muttrande följde henne ut i den surmulna dagern.

Freja drog efter andan och strök bort en hårslinga från ansiktet. Husfruns ord värkte inom henne. Så där hade det varit sedan de kom till Hallunda. Hon behandlades inte bättre än en träl.

Hon började gå längs Trygves långhus, det var kanske trettio steg långt, drygt hälften användes till förråd. Två drängar bar in några fång grenar, det var mat till djuren när vintern och rimtursarna kom.

Freja kastade en blick på det mindre långhus som låg intill. Några kvinnor satt på marken och garvade skinn. De sneglade på henne medan de skar bort kött och hinnor från skinnet. Några av de grå små hundarna smög nosande omkring dem. En av dem försökte komma åt fisken som torkade på en hög träställning. Djuret drog sig undan med ett gnällande när en av kvinnorna slängde en sten på den.

Några höga rop hördes från den långa sluttningen ned mot stranden. Det var där som de otåliga kämparna väntade.

Alla hade de hörsammat Åses bud och kommit från när och fjärran för att upprätta Vanaheims ära. Deras båtar trängdes i bukten. Packningar, eldstäder, vapen, rastlösa kvinnor och män svämmade ut över Hallunda. Husfrun muttrade oavbrutet över att de drällde omkring och åt upp hennes djur och grödor.

Freja stannade till när en tunn pojke drev några brunraggiga grisar mot skogen bakom kalhygget.

– Gå, soa, gå soa, sjöng han till de ilsket grymtande djuren och slog dem på de breda ändorna med en pinne.

Freja log mot pojken och försökte fånga hans blick, men han låtsades inte se. Det gjorde istället de fyra kvinnorna som glodde med halvöppna munnar vid den ångande kokgropen.

Deras avlånga ansikten avslöjade ett nära släktskap som underströks av att de var klädda i korta bruna ylleklänningar med flätade bälten. Den yngsta stirrade så mycket att hon brände sig på en av de stenar de höll på att hetta upp inför koket av kvällsvarden.

– För rimtursarna, svor hon ilsket och började blåsa på handen.

Freja gick rakryggat vidare väl medveten om att de skulle tro att det var hon som uttalat en förbannelse över dem. Deras ilskna blickar skar som orättfärdiga knivar i hennes rygg.

– Är han död än?

Freja ryckte till. Förvånad såg hon Siv stå framför henne med korslagda armar.

– Det var inte meningen att skrämma dig.

– Jaha. Nej, han är inte död, svarade Freja förvirrat medan hon drog några djupa andetag. Siv hade nästan skrämt livet ur henne.

– Synd. Dör han slipper du både blot och blodskydd. Jag begriper inte hur du kunde...

Siv tystnade när hon såg Frejas rasande blick.

– Om du tycker jag är så avskyvärd, varför gör du inte som alla andra och vägrar tala med mig?

Sivs ansikte mjuknade och hon tog ett steg mot Freja.

– För att du alltid varit min vän. Jag vill förstå dig. Du vet att de säger att om inte du bolat med Tor när Gullveig brändes så hade hon levt i dag. De säger att du inte brydde dig om skriken.

Freja såg häpet på sin väninna.

– Hur kan du, av alla, tvivla på mig?

Siv rodnade och slog ned blicken.

– Jag för bara vidare andras ord.

– Tror du på det själv?

Siv gömde sig bakom sitt guldskimrande hår och gav henne en skrämd blick.

– Det är klart att jag inte gör.

– Vem säger detta?

– Alla, viskade Siv och såg ut som om hon skulle börja gråta.

Freja såg ned mot Vanaheims tält som slagits upp på slänten bakom Trygves hus. Det högg till i magen. Så illa var det alltså.

Det måste vara Snotra som spred så illasinnat sladder. Men hur kunde de andra prästinnorna tro på henne? Freja hade ju suttit i deras knä när hon var liten, de hade torkat hennes tårar och lärt henne allt hon kände till. Prästinnorna var hennes mödrar.

Det var så orättfärdigt. Och det fanns inget hon kunde göra för att försvara sig.

– Försök förstå dem. Det du gjorde var vanvettigt. Att ta ett blotoffer så där, det är något som berör oss alla. Förstår du inte det? Ingen har varit med om något liknande. Det är svårt för oss, sa Siv.

– Men jag då, viskade Freja. Är det inte svårt för mig? Jag var där. De dödade min moster. Jag dog nästan själv. Skulle jag trotsa Gudinnan när hon krävde sitt offer?

Siv skakade på huvudet och försökte få ordning på saker och ting. Nog hade hon sagt ifrån när prästinnorna i tältet började tissla som värst, men det var inte så lätt som Freja trodde. De yngre hade hackat på Siv, kallat henne blotälskaren och sa att Freja var uppslukad av ondska och ville bola med främlingarna och döda dem alla. Till slut hade Siv tigit. Det fanns så mycket arbete inför Snotras prövningar att de knappast hann tänka längre. Siv la omedvetet handen på sin svällande mage.

– Berätta om Tor, sa hon.

Nyfikenheten tindrade i hennes ögon. Freja ryckte på axlarna medan ilskan hettade på hennes kinder.

– Det finns inte mycket att säga. Han kommer att överleva, sa hon avfärdande.

– Hur är han?

– Ganska olidlig.

– Säg sanningen nu, är du kär i honom?

Freja skakade förvånat på huvudet.

– Nej! Varför tror du det?

– Därför att det är den enda förklaringen, suckade Siv.

De tystnade. Freja såg sin mor komma ut från sitt tält nere på slänten. Några blåklädda prästinnor kom henne till mötes. Nu stod de säkert och pratade om henne. Jag måste vara stark, sa hon till sig själv. Jag får inte börja gråta. Inte framför Siv. Hon svalde och samlade sig.

– Ibland vill Gudinnan att hennes döttrar bryter ny mark, förklarade Freja till slut. Kom ihåg berättelsen om Skade. När hon ville slåss mot rimtursarna försökte hennes folk binda fast henne i ett träd. De sa att hon skulle dra ofärd över dem. Men Skade flydde och tog ensam upp striden med sin båge. Hon vann och tack vare henne drog sig isen undan. Om inte Skade trotsat sitt folk hade vi inte kunnat leva här. Men hon följde Gudinnans röst och nu beskyddar hennes ande detta land.

Siv såg misstroget på henne.

– Du är ingen Skade, Freja. Du är en prästinna som ställt till en massa problem. Snotra är fortfarande inte invigd som översteprästinna och vi ska dra i strid mot främlingarna. Det sker saker som är mycket större än du.

Varje ord Siv sagt krossade något inom Freja. Bedrövad såg hon upp mot den kvinna hon känt i nästan hela sitt liv.

– Hjälp mig.

Hennes röst var en kraftlös viskning.

– Snälla Freja, ditt sinne är förmörkat av vanvett, sa Siv och sträckte ut en hand mot henne.

Freja backade långsamt undan. Inte ens hos Siv fanns någon hjälp att få. Hon accepterade sakta den bistra sanningen. Hon var ensam och skulle så förbli. Det enda hon hade kvar var sina plikter.

Det var kväll när hon motvilligt gick till födslohyddan där Tor var inspärrad. Kämparna som trängdes runt den ångande kokgropen tittade nyfiket på henne medan de stoppade drypande köttbitar i munnen. Freja såg stint ned i marken när en gäll kvinnoröst slog mot hennes rygg.

– Ska du sticka kniven i honom i dag, blotfreja?

Grova skratt ekade mellan kvinnor och män.

Freja sträckte på ryggen och skyndade på stegen. Förbannat om hon skulle låta dem häckla henne som om hon vore en missfödd träl.

Vakten utanför födslohyddan reste sig bistert och la handen på yxan han bar i bältet. Bakom det ljusbruna skägget kunde hon se hur hans läppar förvreds.

– Jag ska ge honom mat och lägga om hans sår, sa hon.

Vakten gav henne en misstänksam blick innan han långsamt öppnade. Dörren slog igen bakom henne med ett lätt knarrande.

Hon stannade till, drog lättad efter andan och såg in i dunklet.

De flesta av folket i Hallunda hade kommit till livet i denna hydda. Bitpinnarna med rader av tandavtryck låg fortfarande kvar på jordgolvet som minnen av mödrarnas smärta och mod. Hon kunde känna den blodröda kampen, glädjen och sorgen som drivits in i väggarnas grånande slanor.

Gudinnans runda märken lyste röda tillsammans med de besvärjelser som karvats in i mittstolpen. Det var nästan oheligt att ett blotoffer nu låg inspärrat i detta gränsland mellan världarna. Eller så var det bara rätt och riktigt? Hon kunde inte bestämma sig för vilket och det spelade egentligen ingen roll.

Tor låg på rygg, bunden med grova läderremmar till både händer och fötter.

Hans sovande ansikte var fridfullt. Svarta dödsskuggor skymtade under ögonen. Feberns lätta andetag hävde det breda bröstet upp och ned under den söndertrasade hjortskinnsskjortan.

Hon la darrande fingrarna på hans hjärta. Det slog dovt under hennes hand.

Det var där hon skulle hugga sin offerkniv och släcka hans liv. Sedan skulle hon få komma tillbaka.

När de hade anlänt till Hallunda med Gullveigs dödsbud gick Freja till sin mors tält, satte sig på knä med nedböjt huvud och väntade. Dagen rann sakta undan, kvällningen kom, men inte Åse. Beilja hade kastat ut en klänning till henne, så att hon kunde ta av sin trasiga och skyla sig på prästinnevis. Men därefter hade inget mer hänt. Till slut hade Freja tvingats acceptera att hon var utstött.

Allt hon ägde var tystnad och en sårad Tor. Hon drog försiktigt fingrarna genom hans mörka brösthår, formade de rödglänsande lockarna till små linjer.

Hon måste vara stark. Detta var en prövning. Hon måste utstå detta på samma sätt som hon hade utstått initieringen till prästinna då hon blödande hade hängt på trädet. Då hade lidandet öppnat portar till nya världar fyllda av kunskap.

Allt måste gäldas. Också detta var en initiering, även om hon inte visste till vad. Men hon visste vad hon skulle göra. Tor skulle bli frisk, inte ett sår fick han ha på kroppen. När han var redo skulle hon utföra ett fulländat blot.

Tors hjärta slog kraftfullt under hennes hand. Hon smekte försiktigt hans bröstkorg. Hans död skulle ge Vanaheim kraft och alla skulle omfamna henne och ta henne till sig. Gudinnan skulle stå vid hennes sida och tillsammans skulle de sprida styrka.

Freja log när hon såg det hela framför sig. Prästinnorna skulle skämmas och hylla henne för att hon sett vad hennes folk behövde. Hon skulle ta emot deras hedersbetygelser med ödmjukhet, inte ett ord skulle hon säga om de prövningar som de tvingat henne att utstå. Hon smålog för sig själv igen, segerviss. Allt går över. Av drömmarna skapas morgondagens verklighet.

– Du ser glad ut.

Den skrovliga rösten fick henne att rycka till. Smärtridna havsblå ögon såg in i hennes.

– Jag märkte inte att du var vaken, mumlade Freja och drog snabbt tillbaka handen från den varma bröstkorgen.

– Har du varit här länge?

– Nej.

Han såg på henne med forskande glädje.

– Jag ska se till dig, sa Freja och knöt omilt upp tyget som var bundet runt hans sår. Hon skrapade bort gröten av örter. Såret höll på att ruttna, onda andar hade tagit sig igenom hennes skyddsbesvärjelser.

Hon tryckte på de vita sårkanterna och såg den grå sörjan välla fram. En kväljande lukt spred sig i hyddan.

– Det ser illa ut, konstaterade Tor.

– Det går att ta hand om.

Hon stoppade in en handfull bittra läkeblad i munnen och tuggade dem till en mjuk smet som hon gned in i såret.

Tor såg nyfiket på henne.

– Varför gör du dig ett sådant besvär? Du ska ju ändå ha ihjäl mig. Stick kniven i mig med en gång så blir du av med mig.

– Man skänker inte skadade gåvor till Gudinnan, sa Freja kort.

Tor skrattade bittert tills han började hosta.

– Det är sant, sa han till slut när hans lungor lugnat sig. Men om du nu så gärna vill ha ihjäl mig, varför sitter du vid min sida och smeker min kropp när du tror att jag sover?

Freja vände rodnande bort huvudet och började resa på sig. Förbannat att hon inte märkt att han var vaken.

– Oroa dig inte. Jag ska inte besvära dig. Det är inte så att jag kan värja mig, bunden som jag är. Du får gärna ta på min kropp och mäta den plats där du ska sticka mig.

Freja teg och kastade ett knotigt trästycke på elden. Den gråvita röken fick ögonen att tåras. En obehaglig tystnad kröp mellan hyddans slanor.

– Förlåt, sa Tor.

Hon såg förvånat upp. Ett blekt leende lekte på hans grå läppar.

– Förlåt för vad?

– Förlåt för att jag är så arg.

Freja ryckte på axlarna och började peta den rykande träbiten mot den glödande kolen. Hon tänkte inte låta sig snärjas av hans lentungade krumbukter.

– Du är sjuk.

Freja mötte forskande hans blick.

– Jag önskar att jag sluppit ligga här som en sårad galt. Men är det mitt öde att offras till en främmande Gudinna så finns det inget jag kan göra åt det. Är detta min väg ska jag vandra den utan att dra skam över mig själv och min ätt. Är det där gröt?

Freja nickade och räckte honom skålen. Hon såg hur han kämpade med att få skeden i sin mun, trots sina bundna händer och sitt sår.

– Vänta.

Utan att ens tänka grep hon kniven i sitt bälte och skar av banden runt hans händer. De trasiga läderremmarna föll ned i hans knä. Tor satte sig långsamt upp och gnuggade lättad handlederna innan han började äta.

– Du litar på mig.

– Om du flyr kommer jag att dö i ditt ställe. Jag har gett dig blodskydd, sa Freja.

Han stannade till med skeden halvvägs till munnen och stirrade häpet på henne.

– Varför gjorde du det?

– Gudinnan krävde dig, jag gör det hon önskar, svarade Freja och såg in i elden.

Tor slevade i sig gröten under tystnad. Hans ansikte var slutet och grubblande. Till slut ställde han ned träskålen på marken och nickade för sig själv som om han fattat ett beslut.

– Då flyr vi tillsammans.

– Flyr?

Ilskan flammade upp lika hastigt som trädgrenen på elden. Vad trodde han egentligen? Att hon skulle lämna allt för honom? Var han inte riktigt klok!

– Du ska ingenstans. Vakt!

Den surmulna kämpen stack in huvudet genom dörren.

– Bind honom, sa hon och trängde sig förbi vakten genom den lilla dörren. Hela hennes kropp skakade av raseri. Hur självgod fick man vara?

6

Trygve svepte manteln runt axlarna och rös när den råkalla morgonen sökte sig in under ländkläderna.

Natten hade varit olycksbådande kall och det kunde bara betyda en sak. Han såg olyckligt ut över de gråsvarta skuggor som bara vagt påminde om de välkända husen och hyddorna på hans gård medan han skyndade mot åkrarna.

Ett torrt hostande hördes från stranden. Korna skymtade borta vid skogsbrynet där de tryckte sig mot varandra med hängande huvuden.

Han stannade till vid grönsakslandet. Grindens flätade vidjor var våta av kall fukt som började rinna så fort han nuddade vid dem med sina stelfrusna fingrar. Den öppnade sig motvilligt med ett lågt knarrande. Han skyndade in och fick sina värsta farhågor besannade.

Bönorna hängde livlösa på gärdesgården, småplantorna slokade mot marken. Bara de större växterna och fänkålen hade hållit stånd under natten.

Trygve stönade lågt medan han sjönk ned på huk och lät katastrofen sjunka in.

Rimtursarna hade vandrat över hans marker i natt. Han kisade mot veteåkern och under en kort stund tyckte han sig se köldjättarna dansa över säden med sina iskalla fötter. Fula och vedervärdiga med sina stora huvuden och stripiga hår, blåste de sin andedräkt över de bräckliga stråna. Han önskade att han kunde hämta yxan och hugga sönder deras förvridna kroppar. Men rimtursarnas makt stod över den vanliga människans.

Ofärdstider över Hallunda. Hur kunde detta ske? Det var mitt i sommaren, Solgudinnans årstid.

Trygve drog försiktigt upp de döda plantorna ur den svarta myllan medan han försökte samla tankarna.

Gudinnan måste ha tagit sin hand från dem. Vredgad över Gullveigs död hade hon vänt bort sitt ansikte. Nu kunde rimtursarna dansa fritt på vanernas mark. Trygve suckade djupt. För många saker hände för snabbt. Han reste sig långsamt och återvände mot hallen med tunga steg.

Något måste göras för att blidka rimtursarna innan skörden gick förlorad, annars skulle de få svälta till vintern. Så mycket begrep han.

Värmen från elden slog emot honom när han steg in i huset. Han la manteln på sänghalmen för att sedan slå sig ned vid härden och sträcka händerna mot elden. Kylan och fukten värkte i fingrarna. De senaste vintrarna hade gått illa åt hans kropp. Han höll på att gå i ålderdom, men med sådant var det som med rimtursar och annat elände, det fanns inget en människa kunde göra åt saken.

Han tog emot skålen som husfrun ilsket stack till honom. En gång för länge sedan hade han varit stolt och glad över henne, nu var det som om värken och bitterheten åt upp henne inifrån och gjorde henne ful. Alltför sällan vände hon sig mot honom när de låg samman i sovbänken.

Han tog en tugga av gröten och grinade illa när den brända smaken spred sig i munnen.

– Du ser vilken ofärd den ljushylta dragit över oss, gröten bränner vid och rimtursarna slår sina lovar runt gården. Du måste göra dig av med henne.

Husfrun stod med händerna i sidan, hennes ögon var smala springor fyllda av elakhet. Bakom hennes rygg hördes ett instämmande mummel. Gråslitna ansikten nickade förnumstigt.

Trygve såg förvånat upp. Hans söner och två yngre bröder såg ned i marken med slutna ansikten. Deras hustrur stod bredvid dem med korslagda armar och uppfordrande miner. Där fanns inget stöd att få.

Böka, den gamla prästinnan som levt på gården så länge han kunde minnas, grimaserade illvilligt med sin tandlösa mun.

– Du hör vad mor säger. Hon begriper sig på sådana saker, sa hon med sin knarriga röst.

– Prat. Åses dotter, skada Vanaheim, du talar som du har förstånd till, grymtade Trygve och spottade osäkert in i elden så det fräste.

Han hade tagit emot Freja när hon kom från båten, frusen, trött och förtvivlad över sin mosters död. Åse hade satt henne på undantag och ville att hon skulle få sova på stranden. Men när Trygve såg Frejas sorgsna ögon kunde han inte förmå sig att driva ut henne i kylan. Hon var som åkerns slokande plantor.

Så han bjöd in Freja till hallen, gav henne en sovbänk och mat. Sedan dess hade husfrun noga sett till att han fick lida för det varje dag.

– Det ser du väl på'na att hon är vettlös. Släpa hit en främling för att sticka blotkniven i honom. Vem vet vilka förbannelser han för med sig. Snart kommer kritterna att bli sjuka, sanna mina ord, sa husfrun och ställde ned en kanna getmjölk på golvet bredvid Trygve så hårt att lergodset nästan gick sönder.

– Tig nu kärring. Gå inte här och sprid etter omkring dig, sa Trygve utan någon större övertygelse.

Det var ändå han som ärvt gården av sin mor. Han borde ha något att säga till om.

– Tig du själv din klensinnade karlslok. Du tänker med staken för någon hjärna har du inte kvar. Nu går jag till vanaprästinnorna och ber dem driva bort ofärden från vår gård. Klent förstånd har du alltid haft men att öppna hemmet för mörkerkrafter skulle inte ens en vettlös göra, sa husfrun.

Hon svepte manteln om sig och skyndade ut med den äldsta dottern i hälarna.

En välsignad tystnad spred sig i hallen när hon slog igen dörren och försvann med sin ilska. Trygve såg sig omkring men alla höll på med sina sysslor och undvek noga att möta hans blick. Inte ens småflickorna kröp upp i hans knä för att leka som de brukade. Han skulle aldrig säga det högt men han var lättad över att hans hustru tagit tag i problemet Freja. Det var nog som de sa, det var hon som fört otur och rimtursar över gården. Nu fick Åse besluta om vad de skulle ta sig till. Det var ju trots allt hennes dotter.

Tor slevade i sig gröten Freja haft med sig. Hon satt tyst på huk och vägde fram och tillbaka på hälarna.

När han var färdig gick han och pissade med vakten, som trots att han frös som en hund vägrade komma in i hyddan.

– Det har frusit i natt, sa Tor när han återvände.

– Rimtursarna passar på när vi inte har någon överseprästinna, svarade Freja och flyttade lerurnan närmare elden.

Hon kände på det varma vattnet med ena fingret och smulade sedan ned torkad lav, sälgblad och läkebär i vattnet.

Snart spred sig en mustig skogsdoft i hyddan.

– Vad ska du hitta på för ofog i dag?

Freja satte sig på bädden och drog tigande hjortskinnsskjortan över hans huvud. Sedan lossade hon hans ländkläder och tryckte ned honom på rygg. Tor såg på henne med road förvåning.

– Jag hoppas att det är vad jag tror.

Utan ett ord doppade hon ullnystanet i dekokten och började tvätta hans axel och bringa.

De onda makterna som förgiftade hans sår måste drivas bort.

Hon drog sakta nystanet ut från såret, bort från kroppen, medan hon sjöng en galdr.

Tor låg blickstilla och under den första sången märkte hon inte ens vad som höll på att hända. Hon var för uppslukad av arbetet.

Sakta drog hon nystanet nedåt den platta magen. Strängen av mörkt hår lockade sig över de vilande musklerna. Tor stönade med sammanbitna tänder. Hans resta mandom lyste röd mot magen. Freja vaknade upp som ur en dröm, hennes koncentration över galdren löstes upp och försvann. Hon såg förvånat, ja nästan förorättat på Tors förhoppningsfulla ansikte.

– Där är den, flinade han stolt.

Under en kort stund fick hon inte fram ett ord utan såg bara mellan Tors ansikte och hans resta stake. Trodde han verkligen att hon skulle rida honom medan han låg där bunden som en gris på väg till slakt?

Förvåningen sipprade igenom den grå kvävande manteln som låg som en osynlig mur mellan henne och verkligheten. Plötsligt kände hon sig mer vaken, mer närvarande än hon gjort sedan Gullveig dog.

Hon såg på Tors kropp med en helt ny blick. Den kraftiga bringan sluttade ut i en platt hårig mage. Benen var kraftiga men ändå smidiga. Ett gammalt ärr löpte från knäet upp mot låren. Hon sträckte fram ett finger och drog över ärrets slingrande upphöjning.

– Ett träd jag fällde kom fel. Höll på att slita av hela benet, sa han med en röst som var hes av åtrå.

Hans mandom ryckte till och slog mot magen med ett knappt hörbart smackande.

Freja tog bort handen och log.

Hon kunde förstå varför Gudinnan ville ha Tor som älskare.

Hon tvättade raskt av resten av hans kropp med några snabba drag. Lät till och med nystanet löpa över staken. När hon var klar drog hon på honom ländklädet igen.

– Blir det inget? frågade han bestört.

– Du är vanvettig. Inte bolar jag med dig när vakten står utanför dörren, skrattade Freja.

– Varför inte? En gåva till mig innan jag dör, föreslog Tor och log förhoppningsfullt.

– Är det sådant du är ute efter så kan du känna dig lugn. Du kommer att bli riden så att dina länder löddrar, fortsatte Freja med ett småleende och tog kannan med det nästan kalla vattnet i handen och hällde det över hans manlighet.

Skrattande såg hon hur han ålade sig och slaknade igen.

– Nu är jag dyngsur!

– Bra. Du behöver kylas ned.

Hon vände sig om för att gå men hejdades av hans vädjande.

– Snälla. Gå inte. Berätta vad som ska ske.

Hon ställde ned kannan igen. La en fuktig gren på elden. Hålet i taket var helt öppet men hyddan var så otät att röken inte hittade dit. Den sökte sig ut genom de grå slanorna. Glöden drev ut fukten ur grenen med några fräsande smällar, sedan fattade den eld.

– Blotet är ingen dålig död, började hon.

– På morgonen, tre dagar innan månen är full, tar prästinnorna dig till offerkällan där de tvättar dig. En bädd kommer ha gjorts i ordning. De ger dig så mycket mjöd du kan dricka, smörjer dig med oljor och honung, matar dig med den godaste mat de förmår att skaffa. Var och en ska du ligga samman med innan de tre dagarna är slut. Din mannakraft blir din sista gåva till gudinnorna på jorden.

Hon tystnade och såg på Tors breda flin.

– Värre kan jag tänka mig.

Han var redan halvstyv igen under det våta ländklädet.

Freja log lättad. Ju mer han böjde sig för sitt öde, ju lättare skulle det bli för dem båda.

Och nu när hon sa orden högt blev blotet verkligt och något att se fram emot.

– Mångudinnan är en god härskarinna. Du kommer att trivas vid hennes sida.

– Är det hennes tecken?

Han nickade mot de svarta ormarna på hennes armar.

Freja smekte dem stolt. Trots att det var längesedan kunde hon känna ekot av den jublande glädjen när hon för första och enda gången såg den beslöjade framför sig. Det var hon som valde Freja till sin tjänarinna. Prästinnorna i Vanaheim hade varit häpna, ja nästan betagna. Endast en i varje generation blev vald av Mångudinnan. Bara en fick bära ormarna.

Förvånat insåg Freja att hennes stolthet legat begravd under sorg och rädsla. Det var mycket som vaknat inom henne under denna förbannade morgon då rimtursarna dansat över Hallunda gård.

– Vad säger era män om att kvinnorna ligger samman med en främling?

– Vad menar du?

– Står de och tittar på?

– Det kanske dom gör. Vad spelar det för roll? undrade Freja och rynkade på ögonbrynen åt Tors hånflin.

– Om min kvinna hade bolat inför alla hade jag slagit ihjäl henne, sa han dovt.

Freja började skratta.

– Du kan väl inte äga en kvinna som du äger en ko?

– Klart jag kan. Jag äger ju trälar, då kan jag också äga kvinnor.

Freja såg häpet på honom. Han menade vartenda ord han sa. Det var ofattbart!

– Så en kvinna är inte mer värd än en träl?

Tor skruvade på sig.

– Det är inte så illa som du får det att låta. Vi tar hand om våra kvinnor, ser till att de har mat och skydd. Många av kvinnorna på vår gård är hedervärda. Tro inget annat. Jag är beredd att dö för dem.

– Tror du att du kan äga mig?

Freja såg på honom med växande harm.

Tor tvekade länge innan han svarade:

– Ni har andra seder här. Ni lever på det gamla sättet och jag begriper inte varför era män går med på det.

– Därför att de har mer vett i huvudet än någon av ditt folk har. Det är inte vi som svälter och behöver stjäla för att överleva! röt Freja och reste sig för att gå.

Hon tänkte inte lyssna mer på den här dåren och hans avskyvärda seder.

– Vänta, snälla. Freja!

Hon stannade motvilligt till vid dörren och väntade tills Tor mödosamt satte sig upp.

– Är det du som ska ha ihjäl mig?

Hans röst var torrare nu, det lät som om han talade om vilken gris som skulle stekas till gillet.

Freja nickade.

– Jag ger dig en sejddryck och när den stigit dig till huvudet målar jag de heliga tecknen på din kropp. När månen lyser som starkast ska du gå till henne. Jag lägger ett rep runt din hals och ger ändarna till två av mina systrar. De drar åt samtidigt som jag hugger blotkniven i ditt bröst. När du slutat andas sänker vi din kropp i offerkällans vatten.

Hon tystnade och såg på Tor som la sig ned och stirrade upp i taket.

– Du kommer inte att känna något, sa hon och såg framför sig hur hon samlade upp hans hjärteblod innan de sänkte ned honom i källan.

Blodet var heligt och fullt av kraft. Med det skulle hon kunna sejda mot jättar och rimtursar, driva bort dem så långt från Vanaheim att de aldrig hittade tillbaka.

– Jag förstår. Tre gånger ska jag dö, en död för vart och ett av månens ansikten, sa han till slut.

Freja nickade förvånat. Det var kloka ord för att komma från en krigsdyrkande främling. Tors ögon blev större och något okynnigt började tindra inne i det djupblå.

– Kommer du ligga samman med mig?

Freja skakade på huvudet.

– Aldrig någonsin? fortsatte han besviket.

– Nej. Jag utför blotet, svarade hon kort.

– Sorgligt, suckade han besviket.

Freja ryckte på axlarna.

– Hur ser mitt efterliv ut?

– Du blir Gudinnans älskare och lever ditt efterliv som dagarna innan du dog, matad och älskad av undersköna diser som vårdar dig till tidernas slut.

– Är du säker? Tor såg tvivlande ut.

– Helt säker.

– Hur vet du det? Hur många män har du offrat?

– Det var ganska länge sedan det gjordes i Vanaheim. Men nu när Gullveig är borta och Solgudinnan vänt sitt ansikte från oss så måste vi kanske göra det igen. Du känner hur kallt det är. Vi måste hela tiden slåss mot jättarna, om dom tar över kommer fimbultvintern och då dör vi allesammans.

Freja rös till.

Hon hade sett det hända i sina syner, sett jättarna dansa över människornas kroppar som låg blåfrusna i snön.

– Jag känner jättarna väl, jag har slagits mot dem i hela mitt liv.

Freja såg på musklerna på hans arm, hur de löpte hårda under hans spända hud.

– Har ni verkligen inte några gudinnor?

Tor började skratta.

– Klart att vi har, kan du se Tiwatz ta hand om kvinnors födslokramper? Men vi håller dem inte högre än allfadern.

De såg på varandra och tystnade när avgrunden bredde ut sig mellan dem.

– Kom till mig. Jag vet att du vill, viskade Tor.

Freja skakade avvärjande på huvudet.

Förstod han inte att han måste välja sina ord när han talade med en prästinna? Förmodligen inte. Ingen hade förklarat för honom hur världen fungerar. Han begrep helt enkelt inte bättre.

– Du har en kropp som är som gjord att bola med, men om knappt ett månvarv ska jag offra dig till Gudinnan, så det blir inget av med det.

– Jag får alla andra men inte dig. Är Mångudinnan svartsjuk?

– Äter du av den mat du skänker till dina gudar?

Hon skrattade när Tor skakade på huvudet.

– Du ska veta att jag inte tänker låta mig dödas på offerstenen.

– Du har inget val, sa Freja.

– Vi får väl se.

Ofärdstider över Vanaheim, rimtursars fotspår på marken. Drottning Åse rös och såg mot gravhögen som tornade upp sig på en bergsklack omsvept av dimslöjor. Högen var perfekt, varje sten satt tätt i de andra. Åse tänkte på hur mycket arbete och omsorg som lagts ned för att hedra denna forntida drottning som ännu i dag vakade över sitt folk.

Hon hade hört sagorna redan som liten:

I tidernas begynnelse, långt innan världen såg ut som den gör nu, hade Gudinnan sänt drömmar till Svea i Vanaheim. Hon måste ta sin familj över vattnet till en plats där helgastenen såg ut som en långhall. Det var hennes öde. Svea tvekade länge men böjde sig till slut för Gudinnans bud och samlade sina närmaste. De höll på att ta farväl och stiga ned i båtarna när en främmande kvinna med en lång klänning och en huva som dolde ansiktet kom gående. Hon gav Svea ett långt skinnknyte.

– Detta är en del av Vanaheims ande. Den kan inte brytas, inte besegras. Du ska bli dess väkterska men den dag du dör ska det begravas med dig. Svär på dina anmödrar, sa den främmande kvinnan.

– Jag ger dig eden, svarade Svea förvånat och vecklade upp skinnet. Där låg ett skimrande svärd som inte liknade något annat. Glänsande stenar var infogade i dess handtag, mönster glödde på sidorna.

– In i döden ska du vakta det. Först den dag Vanaheim hotas av övermäktiga krafter kommer svärdet att kunna hämtas från din grav. Den dagen får du återvända till livshjulet. Detta är Gudinnans vilja, sa kvinnan och försvann mitt framför deras ögon.

Svea bävade inför den storslagna uppgift som förärats henne. Hon lämnade Vanaheim och begav sig ut på det öppna havet. Tack vare svärdet besegrade hon fasansfulla bestar som försökte slita båtarna i bitar. På nätterna drömde hon om en helgasten som såg ut som ett långhus. Den låg i en lund med vackra träd. Till slut lyckades hon finna denna plats och började bygga en gård med sin familj.

Den var bara halvbyggd när svartalfer anföll dem med eld och förbannelser. Svea lyckades driva bort dem med sitt märkliga svärd. Efter segern blev de lämnade i fred och kunde bruka den givmilda jorden. Kritterna växte sig feta när de åt gräset på våtmarkerna runt omkring och snart levde de alla ett gott liv. Svärdet hängde på väggen som sig bör med svärd som har krafter.

Där väckte det längtan och åtrå hos de unga som ofta beundrade de magiska tecknen. Det kunde ha slutat med det om inte Sveas yngste son gått i lära hos en alvapräst som varit bronsgjutare.

När sonen nådde mandom byggde han sig en ugn på en kulle ovanför gården och där ägnade han dagarna åt att försöka skapa ett svärd lika vackert och kraftfullt som Sveas. Med åren hjälpte hans söner och döttrar till, ändå lyckades de aldrig.

Men deras ständiga strävan gjorde dem till de skickligaste bronsgjutarna i Vanaheim. Snart kom folk från när och fjärran för att idka byteshandel med dem.

Så kom det sig att en drottning och ett svärd skapade lycka och rikedom åt många släktled framöver.

Åse strök irriterat bort en våt hårtest som dimman klistrat fast vid hennes kind. Hur skulle hennes eget eftermäle bli? Livet i Vanaheim var bra men ändå kände folket ingen kärlek till Åse. De fruktade henne, bävade inför hennes makt, men de tyckte inte om henne. Det var Gullveig som varit älskad. Så hade det alltid varit.

Åse sköt bort smärtan. Hon skulle inte sörja Gullveig, inte än. Hon hade för mycket att göra för att sjunka ned i självömkan.

Hela natten hade hon brottats med förbjudna tvivel. Om främlingarna segrade skulle Vanaheim gå under, Åses namn skulle aldrig nämnas, hon skulle bli fördömd.

Men hon var inte född till krigardrottning, det Åse klarade bäst var att se till att varor bytte ägare, hon var en mästerlig förhandlare. Hon var domaren som kunde fatta rättvisa beslut och råda över människornas liv.

Hon sträckte på ryggen och rättade till bucklan hon bar på magen.

– Drottning, jag ber om ditt bistånd, ropade hon till sagodrottningens ande.

Men gravröset var stilla och kallt. Dimslöjorna lekte runt dess fot. Åse suckade. Vad hade hon väntat sig? Att Svea skulle resa sig ur högen och överlämna sitt svärd?

– Vanaheim är hotat, ropade hon högt och höll andan.

Hon väntade så länge att blodet nästan stelnade i kroppen. Till slut kastade hon en sista blick på röset och vände tillbaka mot sina tält.

Hon hade i alla fall sin fränka Gondul vid sin sida och det hon inte kände till om strider var inte värt att veta. Omedvetet sträckte hon på ryggen när hon gick in i ringen av tält som Vanaheim slagit upp på slänten nedanför Trygves gård.

Oroliga blickar såg lättade upp när de fick syn på henne. Sigvard kom henne till mötes och bugade ödmjukt.

– Vi var oroliga för dig.

Åse fnös. Vad trodde de, att hon gått och dränkt sig? Varje steg hon tog skulle de känna till, varje rörelse skulle de se. Sigvard sprang där och flinade medan han försökte snika åt sig mer av hennes rikedomar.

Hon satte sig ned på den trebenta pallen utanför tältet. Om nu inte Svea ville bistå henne fick hon väl hjälpa sig själv. Det var knappast första gången.

Det fanns oräkneliga ting att ordna med. Hövdingar sökte henne, kämpar anmälde sig men först måste hon lösa det största problemet av dem alla.

Vanaheim kunde inte stå utan översteprästinna. Utan ritualerna var de alla förlorade. Redan nu var världen i gungning, rimtursarna var här och snart skulle de andra jättarna anlända för att slita hennes rike i stycken. Gullveigs död måste hämnas men folk var oroliga och ingen kämpe skulle slåss utan en översteprästinnas välsignelse.

Beilja kom vaggande och viskade i hennes öra:

– De kommer nu.

Åse lyfte blicken och såg nio blåklädda gestalter med ormstavar i hand träda fram ur dimman. Med sina slutna ansikten med svarta sorgestreck målade i pannorna liknade de diser mer än människor.

Åse nickade till kvinnorna, vädrade spänningen hos dem som hon kunde vädra rädsla hos en fiende.

– Fred och god växt, Drottning, sa Snotra.

Åse nickade och undrade om det var bra eller dåligt att Snotra skulle ta Gullveigs plats. Den magra prästinnan var i alla fall ingen flicksnärta utan hade rest mer än halvvägs genom livet. Det var bra. Annars visste Åse inte mycket om Snotra, trots att hon alltid stått bakom Gullveig. Hon verkade plikttrogen och gick att förhandla med. Det sistnämnda var det viktigaste för hennes del för även om Gudinnan var allenarådande behövde Åse ibland hjälp av en välvillig översteprästinna att bevisa Vanaheims storhet.

– När kan prövningarna börja? frågade hon Snotra.

– När jag är renad. Tre nätter från nu, svarade kvinnan andäktigt.

Åse dolde sin rastlöshet. Varje dag de dröjde gav främlingarna mer tid att förbereda sig. Det kunde bli avgörande för striden. Men inte ens Vanaheims drottning kunde påskynda ritualerna.

– Är du redo? frågade hon Snotra.

– Jag är så redo jag någonsin kan bli.

– Vad kan ni göra åt rimtursarna?

Åse gjorde en svepande gest över landskapet. Snotra växlade en kort blick med de andra prästinnorna innan hon svarade.

– Vi kämpade mot dem hela natten, använde de mäktigaste besvärjelser vi känner till. Ändå lyckades vi inte driva bort dem förrän i gryningen. Rimtursarnas kraft är stor men i natt ska vi vara redo för dem. Trygves husfru har gett oss en präktig ko som vi ska blota när skymningen faller.

– Varför har Gudinnan vänt bort sitt ansikte från oss?

Prästinnorna såg ned i marken.

– Den strålande hittar oss inte, det var Gullveig som ledde hennes kraft till vår värld. I samma ögonblick som Gullveig dog klipptes tråden av. Om jag överlever prövningarna kommer jag att leda henne åter, sa Snotra.

Åse såg avvaktande på henne, det fanns något oroande bakom hennes milda ord. Kunde det vara osäkerhet?

– Under tre dagar och tre nätter har vi inget skydd mot jättarnas krafter, sa Åse kort.

– Helt maktlösa är vi inte. Vi ska blota och be vid offerkällan. Besvärja fram de dolda krafterna.

– Då ska jag skänka en gåva, sa Åse.

– Det är ett klokt beslut, Drottning, svarade Snotra.

Åse gav Sigvard en irriterad blick. Han stod och spände sig vid sin tältöppning och lyssnade på vartenda ord som sades. Det här var inget för en mans öron. Han mötte hennes blick och drog sig tillbaka med en kort nickning.

– Vilka gåvor behövs?

– Om vi inte klarar av att sejda bort jättarna måste vi sända ett offer till Gudinnan som gåva och som budbärare.

– Är det Frejas främling du menar?

Snotra fnös föraktfullt.

– En man duger inte som budbärare för Vanaheim. Dessutom är han vigd till Mångudinnan och då måste han förberedas. Månen måste vara i sin fulla kraft och det är hon först om arton nätter. Men för de yngre prästinnorna är det en ära att dö för Vanaheim. Flera av dem har redan kommit till mig och erbjudit sig att gå till efterväriden.

Åse såg länge på Snotras böjda huvud. Att offra människor var något som hennes anmödrar ofta gjort när Vanaheim hotades. Men det var längesedan, fred och god växt hade sedan länge välsignat hennes folk. Hade tiderna verkligen blivit så dåliga att hon måste ha ihjäl folk? Nu när de skulle gå i strid behövde hon alla prästinnor och kämpar hon kunde få. Efteråt, när segern var vunnen, kunde de slösa på liv.

– Gå till källan med blotkon, sejda och sjung era galdrar så ska jag ge er en gåva att sänka ned i det heliga vattnet. Snotra, stanna kvar. Ni andra kan gå.

Prästinnorna bugade sig och gled värdigt in i dimman med sina raka ryggar och höjda ormstavar. Åse rös till. De skrämde henne ibland. Det var som om de redan befann sig i andevärlden där de lärde känna alla hemligheter.

– Låt oss nu även tala om min dotter, Freja, sa Åse och såg hur Snotras blick flackade till.

– Det är bäst för friden om hon fortsätter vara satt på undantag, sa Snotra kort.

– Freja är den enda månprästinnan som tjänar Vanaheim, Gullveig talade alltid om vilken kraftfull sierska hon är. Behövs hon inte i er kamp mot jättar och rimtursar?

Snotra bleknade så att hennes svarta sorgestreck lyste i ansiktet.

– Det är sant att hennes krafter är starka men ... Hon svalde innan hon fortsatte.

– Freja har utmanat mig medan jag håller på att samla mina prästinnor inför de största prövningar de stått inför. För mycket står på spel.

– Du är rädd för henne, konstaterade Åse.

Något gnistrade till i Snotras mörka ögon.

– Nej. Jag vill bara undvika strid om makten. Gullveig visste att Freja var för ung och oprövad för att bli översteprästinna. Men om jag dör under prövningarna står hon på tur att axla Gullveigs mantel.

Åse reste sig och såg på Snotra.

– Och när hon offrat främlingen?

– Tas hon tillbaka.

– Bra. Det var allt.

Hon avfärdade Snotra med en nick och gick in i sitt tält där Gondul halvlåg på bädden med ett horn mjöd i handen.

– Hörde du?

Kvänernas drottning nickade.

– Snotra är kanske inte den rätta? Hennes makt är stor och vem vet i vilken riktning hon styr folket.

Åse tog ett blåbär från ett fat och stoppade det långsamt i munnen. Eftertänksamt bet hon sönder skalet och lät den söta smaken fylla munnen.

– Prästinnorna lever på mitt guld.

– Snotra vill kanske ha allt.

– Då kommer hon inte leva särskilt länge, sa Åse med en axelryckning och slog sig ned vid Gonduls sida.

– Min mormorsmor skar halsen av sin syster och tog makten. Därför är jag både drottning och prästinna. Ingen är säker, inte ens du. Du borde axla översteprästinnans mantel. Det är vanvettigt att släppa så mycket makt till någon som du inte ens har blodsband med.

– Vanaheim är för stort för att jag ska ha tid att ägna mig åt ritualer, sa Åse avfärdande, tog dryckeshornet ur Gonduls händer och drack av den sötljumma drycken.

– Så svälj din stolthet. Ge makten till Freja. Det är hon som borde axla Gullveigs mantel. Snotra vet det mycket väl, och det är därför hon fruktar henne.

– Hur man än ser på saken har Freja gjort något ofattbart.

– Hon kanske har gjort det enda rätta och riktiga. Har du tänkt på det? Du är för upptagen med kriget för att tänka klart. Freja har tagit deras hövdingason till fånga. Du kan växla fångar, kräva lösen, använda honom i kriget...

Åse reste sig rasande upp från bädden och började gå fram och tillbaka i tältet.

– Tror du inte att jag vet. Men Freja har ju gett honom blodskydd och därmed är han värdelös. Antingen Freja eller främlingen måste dö på offerstenen. Förbannade unge, om hon inte släpat hit karln hade jag kunnat se till att hon blev översteprästinna. Allt har hon satt i gungning med sina vanvettiga handlingar. Det är lika bra att hon hålls på undantag. Rimtursar, krig och vanvettiga döttrar, allt elände har fallit över mig sedan Gullveigs olycksaliga död.

Gondul såg villrådigheten som dolde sig bakom sin fränkas vrede.

– Nåväl. Men det är ett fasligt slöseri på en kraftfull prästinna. Något borde man kunna använda henne till. Hörde du förresten att tre nya skepp kom i morse?

Åse drog ett djupt andetag och samlade sig.

– Hur många kämpar har vi nu?

De började diskutera striden som väntade och Freja sjönk för stunden ned i glömska.

Utanför tältet stod Sigvard och försökte lyssna medan han låtsades laga något på sitt bälte. Det var inte mycket han lyckades höra där han stod. Åses tjänarinnor vaktade på henne som ilskna hundar. Han gav Beilja en arg blick och skulle precis gå tillbaka till sina män när han såg en procession av kvinnor och män komma gående mot Åses tält. Han stirrade häpet på den leende kvinnan som gick i täten. Alla hans önskningar hade slagit in. Alfhild hade följt sina kämpar till Hallunda.

Överjordiskt vacker i en kort kjol av tvinnade rep och i en enkel överdel under den broderade manteln, kom hon gående mot honom med ett leende som fick det att ila i kroppen.

Folk fick tro vad de ville men Sigvard älskade Alfhild. Han hade gjort vad som helst för att bli hennes make, ändå misstrodde hon honom och sa att det var högsätet han var ute efter och inte hennes kärlek. Det var fel och nu kunde han försöka bevisa det.

Hon stannade framför honom. Det mörka håret slingrade sig runt hennes ansikte, leendet kunde få gudarna att sjunga av glädje. Han blev alldeles stum.

– Sigvard. Det gläder mig att se dig.

I den stunden tappade Sigvard all vett och sans. Han lutade sig mot Alfheims drottning och viskade.

– Din skönhet har gjort mig lyckligare än du någonsin kan begripa.

– Du är alltid lika lentungad…

– Jag ber dig, träffa mig ensam.

Alfhild log gäckande.

– Varför det?

– Snart drar jag i krig, redo att dö för Vanaheim. Det enda jag begär är att du ska lyssna på mina ord.

Alfhild tog ett steg tillbaka. Synade honom från fötterna till hjässan och ryckte sedan på axlarna.

– Nåväl. Kom till mig i afton, sa hon och svepte in i Åses tält.

Sigvard såg på hennes kämpar medan han försökte att inte flina som en förälskad yngling. Om jag bara får ligga samman med henne en gång i mitt liv ska jag dö för Vanaheim som en lycklig man, tänkte han för sig själv.

Men när den ljusa skymningen smekte slätten och Sigvard stod utanför Alfhilds tält var han nästan skräckslagen. Han som seglat över hela världen var räddhågsen som en liten pojke. Han svalde och steg in.

Inga tjänare fanns i tältet, bara en stor bädd klädd med dyrbara fällar. Där låg Alfhild och såg roat på sin gäst. Sigvard drog långsamt efter andan när han såg hennes lår genom kjolens tunna rep.

– Välkommen Sigvard Vittfarne, sätt dig här.

Hon klappade på vargfällen hon låg på.

– Drottning. Jag har en gåva till den vackraste kvinnan i världen.

Sigvard räckte över halsbandet han dolt under manteln.

Alfhild flämtade häpet till och satte sig upp. Ingenstans fanns det ett vackrare halsband att få, ingenstans fanns en smed som kunde göra något liknande. I det tjocka guldet fanns små perfekta människor utsirade, de i sin tur bildade större mönster som formades till vågor. Alfhild smekte smycket med fingertopparna medan hon såg på Sigvard med glittrande ögon.

– Det är underbart.

Han grep hennes hand.

– Ta mig till make. Jag bryr mig inte om du är drottning eller ej, jag är rik nog att köpa mig mitt eget rike. Allt jag vill är att få vara med dig.

Han tystnade och såg vädjande på Alfhild. Hjärtat skenade i bröstet. Om hon skrattade åt honom nu skulle han resa långt bort från Vanaheim och aldrig återvända. Men Alfhild log inte. Hon såg bara forskande in i hans ansikte. Så, med en smidig gest satte hon sig gränsle över honom och började dra av honom skjortan.

– Vi får väl först se vilka konster du kan, sa hon och kysste honom hungrigt. Sigvard la sig långsamt ned på rygg och lät sig smekas av den undersköna drottningen.

– Ta ditt bråte härifrån!

Den gamle skäggige kämpen slängde läderskölden på en av Sigvards kämpar, en kraftig man med musklerna svällande under ländkläderna. Han fångade skölden i luften och tog hotfullt ett steg framåt.

– Ska vi göra upp med en gång!

Freja skyndade förbi utan att bry sig om vad som skulle hända. Det var inte lika kallt som tidigare men den tunga dimman låg kvar och gjorde allt vått och fuktigt. Stämningen blev allt mer retlig.

De sysslolösa kämparna slogs varje dag nere vid stranden, en av Trygves söner hade fått så mycket stryk att han fick ligga till sängs. Inne i hallen bråkade och skrek husfrun med alla som vågade sig in.

Freja höll sig mest i skogen där hon letade ved och läkeörter. Bara där fanns frid och ro. Hon skyndade mot Tors hydda med ett fång ved i famnen och undvek att se ned på prästinnornas tält. Snotra skulle snart vara renad. Det var det alla väntade på. Om hon klarade invigningen kunde de äntligen åka och slåss. Freja svalde sin bitterhet och skyndade vidare. Plötsligt gled en mörk gestalt upp framför henne. Freja stannade och såg på Gefjyn.

Hon var krigsmålad, svarta streck löpte över kinderna. På axeln bar hon sin stridsbåge. Freja hade aldrig sett sin syster så tillfreds med sig själv.

– Bespara mig ditt hat, muttrade hon tyst.

– Vad har hänt med min rättrådiga syster? Har Gudinnan bitit dig i hälen? flinade Gefjyn.

– Nu måste du vara glad, syster. Alla har vänt mig ryggen precis som du alltid önskat, svarade Freja.

Gefjyn bytte osäkert fot och kliade sig på armen medan hon såg på Freja. Systern såg ut som en torr gren som höll på att knäckas i vinden. Nu när Frejas överlägsenhet och retsamma lugn var borta verkade hon riktigt mänsklig. Till sin egen förvåning kände Gefjyn en skugga av medlidande inför denna ömkliga gestalt.

– Min fostermor vill att du ska slåss tillsammans med oss. Gondul säger att du känner till stridsmagi, sa Gefjyn.

Freja såg förvånat upp på systern. Det var sant att hon kunde skicka bländverk på en kämpe eller lägga en stridsboja på honom så att han inte kunde röra sig. Men det var Gondul som var stridsmagins översteprästinna, den kraftfullaste av dem alla. Freja var intet jämfört med henne. Hon hade ju inte ens varit i strid.

Freja klamrade sig fast vid träbitarna hon samlat och försökte tänka klart. Erbjudandet var storslaget. Om hon slogs tillsammans med Gondul var hon inte längre satt på undantag. De tog henne tillbaka. Freja kunde inte låta bli att le. Tänk att få strida med kvänerna. Vilken ära!

– Men varför?

Gefjyn ryckte på axlarna så att bågen hoppade.

– Jag har ingen aning. Själv hade jag gärna sett att du stannade hemma. Men hon vill tala med främlingen du ska blota.

Det var alltså därför som kvänernas drottning villa ha henne. Gondul ville veta mer om sin fiende. Det skulle bli svårt för Tor. Gondul skulle plåga honom tills han berättade allt han visste. Freja svalde olusten.

– Hon kan komma när hon vill. Det är inte min sak att besluta, sa hon.

– Bra, jag går och hämtar dem. Stor dag i morgon. Ska bli spännande att se om Snotra håller måttet, sa Gefjyn och gav sig av över ängen med stora kliv.

Freja följde henne med blicken. Tänk att Gondul ville ha henne. Hon såg på veden i famnen. Hon borde gå in men den. Men då skulle hon träffa Tor. Vad skulle hon säga?

Freja såg villrådigt på träbitarna.

I nästa stund kom Gefjyn tillbaka med Gondul och några av de andra kvinnorna. De var alla krigsmålade, stegen raska, ansiktena sammanbitna. Nu skulle hon bli en av dem. De hälsade artigt när de fick syn på henne.

– Ska du med?

Freja skakade på huvudet.

– Jag har några saker att göra, sa hon och släppte veden på marken och slank iväg.

Hon ville varken veta eller höra vad som skulle ske.

Gefjyn stirrade nyfiket på Tor. Han låg på rygg, händer och fötter bundna med tjocka läderremmar. Utan att tveka mötte han Gefjyns blick.

– Det var en klen stackare Freja släpat hit. Undrar om det är värt att sticka blotkniven i honom? sa hon och flinade mot Hrist som trängdes bredvid henne.

Hrist lutade sig nyfiket över Tors ansikte.

– Begriper han vad jag säger?

– Jo, han förstår, sa Gefjyn.

Hon njöt av det berusande hat som strömmade genom kroppen. Att få hämnas Gullveig genom att döda sådana här var en ynnest skänkt av Gudinnan.

I nästa stund trängde sig Gondul förbi henne. De seniga krigarna med skinnkoltar och breda bälten fyllde hyddan.

Gefjyn drog sig undan och såg stolt på sina systrar. Magiska tatueringar slingrade sig över deras armar. Efter striden, om hon fällde en fiende, skulle också Gefjyn få de uråldriga tecknen inristade i huden. Då skulle hon bli en av dem på riktigt.

Gondul satt lutad över den främmande kämpen och lyfte omständligt på hans trasiga hjortskinnssärk och luktade på hans sår. Hon la sitt finger på det och tryckte till. När kämpen stönade av smärta log hon för sig själv. Det skulle inte bli svårt att få honom att tala.

Tor kämpade med sin skräck. Kvinnorna var de mest fasansfulla han någonsin sett. De måste komma från andevärlden, blivit uppväckta ur gravhögarna med häxkonster. De såg på honom med döda blickar, halsband av björn- och vargtänder hängde runt halsarna. Kläderna var av skinn och inte tyg. De hade kommit för att blota honom. Han var säker. Freja hade ljugit när hon lovade prästinnor som red honom vid offerkällan. Detta var hans banedag.

Ledarkvinnan lutade sitt svartmålade ansikte tätt emot hans, hennes flätor insmorda med lera föll tungt ned på hans ansikte. Tor slet förgäves i läderremmarna runt handlederna. Förbannelse över denna skam.

Nu var han förlorad, han skulle aldrig få sitta i Tiwatz hall.

Skräckslaget kände han hur kvinnan högljutt luktade på hans mun och panna. Så lyfte hon ansiktet en bit och såg in i hans ögon. Han mötte trotsigt hennes blick.

– Har du många bröder?

Hon talade inte högt ändå dånade hennes ord i hans öron.

Först då förstod Tor vad som skulle ske.

Han slöt ögonen och beslöt att möta smärtan som en krigare. Förgäves.

Snart skrek han som ett döende djur.

Freja skyndade mot stranden med skammen brännande på kinderna. Tors skrik skar genom kroppen. Hon skyndade förbi hallen, om hon bara kom tillräckligt långt bort skulle hon slippa höra.

Vatten plaskade ner framför hennes fötter. Freja hoppade till. Husfrun stod och flinade med ett tomt ämbar i handen.

– Jag ber om ursäkt, sa hon fast det var tydligt att hon inte menade ett ord.

Böka, den gamla prästinnan, skrattade gällt där hon satt på en pall utanför dörren och rensade fisk.

– Håller Gondul på att ta ihjäl din käraste? Han skriker ju som en stucken gris.

I den stunden fick Freja nog. Detta var gränsen. Hon sträckte på ryggen och spände ögonen i de två.

– Vet hut kärringar annars ska jag ge er tandvärk så ni ligger skrikande både natt och dag! fräste hon, och i den stunden skulle hon kunnat förbanna dem till Nifelheim.

De båda kvinnorna fick något osäkert i blicken och slank in i långhuset utan att säga ett ord. Freja kokade av raseri. Nu fick det vara nog med all illvilja.

Hon fnös och gick vidare med höjt huvud. När hon nådde ned till stranden hörde hon inte längre skriken från Tors hydda. Kämparna trängdes runt sina läger, värmande eldar flammade trots att det var ljusan dag. Skinn, ränslar, vapen och koger låg spridda i sanden.

Två ynglingar slogs med träklubbor vid vattenbrynet. Freja stannade till och följde deras slanka kroppar när de hoppade undan varandras slag så att det stänkte. En flock havsfåglar cirklade ovanför deras huvuden och skränade högljutt.

En av ynglingarna träffades i huvudet och föll raklång ned i vattnet. Hela stranden brast i skratt och klappade händer. Segraren hjälpte sin kamrat upp och torkade bort blodet som rann från hans panna.

– Se, där går blotslynan.

Viskningen kom från några hårdföra män med Alfheims tjurmärke på armarna. De glodde på Freja som om hon haft bröst växande i pannan.

Hon stirrade stint på dem tills de generat vände bort blicken. En bit längre bort gjorde en gammal gubbe gesten som avvärjde det onda ögat. Freja sträckte på ryggen och gick vidare. Nu hade hela stranden tystnat och följde henne med ögonen.

Freja gick med långsamma steg för att visa att hon inte lät sig beröras och såg ned på vattenbrynet, såg på sanden som trängde upp mellan tårna. Vänta bara tills ni ska gå i strid, tänkte hon för sig själv. Då kommer ni att tigga om stridsbojor och beskyddelsegaldrar. Jag är Freja, drottning Åses dotter och Mångudinnans utvalda. Ni kan inte röra mig.

Hon lyfte stolt huvudet och mötte kämparnas blickar. Motvilligt rann deras illvilja av dem, som om hon omvänt dem med osvuren magi.

Hon nådde slutet av stranden och följde en slingrande stig som letade sig mellan hasselträden upp mot en kulle. Snart var hon ute ur deras åsyn.

Inne bland träden kunde hon andas fritt, tystnaden slöt sig om henne. Hon följde stigen uppåt men märkte inte var hon befann sig förrän hon tog de sista stegen upp på höjdens topp. Häpet såg hon på Hallundas mytomspunna bronsgjuteri.

Fyra stora hus låg i en halvcirkel, det fjärde hade bara tre väggar och utanför brann en jättelik eld som dånade mot himlen.

Tre stora bronsgjutare stod och talade samman med ryggarna vända mot Freja. De var nakna sånär som på skinnet de bundit runt kroppen, svetten rann över de svällande musklerna på deras ryggar.

Freja tog ett par steg närmare, hettan från elden slog emot henne men männen verkade oberörda där de stod.

De pekade på några lerformar som låg uppradade på marken en bit från elden. En pojke så smutsig att han såg ut att ha legat i dyngstacken under natten, sprang fram och tillbaka och flyttade på formarna. En annan pojke, lite äldre, kastade trädgrenar på elden. Ett hamrande ljud inifrån smedjan berättade att någon höll på att forma gyllene brons till en yxa eller kanske ett smycke. Dessa grova män i sina ländkläder behärskade en för henne okänd magi, att med eldens hjälp forma sten till skönhet. En bit längre bort fanns ett tält där två stavar med hjortskallar stuckits ned utanför. Alvaprästerna. Naturligtvis var det här de höll hus. Detta var ju deras magi.

Kanske fanns Vidar där borta? Fast nu när hon tänkte på honom kändes det som om han var långt borta, hon kunde inte ens se honom framför sig. Slöt hon ögonen var det Tors ansikte hon bar med sig.

En mörkhårig alvapräst fick syn på henne och vinkade innan han ropade mot tältet. Strax svepte Frej undan skinnet framför öppningen och steg ut i den grå dagen. Freja drog efter andan.

Han behövde inget solsken, strålande vacker släntrade han mot henne med svajande mantel och höftskynke.

– Det här var ett oväntat besök, log Frej.

Freja log brett tillbaka. Hos denne man fanns ingen fiendskap. Varför höll han inte henne på undantag som alla andra?

– Fred och god växt. Jag hälsar dig alvernas överstepräst, sa hon artigt.

– Så länge det nu varar, sa Frej med en lätt grimas.

– Men rimtursarna har ju dragit sig bort härifrån? svarade Freja förvånat.

– Allt är i väven och inget är för evigt, sa Frej tungsint.

Plötsligt förstod Freja. Det var inte bara hennes ställning som förändrats av Gullveigs död. Det var inte alls säkert att Snotra skulle acceptera Frej som sin tvillinggud. Hon verkade vara den enda kvinnan i Vanaheim som var oberörd av hans skönhet.

Om Snotra inte ville ha Frej kunde han inte heller vara överstepräst i Alfheim.

– Snotra är vanvettig om hon inte väljer dig, sa Freja.

– Jag håller med, svarade Frej allvarligt.

Bronsgjutarnas dånande eld hettade mot Frejas rygg. Hon såg på Frej och i den stunden kunde hon inte hålla borta den mest förbjudna tanken av dem alla. Det var hon som var född till att bli Vanaheims översteprästinna. Inte Snotra. Gullveigs mantel var hennes födslorätt.

En störtvåg av lättnad och skam svepte över henne. De kunde

döda henne om de fick reda på vad hon tänkte. Men ändå, trotset började koka inne i bröstet. Det var hon, inte Snotra, som borde valts ut.

– Låt oss tala om allt som hänt, sa hon till Frej.

Han nickade och de gick sakta bort från tältet, bort från nyfikna öron och sladdrande tungor. Skulle hon kunna lita på Frej? Gullveig hade gjort det.

– Om jag var översteprästinna hade jag valt dig till min överstepräst.

Frej gav henne ett forskande ögonkast och nickade sedan för sig själv.

– Det glädjer mig men det ligger dessvärre inte i våra händer. Gudinnan beslutar. Duger inte Snotra har hon ihjäl henne eller så tar hon hennes förstånd.

– Du vet att Snotra inte har styrkan att hålla Vanaheims prästinnor samman. Om hon överlever ritualen kan vi båda mista allt, sa Freja ilsket. Hon kunde lika gärna säga som det var.

Frej stannade, la sin hand på Frejas arm, såg vädjande på henne.

– Det är sant att Snotra inte äger Gullveigs kraft men borde vi inte överlämna det åt Gudinnan?

Freja fnös åt hans undfallenhet.

– Du vet lika väl som jag att det finns sätt. Tror du verkligen Snotra kommer att genomgå ceremonin utan att skydda sig? De äldre prästinnorna kommer att ge henne makt att klara det.

Frej stannade till vid en rank trädstam, drog sakta händerna över den lena barken innan han vände sig om.

– Jag säger detta till dig eftersom Gullveig satte dig så högt. Utmana inte Snotra om manteln, inte nu när hela Vanaheim är i fara.

– Du vet att det är fel.

Alvaprästen skakade tyst på huvudet.

– Det blir inte alltid som man vill, sa han mjukt.

– Fegt tal från kuklös man! fräste Freja.

– Kalla mig vad du vill men kuklös är jag knappast, flinade Frej.

Ilskan rann av Freja.

– Det är sant, skrattade hon.

– Se att jag är din vän. Redan nu är din sits vansklig, du skyddar en främling och allt.

Freja backade rasande undan.

– Det stämmer inte…

– Du glömmer vem jag är. Tror du inte att jag, Gudinnans make, känner igen kärlekslängtan när jag ser den?

Freja bet sig i läppen.

– Om du trotsar Snotra kommer drottning Åse att fördriva dig. Vanaheim ska gå i krig, det finns varken tid eller plats för kamp om makten. Och vart ska du då ta vägen? Du kan komma till Alfheim, jag ska nog ge dig en fristad men jag tvivlar på att du kommer finna dig tillrätta hos tvillingsgudens män. Ska du bo i Hallunda? Kanske tar Trygve emot dig. Ska du arbeta på åkern som en vanlig flicka? Ta fram dina benbitar och spå när någon söker svar om sin käraste?

Frej skakade eftertänksamt på huvudet.

– Gudinnan måste ha större planer för dig.

Freja såg ned i marken och ryckte på axlarna.

– Hon vägleder mig.

– Låt mig då se vilket öde hon har i beredskap.

– Inte ens Gullveig kunde läsa min framtid.

– Vem vet, tvillingguden kanske kan?

Freja hånskrattade. Skulle en man klara något bättre än en prästinna? Frej stod lugnt kvar med korslagda armar.

– Antingen ser jag något och då får du veta, eller så misslyckas jag och då är ingen skada skedd.

Freja stod tyst och funderade. Till slut gav hon sitt medgivande.

– Låt gå.

Frej log ömt, la händerna på hennes kinder och gav henne en lätt kyss. Freja slickade sig om munnen. Hans läppar smakade sött av mjöd. Så öppnade hon sig mot den blonde prästen.

Frej slöt ögonen med en djup suck. Det pirrade vagt ovanför Frejas huvud innan sejden stickande kröp ned i hårbotten.

Hon kände honom inom sig – en främmande kraft som tassade runt i hennes inre. Det kändes inte bra. Det här var något hon borde göra själv. Nästan utan att vara medveten om det stötte hon bort prästen och sökte sig istället in i honom.

En kaskad av bilder flödade in i hennes huvud. Hon såg Frej tillsammans med andra kvinnor, besatt av guden, skrattande med sina män.

Kontakten bröts.

Hon var tillbaka vid bronsgjutarnas eldar. Det rytmiska hamrandet ekade genom luften.

Freja skakade på huvudet, för att driva bort bilderna.

– Det var inte mycket jag hann se. Vad letade du efter? undrade Frej med mild retlighet.

Hon rodnade och slog undan blicken.

– Jag ville se om det stämde?

– Vad?

Frejs röst hårdnade. Han växte framför henne, tvillingguden skymtade fram.

– Jag ville se om vi hade samma mor, sa Freja tyst.

Frej slappnade av, småskrattade och skakade på huvudet.

– Du kunde ha frågat.

– Hade du svarat?

– Nej, svarade han leende.

En oxe stretade mot verkstäderna med en vagn fylld av ved. En gammal gubbe slog på det trötta djuret med en lång pinne. När djuret ändå inte förmådde röra sig vinkade han till sig några pojkar som kom rusande för att skjuta på.

– Vi tillhör de utvalda. Gudinnan är vår mor och tvillingguden vår far. Det har ingen betydelse vem som råkat föda oss till jordelivet.

– Jag har hört berättelsen om Åse och prästen Njord. Om Njord är din far så delar vi både far och mor.

– Hur vet du detta? frågade Frej blixtsnabbt.

– Jag vet det bara, svarade Freja.

Tystnaden lägrade sig åter mellan dem.

– Hela Vanaheim står på avgrundens rand, du håller på att bli fördriven och har en främling som du ska blota. Men det du grubblar över är om vi delar samma mor och far. Det verkar besynnerligt, sa Frej.

Freja ryckte åter på axlarna. Hon hade själv inga svar att ge.

– Vet du vad jag hann se hos dig? Du kommer att vägledas av de heliga ormarna, sa Frej högtidligt.

Freja kvävde en fnysning. Orden kunde lika gärna ha kommit från en spåkvinna i vilken gård som helst. Det var inget nytt. Ändå nickade hon eftertänksamt, hon ville inte driva bort hans vänskap.

– Är du min bror?

Frejs hand smekte hennes kind.

– Jag hoppas inte det.

Så kysste han henne och det fanns inget broderligt med hans krävande mun. Kyssen var fylld av ohöljt begär. Freja mjuknade i hans famn, kände liderligheten växa inom sig. Han hade rätt. Det spelade ingen roll om han var hennes bror.

När han släppte henne hettade hennes kinder som om hon stått bredvid smedernas eld. Nu förstod hon varför kvinnorna jagade efter Frej.

– Kom, jag följer dig tillbaka, sa Frej.

Bronsgjutarna såg förvånat upp när de gick förbi, likaså kämparna på stranden och ungarna som satt utanför Trygves långhall.

Vid eken, ett stenkast från den kantiga helgastenen, stod Trygve och några andra män och band bakbenen på en sprattlande och skriande gris. Kvinnorna väntade tills svinet drogs upp i grenen. När grisen var upphissad stegade Trygves hustru fram med kniven och skar upp halsen på djuret med en kraftig snärt. Blodet sprutade som en pisstråle från det sprattlande svinet. Trygve höll kroppen stilla medan kvinnorna fångade upp blodet i träkärl. Djurets dödskri ekade ut över nejden.

Frej gick fram till en av flickorna och stack ned fingret i hennes träskål. Han målade ett kraftstreck i Frejas panna med det varma blodet.

– Nu blir du ännu vackrare, log han och förde Freja de sista stegen mot hyddan.

– Du bryr dig sannerligen inte om vilka makter du utmanar, mumlade Freja belåtet.

– Bättre att upprätta en systers heder än att gömma sig under en sten.

Trotsigt kysste han henne inför slaktarnas förstulna blickar. Freja fnissade åt husfruns förvirrade min. Hon förde sina händer över de spända låren, in under höftskynket. Frejs lena manlighet pulserade i hennes hand.

Han stönade till. Kysste henne hårdare.

De två unga vakterna vid hyddan flinade och viskade sinsemellan.

– Ge mig tecknet, vädjade Frej men Freja drog sig undan.

Hon hade verkligen inte ro för kärlekslek.

Frej bugade lätt och vidrörde sin panna, tecknet på vördnad.

– Du vet var jag finns om du behöver mig, viskade han och lämnade henne.

Freja såg honom vandra förbi Trygve och hans folk, rakryggad och med höftskynket putande.

– Hur kan du?! skrek en rasande Siv.

Hon dök upp från ingenstans, håret hängde oflätat över axlarna, den blå klänningen var full av fläckar och smuts. Siv ställde sig framför Freja med händerna i sidan, ögonen var svarta av raseri.

–Vad menar du? frågade Freja.

Glädjen över Frejs vänskap rann bort som smältvatten på våren.

– Jag såg nog vad du försöker göra. Du ska stjäla mitt ofödda barns far. Må rimtursarna ta dig!

– Men jag vill inte...

– Du är ond. De har rätt i det de säger om dig!

– Men det är bara Frej! Du vet att han tillhör alla.

– Du vet vad han betyder för mig. Jag bär hans barn men det bryr du dig inte om. Allt ska du ha. Du bryr dig inte ens om dina vänner!

– Snälla, jag ber dig, vädjade Freja.

– Må du vara trefaldigt förbannad.

– Men jag vill inte ha Frej. Jag har inte gjort något.

Siv ställde sig nära Freja, hennes ansikte var tätt, tätt intill.

– I natt när Snotra ska prövas ska jag be för din undergång, väste hon.

Innan Freja hann svara något hade Siv börjat springa mot Vanaheims tält.

Freja skakade på huvudet. Det här var mer än hon kunde begripa.

Tor var rasande, ögonen glödde som rovdjursögon i hyddans dunkel.

Gondul måste ha gått hårt åt honom. Färskt blod rann nedför hans arm. Han hade ont. Hon kunde känna det.

Freja satte sig på huk på den flätade vassmattan, osäker på vad hon skulle säga eller ta sig till.

– Du lever, viskade hon till slut.

– Jag tänker dö som en man, inte som ett snöpt blotdjur, sa Tor.

Han grimaserade av smärta. Bitterhet tog över vreden.

– Här ligger jag bunden till händer och fötter, hjälplös som ett dibarn, och blir plågad av vanvettiga kvinnor. Du kunde ha varnat mig!

Freja vaggade fram och tillbaka på hälarna.

Gondul ville ha henne. De skulle dra i krig mot Tors folk. Då kunde hon inte sitta här och vara ömhjärtad.

– Snart brinner din faders hall och dina bröder ligger döda på marken, sa Freja.

– Det kan du tro. Mitt folk väntar på er, segervissa och med makterna på sin sida.

Hans bittra skratt rullade genom hyddan.

– Ge mig din kniv så kan jag slåss mot vakterna här utanför. Då får jag åtminstone dö som en man. Ge mig den nu.

Med en rörelse så snabb att den nästan inte gick att se tog Freja sin offerkniv från bältet och snittade av remmarna som fjättrade Tors händer och ben. Han satte sig mödosamt upp och gnuggade försiktigt liv i sina lemmar.

– Löp du om du vill. Försvinn så jag slipper se dig, röt hon rasande.

– Bete dig inte som en vettlös, sa han förvånat.

– Men det är ju det jag är, utkastad från mitt eget folk och beskyddare av främlingar. Lika bra att jag dör i ditt ställe, det hade varit ett fint slut på Åses dotter.

Hon körde ned kniven i jordgolvet framför hans fötter.

– Varsågod. Stick ned mig, slåss för din frihet. Gudinnan ska veta att många kommer att glädjas över min död!

Freja grep en näve jord, kastade den på Tor med tårarna rinnande nedför kinderna. Hon kved som ett plågat djur, och kröp bort till hyddans vägg där hon kurade ihop sig.

Tor såg mellan Freja och kniven.

Eoner kom och försvann. Vakterna småpratade utanför hyddan. Hundskall blandades med gälla barnskratt.

Freja blundade hårt, hårt, som för att driva bort allt som hände runtomkring. Siv och husfrun, att vara satt på undantag. Hur länge skulle hon behöva utstå detta?

I nästa stund slöt sig två starka armar runt hennes kropp. Tor drog upp henne i sitt knä. Freja satt helt stilla med slutna ögon utan att våga andas. Ömsint vaggade han henne fram och tillbaka som om hon vore ett litet barn.

– Jag sviker dig inte.

Mjukheten i hans grova röst gav henne tårar i ögonen.

Freja drog in hans kärva lukt, lyssnade på hans tunga hjärtslag som slog mot hennes kind, vassa skäggstrån rev mot hennes hjässa.

För första gången sedan Gullveigs död kände hon sig inte ensam.

Prästinnorna smorde Snotras nakna kropp med olja och honung medan de sjöng kraftgaldrar för att stärka henne på färden. Snotra stod stilla med höjda händer och slutna ögon. Hon verkade inte medveten om vad som hände med henne.

Siv slätade ut manteln hon skulle överlämna när de var klara.

Hon försökte dölja sin vrede för att inte störa Snotra, men det var svårt. Det Freja gjort var ofattbart.

För bara ett par dagar sedan hade Siv talat med Frej och berättat att hon väntade hans barn. Han blev inte ens överraskad. Istället hade han lett sitt ljuvliga leende och sagt att han var glad och såg fram emot barnets ankomst. Och nu stod Freja och höll på med honom utan att bry sig varken om Siv eller någon annan.

Plötsligt förstod hon. Freja använde sig av Frej för att komma in i Vanaheim igen. Siv smålog bittert. Så måste det vara.

Så lätt det måste ha varit för Freja att utnyttja den ömhjärtade Frej och få honom att kyssa henne i allas åsyn.

Siv kippade efter andan medan hatet hettade i kroppen. Hon skulle hämnas. Måtte makterna ge henne vedergällning.

Prästinnorna drog sig undan från Snotra, hennes magra kropp glänste av smörjelsen.

Siv skyndade sig att överräcka manteln med en bugning. Eir hängde den över Snotras bara axlar. Naken, som den dag hon kom till världen, skulle hon möta sina prövningar och – om Gudinnan ville – födas på nytt.

Siv såg forskande på Snotra. Inte ens skuggan av en känsla avspeglades i ansiktets strama rynkor. Lugnt tog hon emot en träskål och drack. Efter ett par andetag började hon svaja fram och åter och fick sättas ned.

De tretton prästinnorna slöt cirkeln runt den hopsjunkna kvinnan. Tysta väntade de på att vandringen genom de nio världarna skulle börja. Snotras spända anletsdrag löstes sakta upp, korta gälla skrik hördes från hennes stängda läppar.

Eir nickade bekräftande. De ledde henne försiktigt till vagnen som väntade utanför. Eir satte sig vid hennes sida med Snotra i ett fast grepp så att hon inte skulle falla av. Hennes huvud hängde slappt mot bröstet och det smala ansiktet var förvridet.

Så började färden mot Hallundas offerkälla.

Siv höll i repet runt en av korna som drog vagnen. Hon smekte djurets trygga värme och sköt undan tankarna på Freja med en kraftansträngning. Nu måste hon tänka på sina plikter.

Bredvid stigen stod kämpar och husfolk tysta som andevarelser. Oron lyste i deras ögon medan de stirrade på Vanaheims blivande överstesprästinna.

Snotra började mumla något osammanhängande med upprörd röst. Prästinnorna stämde upp en sång:

– *Erce, erce.* Hon ger oss liv. Vår moder vandrar genom dödsriket…

Sivs röst var hög och gäll. Aldrig hade hon trott att hon skulle sjunga dessa ord. Gullveig hade verkat odödlig, som ett uråldrigt världsträd. Vagnen vaggade långsamt över stigen. När de nådde offerkällan lyfte nio glömskehägrar långsamt från dess svarta vatten. Inte en krusning syntes på ytan.

Prästinnorna böjde ödmjukt sina huvuden inför denna vördnadsbetygelse.

De ledde Snotra över de fyra stockar som ledde till källans vatten. Blotdjurens skinn hängde på träpålar på stranden. Deras ruttnande huvuden stirrade tomt på prästinnorna. Nere i vattnet stod gamla gåvor halvt nedsjunkna i leran, urnor med mat, glänsande smycken, vapen och yxor.

Prästinnorna lämnade Snotra naken på knä längst ut på pränget. Siv återvände till stranden och satte sig tillsammans med de andra på den fuktiga marken. Världarna gled in i varandra. Vita dimslöjor reste sig från vattnet och omfamnade Snotras magra gestalt.

Diserna hade hämtat henne till sig.

Snart skrek Snotra av fasa och skräck.

– Det har börjat.

Freja såg upp på Tor. Hon kunde känna hur luften förändrades. Starka makter var i rörelse.

Hon slöt ögonen. Det borde vara hon som satt där, inte Snotra.

– När får du veta?

– I gryningen.

– Då ska vi vaka samman.

Tor la sig tillrätta på risbäddens fällar.

Freja tvekade en kort stund, sedan kröp hon ihop vid hans sida. Tysta låg de sida vid sida och väntade på att natten skulle ta slut.

När dimmorna lyft och dagen anlänt låg Snotra livlös på stockarna som sköt ut i offerkällan.

Siv reste sig sakta på stela ben, det stack i dem när blodet åter började pulsera genom kroppen. Ett moln av myggor svärmade runt Snotras kropp, läpparna var söndertuggade. Rännilar av blod sipprade från dem ned på marken. Ögonen stirrade tomt upp mot skyn.

Eir gav henne ett hårt slag på kinden. Skräckslagna såg prästinnorna hur Snotras kropp började rycka okontrollerat. Men med spasmerna kom också liv.

Siv väntade andäktigt. Det var nu det gällde, det var nu de skulle få veta.

– Mitt sinne är helt, viskade Snotra svagt.

Stranden fylldes av jubel. De sjöng gälla lovord till Gudinnan.

Snotra hade överlevt, Gudinnan hade gjort sitt val. Vanaheim var åter beskyddat av en ny översteprästinna.

Snotra kläddes snabbt och kördes bort till Åses tält, utmattad och förvirrad. Hon såg tomt på kämparna som jublade över hennes återkomst. Snart kunde de lämna Hallunda och gå i strid med främlingarna på Idunvallen. De höjde sina vapen och sjöng hennes lovsång.

Barnen strödde blommor framför vagnen. Trygve grät av lycka. Luften kändes redan mildare. Grödorna var räddade. De hade klarat det.

Folket trängdes utanför Åses tält när Eir ledde Snotra till drottningen.

Siv såg oroligt på Snotras ansikte. Hon var blek som en död och hennes sinne verkade förmörkat. Ändå stapplade hon fram till Åses pall och sjönk ned på knä.

– Som Gudinnans utvalda svär jag att tjäna Vanaheims drottning.

Snotras röst var så tonlös att det gick kalla kårar längs ryggen på Siv.

– Som Vanaheims drottning svär jag att skydda Gudinnans utvalda, svarade drottning Åse med fast röst.

Orden var uttalade och eden hade ingåtts. De två var ett.

Freja såg på trängseln utanför Åses tält genom några springor i hyddan. Det var över nu, hon hade förlorat.

Snart måste hon gå ned till tälten och tigga om att få svära Vanaheims översteprästinna sin trohet. Kanske skulle de inte ens släppa in henne. Kanske skulle hon få sitta på knä med skammen som hon gjort när hon avvisades från Åses tält.

– Du måste, sa Tor när han la händerna på hennes axlar och drog henne till sig. Hon slöt ögonen, tung av nederlag och sorg.

De hade talat hela natten. Nu visste han allt om henne och Vanaheim. När hon väl börjat berätta var det som om orden krävde att få sägas högt. Tor hade lyssnat utan att säga mycket. Till slut hade han vädjat att hon skulle göra allt för att försonas med sin mor.

– Utan sin släkt är man ingenting.

Det var sant. Men samtidigt hade hon innerligt hoppats att Snotra skulle dö. Det var skamfullt och hemskt men det var hennes innersta önskan. Gudinnan hade inte lyssnat.

Tor kysste henne lätt på huvudet.

– Gå nu. Tiderna förändras snabbt, bara ätten finns kvar.

Freja tog några motvilliga steg mot dörren innan hon stannade till. Tvekande plockade hon bort några halmstrån från manteln medan hon försökte samla sig.

– Du skulle gå, sa Tor.

– Varför gör du detta för mig?

Hon ställde frågan utan att se upp. Noga undersökte hon sin mantel för att se om fler halmstrån nästlat sig in i det svarta ylletyget. Sorlet från Vanaheims tält hördes i fjärran. Freja såg tvekande upp och mötte hans blick.

– Det vet du, svarade Tor.

Ett blekt leende drog över hans läppar. Freja nickade tyst.

Hans känslor var ingen tröst, tvärtom ökade de bara hennes börda. Hon suckade och sköt undan tankarna på det väntande blotet. Med en sista blick på hans sträva ansikte öppnade Freja dörren och gick ut i gryningen.

Hallundaborna tystnade när de såg henne komma vandrande. Frejas hjärta slog som besatt när hon såg deras misstrogna ansikten. Detta är ett prov, sa hon till sig själv och sträckte på ryggen. Jag kommer att klara också detta.

Framför tältöppningens nedfällda flik stod Sigvard och två av hans mannar. Hon stannade och såg tvekande på dem.

– Släpp in mig så jag kan svära eden, sa hon.

– Vänta Åses dotter, prästinna i Vanaheim, sa Sigvard och slank in i tältet.

Det var svårt att andas, som om en strypsnara dragits åt runt hennes hals. Blickarna brände, förstulna viskningar hördes bakom hennes rygg. "Avvisa mig inte", vädjade hon inom sig.

I nästa stund kom Sigvard ut ur tältet.

– Du kan gå in, sa han och nickade vänligt.

En susning gick mellan de väntande. Freja böjde sitt huvud och trädde in i sin moders tält. Det var fullt, den kvava luften slog mot henne. Prästinnorna stod längs det runda tältets väggar, ljuset från en enkel facklas sken lekte över deras blå klänningar. Ingen sa ett ord, deras slutna ansikten iakttog henne utan värme eller glädje. Tystnaden var lika mättad som luften.

I mitten av tältet satt Snotra på en pall, överstesprästinnans broderade mantel hängde över hennes smala axlar. Åse satt i sina vackraste kläder vid hennes sida. Båda såg tomt på Freja när hon tvekande gick fram mot dem.

Snotras ansikte var likblekt och ögonen frånvarande. Krampaktigt klamrade hon sig fast vid ormstaven med vitnande knogar.

Freja stannade. Det var dags nu. Snaran runt halsen drogs åt.

– Moder, sa Freja. Hon fick stöta ut ordet.

Långsamt la hon sig ned och pressade sin panna mot marken i gesten för underdånighet. Halsbanden pressade mot strupen, det gjorde ont men hon vågade inte röra sig.

– Jag svär att tjäna Vanaheims sanna överstesprästinna till den dag jag dör. Jag ber dig moder, ta emot mina hedersbetygelser.

Hon spottade ut de oformliga orden, slöt sedan sina ögon och höll andan.

– Efter blotet, sa Vanaheims överstesprästinna.

Orden slog som ett piskrapp över Frejas rygg. Hon pressade sitt ansikte mot jorden, för att hålla tillbaka tårarna. Förnedringen brann i magen när hon reste sig på darrande ben.

– Efter blotet, sa hon.

Snotras ansikte lyste vitt i dunklet.

– Då ska jag ta emot din ed.

Det var ett löfte om försoning, en bekräftelse på att Freja skulle bli fullvärdig igen.

Freja gick baklänges ut ur tältet och skyndade snabbt därifrån. Det var som om stegen styrdes av en främmande makt, hon började gå till offerkällan. Hon borde känna lättad glädje men istället var Freja rasande. Hennes systrar måste vara blinda. Märkte de inte att vanvettet höll på att bryta ut hos Snotra? Hon må ha överlevt prövningarna men kärlet var skadat. Förbannelse över denna orättfärdighet! Detta skulle straffa Vanaheim. Freja genade över en teg, hoppade över en ruttnande stock och skyndade mot källan.

Bron var återupprättad, makterna hade stärkts. Nu måste Gudinnan bryta sin tystnad. Som hon längtade efter att få veta. Freja ökade stegen och började till slut springa.

Siv log lyckligt när hon sjönk ned framför Snotra för att svära eden. Detta var en storslagen upplevelse, att få vara med om invigningen av en ny överstesprästinna. Hennes ljusa röst var full av glädje.

– Jag kan inte ta emot din ed, sa Snotra med den tonlösa rösten.

Siv såg upp, ren fasa syntes i hennes ansikte.

– Varför? utropade hon.

– Hon har en unge i magen. Henne vill jag inte ha, väste Snotra.

Prästinnorna mumlade upprört sinsemellan. Njorunn, den mörka, protesterade:

– Men det är många som fått barn.

Men Snotra satt bara tyst och svajade fram och tillbaka, såg tomt framför sig och brydde sig inte om den gråtande Siv vid sina fötter.

Njorunn tog hennes hand, ledde henne varsamt ut ur tältet.

Hur kunde Gudinnans egen överstesprästinna förskjuta Siv när hon skulle ge liv? Njorunn la armen om den gråtande flickan för att skydda henne för Hallundabornas nyfikna blickar.

Om hon tog henne till prästinnornas tält skulle hon trotsa Snotras vilja. Men flickan måste väl få packa sina saker.

– Vad ska jag göra? Vad ska jag ta mig till? Siv snyftade otröstligt när Njorunn ledde henne in i prästinnornas tält.

Hon hade ingen släkt i Vanaheim, utan var född långt norröver där människor delade landet med svartalfer. Hennes mor dog när hon jagade säl, hennes mostrar hade tagit henne till Gullveig när hon var liten. Hon hade inte sett dem sedan dess, visste inte ens var de bodde. Vanaheims prästinnor var hennes familj, nu hade de vänt sig mot henne.

– Ta dig nu samman så tänker vi ut något, sa Njorunn. Hon var en praktisk läkekonstprästinna som ansåg att alla problem gick att övervinna om man handlade på rätt sätt.

– Det är över. Jag ska gå i sjön, snyftade Siv.

– Tig med dig. Du är evigt fördömd om du skadar ditt barn när du låtit det växa sig så stort. Det här kan inte vara så illa. Du är en tränad prästinna och kan gårdens sysslor bättre än någon av oss. Varje husfru hade glatt sig över att ha dig hos sig. Så måste det bli.

Njorunn nickade förnumstigt.

– Du ska gå i tjänst hos någon.

Siv såg upp med gråtsvullet ansikte.

– Ska jag bli en tjänsteflicka?

– Det verkar inte som om du har något val, svarade Njorunn bestämt.

7

Offerkällans vatten var svart. Det glimmade som en port in i andevärlden.

Freja mumlade en välsignelse med nedböjt huvud. Det var många dagar sedan hon utförde ritualerna.

– Förlåt mig *Erce*. Jag ber dig om råd, viskade hon och öppnade skinnpungen där spåbenen låg.

Ett högljutt skri fick henne att se upp. En örn störtade ned mot källans vatten, nuddade vattenytan och flög sedan iväg med majestätiska vingslag. Det var ett kraftfullt tecken. Gudinnan hade sänt en budbärare för att lyssna på hennes ord. Tystnaden var över. Med en snabb gest hällde Freja ut spåbenen i handen. Kraften stack i fingrarna. Hon mumlade en galdr och kastade dem på marken.

Synen kom omedelbart. Hon var i strid men ingen kunde vinna. Kvinnor skrek, pilar fällde kämpar. I nästa stund svävade hon över prästinnornas hallar i Vanaheim. Men husen var tomma och förfallna. Vårdträdet hade fällt sina löv trots att det ännu var varmt. Här fanns bara tomhet och förödelse. Hon drog skräckslaget efter andan.

Vad hade hänt. Var fanns hennes systrar?

Hon såg nedåt granngårdarna, sedan mot Åses hall. Husen var övergivna. Hennes folk var borta.

Detta var Snotras arv.

Men så reste sig något annat i fjärran, det sträckte sig ända upp mot himlen, gnistrande i all sin prakt och rikedom. Plötsligt visste hon namnet. Valhalla. Detta låg i framtiden.

Synen gled undan när spåbenen nådde gräset. Freja sjönk kraftlös ihop. Hon såg tomt upp på trädkronorna som trängdes runt den heliga marken. Vanaheim var förlorat. Det här var andra gången som synerna sade henne detta. Vad skulle hon ta sig till?

De skimrande benknotorna låg bland de grova grässtråna. Bara tre var rättvända: Thurs, Madr och Ur.

Hon såg förvånat på de dansande tecknen: jätte, moder och kraft? Varför varnade de inte henne? Nornorna hade visat henne Vanaheims undergång men benen talade ändå om en framtid. Det måste vara Valhalla. Men var låg det?

Freja rös och slog armarna om kroppen medan hon försökte samla tankarna. Den första delen av synen var striden som de skulle utkämpa. Ingen skulle vinna. Var det bra eller dåligt? Skulle fred slutas, var de jämnstarka? Var det inte främlingarna som hotade Vanaheim?

Om hon bara fått se mer. Och om Snotra skulle driva Vanaheim i fördärvet...

Ljudet av tunga steg som närmade sig fick henne att rycka till och snabbt plocka ihop spåbenen och lägga ned dem i skinnpungen.

Förvånad såg hon Gondul, kvänernas drottning, stå vapenlös vid hennes sida.

– Så det är här du är. Har du fått några varsel om striden?

Freja skakade på huvudet. Det hon sett var för oklart för att berättas. Gondul gav henne en skarp blick.

– Nåväl, jag kan själv se ned i källan. Kommer du att kämpa väl när vi går i strid?

– Jag ska göra mitt bästa, Drottning, svarade Freja med en övertygelse hon inte kände. Synens bilder dansade framför hennes ögon.

Gondul satte sig på huk och såg ut över vattnet. Hon rev av ett grässtrå och stoppade det eftertänksamt i munnen.

– I går hade jag en dröm. Jag såg dig löpa genom skogen med din främling.

Freja stelnade till. Gonduls ord var som att få iskallt vatten över ryggen.

– Jag skulle aldrig kunna svika Vanaheim och Gudinnan på ett sådant sätt, sa hon skakad.

Gondul smålog för sig själv.

– Jag är en praktisk människa. Jag har lärt mig att saker förändras. Fiende i dag, vän i morgon, det enda en människa kan göra är att värna om sin heder.

Hon spände sin falkblick i Freja.

– Jag tror att du har kraft och heder. Därför får du kämpa under kvänernas märke. Men om du sviker mig skär jag halsen av dig.

Freja skakade sakta på huvudet.

– Jag kommer aldrig att svika dig, Drottning. Jag svär.

Gondul reste sig med en smidig rörelse.

– Gott. Gör dig klar. Snotra har gett klartecken. Vi seglar i gryningen.

– Är det sant? undrade Freja.

Gondul nickade. Kraften gnistrade runt henne. Musklerna spelade under tatueringarna och fick dem att röra på sig som om de hade ett eget liv.

– Tjänarinnorna ni lämnade hos främlingarna har återvänt. De lyckades fly och deras vägvisare hittade tillbaka till en vanagård.

– Var är de nu?

– Hos Trygve. Spring du dit så jag får vara i fred. Jag ska be min härskarinna om seger.

– Jag tackar dig Drottning, kvänernas högsta, sa Freja och lämnade källan med högburet huvud.

Den rökiga hallen kokade av upphetsning. Det var sannerligen stora saker som hände i Hallunda, Snotras invigning, kriget och nu detta. Till och med husfrun såg uppspelt ut där hon satt vid rymlingarnas sida.

De tre kvinnorna och den unga vägvisaren Lökk var trötta men oskadda. De svarade på Eirs frågor samtidigt som de försökte hinna äta av den surgröt som husfrun ställt fram. Freja trängde sig fram mellan husfolk och prästinnor för att höra vad som sades.

– Det var Lökk som anade oråd och fick oss att löpa mot skogen. Annars hade de tagit oss med en gång. Uschlingarna fanns överallt med sina hundar och spjut. De sprang fram och tillbaka som vettvillingar. Lökk hittade ett gömställe där vi låg och tryckte hela natten. Vi nådde inte båtarna förrän nästa kväll och då var ni borta, sa Röskva, den äldsta av tjänarinnorna.

– Fick ni inte med er sakerna? frågade Eir.

Röskva skakade på huvudet.

– Förlåt oss. Hästar, ränslar och mat, allt lämnade vi kvar, vi var ju så rädda.

– Om vi inte löpt så hade vi slutat som trälar hos krigsdyrkarna, sa Lökk buttert.

En robust kvinna med svällande armar och brett bälte spänt över den bruna skjortan reste sig upp.

– Ni borde tacka min dotter för att hon förde era tjänarinnor åter. Vi förväntar oss gåvor, inga klagosånger.

Freja såg hur Eir mätte kvinnan med blicken. Hon hade nog inte tänkt sig att Lökk var frifödd och hade en robust gårdsägerska från Utgård till mor.

– En gåva ska ni ha, sa Eir till slut.

Frågorna började hagla över Lökk och de andra.

– Vad såg ni?

– Hur långt var ni tvungna att gå?

Lökk reste sig upp och slängde stolt med det bruna håret innan hon svepte med blicken över trängseln för att vara säker på att alla lyssnade.

– Min mosters gård låg ju i de där trakterna innan de brände ned den.

Hon spottade ilsket och satte fingrarna i bältet.

– Jag var inte helt säker på hur landet låg men jag visste på ett ungefär hur jag skulle ta mig tillbaka. Det var bara att följa vattnet mot öst. Värst var att gå över storträsket.

Hon rös och såg nöjt på åhörarnas andäktiga ansikten. Tjänarinnorna nickade instämmande.

– Träsket lyckades nästan ta Röskva innan vi fick upp'na. På natten dansade trollelden, medan osaliga andars skrik ekade över tuvorna. Det var med nöd och näppe som vi överlevde med vettet i behåll. Och då gick vi ändå inte genom Mörkveden.

– Visste ni vart ni var på väg?

– Ja, min mors gård ligger bara en dags vandring från träsket.

– Ja, tack och lov. Jag satte dem i båten så fort jag stoppat i dem mat. Tänkte att drottningen ville tala med dem, sa Lökks mor.

– Det var klokt tänkt, sa Eir med en förbindlig nick.

– Det var dåraktigt för nu vill tösen dra i strid!

Lökks bastanta mor gav sin dotter en sträng blick.

– Men det blir det inget av med för nu har hon flängt omkring tillräckligt. Om ett halvt månvarv ska skörden in, skinn skrapas, ull samlas och spinnas, gärdesgårdar ska lagas för att inte tala om all ved som ska huggas så den torkar innan regnen.

Lökk himlade med ögonen och suckade djupt.

Eir lämnade hallen med de andra prästinnorna. Freja smet fram till Lökk och hälsade.

– Säg mig, du som hittar så bra. Går det att gå eller rida till främlingarna härifrån?

Lökk nickade ivrigt.

– Du får så klart ta dig över vattnet där borta, hon viftade med handen åt något obestämt håll bortom drottningens tält. Sedan är det bara att följa vattnet västerut. Men du måste igenom Mörkveden eller gå runt skogen och det tar tid. Bättre att ta båten tvärs över sundet.

– Hur lång tid skulle det ta om jag gick till främlingarna?

– Till fots? Mer än ett halvt månvarv. Varför undrar du?

– Jag funderade på om de var på väg mot oss på land, sa Freja.

– Nä du, oroa dig inte för det. Ska du åka och kämpa i morgon?

Frejas nick fick Lökk att fnysa av avundsjuka.

– Jag hade gjort vad som helst för att följa med. Mor min gör mig vanvettig med allt arbete.

Freja smålog och önskade henne lycka till. Hon skyndade ut från den trånga varma hallen. Den friska luften utanför fick hennes huvud att klarna. Med beslutsamma steg började hon gå mot Tors hydda. Men så hörde hon några kvävda snyftningar. Freja stannade till och såg sig omkring. Gömd bland vagnar och lövhögar stod en rödgråten varelse.

– Siv!

Freja skyndade fram till prästinnan.

– Vad har hänt?

– Snotra har blivit vanvettig, snyftade Siv och berättade vad som skett.

Freja lyssnade med stigande obehag. En prästinna som avvisades för att hon bar på ett barn. Något märkligare hade hon aldrig hört talas om.

– Så nu vet jag inte vad jag ska ta mig till, sa Siv.

Freja såg på några skäror som hängde på väggen medan hon funderade. Trots att hon inte ville, kände hon en skugga av skadeglädje. Nu fick Siv känna på hur det var att bli utstött.

Siv började hulka. Hon lutade sig mot en vagn och försökte kräkas men det enda som kom upp var lite slem.

– Håller du på att spy ut ungen?

– Det känns så.

– Det går över.

– Nej. Det här kommer aldrig att ta slut. Ibland tror jag att ungen suger ur all min livskraft. Jag kommer att förvandlas till ett tomt skal.

Freja försökte le förtröstansfullt men Siv såg verkligen eländig ut. Ansiktet var nästan kritvitt, håret hängde i glanslösa tovor och hon hade blivit mager som en gärdesgårdspinne. Bara barnet stack ut från den pinnsmala kroppen.

– Allt är så uschligt. Jag vet fortfarande inte vart jag ska ta vägen. Ibland funderar jag på att gå ned mig i sjön, bekände Siv.

– Aldrig. Tar du ditt liv så föds du aldrig åter. Dessutom har du ju ett stort barn i magen, ska du ha ihjäl det med?

Freja var upprörd, något så dumt hade hon aldrig hört.

– Allt kommer att lösa sig. Allt finns i nornornas väv.

– Vi får se, svarade Siv med svag röst.

– Har du frågat Trygves husfru om du får stanna här?

Siv skakade på huvudet.

– Jag söker efter Frej, kanske han kan ta sig an mig.

Freja såg skakad på Siv. Hade hon ingen stolthet i kroppen? Skulle en tränad prästinna kräla i stoftet för en man?

– Tala med husfrun istället. Frej har sitt att tänka på, sa hon avvärjande.

Siv såg på henne med fasa i blicken och tog ett par steg tillbaka.

– Inte ens nu, när jag är i djupaste olycka, tillåter du att jag lever med Frej.

Varför förvrängde Siv allt som hon sa?

– Jag värnar bara om din heder…

Siv spottade rasande i marken.

– Du tänker bara på dig själv. Jag skulle aldrig ha talat med dig! skrek hon och sprang iväg.

Freja stod handfallen kvar. Vad skulle hon göra? Siv måste vara besatt av mörkerkrafter och hon hade varken tid eller kraft att driva ut dem.

Drottning Åse såg över sin packning medan tjänarna sprang runt såsom lämlar mellan tälten. De gamla tvivlen var borta, nu var det tid för handling. Äntligen. Hon vägde svärdet Sigil i handen medan hon funderade över planen. De skulle segra, inget skulle lämnas åt slumpen.

Beilja kom försiktigt framtassande.

– De är färdiga för blotet nu.

Åse nickade och gav sig av med långa kliv. Sigvard och hans män slöt upp vid hennes sida medan de vandrade mot offerkällans strand. Kämparna väntade nere vid stigen, förväntansfulla och ivriga. Åse nickade mot dem när de samlades bakom hennes rygg. I natt skulle facklorna brinna över Vanaheims tappraste själar. I natt skulle de offra till Segergudinnan så att hon vakade över dem.

Natten vibrerade av febrig upphetsning. Ungarna sprang planlöst runt för att se vad som hände. Korna trampade oroligt i hagen, hundarna skällde i kvällningen som om en osynlig fiende väntade i mörkret. Ute i viken låg de lastade båtarna tungt i vattnet.

Tor satt på sin bädd. Freja fick inget leende, ingen vänlig blick när hon sjönk ned vid hans sida.

Plötsligt hade hon inget att säga. Hon skulle dra i krig mot Tors familj. Hon skulle slå stridsbojor runt hans bröder så att de blev dödade. Stickande svärd, krossande hammare. Detta var verkligheten.

– Jag skulle göra vad som helst för att få vara vid mina bröders sida i striden, sa Tor.

– Jag förstår, svarade Freja.

– Ni kommer inte att få det lätt.

– Makterna kommer att vara på vår sida, sa Freja.

Tor skrattade bittert. Hon såg tyst på honom. Såret var nästan läkt, lukten av förruttnelse var borta, styrkan hade återvänt. Nu bar han sin sönderrivna skjorta som om det vore en ädel mantel. Han la huvudet på sidan och såg länge på henne.

– Vad händer om du dör?

Freja ryckte förvånat på axlarna. Det verkade omöjligt att hon, en prästinna i sin krafts dagar, skulle dö.

– Det går så fort. En pil i bröstet så är det över. Ska du dra i strid måste du tänka på det. Du måste förbereda dig på eftervärlden.

Hans röst var saklig, som om han talade om fisket eller att gå på jakt. Freja gav honom en ilsken knuff.

– Försök inte fylla mig med bländverk, mig skrämmer du inte.

Hans skratt var bittert och glädjelöst.

– Är det något jag lärt mig av alla strider är det att även den bäste kan falla. Bättre att vara förberedd än överraskad. Så säg nu, vad händer med mig om du dör?

– Det vet jag inte och jag tänker inte fundera över det, svarade Freja bestämt.

– Låt oss sluta en pakt.

Freja såg forskande på hans ansikte.

– Ge mig din dolk. Om du dör i strid kan jag fly genom skogarna. Då är ditt liv inte längre i pant för mitt. Jag kan fly med hedern i behåll.

Var detta något som han försökte snärja henne med? Men det fanns inga spår av lögn och svek i hans blick, bara styrka och oro.

– Jag ber dig. Mina sår är läkta, jag är en man, en krigare. Det enda skälet till att jag stannar är att du måste plikta med ditt liv om jag flyr.

– Hur vet jag att du inte flyr med en gång?

– Du måste lita på mig.

Hon reste sig grubblande och vandrade runt stolpen medan hon funderade. Skulle hon lägga sin framtid i Tors händer?

– Nej.

Tor vände rasande bort ansiktet.

Han var övertygad om att Freja skulle dö, hon var oprövad och det var alltid de som dog. Hon skulle bli ett av hans fars första byten. Han såg hur hennes rundade bröst rörde sig under det svarta tyget när hon andades. Där skulle Oden sticka spjutet. Hur skulle han få henne att begripa?

– Mitt folk är starkt, de kommer att kämpa väl.

Sorgset såg han hur vreden åter vaknade inom henne. Det fanns inget han kunde säga eller göra, hon trodde ändå inte på ett ord av vad han sa. Förbannat att han inte fick kämpa med sitt folk!

– Lyssna i alla fall på mitt råd. Kommer du ihåg en schaman som var i min fars hall? Du frågade vem han var, Loke heter han, sa Tor allvarligt.

Freja mindes, det var han som liknade en alvapräst.

– Håll dig undan från honom. Lova mig det.

– Varför?

– Därför, lita bara på mig när det gäller detta.

Lättad såg han hur Freja nickade.

– Det kan jag lova.

Han tog hennes händer, kramade dem så hårt att hon stönade till av smärta.

– Håll dig i bakgrunden.

Freja reste sig. Hjärtat slog hårt. Hon hängde på sig ränseln, knäppte manteln runt halsen och såg på kämpen som inte längre var en främling. Sorg, lidelse och utanförskap hade fört dem samman. Kanske skulle hon aldrig se honom igen. Plötsligt stod hon inte ut med tanken på att vara borta från honom. Hon ville ta på honom, känna hans hud mot sin egen. Freja svalde.

– Var försiktig nu, sa han hest.

Hon nickade kort och gick ut i gryningen.

Kämparna höll sina vapen, gyllene benskydd och präktiga sköldar gjorda av fyra lager läder, högt över vattnet. Fackelbärarna lyste dem mot stranden, det såg ut som en flod av eld var på väg mot land.

Freja såg sig om. Det var på dessa blåskimrande stenar hon stigit i land med Gullveig. Det kändes som om flera tidsåldrar förflutit sedan dess. Där var den grå klipphällen där Tor legat sårad, där borta hade de offrat till skogen.

I nästa stund trängdes våta kämpar runt henne och släppte skrattande sina bördor på marken för att dra på sig sina skor. Freja drog sig undan och sökte efter Gondul bland facklorna som lyste upp natten som om det vore ljusan dag. Hon trängde sig fram mellan kämparna, snart såg hon kvänernas drottning på en liten kulle omgiven av sina kvinnor.

Där var de starka bågskyttarna med sina spända krigsbågar över axeln. Mjukt läder skylde deras smidiga kroppar. Ansikte och flätor var insmorda i lera. De liknade hämnddiser på väg för att kräva blod.

Vanaprästerna sjöng en vild stridssång för att höja modet hos krigarna. Deras röster färdades över den mörka stranden, över de kala öarna, ut över de ändlösa träsken där fåglarna vilade, in i skogarna.

– Jag är redo, sa hon till Gondul.

– Ta hand om mitt folk, svarade drottningen.

Gefjyn stod vid Gonduls sida. Hon kokade av upphetsning, som om hon äntligen funnit sin rätta plats i livet. Gefjyn hade skurit av sig håret, som en äkta krigare som vigt sig åt Gudinnan. De svarta testarna var sträva av ljus lera. Ansiktet var svartmålat som hennes själsdjur, korpen. Freja såg på skuggan som låg över systern och tänkte att hon måste vara fruktansvärd att möta i strid.

Freja tog fram sin ränsel.

– Du kan börja med din syster, sa Gondul.

Freja och Gefjyn växlade en misstänksam blick, sedan påbörjade Freja signandet. Hon svepte in Gefjyn i en dimma av osårbarhet. Arbetet var utmattande, varje besvärjelse kostade henne kraft men hon utförde det med stor nit. Gefjyns pilar och båge signades så att de skulle hitta sina mål.

– Det är kanske du som räddar mitt liv och ger mig ära. Vem hade kunnat ana det? sa Gefjyn när Freja var färdig.

– Detta kommer att skydda dig, men ära får du skaffa dig själv, svarade Freja och fortsatte till Hird för att ta sig an henne. När hon avslutat ceremonierna bar alla kvinnorna vildsvinets skyddsmärke.

Deras pilar skulle bäras av hämnddisen mot sina mål och deras kroppar var skyddade av hennes ande. Freja gick ned till stranden och sköljde av ansiktet. Hon var tvungen att äta något, besvärjelserna hade tagit all kraft. Utmattad rotade hon runt i sin ränsel och drog fram bröd och en bit kött som Beilja svept in i några löv och lagt ned innan hon gick ombord på båten. Det grova brödet knastrade mellan hennes tänder medan hon girigt slet bitar ur den runda brödkakan. Det blodiga köttet smakade saftigt och rått.

Hämnddisens närvaro gav sannerligen livslusten åter. Freja släppte en bit bröd i vattnet och tackade.

– Jag säger tursar trenne. Nöder nio.

En hornstöt fick kämparna att tystna och de såg mot drottning Åse.

– Framåt! För Vanaheim!

Åses skrik ekade ut över det svarta vattnet. Det rasslade till när kämparna grep sina vapen. Så började vandringen mot Idunvallen för att utkräva hämnd.

– Beredda nu.

Gonduls krigare grep sina vapen när de steg ut ur det mörka skogsbrynet. De ställde sig sida vid sida med de andra kämparna. Snart stod de tysta i dubbla led och såg ned på Odens gård.

Freja tog åter fram ränseln. Med darrande händer plockade hon fram små bitar av torkad stridsört. Det var bråttom nu. Hon tryckte in en bit mellan Hirds läppar och mumlade snabbt en galdr. Hird tuggade koncentrerat i sig den bruna lilla biten utan att säga ett ord. Freja fortsatte till Hrist.

– Inte för mig. Jag behöver det inte, sa hon och spottade på marken med ett leende.

Freja svarade inte utan fortsatte till Gefjyn. Snart var hon färdig, nu hade hon gjort allt vad hon kunde för kämparna.

Hjärtslagen dånade inne i kroppen, munnen var torr av upphetsning.

Hon såg på Snotra som gick längs ledet av kämpar och signade dem. Något var fel. Det fanns ingen kraft i hennes höjda stav. Freja sträckte på halsen och ställde sig på tå. Översteprästinnan gav inte kämparna styrka utan istället obehag. När hon passerat trampade de oroligt och vred olustigt på sig.

Ett par steg till och Snotra stod framför kvänerkvinnorna. Freja mötte översteprästinnans blick. Snotra var livrädd.

– Må Gudinnan vaka över dig i striden, mumlade Snotra och gick vidare.

Freja skakade på huvudet och återvände till sin plats. Hon kunde känna hur luften skiftade från styrka till oro. Något borde göras, men vad?

I nästa stund såg hon sin moders kraftfulla gestalt kliva fram ur leden. Åse började slå sitt svärd mot skölden. Kämparna lyfte sina vapen och följde hennes exempel. Det mäktiga dånet växte och drev bort all rädsla. Freja andades ut och kände styrkan växa i bröstet.

Stridsropen rullade ned mot gården i slutet av sluttningen.

Med ett djupt andetag tömde Freja sitt sinne. Hon lyfte armarna och började mässa fram besvärjelser.

Nere på gården kom mörka gestalter ut från hallen. De var många, fler än väntat. Odens kämpar formade sig i dubbla led. Det fanns ingen tveksamhet i deras rörelser utan alla verkade veta vad de skulle göra. Det dröjde inte länge förrän de kom marscherande upp mot tunet, vilda och skräckinjagande. Stora män med tjocka läderharnesk över de bruna yllekläderna. Skäggen var flätade och ögonen brann. De hötte med sina svärd, spjut och påkar när de närmade sig vanernas led.

Freja ställde sig på tårna och skymtade något fasansfullt. Bruna fällar vaggade fram och tillbaka, de hade björnar i sin hird. Hon såg den stora brunas huvuden bakom de andras.

Omedvetet tog hon sig om armarnas slingrande ormar, som om de gav henne styrka och tröst.

Men ingen oro fanns i kvänerkrigarnas målade ansikten. De hötte med sina vapen och skrek till männen:

– Kom hit era kuklösa veklingar.

– Ni ska få blöda!

– Jag ska sticka spjutet i er!

Kvänernas rop blandade sig med prästinnornas gälla stridsgaldrar och svärd som slogs mot sköldar.

Freja såg med bultande hjärta på de vaggande björnfällarna. Hon sträckte på sig och skärpte blicken. Vad var det för fruktansvärd fiende de skulle möta? Så skymtade ett ansikte och hon förstod.

Det var inga björnar utan män som bundit fällar på sina nakna kroppar. Björnarnas huvuden låg på deras, de såg precis ut som den stora bruna. Djurets vilda styrka blandat med mänskligt vansinne hängde över de vrålande nakna männen. Detta var en skrämmande magi hon aldrig sett förut. De hade verkligen fått djurens styrka. Hur hade detta gått till?

En av dem kom rakt mot kvänernas led med vaggande steg.

– Må Gudinnan vara min ande nådig, mumlade hon.

Drottning Åse vände sig mot Vanaheims krigare med utsträckta händer.

Freja kippade efter andan, för en kort stund gav rädslan vika för hänförelse. Aldrig förr hade hon sett sin mor så drottninglik som i denna stund. Hennes röda mantel gnistrade av dyrbara stenar, smyckena glänste på hennes kropp.

Åse höjde svärdet Sigil över sitt huvud.

– Vanaheims kämpar! Einhärjare! Se drottningarnas svärd, våra förfäder är med oss i striden! Jag ska belöna er i detta liv. Gudinnan ska hedra er i eftervärlden. Ni har intet att frukta för makterna finns på vår sida.

Vanaheims kämpar vrålade sitt stöd.

Freja mässade. En stark kraft låg över kämparna nu. Diserna svepte in och ut genom leden.

I samma stund steg solen upp från underjorden och sände sitt ljus mot Vanaheims krigare. En smal solstråle sköt rätt mot Sigil och fick svärdet att flamma i Åses hand.

Dånet av hänförelse höll på att spränga Frejas huvud. Gudinnan var åter hos dem. Tårar rann nedför hennes kinder. För första gången sedan Gullveig dog visade solen sig.

– Detta är tecknet, kämpa väl, utropade Åse.

Kämparna skrek ut sin glädje.

Freja höjde armarna och galdrade med gäll röst. Hon använde kämparnas styrka för att samla makterna.

– På mitt tecken, sa Gondul och bågskyttarna la pilar på sina bågar.

Freja mässade tyst, kraften ökade, det kändes som hon var delad i två, som om en del av henne stod på marken och var mänsklig medan den andra svävade ovanför främlingarna som kom marscherande.

Oden och hans kämpar stannade ett par trädlängder från Vanaheims krigare.

Det blev tyst.

En haltande man steg fram och stod ensam framför främlingarnas led. Freja hade kunnat känna igen honom var som helst: Oden, Tors far, Gullveigs mördare.

Oden höjde långspjutet och skrek:
– Vilka är ni som hotar min gård?
Åse svepte sin mantel av världslig makt runt sig och tornade upp sig framför Vanaheims einhärjare.
– Vi kräver gäld för vår fränka Gullveig som ni mördade i er hall.
Hennes röst dånade över tunet. Diserna virvlade runt hennes benkläden. Det var som om tusen drottningars andar samlats bakom Åses rygg.
– Vi hade ihjäl en häxa som försökte förbanna oss, är det henne ni menar? hånade Oden och hans män skrattade.
– Du har bränt våra gårdar och mördat mitt folk. Böj dig för Vanaheim eller brinn trefalt.
– Tig kärring, ge dig härifrån med ditt klena pack eller bli krossade, vrålade den rasande Oden.
Han vände sig till en schamanklädd man som stod bakom honom, en yngling med raggiga kläder och trolltrumma i hand. Det var Loke som Freja sett i Odens hall den förbannade natten Gullveig dog. Loke som Tor varnat henne för. Den man som såg ut att vara en av hennes eget folk. En förrädare.
Han började slå på trumman, rytmiskt manande. Freja anade en vag maktförskjutning i luften runt omkring dem. Det fanns en främmande kraft omkring dem. Något okänt.
I samma ögonblick höjde Oden sitt stridsspjut och slungade det rätt in bland vanernas led. Den vassa spetsen skar upp armen på en bågskytt från Vanö.
Det var tecknet.
– För Vanaheim!
Åses skrik släppte loss den rasande flodvågen av vrålande kämpar. Likt en stormvåg som slår mot stranden, slog kämparna mot främlingarnas led. Svärd slog mot svärd. Pilar regnade över kämpar som segnade ned under dimmorna.
Vanernas krigssång dånade obruten över slagfältet. Freja lyfte sina

händer och galdrade medan hon drack av raseriet och styrkan. Solen brände hennes ansikte, höjde hennes kraft. De var här för en rättfärdig sak. Makterna red vid deras sida.

Stridsbojan växte mellan hennes händer. Dess kraft stack i kroppen som om en myrstack kröp över henne. Snart var den så stark att hela kroppen smärtade. Först då fixerade hon schamanen Loke och slungade iväg bojan mot honom med en lättad suck.

Han frös med trumman i sin hand. En av Gonduls bågskyttar drev in en pil i hans axel. Freja hade redan höjt sina armar för att samla kraft till nästa stridsboja då Loke lyckades röra på sig. Han slet ut pilen med en grimas som var mättad med smärta. Med den blodiga pilen i hand såg han upp och mötte hatfylld hennes blick. Freja såg skakad på honom. Det kunde inte vara möjligt, tänkte hon. Han kunde inte bryta bojan så snabbt. Det mod hon uppbådat försvann. Loke släppte pilen, böjde sig ned och plockade upp sin trumma innan han försvann bakom de sinas led.

I nästa stund kom en skäggig krigare med yxa i hand och vansinne i blick rusande mot kvänernas kämpar. Freja lät stridsbojan frysa hans rörelser, Gondul svepte förbi och fällde honom med ett hugg i bröstet. Snart kom nästa kämpe, denna gång rakt mot Freja. En björnklädd främling vrålade ut sin vrede med höjd klubba. Stridsvansinnet lyste ur ögonen, läpparna var söndertuggade, blodet rann nedför hakan.

Freja höjde sina händer för att samla kraften. Kämpen i björnhamn höjde sin klubba för att möta en av kvänernas kvinnor som ställt sig framför Freja med höjt spjut. Med ett enda slag krossade han hennes huvud, hon föll blodig mot marken medan kämpen vrålade sitt vansinnesskri.

Freja manade förtvivlat medan hon såg honom komma närmare. Nu var han femton steg från henne, nu bara tio. Hon släppte stridsbojan med en stilla bön om att makten var tillräcklig. Kämpen stannade till, frusen i tiden, och vrålade som en sårad björn.

– Gudinnan vare tack, mumlade Freja.

Så såg hon med fasa hur kämpen ruskade på sig och fortsatte mot henne med vinglande steg. Hade hon tappat förmågan?

Freja höjde händerna och började rabbla fram galdrar väl medveten om att hon aldrig skulle hinna få ihop en stridsboja. Björnmannen kom närmare, nu var han bara sju steg bort. Skulle hon springa? Nej, då svek hon sina egna. Bara en kort stund till.

Som om självaste diserna ingripit slog en pil in i kämpens sida. Han stannade till, röt upp mot himlen och slet ut pilen. Freja backade skräckslaget undan. Han var osårbar, det här var en sejd hon inte kände till.

I nästa stund kastade sig två kämpar med Alfheims märke över fienden. De stack sina spjut i björnmannens rygg, rasande gick han dem till mötes. Freja släppte ännu en stridsboja. En av kämparna högg mot hans bara bröst, en gång, två gånger, först efter det tredje hugget föll björnmannen ned på rygg. De körde spjutet i hans hjärta flera gånger tills de var säkra på att han var död.

Alfheims krigare gav Freja en tacksam nick innan de kastade sig in i striden igen. Freja såg ned på den döde, nu när björnkrafterna lämnat honom och hans ande gått till eftervärlden kände hon igen honom. Det var Blodyxa, en av männen hon suttit med i Odens hall den kväll Gullveig dog.

Hon såg hatfull ut över slagfältet. Byggvir slogs mot en ljushylt man som liknade en av Tors bröder. Balder hette han visst.

Plötsligt släppte några av främlingarna sina vapen och rusade skräckslaget mot gården. Freja sökte med blicken innan hon fick syn på Snotra och några av de andra prästinnorna som mässade i en ring en bit längre bort. Hon log ett bistert leende. De hade manat fram ett bländverk som skrämt slag på kämparna.

Freja drog ett djupt andetag, bestämde sig för en man som slogs mot Hird och började samla kraft igen. Rädd fick hon vara en annan dag.

Om och om igen manade hon ned bojor medan dödsskriken ekade över slagfältet. Gräset trampades ned, jorden färgades röd av blod.

Upptänd av strid och hat märkte inte Freja när hennes krafter sinade. Plötsligt var hon matt och svimfärdig. Som en nybörjare hade hon använt för mycket av sin egen kraft. Blek och skamsen hoppades hon att ingen sett hennes misstag. Hon vacklade bort till ett träd och lutade sig utmattad mot den skrovliga stammen, hela slagfältet gungade under hennes fötter.

Hon slöt ögonen för en kort stund men öppnade dem snart igen. Hon sökte med blicken i dimman som lagt sig över henne. En suddig figur var på väg mot henne med kniv i hand. Fly! Rösten dånade inne i henne. Freja tog några steg men föll sedan kraftlös ned i det höga gräset. Hon klarade det inte, hade ingen kraft.

Upp! Spring! Rösten inom henne piskade henne att åter resa sig. För sent! En hård knuff fällde henne på rygg. Den dimmiga gestalten satte sig gränsle över hennes kropp, låste hennes armar med sina ben. Det är slut nu, tänkte hon likgiltigt när hon såg upp i Lokes flinande ansikte.

– Du är en av häxorna som dödade Tor, sa Loke och höjde kniven.

Gefjyn kastade bågen, den sista pilen var skjuten. Hon tog ett spjut från en fallen Alfheimskämpe och kastade sig in i striden.

Det var som om hon äntligen fick göra det hon fötts till. Hon stack en blond yngling i benet och sparkade till hans ansikte så han föll raklång ned på marken. Hon var på väg att sticka spjutet i hans hjärta när en kraftig karl med träklubba rusade mot henne med ett vrål. Gefjyn dansade undan och stack honom i ryggen. Därefter stötte hon spjutet i ryggen på en av främlingarnas tjänare. Hon skrek av glädje när han föll mot marken.

– För Vanaheim! skrek hon.

– För kvänerna! skrek Gondul vid hennes sida innan hon åter virvlade bort. Blodet pumpade genom kroppen, munnen var torr av upphetsning. Hon hade aldrig känt sig så levande som nu.

Så råkade hon kasta en blick mot Freja. En av främlingarna satt gränsle över henne. Freja skulle dö. Förbannelse! Nu måste hon löpa dit. Gefjyn började springa mot skogsbrynet. Hon ökade stegen och höjde spjutet. Kände dess tyngd balansera sig när hon siktade på främlingens klena rygg.

I samma stund vände främlingen på huvudet, som om något varnat honom. När han såg Gefjyn komma rusande, kastade han sig av Freja och pilade, snabb som en vessla, mot skogen. Gefjyn slungade sitt spjut mot hans flyende rygg. Förgäves. Han vek av i sista stund, spjutet fortsatte in bland några buskar.

Gefjyn svor tyst för sig själv. Hon stannade vid Freja för att hämta andan.

– Håll dig undan om du inte kan ta vara på dig själv, skrek Gefjyn.

Frejas ögon var uppspärrade och blanka. Hon tog sig för bröstet, hulkade ett par gånger och kräktes sedan i gräset.

Gefjyn såg sig irriterat omkring. Striden fördes längre ned på slänten. Ingen fiende var i närheten.

– Förlåt, sa Freja med ynklig röst. Hon torkade sig runt munnen med ett knippe gräs och reste sig sedan vingligt på benen.

– Är du sårad?

– Nej, viskade Freja.

De båda systrarna såg tysta på varandra.

– Dårskap, fräste Gefjyn och gick för att hämta spjutet. Hon återvände till Freja. Systerns ansikte var kritvitt.

Hon tog Frejas arm i ett fast grepp och ledde henne bort till den dunge där prästinnorna tog hand om de sårade. Så fort hon släppte Frejas arm segnade systern lealöst ned på marken.

Freja såg förvånad upp, som om hon precis förstått.

– Du räddade mitt liv.

– Tro inte för mycket, sa Gefjyn kärvt och med en snabb rörelse vände hon på klacken och sprang ned till striden.

Freja såg förundrad efter hennes läderklädda rygg.

Det dröjde till solnedgången tills Freja återfått sina krafter igen. Hon såg på den blodröda solen som nästan helt dolde sig bakom ljusblå dimmor. Huvudet värkte som om det klyvts i två delar. Hon reste sig och vacklade till, försökte stryka bort den röda dimman ur ögonen. Hunger rev i kroppen. Hon trevade i ränseln och slet fram en bit kött som hon slukade utan att tugga. Så fort maten nådde hennes mage började krafterna återvända och med dem, skammen.

Hon hade uppfört sig som en okunnig tjänsteflicka, stridsmagi åt av kroppens egen styrka. Hon hade blivit så uppslukad av kampen att hon tagit slut på sig själv.

De sårades klagorop hördes genom stridslarmet från gården. Vid trädet bredvid satt Njorunn på huk bredvid en äldre man från Alvö och försökte lägga om hans uppskurna arm. Mannen skämtade med henne, bad henne att ta honom som make. Först när Njorunn drog åt en bindel runt hans sår med ett omilt ryck stönade han till av smärta och teg.

Freja svalde och såg hur prästinnorna skyndade mellan de sårade. Hon borde hjälpa sina systrar. Hon hade svikit kvänerna genom att falla samman. Så usel var hon, så värdelös.

Eirs klänning fladdrade till vid hennes sida.

– Du är åter. Gå ut på fältet och se om du finner fler sårade, sa hon och virvlade iväg.

Freja gick bedövad mot slagfältet. Solens sista strålar fick sluttningen att skimra i rött och blått. Gräset kittlade hennes ben. Hon lyfte klänningen och såg ned på marken. Några droppar blod glänste som nyfallen dagg på ett grässtrå.

Vilken gäld betalades egentligen för denna mark?

Striden rasade nu vid Idunvallens gärdesgård. Kämparna böljade fram och åter, fast långsammare nu. Som om de alla använde sina sista krafter för att förgöra varandra. Ett hest rosslande fick henne att söka bland det höga gräset.

– Vatten, ge mig vatten...

Ynglingen var ännu inte man. Ansiktet förvridet av smärta, händerna pressades mot den uppskurna magen. Blodet vällde genom hans fingrar ut över den bruna kolten och ned på gräset som vikts undan av hans kropp. Det var en av Sigvards kämpar, hon kände igen honom.

– Vatten.

De vita läpparna var spruckna. Freja såg sig omkring, det fanns inget vatten att ge.

– Hjälp mig.

Det fanns inget hon kunde göra för att rädda hans liv. Ynglingen skulle snart vara död.

Ansiktet var redan gulvitt, skräcken lyste ur hans ögon.

– Var inte rädd.

Hon försökte trösta. Hans panna var kallsvettig. Galdren lotsade honom sakta en bit ur smärtan. Pojkens ansikte slätades ut, blev värnlöst.

– Var inte ledsen. Du ska sitta vid Gudinnans sida i eftervärlden, viskade Freja.

– Ge min mor dödsbudet, prästinna.

Hon nickade.

– Det lovar jag.

Hon smekte ömt hans hår.

Pojken såg in i hennes ögon, sökte hjälplöst hennes blick. Kvällningen dämpade skymningen. Så ryckte den smala kroppen till, en gång, två gånger. De ljusblå ögonen tömdes på liv. Pojkens smärtor var över.

Nere vid gärdesgården reds Gefjyn av en mörk våg av stridsvansinne. Hon rusade fram till stridslinjen. Hon såg hur Sigvards svärd mötte en främlings sköld. Hon rusade framåt och högg spjutet i bröstet på en yngling. Han segnade ned med ett dovt skrik. Gefjyn drog ut spjutet och stötte det åter i hans bröst, om och om igen.

Den dödes blod skvätte upp över hennes ansikte och blandade sig med svetten som rann längs kroppen.

Hon kastade sig över nästa fiende, och nästa igen. Hon var inte längre sig själv, en furie besatt hennes kropp, hämndgudinnan red vid hennes sida.

Främlingarnas kämpar kastade sig lika vettlösa mot vanerna. Flera av dem hade slitit av sig kläderna, nakna som om de vore osårbara rusade de utan fruktan mot vanakrigarna.

Gefjyn var en hårsmån från att träffas i huvudet av ett svärd då Sigvard knuffade undan henne så hon föll raklång ned på marken. En rörelse i ögonvrån fick henne att kasta sig åt sidan. I nästa stund slog ett spjut ned i marken där hon låg. En arm slet upp henne från marken, kastade henne framåt.

– De tar Gefjyn, hörde hon Gondul skrika innan Gefjyns armar låstes och drogs in bland främlingarnas kroppar. Bitande och sparkande kämpade hon mot männen när de släpade henne mot hallen. Hon var tillfångatagen. En smärtblixt slog ned i huvudet. Sedan blev allt svart.

Freja reste sig från den dödes kropp. Hans spjut låg bredvid honom på marken. Hon tog det i sin hand och gick rasande ned mot gården för att hämnas hans död.

Det var nästan mörkt nu.

Främlingarna hade trängts tillbaka mot Odens hall. Grenarna i stavgärdet bröts sönder under fallande kämpar och flyende män. Reträtten stärkte vanerna. Deras skrik och stridssånger ekade över slagfältet.

Nu rasade striden inne på gårdsplanen.

Framme vid stavgärdet stannade hon för att hoppa över de vassa pinnarna. Då hördes ett svagt rosslande och ett vädjande rop.

Freja såg sig om. Bakom en rundad sten låg en fallen krigare. Det var en av kvänerna, en flicka. Hon satte sig på knä vid den sårades sida. Såret var dödligt, ett djupt hugg i bröstet. Varje andetag var ett blött rosslande.

Blodet spred sig långsamt från såret ut över den ljusa skinnkjorteln, dränkte broderierna på magen och fortsatte ut mot armarna. I handen hade flickan ett spjut som hon försökte räcka Freja.

– Gör det, väste hon.

Freja smekte tafatt flickans vita kinder. Det var Storm, en av dem hon skyddat med vildsvinsmärket. En av de kvinnor hon svikit genom att svimma. Hennes plågor måste vara fruktansvärda.

– Jag kan inte, sa hon och kysste den döende flickan på pannan.

– Be mig om vad som helst men inte det.

Krigaren slöt plågat sina ögon. När Freja försökte lägga handen på hennes panna vred hon ilsket undan huvudet. Freja svalde, såg sig omkring men ingen fanns i närheten.

Alla slogs för sina liv.

– Vem är du att neka en döende hennes sista önskan?

Rösten inom henne var hård och arg.

– Jag har aldrig dödat någon förr. Jag kan inte. Hon är ju en av oss.

– Vad är du för sorts prästinna som tror att du kan ändra väven? Låt henne inte lida.

Freja såg förvånat upp. Borta vid gärdet skimrade luften. Hon nickade bistert och svalde sin skräck.

Flickan mötte lättad hennes blick när hon ställde sig bredbent över hennes kropp och höjde spjutet.

– *Erce*, ta hem din dotter, sa hon högt och högg rätt in i den unga kvinnans hjärta med all kraft. Spetsen trängde genom skinnskjortan och försvann ned i hennes bröst. Med en sista ryckning dog flickan.

Freja stod kvar, frusen av fasa.

– Må du få frid i eftervärlden, viskade hon medan det vände sig i magen på henne.

Plötsligt stod Loke framför henne. Freja slet spjutet ur den dödas kropp och höjde det mot den lille schamanen som stod med ett segervisst smil på läpparna. Hans stripiga hår klibbade mot det svettiga ansiktet. De små svarta ögonen var fyllda av hat.

– Må du vada i gift på Narnstränderna, fräste Freja.

Han stannade och hånflinade.

– Ska du kriga mot mig häxa? Tror du verkligen att *du* kan besegra *mig*?

Han skrattade. Freja höjde spjutet och tog ett steg bakåt.

– Vad ska jag göra? frågade hon rösten inom sig.

– Dra dig undan, än är det inte tid.

– Det är inte så lätt.

– Jo, det är det.

Freja sträckte på ryggen och spände blicken i den kortväxte schamanen.

– Tror du jag fruktar en avfälling som strider med krigsdyrkare. Försvinn härifrån annars snöper jag dig.

Loke slutade skratta, hela hans ansikte förvreds av hat. Orädd, som om Freja var en fluga, ställde han sig framför spjutets spets. Freja tvekade inte. Hon högg spjutet mot hans bröst men i en rörelse så snabb att inte ögat kunde uppfatta den gled Loke undan och Freja var tvungen att ta ett steg framåt för att inte tappa balansen.

Plötsligt stod Loke bakom hennes rygg med armen om hennes strupe. Freja flämtade skräckslaget. Hon kunde inte längre röra sig.

– Det här är hämnden för det du gjorde Tor, viskade Loke i hennes öra.

Frejas kropp reagerade innan hon själv förstod att han höll på att bryta hennes nacke. År av träning tillsammans med panik samlade så mycket kraft att hela hon började skaka. Eld. Jag måste få eld, var hennes sista medvetna tanke. Så riktade hon kraften mot Lokes ansikte.

Han släppte henne med ett skrik och vacklade bakåt med händerna över ögonen.

– Spring, skrek rösten inom henne och Freja hoppade över stavgärdet och rusade mot de sina utan att se sig om.

En dov hornstöt ekade från gårdsplanen. Striden var över. Freja saktade stegen. Gudinnan vare tack, mumlade hon medan hon vände sig om och såg efter Loke. Han var försvunnen.

Hon torkade svetten ur ansiktet och sjönk ned på huk bakom sina fränders ryggar. Satt där osedd och obemärkt. Drog in den ljumma kvällsluften som stank av svett, blod och skräck medan hjärtat dånade i bröstet.

Det dröjde innan Freja reste sig. Något hände där framme vid långhuset. Hon trängde sig fram mellan de utmattade vanakämparna.

Åses purpurröda mantel skymtade mellan svettdrypande kvinnor och män. Freja trängde sig fram för att se bättre, kämparna släppte tvekande fram henne. Hon tog sig förbi led av höjda spjut och tunga yxor.

Så var hon framme hos Åse. Gondul stod vid hennes sida med korslagda armar och ett bistert småleende på läpparna. Freja såg sig förbryllad omkring. Bågskyttarna stod med spända bågar i en halvcirkel runt Oden och hans mannar. De borde vara besegrade.

Men främlingarna stod redo med lyfta svärd, rygg mot rygg. Vansinnet lyste ur deras ögon. De var beredda att dö, det stod klart för alla och envar. De skulle inte backa ett steg. Oden hötte sitt silverglänsande svärd mot Åse och flinade utmanande.

– Kom då.

Men Åse var stilla. Varför gjorde hon inte slut på Gullveigs mördare?

Först då såg Freja den hopsjunkna gestalten som hölls uppe av Odens bröder.

– Må Gudinnan förbarma sig.

Det var som om all kraft lämnade hennes kropp.

Gefjyn hängde lealös mellan männen. Den äldste av dem höll en dolk mot hennes strupe. Hans köttiga läppar log under skägget. Vad hade de gjort med henne? Gefjyns blodiga bröst skymtade mellan den sönderstrimlade skjortan. Skulle de döda Vanaheims blivande drottning?

– Stå still, väste Gondul.

Oden ställde sig framför sina män med händerna i sidan. Han flinade segervisst mot vanerna. Ett ilsket mumlande bröt ut.

Drottning Åse lyfte sina armar i en betvingande gest. Sakta spred sig tystnaden över Idunvallen. Freja vågade inte ens andas. Vad skulle Åse ta sig till?

Åse stod lugn och oberörd och såg på Oden. Inte med en min avslöjade hon att hennes dotter var fånge hos dem.

– Lägg ner era vapen för Vanaheim, ropade Åse.

– Aldrig, skrek Oden och hans män höjde sina spjut och svärd medan de ropade sitt bifall.

– Ett steg närmare och vi skär halsen av dottern din! Vi tar livet av henne som du mördade min son.

Gefjyn var nästan medvetslös, hon såg inte ut att veta vad som hände runt omkring där hon hängde som en halmdocka mellan de två männen.

Freja såg förundrat på sin mor.

Skulle hon slakta männen som djur? Det var inget brott att ha ihjäl fiender efter en ärlig strid. Men skulle Åse offra sitt eget barn för Vanaheim? Freja var inte säker.

Åse gav Gefjyn en kort blick och fixerade sedan åter blicken på Oden.

– Det där är inte min dotter, sa Åse.

Oden började skratta, han lutade huvudet bakåt och blottade de svarta tandstumparna.

– Vem tror du att du lurar Drottning Åse av Vanaheim? Jag vet mer om ditt folk än du själv gör.

Freja funderade febrilt, hon kunde inte lägga en stridsboja på männen, de var för många. Och även om de var många prästinnor så skulle de aldrig lyckas göra det samtidigt. Deras krafter kunde inte lösa något.

Hjälplös tvingades hon inse att det inte fanns något hon kunde göra för att rädda sin syster. Gefjyn, som räddat hennes liv.

Hjälp mig, vädjade hon inom sig men rösten svarade inte. Spänningen växte sig nästan olidligt stark. Ingen sa ett ord.

På fältet bakom dem låg de fallna hjältinnorna ännu obrända. Många hade dött denna dag, alltför många. Var Oden beredd att offra hela sitt folk bara för att han var för stolt för att sluta fred?

Tystnaden var bedövande, själva jorden höll andan.

Så handlade Åse. Stenarna på hennes mantel gnistrade när hon tog ett steg närmare Oden. Vassa vapen höjdes nervöst. Åse spände ögonen i Oden, tornade upp sig framför den lille mannen.

– Hedern kräver att jag ger dig möjlighet att betala gäld för ditt folk. Låt oss överlägga. Det är ingen skam att spara liv, sa hon barskt.

Odens ögon blixtrade men Åse var lugn och värdig. De stod länge och mätte varandra med blicken, utkämpade en osynlig kamp. Ett par av männen viskade något i Odens öra. Så nickade han kort.

– Låt oss överlägga i enskildhet. Vi tar med oss två rådgivare var, inga vapen, ingen svekfullhet.

– Gott, nickade Åse. Och innan du skär halsen av min dotter ska du veta att din äldste son lever. Han är min fånge.

Oden kunde inte gömma ljuset som tändes i hans ögon.

– Det är lögn …

– Nej, min dotter räddade hans liv.

Oden skakade misstroget på huvudet.

– Är detta ett svekfullt bländverk för att vi ska spara din dotters liv?

– Denna misstro bådar inte gott, sa Åse med syrlig röst.

– Fråga min dotter. Be henne svära vid Gudinnans ord och du ska få höra sanningen. Eller misstror du självaste makterna?

Freja gick försiktigt fram till Åses sida med skakande händer och kallsvetten rinnande längs ryggen.

Oden gav henne en igenkännande blick.

– Är det sant som drottningen säger?

Freja sträckte stolt på ryggen och mötte hans blick.

– Tor lever. Må Gudinnan ta mitt liv om jag ljuger. Jag har själv vårdat honom till hälsa och vakat över hans liv.

Oden vände sig till sina båda bröder, de lutade sina huvuden mot varandra och talade samman. Till slut nickade Oden och vände sig åter mot Åse och Freja.

– Om Tor lever står jag i skuld till dig.

Freja andades sakta ut och såg oroligt på Gefjyn.

– Gott, överlämna då min dotter och låt oss sedan förhandla om fred, klippte Åse av.

Oden skakade sakta på huvudet.

– När jag återfår min son ska jag överlämna din dotter.

Freja såg handfallen på Gefjyns bleka ansikte. Om hon inte fick vård skulle hon dö. Hon viskade tyst i sin mors öra.

– Låt mig vårda henne, annars är hon förlorad.

Åse lyssnade utan att släppa Odens ansikte med blicken.

– Låt mina prästinnor vårda Gefjyn.

Oden pekade på Freja.

– Bara den där. Låt oss nu förhandla i enskildhet.

Åse började gå mot skogsbrynet, Snotra och Gondul slöt upp bakom hennes rygg. Kämparna drog sig undan och släppte fram både dem och Oden och hans två bröder.

När de var borta stod vaner och asar och såg misstänksamt på varandra. Ingen av dem visste vad de skulle ta sig till.

Sigvard stod mitt emot Balder. Freja trampade oroligt, skulle hon våga sig fram till systern? Men främlingarna höll fortfarande i Gefjyn och de såg inte nådiga ut. Varför gjorde ingen något?

Till slut sänkte Sigvard långsamt sitt svärd. Tors ljushårige bror såg sig omkring, osäker på vad han skulle göra. Så drog han ett djupt andetag och stoppade det korta svärdet i bältet.

De två männen nickade bistert till varandra.

Vapenvila.

Bågar sänktes, spjut lades undan.

Freja skyndade fram till Gefjyn och ömsom ledde och ömsom släpade systern mot helgastenen. Där, i skydd från alla, la hon ned sin syster på marken och satte sig vid hennes sida.

Såret i Gefjyns bröstkorg var inte djupt, men det blödde ymnigt. Lättad såg hon att blodet var mörkt, inte ljust och lättflytande. Då hade skadan varit värre, nu kunde hon kanske rädda hennes liv. Om hon hade makterna med sig.

Ränseln som varit fylld av mat och örter vid dagens början var nu nästan tom. Systrarna hade tagit hennes läkeväxter när hon låg sanslös i dungen. Hon pressade ena handen mot Gefjyns sår medan hon vände uppochned på ränseln med den andra. En köttbit, pungen med spåben, några knippen vitmossa och sälgblad var det enda som föll ut på gräset. Hon letade förskräckt i ränseln. Var fanns blodroten? Hade dom tagit den?

Blodet från Gefjyns sår forsade genom fingrarna. Om hon inte stoppade det skulle hon dö.

– Förbannelse, snyftade hon panikslagen.

– Vad ska jag göra nu?

Hon trevade efter manteln, tog sin dolk och skar ut en bit som hon pressade mot såret. Förgäves.

Hon drog ett djupt andetag, tvingade bort rädslan och stillade sitt sinne så att hon kunde sjunga en galdr över såret. För ett ögonblick såg det ut som om blodet rann långsammare. Men så kom det igen i dova stötar.

– Jag måste få tag i blodrot. Det är det enda som kan hjälpa dig, viskade hon till Gefjyns vita ansikte och sprang sedan till Eir som såg om en fallen krigare längre bort på gårdsplanen.

– Jag måste ha blodrot. Gefjyn håller på att dö.

– Jag vet inte vad jag kan göra. Nästan allt är slut. Det är så många som fallit, sa Eir bekymrat och letade runt i sin ränsel. Hon såg ut som om hon balanserade på gränsen till utmattning.

– Jag har varken blodrot eller daggkåpa. Jag skickade iväg en flicka att hämta al men det dröjer nog en stund innan hon är tillbaka och dekokten färdig, sa Eir.

Freja sprang tillbaka.

På vägen snappade hon åt sig en nytänd fackla, ingen protesterade. En sorgesång hördes från slänten.

Freja tryckte ned facklan bredvid Gefjyn. Det flämtande skenet tillät henne att se såren bättre.

– Var inte orolig. Du ska inte dö, jag lovar.

Systerns ögonlock fladdrade till och hon såg dimmigt upp på Freja.

– Det är slut med mig.

– Så lätt kommer du inte undan, fräste Freja med en röst som var mer rädd än arg.

– Jag fryser, viskade Gefjyn.

Freja började nästan gråta. Det var ett dåligt tecken. Hon tog av sig sin trasiga mantel och stoppade den ömt runt Gefjyns kropp och klappade tafatt hennes panna.

– Du dör inte förrän jag säger till. Eir är här när som helst med blodrot. Gefjyn log svagt. Hennes ansikte var farligt vitt. Snart var hon framme i eftervärlden.

Hon såg sig om efter Eir men hon var borta. Kära väsen, viskade hon till helgastenen, hjälp mig.

– Psst. Häxtrollerska.

Freja såg sig irriterad omkring. Vem vågade störa henne i denna stund?

– Häxtrollerska, de é jag, Kol. Som ni hjälpte med ungen.

Freja såg upp, flickebarnet med den piskade ryggen gled ut från helgastenens skugga.

– Du lever, konstaterade hon.

Flickan smög snabbt fram till Freja och satte sig på huk.

– Jag har något som är ditt. Här, viskade hon lågt.

Hon lirkade fram något som hon bar under den smutsiga särken och slängde det med en dov duns vid Frejas fötter.

Frejas hjärta slog dubbelslag. Där låg hjortskinnsränseln hon lämnat kvar när hon flydde.

Hon slet upp den med darrande händer och hällde ut dess innehåll direkt på marken. Där, bland knyten och askar och band, låg en torkad blodrot!

– Hämta kokande vatten och upphettade stenar.

Kol smet iväg mot hallen men Freja hade inte tid att vänta. Så snabbt som hon förmådde skar hon den mörkbruna klumpen i små flagor som hon stoppade i munnen. Samtidigt torkade hon såret med vitmossa.

När hon tuggat roten till en massa kletade hon ut den över Gefjyns sår. Hon sjöng en läkegalder när Kol kom tillbaka släpande på en ångande bronskittel som hon ställde ned på marken. Freja smulade ned sälgbladen i vattnet och rörde om med dolken.

– Vad är det där till för?

– Det stoppar sårfebern, sa Freja och tryckte försiktigt smeten av blodrot mot Gefjyns sår.

Hela bröstkorgen var täckt av blod. Snälla, låt det fungera. Stoppa blodet, stoppa det nu. Låt henne inte dö ifrån mig, nu när hon räddat mitt liv.

– Karlarna var farligt missnöjda efter ni vart här. Alla sprang runt i flera dagar. Det var inte roligt, det kan du tro. Är det sant att du räddade Tor?

Freja nickade frånvarande.

– Va bra. Min unge lever fortfarande. Hon är inte ens sjuk. Fast ungen i magen är kvar. Jag vågade inte äta idegranen.

Freja lyfte på smeten och började försiktigt smula ned disahornet över Gefjyns sår, ett blad för mycket ned i såret så kunde hon dö. När hon var färdig sjöng hon en sejdsång för att stilla skadan. Och snart sipprade bara lite blod fram. Lättad andades hon ut. Hon hade klarat det.

– Kom tillbaka nu, viskade Freja.

Gefjyn svarade inte. Hon låg med slutna ögon och kritvitt ansikte. Freja höll sin kind mot hennes mun, kände en svag andedräkt mot huden.

Allt hon kunde göra nu var att be.

Kol satt tyst på huk och gungade fram och tillbaka på hälarna. Det stripiga håret föll i ansiktet och hon kikade blygt fram genom testarna.

Ett vagt minne väcktes till liv i Frejas bakhuvud.

– Lever Jorunn?

Kol skakade på huvudet så att testarna dansade.

– Nä, Oden slog ihjäl'na när han var bärsärk.

Freja tänkte på Tor, detta skulle göra honom ont.

– Nu ska hövdingen ta sig en ny fru. Som om han inte hade nog med alla fruntimmer han har i gårdarna. Vet du vad som ska hända med oss?

Freja ryckte på axlarna utan att ta blicken från Gefjyns ansikte.

– Det beror väl på vilken fred Åse och Oden sluter. Jag vet i alla fall en sak, ingen kommer att skada vare sig dig eller ditt barn.

– Varför det?

Kol såg uppriktigt förvånad ut. Freja såg ned på Gefjyns bröst, inget nytt blod rann ut från såret.

– För du har kanske räddat livet på Vanaheims blivande drottning, sa Freja och log brett.

Kol såg skakad ned i marken medan det glimmade till av tillfredsställelse i hennes ögon.

– Jisses, inte visste jag att det skulle bli så märkvärdigt.

– Jag ska se till att Vanaheim gäldar dig. Säg mig, vad önskar du mest?

Kol himlade med ögonen.

– Allt utom detta. Att ungen försvinner från mågen.

Hon sänkte rösten.

– Att inte vara här.

– Vill du inte ha ett vackert smycke?

– Jo, men de kommer bara ta det från mig. Nu vet jag. Jag vill att du köper mig så jag kan passa upp på dig.

Freja smålog.

– Jag behöver inte köpa dig, vi har segrat. Hon såg sig om på gårdsplanen. Någon hade tänt en eld som sprakande lyste upp gården. De utmattade kämparna satt lutade mot husen eller vilade på marken. Misstron hade gett vika för en stor trötthet. En sårad främling leddes in i huset. Fyra sårade vaner låg på marken. Prästinnor vakade vid deras sida. Hon såg Njorunn skymta förbi och sedan försvinna. Eir kom gående med en yngling som var sårad i benet. Varsamt la hon honom ned på marken.

– Kan jag inte tjäna dig? sa Kol förhoppningsfullt.

Freja skakade sakta på huvudet.

– Nej, men om du vill kan jag se till att någon annan städslar dig och låter dig ta med barnet. Blir det bra?

Kol nickade ivrigt.

– Ta ränseln och ge den till Eir där borta.

Kol snappade åt sig hjortskinnsväskan och sprang bort till den förbryllade Eir. Kol pekade mot Freja och när Eir öppnade ränseln lyste hon upp i ett stort leende.

Förhandlingarna mellan Oden och drottning Åse pågick länge, vad de än talade om så var det svårt att sluta fred.

Tjänare sprang fram och åter med skaffning men släpptes aldrig så nära att de kunde berätta om vad som sades.

Vaner och asar väntade otåligt på besked.

Freja satt med korslagda ben och vakade vid Gefjyns sida.

Hon var tom på känslor och tankar, som om hon blivit en annan. Gefjyn skulle nog överleva. Vanaheim hade segrat, inget annat spelade någon roll.

Det kändes som om Tor fanns i en annan värld. Vakade man över honom på Hallunda eller hade han flytt? Inte ens det verkade viktigt.

Hon var så djupt försjunken i detta tillstånd av ingenting att hon aldrig märkte när Balder kom fram till henne med avvaktande steg.

– Stör jag?

Freja såg upp på Tors bror och skakade på huvudet.

– Kommer hon att överleva?

– Det vet bara Gudinnan.

Plötsligt kände hon hur trött hon var på att oroa sig över sårade krigare. Det var det enda hon gjort sedan Gullveig dog. Förbannelse över all blodspillan.

– Min bror…

Balders fråga hängde obesvarad i luften.

– Tor lever, svarade Freja trött.

Han lever ännu så länge, tänkte hon inom sig. Men vad skulle hända med honom? Säkert skulle han utväxlas med Gefjyn. Men hennes löfte? Det var mycket som var osäkert denna natt.

Balder kisade bort mot skogsbrynet. En ring av facklor lyste upp de mörka gestalterna som förhandlade.

– Vet du vad som kommer att hända?

– Nej, svarade Freja. Varför gick han inte sin väg? Förstod han inte att hon ville vara samman med sin syster?

Det var som om Balder hört hennes tankar.

– Ja, vi får väl talas vid sedan, sa han osäkert och drog sig bort mot de sina vid hallen.

Den märkliga stiltjen som brett ut sig över den dammiga gårdsplanen bröts när kämparna återvände från vattnet. Efter vilan hade de gått för att dricka sig otörstiga och skölja bort blod och svett. Nu kom de gående med trötta och osäkra steg. Först vid gårdsplanen delade de på sig, Odens kämpar gick till hallen, Vanaheims vilade vid uthusen. Några eldar brann uppe vid skogsbrynet där resten av Vanaheims kämpar slagit läger. Freja såg drömmande upp mot den stjärnklara himlen. Månen, mer än halvfull, klättrade över trädtopparna och lyste upp sommarnatten med sitt välvilliga sken.

– Som jag har längtat efter dig, viskade Freja.

Ormarna på hennes armar hettade av månstrålarnas kraft. Brösten svullnade och gungade ömt för varje andetag.

– Hjälp mig, vädjade hon och lyfte sitt ansikte mot Gudinnan.

Svaret kom omedelbart.

– Har jag någonsin svikit dig?

Rösten var densamma som hon hört inom sig de senaste dagarna.

– Aldrig.

Frejas röst var en hänförd utandning.

– Men jag förstår inte ...

Mångudinnan skrattade, men nu var hennes röst dov och full av kraft.

– Du kommer att förstå.

Sedan var hon borta, kvar fanns bara ödslighet.

Freja blinkade förvånat till. Hon kände sig som ett litet barn som krupit in i sin mors varma famn. Månskäran glimmade till som om den hälsade. Vad hon älskade sin härskarinna.

Hon såg leende ned på den sovande Gefjyn.

– Allt kommer att ordna sig. Hör du det syster?

Men Gefjyn vandrade i drömmen och visste ingenting.

– Freja!

Frej skyndade mot henne. Hon rynkade pannan, vad hade nu hänt?

– Kommer hon att bli bra?

Han gav Gefjyn en hastig blick.

– Det vet bara Gudinnan.

– Din mor har skickat bud efter oss båda.

Freja reste sig och sträckte ut sina stela ben.

– Jag kan inte lämna min syster.

– Jag tar hand om henne.

Det var Eir som kom gående från gårdsplanens trängsel.

Freja nickade och följde efter alvaprästen.

– Vad vill dom? viskade hon när de närmade sig ringen av facklor.

– Jag vet inte det. Men det bådar inte gott, svarade han sammanbitet.

Drottning Åse satt på en fällstol, Snotra stod vid hennes sida som en ruvande korp men varken Gondul eller Oden och hans bröder fanns kvar. Var eden redan sluten?

Skuggor dolde Åses ansikte, svärdet Sigil glimmade hotfullt på hennes höft. Freja fylldes av onda aningar.

Hon hälsade och väntade.

– Dotter. Frej. Jag har besked till er.

Åses röst var sträv av trötthet.

– Vanaheim har slutit fred med Odens stam. De böjer sig för Gudinnan. Vi ska utväxla fångar, de vill ha en prästinna och präst som ska signa marken. Det blir ni två, sa Åse.

Freja stirrade handfallen på sin mors läppar medan ordens innebörd sakta trängde in. Så var det som en fördämning av sorg och skräck brast inom henne. Det kunde helt enkelt inte vara sant.

Hennes egen mor hade skänkt henne till främlingarna, till en stam som dyrkade krig. Till män som levde likt djur i skogen. Hon skulle tvingas bort från Vanaheim. Hon skulle aldrig få återse prästinnornas hallar eller offerlunden.

– Mor, skona mig...

Men Åses ansikte var slutet.

– I tre solvarv ska du leva här. Oden ville ta dig som hustru livet ut, sådana är deras seder, men jag sa nej.

– Det här är ditt verk! skrek Freja till Snotra.

– Nu är du väl nöjd när du fått undan mig så att du slipper se den som borde tagit Gullveigs plats. Förbannelse...

– Tig dotter, skrek Åse. Säg inget du kommer att ångra i resten av dina dar.

– Men mor, Vanaheim...

– ...finns kvar. Res dig upp dotter. Vi måste alla göra våra uppoffringar. Dessutom är du inte ensam. Frej ska också leva här. Du har ju redan lärt känna Tor så de kan inte vara så främmande för dig, fortsatte hon med en röst lika kylig som en rimturs.

Freja stirrade handfallen på Snotra och sin mor. De hade kastat bort henne som om hon vore ett gammalt ben. En varm hand grep hennes och kramade den så hårt att smärtan skärpte hennes sinnen. Hon såg på Frej. Han verkade oberörd av beskedet. Bara hon, som stod helt nära, kunde se hur käkmusklerna arbetade.

– Så du förkastar mig.

Rösten var behärskad, inte ett spår av lidelse hördes i hans röst.

Åse viftade bort frågan med handen.

– Det här var den bästa lösningen för alla. Hövdingens två bröder, smederna, ska leva i Vanaheim. Det är ett giltigt skifte.

– Ska vi stanna här? Kan vi inte ens ta farväl av de våra? frågade Frej.

– Freja kan följa med till Hallunda och delta i tacksägelsefesten. Där kan hon ta farväl och samla ihop det tjänstefolk som behövs. Frej, du måste stanna och ta Gefjyns plats som gisslan.

Åses läppar förvreds i ett litet småleende.

– Oden sätter dig högre än båda mina döttrar.

Med dessa ord var Frejas och Frejs nya öde fastslaget och det fanns inget de kunde göra för att ändra det.

Inget kunde vara värre än detta. Allt Freja höll kärt, allt hon hedrade, skulle hon tvingas lämna.

Frej kramade försiktigt hennes hand.

– Vad händer med Tor? Och Gefjyn? frågade Freja till slut.

Snotra tog ett par steg framåt och svepte undan sin svarta mantel.

– Eden måste fullföljas, vi måste tacka Gudinnan för den seger hon gett till oss.

Freja såg häpet in i Snotras ögon, letade efter spår av triumf eller hat men där fanns bara tomhet. Snotra dömde henne till döden och det verkade inte ens beröra henne.

– Jag kan inte leva med Odens folk om jag offrar hövdingens äldste son. De kommer att skära halsen av mig, utbrast hon häpet.

– Främlingarna respekterar våra seder, de kommer att förstå. De har svurit ed på att inte skada någon av er, sa Snotra.

– De mördade Gullveig.

– Och för det har de pliktat dyrt.

Freja sökte vädjande sin mors blick. Hon, om någon, kunde väl inte skicka sin äldsta dotter i döden. Men Åses ansikte var buttert och slutet.

– Hur mår Gefjyn?

Freja slog ned ögonen.

– Inte så bra.

Åse nickade för sig själv.

– Gefjyn följer med oss hem. Så är det avtal vi slutit.

En lång skugga föll över drottningen. Det var Gondul som klev in i ringen av falnande facklor.

– Ceremonin över Kvasir är förberedd. Det är dags att befästa avtalet med mjöd och blod.

Åse reste sig trött och rättade till sin mantel.

– Kunde det inte vänta till i morgon?

– Var du glad att du slipper erbjuda lårvänskap, sa Gondul med ett blekt leende och följde Åse ut ur ringen.

Snotra skickade bort Frej med en gest. Freja log bittert. Nu var de äntligen ensamma. De båda prästinnorna mätte varandra med blicken.

– Jag vet nog vad du är ute efter.

Freja hånskrattade och ställde sig helt nära Snotra. Månskäran glittrade i natten, styrkte henne med sin kraft.

– Du kommer aldrig att kunna mäta dig med mig. Varje dag du bär Gullveigs mantel kommer du veta detta och skämmas.

Snotras ögon blixtrade till, men under vreden kunde Freja känna den fräna lukten av rädsla och osäkerhet.

– Vad vet du om någonting? Översteprästinnans röst var som en orms väsande.

– Det är över nu Freja, det finns inget du kan göra. Gudinnan har gjort sitt val. Vem tror du att du är som kan trotsa hennes vilja?

Den äldre kvinnans falska självsäkerhet gjorde Freja rasande. Aldrig att hon skulle tåla detta.

– Du kommer att driva Vanaheim i fördärvet! Jag har sett de öde hallarna, hur hagarna var tomma på boskap. Allt är ditt fel. Allt!

Freja ångrade sina ord så fort hon sagt dem. Men nu var det för sent. Snotra bleknade och svepte manteln omkring sig.

– Det är din olydnad som är den största faran för Vanaheim, svarade hon och lämnade Freja kvar i den slocknande cirkeln där den unga prästinnan långsamt föll ned på knä.

Vad skulle hon ta sig till? Hon var som ett djur i en fångstgrop. Inga vägar fanns längre kvar. Hon måste offra Tor trots att det innebar att Oden skulle hämnas genom att ta hennes liv.

Rop hördes från hallen. Ljuset från de öppna dörrarna letade sig ut på gårdsplanen.

Hon lyfte sitt ansikte mot månskenet. Offrade hon Tor skulle hon få enorm makt som prästinna. Så mycket att varken Oden eller hans schaman kunde vidröra henne.

– Vill du verkligen ha Tor?

Gudinnan svepte runt hennes kropp. En fackla slocknade, sedan ytterligare en. Nu fanns bara en enda kvar vars döende lågor kämpade i natten.

– Du vet vad du ska göra, viskade Gudinnan med sin tunna silverröst.

Den sista facklan flämtade till och slocknade.

Freja svalde och nickade tyst.

8

Segerrusiga kämpar dansade skrattande runt de eldar som Hallundaborna tänt i den ljusa sommarnatten för att lysa krigarna i land. Nu la båtarna till i viken, en efter en. Tjänarna släpade ned mjödkar från huset. Slaktgrisarna skrek i träden. Barnen sprang ivrigt omkring tillsammans med skällande hundar. Det var den största fest som någonsin hållits på Trygves gård, aldrig förr hade det funnits något så storslaget att fira. Hotet var avvärjt, freden var säkrad.

Hallundas hövding var bland de första som vadade i land. Lyckligt lyfte han upp sin husfru och kysste henne på munnen så det smackade. Hon blev inte arg utan flinade bara och skrek sedan till husfolket att de skulle hämta mer mjöd. Han såg stolt på henne, hon var klädd i sina finaste kläder, klänningen lyste gul mot sanden. Trygve kände henne väl nog för att veta att hon var stolt över att han varit iväg och kämpat för gården.

Folk från hela trakten hade kommit till Hallunda för att vänta på besked. När de hörde om segern hade alla hämtat kritter och mjöd för att fira kämparnas ankomst. Detta var en fest man skulle tala om i flera släktled.

– Du har ordnat det bra, sa Trygve till sin husfru.

– Äsch, du pratar som du har förstånd till, sa hon och rodnade lätt. Han ville säga något mer men i nästa stund var Trygve omringad av sina ungar som kramade hans ben, drog i hans kläder och tog på hans yxa. Han satte sig ned, omfamnade var och en och rufsade om deras hår. När han lät lillpojken hålla i yxan råkade han kasta en blick på husfrun. Hennes ansikte var ömsint.

– Du ska sitta vid den stora elden, vid drottning Åses sida, sa hon med en röst så mjuk av stolthet att han nästan trodde att han hört fel. Trygve tog hennes hand. Tillsammans gick de bort mot elden.

Freja såg storögt på festen när hon vadade genom det ljumma vattnet mot stranden. Där fanns nästan mer folk än vid vårblotet i Vanaheim. Några män dansade i en ring vid vattenbrynet, de höll händerna på varandras axlar, sanden sprutade runt fötterna. Längre bort brottades två ynglingar, de rullade runt på marken och snart slogs de på allvar. Allt detta var bra. Freja la en hand på ränseln. Hon skulle ostörd kunna skaffa det hon behövde.

– Äntligen fest, sa Hird.

Hon och Hrist bar Gefjyn på en fäll som bundits mellan ett par slanor. Frejas syster var fortfarande blek och medtagen, men hon hade repat sig beundransvärt snabbt under resan hem. Freja hade suttit vid hennes sida under hela färden och sjungit kraftsånger för att ge henne styrka nog att bota sig själv. Inte en enda gång hade de talat om att de räddat varandras liv i Idunvallen. Blotta tanken fick Freja att skygga undan och hon var säker på att Gefjyn kände likadant. För första gången fanns där ett tunt band av förtroende och det tänkte inte Freja slå sönder genom att tala om saker som redan hänt.

– Se på den svarthårige, sa Hird och nickade mot en mörk yngling som dansade runt elden. Armarna svällde av muskler, bringan glänste av svett.

– Honom ska jag rida trött i kväll, flinande Hird belåtet.

– Vad ska vi göra med slöfot här, henne får vi väl lägga i moderns tält för inte orkar hon kalasa, sa Hrist och började skaka på båren så att Gefjyn nästan föll ur.

– Jag tänker fira att jag inte ska brinna i dödsskeppet i natt, fräste Gefjyn ilsket medan hon klamrade sig fast vid slanorna.

– Nu ska slöfot fira att hon inte lyckats hoppa undan svärdet. Det är en konstig syster du har Freja, sa Hrist.

Kvänerkrigarens ögon tindrande i det svartmålade ansiktet. Freja log osäkert, ibland var det svårt att förstå vad de menade.

– Släpp ned mig, vädjade Gefjyn.

– Vad sa hon? sa Hird.

– Hon sa att vi ska släppa henne, svarade Hrist förvånat.

De stannade till, vattnet nådde dem fortfarande till knäna.

– Vi måste nog lyda, hon ska ju bli drottning och allt, sa Hird allvarligt.

– Neej, skrek Gefjyn med ett skräckslaget skratt.

Hrist nickade så ivrigt att flätorna studsade.

– Klokt talat, syster. Vi måste se om vår framtid.

Och som på en given signal släppte de greppet om båren, Gefjyn föll i vattnet med ett stort plask. Freja tog häpen ett steg mot sin syster som spottande och svärande försökte resa sig.

– Jag ska slå ihjäl er! vrålade Gefjyn.

De båda kvänerkvinnorna skrattade så att de måste stödja sig på varandra.

– Då måste du nog piggna till först, slöfot, frustade Hrist.

Freja drog upp Gefjyn på fötter, hon var fortfarande så matt av såren att hon knappt kunde stå. Ändå – hon kunde inte låta bli att skratta åt sin syster som stod och svajade med vattnet drypande från kläder och hår. Hon liknade en olycklig hund som kastats i vattnet.

– Hånar du en sårad krigare? Det där flinet ska vi tvätta bort, sa Hrist och tog ett par steg mot Freja som förskräckt backade undan och tog ett fast grepp om ränseln.

– Nog nu!

Gonduls skarpa röst fick dem att rycka till. Drottningen såg strängt på dem med händerna i sidan.

– Ställ nu inte till med något elände i natt. Låt bli gårdens söner. Husfrun är en pissande ryggtall. Hennes gnällande kommer spränga mitt huvud om ni inte låter unghannarna vara i fred.

Hird och Hrist mumlade något undvikande som i Frejas öron inte lät särskilt övertygande.

– Det finns gott om fisk i vattnet, ge er på vad som helst bara ni håller kärringen borta från mig.

Gondul tystnade tvärt och vände sitt svartmålade ansikte mot vattnet. Freja följde hennes blick. Fyra äldre kväner gick långsamt mot dödsskeppet med en av sina döda systrar. Ett spjut låg på hennes bröst tillsammans med vita blommor. Flickans lerinsmorda flätor nuddade vattnet. Hennes ögon var slutna, ansiktet gulvitt och stelt.

Freja flämtade till. Det var den unga kvinnan hon stuckit spjutet i.

– Hedra er syster. I natt ska hon segla på lågorna till Gudinnan, sa Gondul med en röst som var tjock av rörelse.

Freja såg sorgset på den döda flickan. Hon hade inte berättat för någon om vad hon gjort på slagfältet. Men flickan hade besökt henne i drömmen och tvingat henne att ge henne nådastöten om och om igen. Hon vaknade svettig och ångerfull, trots att hon visste att hon handlat rätt.

– Det var jag som gav henne nådastöten, sa Freja.

Gondul vände på huvudet och gav henne en förvånad blick. Därefter nickade hon bistert.

– Då ska du ha tack för att du lindrade hennes plågor.

Hird och Hrist nickade och mumlade instämmande. Freja andades lättad ut.

– Jag ska sakna Storm i detta liv, må hennes ande vaka över mig, sa Gefjyn och skakade på sig som ett blött djur.

Gondul la försiktigt en hand på hennes axel.

– Minns hennes namn, sjung hennes sång vid härden.

– Jag lovar, viskade Gefjyn.

Gondul gav Hird och Hrist en sista sträng blick och började sedan följa den döda mot skeppet.

– Kom nu slöfot, uppmanade kvänerna Gefjyn och hjälpte henne iland.

Freja stod kvar i vattenbrynet och såg efter Gondul.

Under hela resan hade hon försökt fråga drottningen om hon stöttade Åse och Snotra i deras beslut att fördriva henne. Detta var hennes sista möjlighet.

Hon skyndade efter drottningen. Krigarna höll på att lyfta upp den döda i den flatbottnade dödsbåten. Gondul höll i relingen så att båten var stadig när de andra klättrade i.

– Drottning, det är något jag vill fråga, sa Freja försiktigt och grep tag i relingen.

Gondul vände sitt svartmålade ansikte mot Freja och skakade sakta på huvudet.

– Inte i kväll. Jag ska hedra min dotter.

Freja backade häpet undan. Gondul klättrade upp i båten. Hennes egen dotter. Att hon inte var utom sig av sorg. Hur mycket styrka krävdes för att hålla samman sig själv och sitt folk i en stund som denna?

Hon såg hur Gondul sjönk ned på knä bredvid den döda flickan, lyfte upp henne i sina armar och gungade henne fram och åter som om hon vore ett litet barn.

Gondul hade skapat flickan i sin mage, skänkt henne liv, fött henne till världen. Hon såg hur drottningen böjde sitt huvud och grät mot flickans hals.

Freja drog sig respektfullt undan.

När hon vadade mot stranden kunde hon inte låta bli att undra över om hennes egen mor skulle sörja så över henne.

På stranden såg hon hur Hird fångade upp en yngling från Alfheim och kysste honom häftigt på munnen. Han bröstade sig smickrat och log blygt mot kvänerkrigaren som la handen på hans bröst, tecknet på att hon ville ha honom.

Lite längre bort gick Sigvard med armen om Alfhild, deras huvuden var tätt ihop och de strålade av förälskelse.

Freja log. Så Sigvard lyckades snärja Alfheims blivande drottning i alla fall. Då var han säkert nöjd. Hon såg hur Sigvard knäppte av sig manteln i den varma kvällen och la den på en sten. När de försvunnit gick hon fram och stoppade snabbt ned den i ränseln. Det var precis vad hon behövde och Sigvard skulle knappast sakna den.

Åse satt vid den största elden på sin fällstol av utterskinn. Det högg till i magen när Freja såg sin mor dricka ur det svarta hornet med snirkliga bronsbeslag. Hon mindes hornet så väl från det hon var liten och fortfarande bodde i sin mors hall.

Freja svalde och satte sig tungt på en sten. Hon borstade sakta bort sanden från fötterna innan hon drog på sig skorna. Fler skepp la till och dess kämpar skyndade mot stranden. Mjödet flödade i trängseln. Grisarna stektes över eldarna. I natt skulle kämparna hedra livet i den ljusa sommarnatten.

Freja lyfte bävande ansiktet mot den bleka månen som svept in sig i ljusrosa moln. Hon var nästan full. Tiden höll på att rinna ut.

Var barmhärtig, viskade hon.

Det var nu eller aldrig.

Freja bar en kort kjol och en svart överdel som hon bytt till sig på båten. Under färden hade hon också sparat lite mat i ränseln, men hon behövde mer. Freja skyndade bort från stranden.

Uppe vid Trygves hall sprang tjänarna på gårdsplanen mellan kokgrop och visthusbod. Ingen la märkte till Freja när hon gick in i långhuset och bort till Bökas bädd. Under hennes sovbänk låg knyten och askar. Freja letade snabbt igenom dem och tog vad hon behövde. När hon lagt dem i ränseln såg hon sig omkring. Ingen hade sett henne.

Borta vid härden hittade hon några brödkakor men inget mer. Hon skyndade ut ur hallen, bort till mjödkaren.

Där fyllde hon två träskålar med den mörkgula drycken.

Snabbt som vinden smulade hon ned några örter i skålarna. De sönderbrutna bladen simmade runt på ytan. Freja bet sig i läppen medan hon svepte med blicken över gårdsplanen.

Borta vid kokgropen stod en tunna surfisk. Kanske skulle det gå. Hon plockade upp ett par av de ruttna fiskarna och klämde fast dem på skålarnas kanter. De började genast lösas upp i mjödet.

Hon tog ett djupt andetag och började gå mot födslohyddan.

Två gubbar vaktade dörren. De glodde ilsket när hon närmade sig.

– Jaha, sa den ene. Och vad vill du då?

Det rådde ingen tvekan om att de gjort vad som helst för att få delta i festen nere på stranden.

– Jag har kommit för att se till min blotfånge. Öppna!

– Det är för tidigt för hans mat, sa den andre och nickade mot Frejas skålar.

Hon suckade.

– Men lite mjöd är han väl värd, sa hon och la huvudet på sned.

Gubbarna surnade till ytterligare.

– För Njords döttrar. Ska fången få dricka mjöd!

– Egentligen är han inte fånge längre. Freden är sluten och han ska släppas fri. Men det kan ni ju inte veta när ni står här alldeles bortglömda. Äsch – ta ni mjödet, det är ni värda. Freja log och räckte över skålarna.

Männen tog tveksamt emot dem. De luktade misstänksamt på drycken, stack ned ett finger och smakade av. Freja stirrade troskyldigt på en droppe som fastnade i den enes skägg. Hon andades inte, varje hjärtslag dånade genom kroppen.

– Tja, ja, man får väl tacka då.

Freja nickade kort och steg in genom dörren innan de hann ändra sig. Genast grep två händer runt hennes axlar och drog in henne i mörkret.

– Berätta vad som hänt!

Tors skägg hade vuxit sig långt under de dagar hon varit borta. Ögonen lyste av oro. Fingrarna borrade sig in i hennes axlar som rovfågelsklor.

– Din far och dina bröder lever, sa hon snabbt.

Han suckade lättat. Greppet om axlarna lossade lite.

– Vi besegrade din far, fred har slutits. Dina farbröder ska komma och leva i Vanaheim som gisslan.

– Vad händer med mig?

Hon såg nu att han var friskare.

– Snotra kräver din död, sa hon.

Det fanns ingen mening med att dölja verkligheten.

– Förbannelse!

Han släppte henne och började rastlöst gå fram och åter i hyddan.

– Din mor är död, sa Freja.

Utan förvarning slog Tor rasande till mittstolpen med sin knytnäve. Hela hyddan skakade till. Dörren öppnades och en av vakterna stack in huvudet.

– Vad händer härinne?

– Det är inget. Han sörjer sin mors död, ropade Freja.

– Jaha. Nåja. Håll honom stilla, muttrade gubben och stängde omständligt dörren.

Tor såg mot dörren med en blick som dröp av hat. Kroppen var spänd som om han var ett rovdjur på språng. Freja ställde sig tätt intill honom.

– Besinna dig! Vi har inte mycket tid. Lyssna...

En hård knuff i Sivs rygg tvingade henne att ta ett steg ut i vattnet som trängde in i skorna och blötte ned hennes fötter.

Hon vände sig om. Den druckna kvinnan som stött till hennes rygg flinade fånigt och försvann sedan in i dansen med några ryckiga skutt.

För Siv kändes det som om hon befann sig i en annan värld. Frej skulle inte komma. Hon slöt ögonen och la händerna på magen, det högg till där inne som om barnet var på väg ut. Tom smärta och djup sorg.

Hon skulle aldrig få se Frej igen. Hela hennes framtid var krossad. Ingenting i hennes liv fanns kvar. Siv såg lamslagen ut över vattnet.

Varje dag sedan båtarna lämnade Hallunda hade hon bett till Gudinnan att beskydda Frej. Hon hade levt inne i långhuset tillsammans med husfrun och de andra, tagit hand om Frejas blotfånge och skött kryddträdgården.

Hon avskydde Hallundaborna, hon hatade sina nya sysslor, men hon stod ut för hon visste att Frej snart skulle vara tillbaka och ta henne med till Alfheim.

Frej, hennes fars barn, hennes framtid var borta. Nu skulle han istället leva med Freja. Åh, vad de skulle bola tillsammans. Förbannelse över deras framtida lycka.

Vad skulle hon ta sig till?

Hon skulle få stanna här i Hallunda och arbeta på gården. Hon, en tränad prästinna som väntade överstesprästens barn skulle bli en vanlig tjänarinna. Freja och Snotra, alla hade vänt henne ryggen. Ingen av prästinnorna tog sig an henne trots att hon bar på ett barn. Allt som väntade henne var ändlöst slit från gryning till kvällning. Hon hade inget att ge till sitt barn, varken guld, gård eller börd.

Några kämpar drog ivrigt upp sin båt på stranden och gick sedan mot Åse borta vid elden med stolta steg och ögonen fulla av förväntan.

Siv såg tomt på månljuset som dansade över vattnet.

För varje andetag hon tog växte sorgen och spred sig som ett öde landskap i hennes inre. Smärtan var olidlig, likt en kniv som rev av hennes hud och lämnade henne värnlös och blödande i sanden.

Vattnet slog lockande mot stranden, svalt och mörkt.

Siv förstod. Gudinnan hade övergett henne, så måste det vara. Den stora modern hade vänt henne ryggen. Tomhet och sorg var allt som väntade i jordelivet.

Vågorna viskade lockande till henne. Tänk att sjunka ned i Rans armar. Att få slut på denna smärta. Det var nog! Nog!

Hon rev naglarna längs kinderna, kved som ett sårat djur.

Hon klarade det inte längre.

De skulle tala illa om henne om hon dränkte sig med barnet, men det spelade inte längre någon roll. Tårarna började långsamt rinna nedför kinderna. Vad spelade det för roll om hon var utstött i detta liv eller nästa?

Det var bättre för barnet om det slapp födas till det här eländet. Han skulle bli en lågätting, en tjänare som fick hålla tillgodo med avskrap från Hallundas skålar. Barnet rörde sig inne i magen, sparkade som om det protesterade mot sitt framtida öde.

– Du håller med mig, eller hur? Du vill väl inte födas till detta? viskade Siv och i samma stund hon sagt orden fylldes hon av ett nytt lugn. Beslutet var taget, befrielsen var nära. Först måste hon hämta sin ränsel, fylla den med sten så hon snabbt drogs ned i djupet. Hon skulle göra sina kvällssysslor, se till att grinden till köksträdgård och djur var stängda och att Tor fick sin kvällsmat.

Ingen skulle säga att hon slarvade.

– Har du kraft att fly?

Tor nickade bistert.

– Jag dör hellre på flykt än som fånge.

– Jag har lagt sömnört i vakternas mjöd, men jag vet inte om jag hade tillräckligt.

– Jag slår ihjäl dem, sa Tor.

Freja räckte honom Sigvards mantel som hon stulit på stranden.

– Vems är det här?

– Den tillhör någon som har råd att bli av med den, svarade Freja och svepte med blicken över golvet. En kvarlämnad köttbit låg insvept i ett löv. Hon snappade åt sig knytet och stoppade ned det i ränseln.

Tor knäppte manteln runt halsen. Hon kunde se på hans rörelser att han ännu inte var återställd. Skulle han klara detta?

Något prasslade till utanför hyddan. Båda stelnade till och lyssnade ut i natten.

Det svaga ljudet av steg närmade sig hyddan. En mansröst ropade lågt.

– Någon kommer. Förbannelse! Vakterna är vakna. Gör dig beredd.

Tor ställde sig bakom dörren.

Siv klev försiktigt in och såg sig förbryllat omkring. Hon var barfota och utan mantel, den blå prästinneklänningen var borta och istället var hon klädd i en brun kort klänning. Ansiktet hade rivmärken.

Hon såg på Freja med en blick utan känslor.

– Jaså, det är här du är, konstaterade hon.

Freja nickade medan hon svor inom sig. Vad skulle hon här och göra? Siv kunde förstöra allt.

Hon såg ilsket hur Siv sakta såg sig omkring, först på Frejas fyllda ränsel, sedan på Tor som stod med korslagda armar och med Sigvards mantel hängande över axlarna. Något tändes i hennes ögon.

– Ni ska fly.

Siv log triumferande.

– Nu kom jag allt på er. Snotra kommer att gälda mig för detta.

Om Siv avslöjade deras flykt skulle de inte överleva natten. Freja skakade på huvudet åt Tors frågande blick. De kunde inte slå ned Siv, inte när hon bar ett barn i magen. Istället tvingade sig Freja att le.

– Jag förstår inte vad du menar. Men jag har goda nyheter från Frej, fast dem har du väl redan hört?

Siv stelnade till och gav henne en misstänksam blick.

– Nej.

– Han sa att han önskade att du skulle bo med honom hos Oden, började Freja.

Något fladdrade till i Sivs tomma ögon för att sedan slockna igen.

– Du ljuger för att rädda dig, bländverk och osanningar är allt du har att komma med. Jag vet nog att du är ute efter Frej, fräste hon ilsket.

Freja ryckte på axlarna och gjorde sitt bästa för att verka lugn.

– Jag har ingen håg till Frej. Dessutom har min mor gett bort mig till Oden som hustru. Det finns inget jag kan göra.

Tors ansikte skiftade från överraskning till vrede. Freja slog undan blicken så hon slapp se. Istället log hon troskyldigt mot Siv.

– Frej vill ha dig. Han sa att det var en skam att Snotra fördrivit dig och att han gärna ville att du skulle bo hos honom nu när han inte längre var överstepräst. Han tyckte det var roligt med barnet, och hos främlingarna är fadern viktig. Fråga Tor.

– Det är sant, sa Tor långsamt.

Sivs ansikte skiftade mellan tvivel och längtan.

– Du ljuger väl inte för mig?

Freja la sin hand på hjärtat.

– Jag svär vid Gudinnan att jag talar sanning.

Ljuset fick fäste hos Siv, det var som om beskedet gett henne livet tillbaka. Hon la sina händer på den runda magen och såg mellan Tor och Freja.

– Ni ska fly, eller hur?

Freja drog sakta efter andan, så nickade hon.

– Snotra vill att jag blotar Tor, men då hotas freden som slutits och hans far kommer att slå ihjäl mig. Åse har ju gett bort mig som hustru till Oden, du begriper ju vad som händer om jag offrar hans äldste son. Jag ber dig, snälla, hjälp oss.

Tor steg fram, grep Sivs axlar och vände henne mot sig.

– Åk till Idunvallen. Du har mitt ord på att du och barnet kommer få ett bra liv där. Du är ung och grann, om inte Frej tar dig till hustru kommer någon av mina bröder att göra det. Jag kanske gör det själv, sa han och log.

– Alvaprästerna ska segla Frejs djur och bohag till Idunvallen. Åk med dem. Vi kommer efter.

Freja kramade Sivs arm.

– Snotra har drivit dig från ditt hem, nu kan du skapa ett nytt liv. Om du inte vill göra det för min skull så tänk på barnet.

– Snart har du din egen gård där din unge kan växa upp, sa Tor.

Siv skakade sakta på huvudet och lutade sig mot mittstolpen. Det knakade till i hyddan.

– Du kan inte fly. Du har ju lovat bort honom till Gudinnan. Du kommer att dra ofärd över hela Vanaheim, viskade hon.

– Det är en sak mellan henne och mig. Valet är ditt, antingen blir du Frejs hustru eller så går du till Snotra och då mister du allt.

Freja höll andan medan Siv funderade. Varje muskel i hennes kropp var spänd. Om Siv började skrika var de förlorade.

– Om du ljuger svär jag på att hämnas, sa hon till slut.

Freja lät lättad luften sippra ut genom tänderna medan hon växlade en kort blick med Tor.

– Frejs tjänare seglar om några dagar. Gå nu, vi ses snart igen, sa Freja.

Siv såg osäkert på dem innan hon till slut öppnade dörren och gick ut i sommarnatten. En sommarfågel drillade i närheten. De hörde hur vakterna trampade där utanför.

– Kan du?

Frejas viskning var låg som ett andetag. Tor nickade och flinade. Sedan hände allt väldigt snabbt. Han slet upp dörren, slog ned den första vakten, tog hans yxa och slog den i bakhuvudet på den andra. Freja hann knappt röra sig förrän han släpade in de två gamlingarna i hyddan. Där låg de med krossade skallar. Blod och grå hjärna rann sakta ut på jordgolvet till en växande pöl.

Tor stoppade ned en yxa i bältet och tog den andra i handen. Så stannade han till och lyssnade. Allt var tyst sånär som på de svaga skratten och sångerna från stranden.

Kallsvetten forsade över Frejas rygg. Utan att tänka sträckte hon ut handen och tog Tors hand. Det fanns inte längre någon återvändo. Två tjänare gick in i hallen bortom ängen. Men ingen såg dem.

De smög försiktigt bakom hyddan. Frejas hjärta dånade i kroppen. Snart skulle någon ropa efter dem. Snart skulle de tas tillfånga. Åse skulle bränna dem levande på bål.

Tors hand var varm mot hennes. De ökade stegen, sprang in mellan trädstammarna och skrämde några hjortar som satte av åt olika håll. Freja flög fram över stenar och mossa. Skräcken drev på hennes steg. De måste komma så långt bort från Hallunda som möjligt innan flykten blev upptäckt.

Tack och lov att hon bytt till sig den korta repkjolen. Hon ökade stegen för att hålla jämn takt med Tor.

Hon hade svikit Vanaheim. Hon skulle bli tredubbelt förbannad. Men en dag skulle de förstå att det var nödvändigt.

Skogen tätnade och sedan, när svetten rann över hennes ansikte och luften brann som eld i hennes lungor, tog den plötsligt slut. Hon stannade, såg andfådd ned på sluttningen och snyftade förtvivlat till. De kom inte längre.

Den branta slänten sluttade ned mot ett mörkt sund. Detta var vägs ände. Freja kippade efter andan medan hon torkade bort svetten från ansiktet.

– Vad gör vi nu?

Tor suckade och följde hennes blick.

– Finns det någon annan väg?

– Jag vet inte.

Hon såg upp mot stjärnorna, de var nära i natt, nuddade nästan trädtopparna. Tvillinggudarna glittrade bredvid Draken. Starkljuse, den lysande pelare som höll upp himlavalvet, var strax bakom henne. Mångudinnan hade kastat av sig sin klädnad och vakade nu över dem guldgul och växande.

– Vi måste rakt fram, sa hon dystert.

– Då tar vi oss över, svarade Tor.

Månen lyste på trädtopparna som växte längs sluttningen. Döda träd spretade som gastar.

– Kom, fortsatte han och började ömsom glida, ömsom småspringa nedför slänten.

Freja följde efter på stela ben. Tanken på att ta sig över ett mörkt okänt vatten skrämde henne nästan mer än att fångas av Snotra.

Till slut stod hon vid de stickiga buskage och ruttnande träd som skiljde land från vatten. Flugorna svärmade runt hennes bara ben, hon slog efter dem medan hon såg på Tor som slet i stockarna som skymtade i månljuset.

– Tror du verkligen det går?

Han såg upp.

– Kom hit och hjälp till, jag har hittat en som duger.

Freja hjälpte honom att släpa en stock den sista biten mot vattnet. Den var tung och hal. Barken smulades sönder under hennes fingrar, skorna sögs ned bland våt jord och ruttnande grenar.

– Klä av dig, sa Tor.

Han slet av sig sin skjorta och stoppade ned den i hennes ränsel. Naken stod han framför Freja och log. Sedan de lämnat Hallunda hade han blivit allt muntrare. Flykten hade väckt honom till liv.

– Vi kommer att föras nedströms och jag svär på att ingen kommer att kunna hitta oss.

– Ingen kommer att hitta oss eftersom vi sitter vid Rans bord, svarade hon dystert.

Ett uttryck av förvirring drog över hans ansikte. Så förstod han att hon menade Havsgudinnan.

– De kan komma när som helst.

Hon stod lealös när han lossade hennes bälte och stoppade ned det i ränseln.

– Ska vi göra det här så är det bäst att vi gör det nu, sa Freja dystert och bad till Rans nio döttrar att de skulle bära henne över vattnet och inte slita ned dem i djupet.

Hon drog av sin överdel och kjolen och stoppade ned dem i ränseln, den var så full att de nästan inte fick plats. Stenarna var hala under Frejas fötter, det mörka vattnet slöt sig runt hennes ben.

Ett steg, två steg, botten sluttade brant nedåt. Greip, den gripande, svepte runt hennes ben och började slita i dem med iskalla hala fingrar.

– Hjälp mig Greip, din mor har aldrig velat ha mig förr, låt mig få komma undan. Freja kunde knappt tala, halsen var åtsnörd av ren fasa.

Tor såg bekymrat på Freja när hon klamrade sig fast vid stocken.

– Vi måste använda benen som paddlar, sparka allt du kan när jag säger till.

Freja såg mot den motsatta stranden. Det var inte särskilt långt, femton trädlängder ungefär.

– Tor!

Han vände på huvudet.

– Om jag dör vill jag att du ska veta...

– Gör bara som jag säger. Det enda som kan döda dig är om du tappar vettet, sa han lugnt och just då trodde hon nästan på honom.

Men när Freja tog nästa steg släppte fötterna från botten. Hon flöt, känslan fick henne att tappa besinningen. Skräckslagen klamrade hon sig fast vid den hala stocken. Händerna halkade och Freja slog armarna om stocken och borrade in naglarna i det ruttna träet. Greip slog sina kalla klor i hennes kropp, slet och ryckte för att få

Freja att tappa greppet. Hon skymtade Havsgudinnans dotter nere i det svarta vattnet. Hennes glänsande rygg svepte förbi, i nästa stund slingrade hon sig runt Frejas kropp. Tor la ena armen om stocken, han hade också mist fotfästet, stocken flöt allt snabbare nedströms. Freja skakade i hela kroppen. Hon ville inte dö, inte nu.

– Sparka, ropade Tor och Freja försökte men det var som om kroppen inte ville lyda.

De flöt allt snabbare förbi stranden. Tor sparkade som besatt. Vattnet skvätte över henne så att hon inte längre kunde se. Men Greip ville inte släppa taget. Freja slöt ögonen och vädjade med hackande tänder.

– Om du släpper mig ska jag ge dig min finaste brosch. Med den blir du vackrast bland dina systrar.

Ett fuktigt hånskratt vällde upp ur djupet.

– Varför skulle jag nöja mig med en nål när jag kan ta vad jag vill?

– Jag gör allt du ber mig om bara du släpper oss, viskade Freja.

Det blev tyst, Greip lossade sitt grepp som om hon funderade över erbjudandet.

Freja kämpade för att hålla sig kvar i det hala träet. Hennes krafter var snart slut, armarna skakade av ansträngningen. Frejas halsband lossnade och föll ned i det svarta djupet.

– Allt vad du vill ska du få.

– Väv mig också en mantel inom nio månvarv, den ska skimra i alla färger och vara så vacker att mina systrar avundas mig.

– Jag svär vid Gudinnan.

I nästa stund var de ute ur Greips grepp.

Det gick oändligt långsamt, men till slut började stocken sakta röra sig mot land.

– Vi är nästan framme. Sparka nu, skrek Tor.

De lyckades ta sig in i vassen. Något mjukt nuddade vid Frejas fötter, lättad kände hon hur foten sjönk ned i en dyig bottnen. Tor tog hennes hand och drog henne genom vassen och upp på den ljusgrå hällen som reste sig ur vasshavet. Där sjönk hon utmattad ned på klipphällen och kämpade efter luft.

– Ditt halsband, sa Tor.

– Det var ett billigt pris för att vi slapp från Rans dotter, huttrade Freja och tog sig runt halsen och ryste. Hon frös ända in i märgen.

Tor öppnade muttrande ränseln.

– Det mesta är blött, sa han och drog fram Frejas dyblöta mantel. Ilsket slängde han den åt sidan och började rota runt.

– Inga torra kläder, inget fnöske att göra eld med.

Han såg forskande på vassen.

– Om vi haft tid hade jag bundit dig en mantel av vassen men det hade lämnat för mycket spår.

Freja kurade ihop sig på stenen. Hon bad alla kända och okända makter att skydda henne. Ett par armar slöt sig runt hennes midja. Tors fasta kropp pressades mot ryggen.

Hon slöt ögonen och njöt av hans närhet, sakta slutade hon skaka.

– Nu kommer de i alla fall få svårt att hitta oss, sa Tor.

Hans sträva hand gled över hennes bröst, han styvnade mot hennes lår och tryckte sig närmare henne. En mild nattbris smekte över deras nakna kroppar. Freja slöt ögonen och lutade huvudet mot hans bröst.

– De kan alltid hitta oss genom fjärrskådande och trollskott. Det går inte att fly undan Vanaheim, mumlade hon.

– Häxprat. Kommer det någon efter oss så slår jag ihjäl dem. Mannakraft räcker långt i denna värld, viskade Tor i hennes öra.

– Med sådant prat drar du makterna på oss.

– Jag ska nog slåss mot jättarna. Det har jag gjort i hela mitt liv, sa Tor sturskt.

Freja såg bort mot Hallunda. Allt som syntes av gården var ljuset som svävade över trädtopparna. Det ökade långsamt i styrka.

Det måste vara dödsskeppet som satts i brand. De fallna kämparna seglade till eftervärlden. På stranden stod hennes systrar och sjöng avskedssångerna. Det var en hedersbegravning, ett värdigt slut för dem som dött för Vanaheim. Hon såg framför sig hur den hisnande dödselden slukade skeppet, hur de dödas skinn spräcktes av hettan och hur deras skallar smälte. Deras resa var slut.

Det brände i Frejas mage som om elden härjade även där. Det hon gjort var inte hedervärt. Hon var en edsbrytare och om hon dog utan att gälda Gudinnan skulle hon få tillbringa efterlivet på Narnstränderna vadande i gift.

– Vi måste fortsätta, manade Tor och drog upp henne på fötter.

9

Fliken i Åses tältduk slets åt sidan och Snotra rusade in med högröda kinder och spretande hårtestar. Hon bar inte ens mantel trots att det nästan var mitt på dagen, bara en enkel kjol och överdel.

Åse lutade sig tillbaka på sin snidade stol när Vanaheims översteprästinna tornade upp sig framför henne med händerna i sidan. Skinnfliken vajade till igen och en generad Eir gled in och ställde sig som en skugga bakom Snotras rygg.

– Hur kunde det ske?!

Snotra skrek så högt att Åse irriterat rynkade på ögonbrynen. Hon växlade en blick med Alfhild och Gondul som åt sitt morgonmål tillsammans med henne. De satt runt kistan där bronsfat fyllda av frukt, bär och nötter ställts fram.

Åse lutade sig fram och tog ett av de platta honungsbröden innan hon svarade sin översteprästinna.

– Det viktiga är att de fångas igen.

Hon tog en tugga av brödet och grimaserade, det var så hårt att det värkte i tänderna.

– Gudinnans vrede kommer störta oss i fördärvet. Hon har flytt med ett blotoffer, stulit honom från makterna. Jag har sagt det tidigare och jag säger det igen. Freja kommer att driva Vanaheim i olycka, skrek Snotra och knöt sina händer så hårt att knogarna vitnade.

Åse höjde en varnande hand. Snotra gick för långt. Ingen talade så till henne. Dessutom hade hon en sprängande huvudvärk.

– Vi vet inte vad detta kommer att leda till, det är i väven, sa Gondul och drack törstigt av det källvatten som Beilja ställt fram.

Snotra såg häpet på kvänerdrottningen.

– Du är Gudinnans utvalda. Hur kan du säga något sådant?

– Tig nu, sa Åse med pisksnärtsröst och Snotra besinnade sig, medveten om att hon gått för långt.

Åse hade blivit väckt strax efter gryningen av Beilja som berättat vad som hänt. Motvilligt hade hon kämpat sig upp ur de mjuka fällarna och skickat bort den vackre yngling som hon tagit till sig under segerfesten.

Så fort han lämnat tältet hade hon talat med Trygve och sagt åt honom att skicka jägare efter Freja och Tor. Men det hade dröjt innan man lyckades hitta rätt folk, ingen sov där de brukade och de grupper som till sist gav sig av var fortfarande dimmiga av mjöd.

Om sanningen skulle fram hoppades Åse att Freja och Tor skulle komma undan. Deras flykt löste många problem för Vanaheim. Om Snotra fått råda hade Tor blotats och det hade bådat illa för både Freja och den fred hon slutit med Oden. Problemet var att gamlingarna som vaktat Tor var ihjälslagna. Nu krävde deras familjer gäld av Åse.

Hon suckade och kastade irriterat den hårda brödbiten mot fatet, men missade och den föll istället ned på björn- och vargfällarna som täckte golvet. Det tog aldrig slut. Vanerna var värre än fågelungar, de gapade ständigt efter guld och gåvor. Rikedom var sannerligen både en börda och en förbannelse.

Dessutom var hon orolig för att flykten skulle dra på dem Gudinnans vrede. Det var detta de talat om innan Snotra objuden rusat in i hennes tält. Gondul hade sagt om och om igen att bara Freja kände Mångudinnans vilja. Och om Gudinnan verkligen krävt offret skulle Freja inte ha flytt.

– Mångudinnan krävde sitt offer innan slaget. Jag fällde flera kämpar under striden i hennes namn. Om hon krävde blod så har hon fått det i överflöd. Mångudinnan är inte oresonlig. Freja är hennes prästinna. Hon skulle aldrig ha gett sig av utan Gudinnans välsignelse. Dessutom låg det i väven, jag drömde om deras flykt för länge sedan, hade Gondul sagt. Åse trodde på hennes ord eftersom kvänerdrottningens förstånd var större än de flestas.

Samtidigt ökade hennes misstro mot Snotra. Översteprästinnan hade misslyckats, hon kunde inte samla kämparna under slaget och verkade alltför osäker på allt hon företog sig. Detta var inte vad Vanaheim behövde. Samtidigt hade Åse svurit eden till Snotra och var tvungen att stå vid hennes sida.

Åse suckade djupt, det hade trots allt varit lättare på Gullveigs tid. Snotra såg ut att balansera på randen till vanvett.

– De kommer inte långt. Hallundas bästa spårare är ute efter dem. De är snart här igen med rymlingarna, sa Åse.

Snotra nickade tyst medan hon försökte svälja sitt raseri.

– Du kan gå nu, sa Åse lugnt.

Utan att säga något vände Snotra och gick ut ur tältet med den generade Eir i hasorna. De tre kvinnorna satt tysta när prästinnorna gått.

– Hon har en lång väg att vandra tills hon kan ta Gullveigs plats, sa Alfhild till slut och tvinnade sitt långa mörka hår runt fingret.

Hon var enkelt klädd i en kort repkjol och en svart överdel med röda broderier. Runt halsen bar hon ett tungt guldhalsband som Åse aldrig sett förut. Det var allt. Ingen buckla på magen för att visa sin ställning, inga armband. Ändå var hon vackrare än någon kvinna i Vanaheim. Att hon skulle gifta sig med Sigvard Vittfarne, det var mer än någon kunde förstå.

Åse reste sig från fällstolens säte och började planlöst gå runt i tältet. Inte för att det fanns mycket plats att gå omkring på. Bädden med dess skinnfällar, tre kistor och stolarna de satt på tog upp det mesta av utrymmet.

Intill bädden låg högen av gäld hon tagit från Oden. Det var ett ganska litet byte, mindre än väntat. Han hade väl försökt gömma undan allt de hade av värde. Men hon hade tagit ett av de märkliga svärden som såg ut som stillastående vatten. Senare skulle Odens bröder få visa hennes bronsgjutare vilken sejd som skapat dem.

I högen fanns också en stor skål med vacker ornamentik där sinnrika bilder av både Gudinnan och tvillingguden hamrats in i silvret. Åse lyfte prövande skålen men la den sedan ifrån sig.

Istället tog hon upp en bronsstaty, hög som en hand. Den föreställde en knäböjande månprästinna. Ögonen var guldfärgade. Den ena handen höll hon på det livgivande bröstet, den andra var höjd och höll i ett vackert broderat band som var fäst vid en slingrande orm, två handsbredder stor. Åse vägde prästinnan och ormen i varsin hand – bandet som höll dem samman glänste.

– Den borde du offra i källan och tacka Gudinnan för segern, sa Gondul.

– Det hade jag tänkt, svarade Åse och ställde försiktigt ned figurerna igen. De la sig tillrätta bland björnfällens långa hår som om de vore levande. Hon tog det som ett gott tecken. Åse plockade bland spännen, dolkar och andra småsaker men bestämde sig till slut för silverskålen som hon räckte över till Alfhild i en slarvig gest.

– Här får du i gåva för att du ska ta Sigvard till make. Bara Gudinnan vet vad du ser hos honom, men jag ska inte stå i vägen.

Alfhild flämtade till och smekte offerkärlet.

– Det är för mycket.

– Vad ska du egentligen med Sigvard till? frågade Gondul.

Till deras stora förvåning rodnade Alfheims blivande drottning som en liten flicka.

– Jag är glad i honom.

Åse och Gondul växlade en road blick.

– Men varför göra honom till kung? Han är knappast den vackraste mannen i Vanaheim och om det blir missväxt så måste du skänka honom till Gudinnan. Är du beredd att göra det?

Åse talade långsamt och såg allvarligt på Alfhild som nickade.

– Han är rik och alvaprästerna blir lugnare om jag har en kung vid min sida, svarade Alfhild.

– Rikedomen kan jag förstå, men du låter väl inte prästerna styra dina handlingar, sa Åse.

Alfhild la huvudet på sned och såg okynnigt på dem.

– Jag är bara praktisk.

De två drottningarna började skratta.

Åse skakade på huvudet. Tanken på att Sigvard gjort sig så rik på hennes bekostnad att en vacker drottning ville göra honom till kung var riktigt rolig. Hon hade inget emot Alfhild, tvärtom. Hon skulle bli en klok drottning. Om hon ville binda ris åt sin egen rygg genom att ta sig en man och ge honom av sin makt var det hennes ensak.

– Jag hoppas du får många döttrar, sa hon till slut och höjde en bägare fylld med vatten mot Alfhild.

– Jag med, sa Gondul sorgset. Minnet av hennes döda dotter drog som en skugga över hennes fårade ansikte.

– Men jag måste varna dig Alfhild, fortsatte Åse allvarligt.

– Underskatta inte Sigvard, han är ärelysten. Lyssna inte när han försöker snärja dig med fagert tal och mjuka smekningar.

Alfhild smålog förtjust medan hon fingrade på kitteln.

– Allt det du sagt känner jag till. Men det är också utmaningen med Sigvard, han är inte lika lätthanterlig som de andra.

– Nej, det ska Gudinnan veta, frustade Åse.

– Dessutom, om jag ska ta mig en make så kan jag lika gärna göra det nu när Frej är hos Oden och alvaprästerna måste skaffa sig en ny överstepräst. Jag minns vilken röra det var innan de lyckades enas om

Frej. Nu kommer de att hålla på att bråka i månader innan de lyckas välja någon ny. Tack och lov att Njord fortfarande lever...

Alfhild kastade en blick på Åse som stelnade till. Njord levde. Så slappnade hon av. Det spelade ingen roll. Det var över och förbi.

Gondul såg från den ena till den andra och skakade sedan på huvudet.

– Män är bara elände. Jag begriper inte varför ni vill ha dem i era hallar, det är onaturligt. Jag träffar dem ett månvarv varje år, och då hinner jag ändå bli less på deras käbbel. Nej, det ska bli skönt att få komma hem, sa hon och suckade.

– Det är nya tider nu. Till och med Oden förstår att han inte kan leva i Skades land utan Gudinnans välsignelse, svarade Åse.

– Vi får väl se. Det är svårt att begripa att du kunde byta bort din äldsta dotter till honom som om hon vore en avelsko, sa Gondul.

– Varje fred befästs med gisslan. Vem skulle jag annars ha tagit? Freja har lyckats göra sig omöjlig överallt, det var den bästa lösningen.

– Och vad fick vi? Odens bror Höne har inte sagt ett ord sedan han lämnade Idunvallen.

– Du vet mycket väl att jag handlat rätt!

– Jag skulle i alla fall inte lämnat kvar en hund bland dem, muttrade Gondul och såg ned på fällarna.

Långt från Vanaheims tält i Hallunda, bortom de gråkala klippöarna täckta av mossor och lavar, djupt inne i skogarna tassade en vildsvinsfamilj försiktigt ut från sin nattbädd under ett snår. Suggan vädrade och grymtade sedan åt sina fem kultingar som började springa omkring och rota i marken efter nötter och annan mat.

Vid bäcken, ett stenkast därifrån, såg en älgtjur nyfiket på vildsvinen innan han särade på frambenen för att nå ned till det stillastående vattnet. När han druckit en stund höjde han huvudet och vädrade eftertänksamt i den varma luften med vattnet droppande från mulen. Något främmande fanns i närheten, en vindil förde med sig en okänd lukt från några buskar. Älgen lyfte värdigt sin tunga krona och drog sig bort från det okända med långa kliv.

Inne bland buskarna vaknade Freja motvilligt av att solen hettade mot ansiktet. Det kliade över hela kroppen och hon slog irriterat efter några insekter som surrade ovanför huvudet.

Tor grymtade till och la sin tunga arm runt hennes midja. Hon låg stilla och såg på strängen av mörkt rödskimrande hår som letade sig fram över de vilande musklerna.

Hans sovande ansikte var tillitsfullt, som om inget kunde skada honom. Hon strök undan en hårslinga från hans kind. Sveket la sig över bröstet som en tung sten. Hon var en fredlös, en flykting. Ändå … det sprängde i bröstet av jublande upphetsning. Hon var fri. Det var slut med viskande fördömanden bakom hennes rygg, inga fler förstulna blickar. Hon log upp mot den klarblå himlen.

Och hon var tillsammans med Tor.

Hon sträckte ut en hand och smekte hans skäggiga kind. Ögonlocken fladdrade till. Han såg sakta upp mot henne.

– Är du redo?

Hans röst var skrovlig och yrvaken.

– Redo för vad? frågade Freja.

Hon vände sig smeksamt mot honom. Han öppnade armarna och höll henne så nära att hon kunde känna hans hjärta slå. Freja blundade och drog in den sträva lukten av manlighet och svett. Hans solvarma hud var mjuk mot hennes.

Freja smekte hans bröst, så lät hon handen fortsätta nedåt, över bringan, ned mot magen där hon drog fingrarna över de spända musklerna.

Tor andades fortare nu. Hon log oskyldigt medan hon lät handen glida ned och grep hans fuktiga styvhet. Hon måste ha honom. Nu.

Tor flämtade till och hävde sig upp på hennes mage. Freja var redo när han trängde djupt in i henne. Varma lustvågor fyllde hennes kropp. Äntligen var han hennes. Detta hade inget med ceremoniernas dimmiga kärleksakter att göra. Detta var på riktigt.

Hans svett mot hennes bara gungande bröst. Freja höjde hungrigt höfterna, borrade in naglarna i hans rygg och lät honom rida henne till vanvett.

Det var över på några hjärtslag.

Tor la utmattad huvudet på hennes svettiga mage. Hon lekte med hans långa hår, smekte hans starka axlar och njöt av den loja tillfredsställelsen.

– Vad som än händer så var det värt detta, sa Tor när han till slut reste sig upp för att pissa mot ett träd.

Hon såg nyfiket på honom medan han klädde på sig, slängde ränseln över ryggen och stoppade ned en av yxorna i bältet som höll upp hans ländkläder. Därefter såg han forskande på hennes kropp.

– Livet är en plågsam vandring fram till döden. Men det finns glädjeämnen för en karl och du är sannerligen ett av dem.

Han flinade belåtet och började gå inåt skogen. Det kopparröda håret glänste i solen. Freja drog förvånat efter andan. Hans styrka hade återvänt. Hon hade aldrig sett honom så vacker. Han liknade en gud där han gick, jättelik med sina svällande muskler.

Tor stannade till efter några steg och stack ned handen i en myrstack. När rödmyrorna myllrade över honom gned han försiktigt in dem i skägget. Myrornas bett drev bort loppor och löss.

– Vet du vad som finns framför oss? frågade han till slut när han borstade bort myrorna, de hade gjort sitt.

Freja skakade på huvudet och slet blicken från honom för att istället kisa upp mot solen.

De hade hållit riktningen något så när under natten. Så länge de vandrade västerut borde de kunna ta sig till Odens stam. Allvaret återvände till Freja, de hade sannerligen ingen lätt färd framför sig.

– Vi måste ta oss igenom Mörkveden, det sägs att det vilar en förbannelse över den skogen. Vi kan dö därinne om inte jägarna hinner i kapp oss först.

Freja rös medan hon hoppade över en pöl med stillastående vatten som luktade unket. Hon halkade till på de våta löven och ena foten sjönk ned i lera. Hon drog snabbt upp den och fortsatte gå. Skorna låg i ränseln, våta och trasiga efter nattens flykt. De hade många dagars vandring framför sig.

Freja vände på huvudet och såg Tor smidigt hoppa över pölen. Med två snabba språng var han framme vid hennes sida.

– Oroa dig inte för jägarna, dem slår jag ihjäl med yxan, sa han och flinade.

– På samma sätt som du krossade skallarna på vakterna? undrade Freja dystert.

– De hade ingen kraft vare sig i arm eller stake. Jag gjorde dina fränder en tjänst, de borde tacka mig.

Han skrattade och svingade yxan i luften, solen blixtrade till i dess blanka osmyckade huvud. Freja såg sig oroligt omkring.

Hur stark han än var i armarna fanns det krafter som han inte kunde besegra.

De klättrade över några mosstäckta stenar som låg utkastade på en slänt, klev över ett ruttnande gammalt träd och började småspringa nedåt. Där, nere i den steniga sänkan på den torra marken växte kärleksört. Freja stannade till vid de gula små blommorna och lirkade försiktigt upp dem ur jorden. Växten var bra mat. När hon dragit upp alla utom ett par stoppade hon ned rötterna i ränseln och började äta bladen.

– Pröva, sa hon till Tor och gav honom ett knippe.

– De är lite beska men de släcker törst.

Han tuggade i sig några med en axelryckning och fortsatte sedan genom skogen.

Freja följde honom medan hon sökte med blicken efter fler växter. Deras torkade kött och brödkakor skulle inte räcka länge. De måste hitta mat i skogen.

– Det hade inte varit något problem om vi kunnat följa kusten, sa hon.

– Vi kan inte vara mer än en halv dags vandring från havet.

– Jag tror de kommer att leta efter oss i kanoter. Vi är säkrare inne bland träden.

Tor krängde av sig skjortan, dagen var redan varm, rännilar av svett rann längs hans rygg.

Freja kunde inte slita blicken från hans kropp. Synen gjorde henne åter tung av begär. Han var som en ostillad hunger i hennes kropp. Hon lät sin hand smeka de vilande musklerna på hans fuktiga rygg.

– Jag är glad över att vi är samman, sa hon tyst.

Tor la sin arm över hennes axlar, den var tung och varm. Hennes hud längtade efter mer närhet.

– Jag är glad att jag slipper ligga bunden som en gris på väg till slakt. Om vi hade haft tid hade jag kunnat göra en pilbåge och skaffa oss kött. Men vi har i alla fall två yxor. Och se …

Han böjde sig ned och rafsade åt sig några halvmogna blåbär från marken.

– Det är skördetid. Här finns allt som vi behöver. Blidka du krafterna så ska jag och yxorna ta oss an vilddjur, tursar och annat oknytt, sa han och flinade.

– Tror du att det är så enkelt? svarade Freja misstroget.

Han stannade och lyfte skrattande upp henne i luften, starka armar runt hennes midja, en hård kyss mot hennes mun. Freja pressade sina höfter mot honom.

– Jag dör när min tid är ute. Dagen är varm och jag är äntligen fri. Du är vid min sida. Jag tänker inte oroa mig för någonting förrän det sker.

Han ställde ned henne på marken igen.

– I natt ska jag vädja till Mångudinnan om ditt liv. Jag måste hitta en offerkälla eller höjd och skänka en gåva. Kanske låter hon dig då gå fri.

Freja trevade runt halsen och smekte guldhalsbandet hon tidigare burit i ränseln.

Tor spärrade upp ögonen.

– Är du vanvettig? Det är värt mer än tre gårdar fyllda med kreatur.

– Jag hoppas det är mer värt än ditt liv, sa Freja allvarligt.

Han tystnade och de fortsatte tillsammans genom skogen. Skogen tätnade, och snart kryssade de fram mellan slingrande buskage som slagit rot i den ruttnande lövmattan. De hittade en bäck där de drack sig otörstiga och åt några rötter från stensötan som växte strax bredvid.

Skuggan från de höga raka trädens lövkronor mildrade sommarhettan, men luften var stillastående och när eftermiddagen kom var de svettiga och trötta. Tors styrka hade bleknat, han tog sig ofta på såret och stegen var långsammare. Mångudinnans stigande kraft kokade i Frejas kropp, fick henne att oroligt se över axeln där skogens väsen försvann som skuggor in bakom trädstammar och stenar. Det var inga vanliga andar som levde här, detta var ingen välvillig skog. Var de redan inne i Mörkveden? Den okända kraften tätnade runt henne och fick hennes nackhår att resa sig.

Trots att de hade bråttom och ont om mat offrade hon en bit av det kött hon tagit från Tors hydda och galdrade om frid. Men de främmande makterna vek misstänksamt undan. Detta var illavarslande.

Skymningsdiserna hade redan svept in skogen i ett blåaktigt sken, deras bleka skuggor spelade mellan trädstammarna.

Så såg hon den uppe på en höjd och andades lättad ut.

– Se, en helgasten!

Hon lämnade Tor och sprang upp mot den fyrkantiga stenen, svingade sig smidigt upp trots att den var lika hög som hon själv.

Grön fuktig mossa växte tät på den skrovliga ytan. Hon borstade försiktigt undan den och blottade stenens kraft för den stigande månen.

Några röda streck skymtade, kunde det vara möjligt att hon hade en sådan tur?

Tor stod nedanför och såg på när Freja rensade stenen. Han hade lärt sig från barnsben att hedra makterna, men Frejas värld var honom främmande och gjorde honom illa till mods. Allt var fyllt av hemliga tecken och röster han inte kunde höra.

Gudinnorna som hedrades av hans folk var moderliga och följsamma. De stannade vid härden. Han såg på Freja som kröp omkring på stenen på alla fyra. Hon drog av sig överdelen, torkade bort svetten och kastade den sedan på marken. Brösten gungade fram och åter, hon liknade ett otämjt djur, avsky blandades med åtrå.

Om hon inte hade flytt tillsammans med honom hade han tvingats att bryta blodseden hon svurit för att rädda hans liv. Då hade han inte varit mycket till man. Men hon var svuren till Oden, hans egen far. Den förbannade kåtbocken.

Freja såg upp och mötte glädjestrålande hans blick.

– Kom och se!

Tor släppte ränseln på marken och klättrade upp på klippblocket. Freja log lyckligt mot honom när hon pekade på några skålliknande gropar i stenen.

– Ser du Gudinnans tecken. Vi har tur. Och se, här finns mer…

Hon pekade på ett par som omfamnade varandra. Mannens stake var lång som en arm.

– Det är vi, sa Freja och log.

Tor la handen på hennes bröst, huden var mjuk som en smekning. Bröstvårtan drog ihop sig under hans fingrar, det tog ett andetag sedan var han styv och redo.

– Vad är det här för något?

– Ristar ni inte för att tacka makterna?

Hon andades fortare nu. Tor drog henne till sig.

– Nej.

– Genom att rista i sten binder man sin tacksamhet för evig tid. Skeppet är en vädjan att Gudinnan ska bevara det verkliga skeppet, mannen med staken vill bevara sin manlighet. Känner du inte kraften?

Tor lät handen smyga upp längs hennes lår.

– Nog känner jag kraft alltid.

Hon såg mellan honom och himlen, så log hon inbjudande. Tor la ned henne på rygg och lägrade henne på de röda hällristningarna. I den stunden kunde han svära på att han hörde Tiwatz gillande skratt eka mellan trädstammarna.

När han var tömd och tillfreds ställde han sig upp och flinade belåtet åt Freja som plockade mossbitar ur sitt hår.

– Säga vad man vill om ditt folk men så mycket stake verkar det inte vara i karlarna. Det var tur att du fick vara samman med en riktig man, sa han och viftade stolt med sin slaknande lem.

Freja vände bort huvudet för att dölja sitt leende. Så blev hon allvarlig igen.

– Du måste gå nu. Gå och finn dig ett läger där du inte kan se mig. Jag måste förbereda mig.

Freja såg upp mot den mörknande himlen.

– Hon är snart här. Försvinn nu, sa hon till slut.

Ilskan grep tag i Tor. Trodde hon att hon kunde behandla honom som en träl?

– Tala inte till mig så kvinna! röt han.

Freja vände sig sakta om med ett uttryck i ansiktet som fick honom att frysa till is. Hon såg inte längre mänsklig ut, det var samma överjordiska drag han sett hos henne på gårdsplanen när häxan dog.

– Våra liv hänger på Gudinnans välvilja. Gå, och kom inte hit vad som än sker.

Tor kokade av raseri, men till slut gav han sig muttrande av bortåt skogen.

En dagsmarsch därifrån satte sig Lökk på huk vid buskaget och drog sakta med handen över de nedpressade grenarna i buskaget. Hennes följeslagare, de tre jägarna, stod utanför och väntade.

– Vad ser du? frågade den äldste av männen otåligt.

Lökk kastade en trött blick på de tre. De bar alla hjortgudens märken, gamla ärr från jaktritualen som lyste på deras kinder. Bytesdjur hade tatuerats in i deras armar. Männen ansågs vara de bästa jägarna i Hallunda, men Lökk var inte imponerad.

De hade knappt sagt ett ord sedan de lämnade gården och de hade inte heller gjort någon särskild nytta.

Det var hon som sett spåret bland fågelspillningen på klipphällen som visade att Tor och Freja stigit i land på denna strand. Det var hon som spårat dem till detta nattläger. Lökk fnös. Hon skulle inte låta sig hetsas, det var hon som var Vanaheims bästa spårare och nu skulle hon bevisa det för alla.

Hon lutade sig ned över nattlägret och luktade omständligt på marken. Så log hon och höll upp ett mörkgrönt löv mot de allvarliga männen.

– Här bolade de strax efter gryningen, sa hon och flinade stolt.

Jägarna nickade allvarligt och grep omedvetet om sina spjut.

– De kan inte ha hunnit långt, sa Lökk och klättrade ut ur buskaget. Hon svepte med blicken över marken, nästan genast såg hon hur lite mossa skrapats bort från en ruttnande stock.

– Ditåt. De gick ditåt.

De fyra började springa med långa smidiga steg mot sitt byte.

Freja satte sig med korslagda ben på helgastenen, de röda kraftristningarna skymtade mellan hennes ben. Hon sjöng Gudinnans lov såsom hennes anmödrar gjort sedan tidernas gryning. Frejas gälla sång ekade mellan träden och lyfte sedan ända upp till himlavalvet. Blodet dånade genom kroppen. Det var så nära nu, så oändligt nära.

Så reste sig Mångudinnan guldglänsande ur underjorden, hon täckte hela himlavalvet. Freja flämtade till, hon hade sällan sett Gudinnan så mäktig. Freja ställde sig upp på stenen och höjde sina armar, spröda månstrålar smekte hennes kropp.

– Dunkla moder, hör min vädjan …

Hon sjöng den mäktigaste galdr hon kände och fick genast svar. Kraften fick hennes kropp att skaka, den var olidlig men ändå fylld av plågsam njutning. En stormflod av ljus, en mild viskning, sedan var hon där.

Freja flämtade till av skräckblandad kärlek. Gestalten framför henne hade en ung kvinnas ansikte och kropp, det långa vita håret svävade runt ett underskönt ansikte med slutna ögon.

Freja kastade sig ned på knä.

– Mångudinna, du hedrar mig.

Det vackra ansiktet log medan hon sakta öppnade ögonen. De lyste gula som varg i natten.

– Tjänarinna.

Rösten dånade som om den kom från tusen vilddjur. I nästa stund viskade den som en ömsint mor.

– Du sviker mig.

– Nej, nej. Aldrig.

Tårarna rann längs Frejas kinder. Aldrig kunde hon svika sin härskarinna som hon älskade så högt.

Gestalten framför henne log milt.

– Jag väntar på min älskare.

När hon uttalade orden svepte en svärm av mäns andar fram bakom hennes rygg och försvann som svarta fåglar mot månskivan.

– Eden kan inte brytas, dånade gestalten.

– Spara hans liv, inte för mig men för Vanaheims fred. Skydda mitt folk, viskade Freja med en röst som var full av fasa.

De gula ögonen skimrade i den vita gestalten. Hennes fruktansvärda skönhet pulserade ut över skogen och fick djur och andar att fly i fruktan.

– Om jag avstår, vad ger du då mig?

– Vad du vill. Ta mig till dig, viskade Freja och sträckte vädjande ut sina händer.

Mångudinnans närvaro var outhärdlig, hennes kraft slet i Frejas kropp. Skräckslaget såg hon hur Gudinnan svävade framför henne, la huvudet på sned, förvandlades. Håret blev ormar som slingrade sig runt ett genomskinligt huvud, i nästa stund var hon en ljusvarelse skimrande av guld.

– Du är inget i evigheten. Det var ett andetag sedan jag steg ned och valde dig när du hängde på trädet och gäldade din kunskap med lidande.

Gudinnan flöt fram genom luften. Ansiktet svävade bara en handsbredd från hennes eget. Frejas kropp skakade okontrollerat, hon hackade tänder, tårarna strömmade över ansiktet. Gudinnan log som en ömsint mor.

– Nej, du ska leva. Du ska fullfölja ditt öde.

– Tack moder, tack.

Freja höjde gråtande guldhalsbandet hon burit runt halsen. Mångudinnans skratt dånade som åska mellan träden.

– Din gäld blir högre än så…

Freja nickade medan sorgen skar som glödande knivar genom kroppen.

– Din vilja är min. Vad ska jag göra? viskade hon.

Gestalten tonade sakta bort för att sedan återvända som en skimrande skugga. De gula ögonen glimmade till, sände en våg av kraft mot Freja. Hon stönade, det högg till som ett dolkstick i magen.

Månblod började rinna som en varm flod nedför hennes lår. Mångudinnan drog en iskall hand över det varma blodet. Det var som om Gudinnan drog kraft ur det heliga flödet.

Hon växte i styrka, blev större och tydligare.

– Du hedrar mig, flämtade Freja.

Rösterna från tusen själar dånade ur Gudinnans mun och hon fyllde hela skogen med sin närvaro. Så skimrade hon till och försvann ut i oändligheten.

Freja föll gråtande ned på stenen, kroppen drog ihop sig i krampér. Blodet sipprade från hennes sköte ned i skålarna som var Gudinnans tecken.

Tor såg Freja komma vandrande i gryningen. Men den kvinna som kom gående mellan tallarnas raka stammar var en helt annan än den som han lämnat på stenen med bilderna.

Hennes hår var ljusare, ansiktet kritvitt, men det var uttrycket av extatisk fasa i ögonen som skrämde honom mest.

Han sa inget när hon satte sig ned vid elden och stirrade tomt framför sig. Vad hon än upplevt så var det inte av denna värld. Tor väntade.

Till slut såg hon på honom med brusten blick.

– Du är fri, sa hon med tonlös röst.

Tor sträckte ut en hand för att smeka hennes kind, men hon vek undan och skakade sorgset på huvudet.

– Vi måste vidare.

Hon började gå inåt skogen med jagade steg. Någon var i närheten, någon som var ute efter henne.

Tor kastade jord på glöden och såg efter hennes rygg. Vad var det för häxkrafter som tagit henne i besittning?

Han tog ränseln och gick sedan i Frejas spår. När han nådde fram grep han tag i hennes arm och tvingade henne att stanna.

– Säg vad det är som hänt, ska vi vandra tillsammans så måste jag veta vilka makter vi kämpar emot?

– Jägarna är ute efter oss. Jag känner deras närvaro, mumlade Freja.

Hon tänkte inte berätta om sin natt för Tor. Det var saker han inte kunde begripa. Hennes månblod rann nedför låren, det lämnade spår efter dem. Hon rotade runt i ränseln och använde en bit från en fnösksvamp för att stoppa blödningen. Det räckte. Det skulle inte hålla på länge, inte när de var på flykt.

– Varför vänder du dig ifrån mig?

Freja suckade.

– Jag kan inte ta det Gudinnan måste avstå från. Begriper du inte det?

Hon började springa in mot skogen.

Tor följde rasande efter. Vad menade hon? Skulle han avstå från henne, men inte Oden. Aldrig i livet!

Han såg ut över de ändlösa trädstammarna, ropade inom sig till sin Gud.

– Tiwatz, hur stor är din styrka? Kan du besegra kvinnornas Gudinna eller är du lika kuklös som vanernas män?

En iskall vind av vrede svepte genom skogen, löven virvlade runt Tor. Han skrattade och slog med yxorna mot trädstammarna.

– Så visa att du kan ge mig styrka och beskydd. Ska du stillatigande se hur häxornas Gudinna tar vad som rättmätigt tillhör mig. Är du rädd för henne?

Tor lutade tillbaka huvudet och gapskrattade.

– Om du inte har styrka att beskydda mig kan jag lika gärna dyrka de gamla Gudinnorna. Jag utmanar dig Tiwatz.

Tor sänkte triumferande sina yxor och såg på Freja som stirrade skräckslaget på honom en bit längre bort.

– Dåre. Förstår du inte vad du gjort? Ska du hetsa makterna mot varandra när vi så väl behöver deras välvilja, skrek hon och började springa in bland träden.

Tor suckade djupt. Förbannade fruntimmer, kunde hon inte vara nöjd? Rasande följde han henne i spåren.

De raka tallarna gav vika för uråldriga träd vars knotiga grenar sträckte sig efter inkräktarna. Så fort de nådde in bland dem började det krypa längs Frejas rygg. Det fanns något sjukt i denna skog, något uråldrigt och ondskefullt. Detta måste vara Mörkveden.

Freja klättrade över ett av de oräkneliga träd som spärrade deras väg. De låg överallt som om de var stupade kämpar i en strid som nyligen utkämpats här. Delar av de avbrutna träden sköt upp mot himlen likt vassa spjut. Som om de skulle spetsa självaste Solgudinnan om hon vågade sig ned genom de mörkgröna trädkronornas ogenomträngliga tak.

Överallt växte taggiga buskar vars grenar kastade sig efter hennes nakna ben och rev dem blodiga. Det stank i skogen av ålderdomlig ondska och förruttnelse.

Freja såg sig oroligt omkring. Det var inte träden och sankmarkerna som skrämde henne mest utan närvaron av illsinnade makter. Det var som om de följde varje steg hon tog, rasande över intrånget.

Hon skyndade efter Tor som gick framför henne med yxan i hand medan hon mumlade skyddsgaldrar. Långsamt trängde de sig in i skogens hjärta. Mörkret smög sig inpå dem, men det var inga aftondiser som svepte in skogen i den ljusa sommarnattens blå sken. Detta var ett mörker som steg upp från den fuktiga jorden. Träden förvandlades till gastar i skymningen, förvridna ansikten skymtade i den fårade barken.

– Vi borde slå läger, sa hon till Tor.

Han såg sig omkring med bekymrad min och nickade sedan. De gick sida vid sida och samlade ved, det var som om de inte vågade lämna varandra.

– Jag begriper varför ni säger att skogen är förbannad, sa Tor.

Freja bröt av en torr gren, den skarpa smällen fick dem båda att rycka till. Något fladdrade till i deras synfält, det prasslade bakom trädstammarna, hundratals ögon följde dem. De sökte sig till två träd som tryckte sig mot varandra, ett snår växte vid deras sida. Där skyndade de att göra upp eld. Först när de första flammorna slickade veden började Freja att andas igen.

– Vad är det som händer? frågade Tor.

Freja kände mörkret sluta sig tätare runt dem.

– Det är bäst vi stannar här, viskade hon med bultande hjärta.

Långt borta hördes det sorgsna ylandet från en varg. Freja rös och flyttade sig närmare Tor.

Handen darrade när hon tog en brinnande gren från elden. Hon försökte tränga bort sin rädsla medan hon började rista en skyddscirkel i den fuktiga marken, men det var knappt att hon kunde hålla rösten stadig under mässandet.

– Mörkerkrafter, vik bort, inget tar sig över denna cirkel. Tursar, finn frid. Inga bestar når över denna ring...

Tor stod upp vid elden med en yxa i var hand. Det kröp av olust i skinnet. De krafter som Freja besvärjde skulle han gladeligen möta, bara de visade sig ordentligt. Men ena stunden tyckte han sig se den stora bruna vagga fram, i nästa flöt en flock vargar ljudlöst mellan träden, svarta skuggor fladdrade till i ögonvrån, men försvann så fort han vände på huvudet.

Freja avslutade galdren och torkade sig trött i pannan med baksidan av handen.

– Mer kraft kan jag inte sejda ned i cirkeln, sa hon.

Tor kunde nästan känna glöden från ringen och tecknen hon ritat runtomkring dem.

– Vad är det för otyg som smyger där ute?

Freja suckade och skakade trött på huvudet.

– Det är ingen kraft jag känner, men den vill oss inte väl. Kanske är det andarna från de män du dödade i Hallunda. När mina krafter återvänder ska jag försöka besvärja dem så att de faller till ro. Men jag vet inte om det går, det finns något annat där ute, något starkare.

Hon tystnade, slet upp ränseln och såg dystert ned i den. Där fanns några gråvita bitar torkat kött, ett par brödbitar som blivit så hårda att de måste lösas upp i vatten samt de rötter hon samlat. Hon tog en av dem och tuggade långsamt.

– Hur många dagsmarscher är det kvar innan vi är igenom skogen? sa Tor och tog en köttbit.

– Jag vet inte, svarade Freja.

Ett gällt skri ekade genom kvällningen.

Freja rös till, skräcken smög sig runt henne som ett tassande djur.

– Ingen har tagit sig genom skogen. Flickan jag talade med, Lökk, färdades med båt sista biten till Hallunda. Hon hade inget att säga om Mörkveden. Men det sägs att skogen är oändlig, att man går i cirklar i den. Gudinnan må skydda oss och leda oss rätt, sa hon.

– Ja antingen hon eller Tiwatz, muttrade Tor och slängde en gren på elden så att den flammade upp och gnistrade i hans kopparröda hår. Han satt på huk och stirrade in i elden. Det håriga bröstet skymtade under den trasiga och fläckiga hjortskinnssärken. Hon längtade efter att få ta på honom, smeka honom, men Tor var försjunken i tankar.

Istället bredde hon ut sin mantel över löv och fuktig jord och la sig ned. De mörka trädkronorna vajade långsamt högt däruppe. Fukt sipprade upp från marken och smög runt hennes rygg.

– Sov du, jag vakar. Sedan kan vi bytas av, mumlade Tor.

Men Freja kunde inte vila. Varje gång hon slöt ögonen såg hon bilder från striden i Idunvallen, Gullveig, Snotra, Gudinnan. Den döde pojken från Alfheim, hur hon stuckit spjutet i Storm. Allt dansade runt i huvudet.

I ett enda slag hade ödet förändrat allt. Freja kramade halsbandet med kraftrunan hennes mor gett henne vid båten.

Kanske var det tröttheten som gjorde att hon först inte märkte hur luften tätnade runt dem. Men när hon öppnade ögonen var luften så fylld av närvaro att dess kraft stack i hennes skinn.

Hon satte sig upp och såg oroligt omkring sig.

Tor hoppade upp med yxan i hand.

– Vad är det här?

Det fanns något där ute, svarta skuggor bakom trädstammarna. Hon såg något i ögonvrån och vände snabbt på huvudet. Svarta skuggor. De närmade sig skyddscirkeln, fladdrade fram över marken. Borta vid träden glimmade ett par ögon till.

Freja grep tag i Tors arm och drog efter andan.

Luften vibrerade av kraft och ondska. Mörkret slöt sig tätare runt dem. Tryckte sig mot skyddscirkeln.

– Vad är detta? frågade Tor.

– Onda andar, svarade Freja, medan hon kämpade för att behålla sin självbehärskning.

Hon hade slagits mot mörkerkrafter förr men de hade aldrig varit så här många och inte så mäktiga. Hon bet ihop käkarna och pressade undan sina tvivel. Bara om hon var lugn kunde hon samla tillräckligt mycket kraft för att driva iväg dem.

Freja sjönk ned på knä vid skyddscirkeln och galdrade in mer styrka i strecket hon ritat i jorden med brinnande kol.

Den glödde till i mörkret. Dess kraft drev bort skuggorna en bit. Hon kunde känna deras tysta rasande skrik. De slungade sig mot skyddscirkeln igen. Freja satt stadig och höll den hel. Sommarnatten var ljus och kort. Hon orkade hålla stånd. Om det varit en lång vinternatt skulle de gå en säker död till mötes. Men hon kunde redan känna att det ljusnade i fjärran. Freja slutade sjunga galdrarna för att hämta andan, bara en kort stund, ett hjärtslag.

Men det räckte.

Ett rasande skrik ekade, skyddscirkeln slocknade och miste sin kraft. I nästa ögonblick slogs Freja till marken av ren ondska. Det kändes som om hennes rygg skars upp och hennes lungor drogs ut ur kroppen. Smärtan var olidlig. Hon skrek av besinningslös skräck, famlade på ryggen men där fanns inget sår, ingenting.

Så blev allt stilla. Smärtan klingade sakta av. Freja tystnade och såg sig omkring. Var det över? Kunde det vara möjligt? Tor la sin hand på hennes axel. Freja såg sig flämtande omkring.

I nästa stund kom en isande kyla sipprande mellan träden. Freja slog armarna runt sin kropp, huttrande av rädsla och ren fasa. Köldrök kom ur Tors mun.

– *Erce,* skydda mig! ropade hon.

– Vad är det som sker? sa Tor.

– Jag vet inte, svarade hon förtvivlat.

Det prasslade till bland träden. En gamling kom vandrande genom träden med tunga steg. Hennes gestalt var så välbekant, så fylld av minnen att Freja började gråta.

Det var Gullveig som kom gående mot henne med staven i hand, klädd i samma klänning som när hon dog. Mödosamt tog hon sig fram till cirkeln där hon stannade och såg på Freja med en blick som lyste gul av ondska.

– Så edbryterskan är här med sin blotgåva?

Rösten var avgrundsmörk, den dånade ut över skogen.

Det blev för mycket. Skräcken fick det att vända sig i Frejas mage. Utan att säga ett ord kräktes hon upp kvällsvarden. Lamslagen stirrade hon ned på de söndertuggade rötter och gula slem som låg framför hennes fötter.

Detta var ett bländverk. Gullveig var hos Gudinnan.

Hon drog ett djupt andetag och såg upp mot varelsen. Rädslan var hennes största fiende. Hon måste möta den med samma mod som hon gjort när hon hängde på trädet.

– Säg mig ditt namn, ropade hon. Hjärtat slog så hårt i kroppen att det dånade inom henne. Munnen var torr och smakade surt av kräk.

Gullveig upplöstes till en dimliknande varelse, en svart skugga utan form.

– Ditt namn, manade Freja.

Hon slickade sig runt läpparna och samlade ihop sin styrka.

Bara om hon kände fasan vid namn kunde hon bekämpa den. Men det fanns inget välkänt hos detta väsen. Det var bara mörker och rädsla som sipprat upp från Dödsgudinnan Hels underjord. Hon visste ingen galdr som kunde driva bort fasan som svävade framför henne. Den var henne för övermäktig.

Vad skulle hon göra? Hon sökte desperat i minnet av allt hon lärt i prästinnornas hall. Det måste finnas ett sätt. Annars skulle de båda dö och deras själar bindas till denna förbannade mark i all tid och evighet. Så förstod hon. Insikten var så klar att Gudinnan själv måste ha sänt den.

– Jag signar dig, jag signar er alla, ropade hon och steg ut ur cirkeln med utsträckta händer.

Skogen blev stilla, avvaktande.

– Må du finna frid. Jag ska be för dig i natt och alla andra nätter.

Freja sökte och fann Gudinnans ljus inom sig.

– Jag ska tända min eld så du får ljus. Jag ska sjunga de gamla sångerna så du minns. Varje steg jag tar igenom denna skog ska jag hedra dig. Varje byte jag fäller ska jag dela med dig i helig blot.

Hon kände inte hur hennes månblod började sippra nedför låren och sedan droppade ned på marken. Blodet sögs omedelbart upp av den svarta jorden. Den svarta skuggan drog sig avvaktande undan, den böljade fram och åter över marken.

Hon kunde känna varelsens misstro när dess skuggor flockades runt henne.

– Allt detta svär jag i Gudinnans namn, sa hon högt medan hon bad inom sig att den skulle lyssna på hennes ord. Skulle den döda henne nu? Det var fortfarande kallt, köldröken strömmade ur hennes mun. En gåva, jag måste ge den en gåva.

Hon lirkade av sig sitt ena armband och la det försiktigt på marken.

– Detta är till dig.

En evighet kom och försvann. Frejas hjärta slog som besatt inne i kroppen. Hon knöt sina händer. Måtte de ta hennes gåva, måtte de lämna henne ifred. Så drog kraften som en vind över marken. Ett hjärtslag senare var den borta.

Tor såg häpet på Freja när hon satte sig vid elden.

– Du förhandlade med makterna.

Freja fick inte fram ett ord, hon skakade i hela kroppen, utmattad och tömd på all kraft. Anden var borta men den skulle återvända och det var inte säkert att den skulle vara lika välvillig igen. Hon försökte svälja men munnen var torr och hon var fruktansvärt törstig. Men här fanns inget vatten att få. Hon letade i ränseln och hittade några blad av kärleksört som hon stoppade i munnen.

De lämnades i fred under resten av natten. När de började gå nästa dag fanns visserligen illviljan kvar, men den hindrade inte längre deras steg.

De klättrade över stockar, kämpade sig igenom snår. Frejas fötter värkte, benen blödde av rivsår från taggbuskarna. Hon drog på sig skorna trots att den ena var trasig, men fick snart ta av dem igen. Marken blev allt våtare och snart stod de vid kanten av en ändlös myr.

– Nu blir det värre, sa Tor syrligt.

Stora moln av insekter svävade ovanför mossen där grästuvor stack upp. Några träd hade lyckats klamra sig fast i vätan men de var döende av den vattensjuka marken.

Freja satte sig på huk och plockade en av de vita blommor som målade vita stråk bland allt det gröna.

– Disaull. Diserna väver sina kläder av dem, sa hon och drog den vitluddiga blomman över kinden, den var len och mjuk.

– Du kan be dina diser att ta oss över myren, sa Tor och tog några steg. Han sjönk genast ned till knäna, för varje steg hördes ett sugande ljud när marken ovilligt släppte honom ifrån sig. Han vände sig mot Freja och skakade bekymrat på huvudet.

– Vi måste sätta fart om vi ska hinna över innan mörkret.

Freja släppte blomman och hoppade till en grästuva, och till nästa. Hon lyckades ta sig förbi Tor innan hon halkade och sjönk ned med benet bland mossa och lera. Irriterad började hon kämpa sig framåt. Ett moln av insekter samlades runt henne, deras bett kliade över hela kroppen. Hon skulle precis smörja in ansiktet med lera för att slippa dem när hon kände den friska doften av skvattram svepa över myren. Freja sökte med blicken, borta vid ett fallet träd växte en grön matta av växten. Tor verkade också känna till den för han följde henne dit och grep en näve som han började gnida in kropp och ansikte med under lättade stön. De hjälptes åt att gnida in varje del av varandras kroppar med de mjuka små barren. När de var färdiga besvärade inte insekterna dem mer. De fortsatte inte förrän de samlat ihop ett stort fång som de pressade ned iränseln.

Det tog dem nästan en hel dag att ta sig över myren och ytterligare tre dagar att färdas genom resten av Mörkveden. Tor gillrade några enkla fällor runt deras läger varje kväll, lite mat under en stock som hölls uppe av en pinne. Han skar smala strimlor från sin skinnskjorta och använde dem till att göra snaror av, men jakten gav ingenting. Fällorna låg kanske för nära deras läger och Tor hade varken tid eller lust att stanna kvar i skogen längre än han behövde. Deras torkade kött tog slut och de levde på de råa rötterna, det smakade bittert men de ville inte stanna och hugga till ett kokkärl. De hade för bråttom att ta sig ur skogen.

De blev allt tröttare och hungrigare. Freja kunde inte sluta tänka på mat, hon drömde om grillat griskött som dröp av fett, löpe blandat med bär och blodjäst med fiskbitar. Hon kunde känna smaken av mjölk och nygräddat bröd. Snart talade de inte ens med varandra utan kämpade sig sammanbitet framåt.

– Känner du? sa Tor och luktade i vinden.

Freja stannade och vädrade.

– Vad?

– Jag kände lukten av hav.

– Du kände nog fel.

– Det är häråt, sa han och skyndade iväg.

Freja följde surt efter, säker på att han misstagit sig. De gick i timmar men nu började också Freja känna lukten av ett stort vatten. Kunde det verkligen vara sant? Hav betydde mat.

– Se där!

Tor pekade triumferande på en liten bäck som kämpade sig fram mellan rötter och stenar.

Freja log för första gången på länge. Bäcken skulle leda dem rätt. Snart stod de på klipporna och såg ut över en smal havsvik. Vassen växte tät vid stranden, några fåglar flög upp från strandkanten och skyndade ut över vattnet.

Freja satte sig på huk i vassen och stack ned händerna i den leriga bottnen. Hon fick tag i en rot och gungade den fram och åter tills den lossnade. Så fort hon dragit upp den blekvita roten stoppade hon hungrigt de söta rotskotten i munnen och la sedan de mer svårtuggade rötterna åt sidan.

Tor kom fram och smakade på både rötter och rotskott. Han tuggade dem eftertänksamt och började sedan skratta.

– Jag hade ingen aning om att man kunde äta det här. Det är för sorgligt, sa han.

– Varför det?

– Därför att hela viken där hemma är full av vass och vi höll på att svälta ihjäl i vintras.

Han kastade ifrån sig vassroten med en grimas. Freja ryckte på axlarna och fortsatte dra upp rötter. Först när hon slitit upp en ansenlig hög slutade hon.

Då hade Tor samlat ved och tagit fram fnöskesvampen där de sparat lite glöd. Snart flammade elden högt på klipphällen. Freja la några knytnävsstora stenar vid elden så att de skulle hettas upp.

Sedan tog hon fram sin dolk och började lossa de bruna läderaktiga tuschlavarna från klippan. Där fanns hur mycket som helst.

Tor vadade runt i vattnet och samlade musslor och tång. I dag skulle de äta en festmåltid.

Strax bredvid elden fanns en fördjupning med lite vatten i den grå klippan. Naturens eget kokkärl. Freja plockade upp skräpet som samlats där och tvättade noga stenen. Därefter hämtade hon vatten från bäcken. Hon tvekade en kort stund, skulle hon rensa lavarna eller tvätta sig? Men stenarna var ännu inte varma, hon tuggade i sig några söta rotskott och gick sedan ned i vattnet med kläder och allt. Det var ljuvligt. Hon drog av sig kläderna och tvättade först bort all jord, torkat blod och annan smuts från kroppen. Sedan tvättade hon sina kläder. När hon var färdig satt Tor vid elden och rensade lavarna. Han såg på henne med jämna mellanrum och log.

– Se inte så glad ut, sa Freja med en röst som var barskare än hon kände sig.

– Varför skulle jag inte vara glad? Vi är ute ur den förbannade skogen, jag ska få äta mig mätt för första gången på flera dagar. Klart jag är nöjd. Det enda jag saknar är kött.

Tor la ned tre av de upphettade stenarna i vattnet som nästan genast började koka. Sedan slängde han ned tuschlavarna och en rot från stensöta. Freja sköljde sina kläder i bäcken och bredde sedan ut dem på den varma klipphällen. Hon satte sig därefter naken vid elden med vattnet drypande från hår och kropp. Hon kunde själv se hur hon magrat, revbenen stack ut från kroppen, benen var som pinnar. Men solen och en varm vind torkade henne försiktigt. Hon slöt ögonen och njöt.

– Jag undrar om jägarna fortfarande är efter oss? sa Tor och sänkte ned ytterligare en sten i gropen. Lavarna hade börjat lösas upp till en grå massa. Först när de kokat ihop som en fast gröt var det klart.

– Jag tror de är döda, svarade Freja.

Hon hade sett vägvisaren Lökk och tre män i en dröm. De låg döda i samma glänta som hon och Tor mött makterna.

Deras ansikten var täckta av insekter, men trots detta kunde hon ändå se den fasa som bränt fast i dem under dödsögonblicket.

I drömmen förstod hon vad som hänt. De hade blivit det offer hon utlovat. Hon önskade att hon kunde känna någon sorg över vad som hänt, men om sanningen skulle fram var hon bara lättad.

Hon berättade om sin dröm för Tor. Han ryckte bara på axlarna.

– Det var dom eller oss. Inte mycket att säga om det, sa Tor och slängde ned musslorna i grytan. Den sträva lukten fick det att vattnas i munnen på dem.

– Det är märkligt, vi har vandrat åt rätt håll, men vi har fortfarande inte kommit till Idunvallen. Vi är inte ens i närheten.

Freja nickade dystert och reste sig för att samla några blad. Hon fruktade att de var vilse.

– Tror du att vi gått förbi Idunvallen?

Tor skakade på huvudet.

– Det är omöjligt.

Grytan var färdig. Han slevade upp den varma grå massan på några av bladen och började hungrigt äta. Efteråt låg de på rygg på den solvarma klippan och njöt av sina fulla magar.

– Om vi kommer till Idunvallen ska du leva med min far, sa Tor avvaktande.

– Det blir inte som du tror. Jag ska leva i mitt eget hus och om han försöker krypa ned i min bädd ska jag sejda hans stake slak.

Freja fnittrade åt Tors skeptiska blick och vände på sig. Stenen hettade mot hennes mage.

– Kan du göra det?

– Det är enkelt. Jag kan lära dig hur man gör.

– Nej tack, sa han och höll upp händerna i en avvärjande gest.

Hon slöt ögonen och lät sig smekas av solen. Så föll en skugga över hennes ansikte. Tor kom till henne, hon drog honom till sig och de låg samman på klipphällen.

Efteråt låg han tyst och såg på henne.

– Jag står inte ut med att du ska tillhöra min far.

– Den enda jag tillhör är Gudinnan, sa Freja med skarp röst och reste sig upp.

Han fnös och vände sig på sidan så att hon inte kunde se hans ansiktsuttryck.

Men den kvällen, när Freja somnat vid elden, satt Tor länge och såg ut över det stilla vattnet.

10

Ormen kom till Freja i drömmen. Den var inte särskilt stor utan liten och svart som kol. Hon såg uppgivet hur den slingrade sig fram till hennes ansikte där den reste sig upp och väste. Huggtänderna dröp av gift.

Freja slöt ögonen. Det fanns ingenstans att fly, ingenstans att ta vägen.

En våg av smärta, så tömde ormen skälvande sitt gift i hennes strupe.

Hon öppnade långsamt ögonen. Såg in i ormens tomma själ. Trots att hon visste att hon var döende kunde hon inte låta bli att beundra dess skönhet. Ett andetag senare löstes ormen upp och var borta.

Hon vaknade. Det var redan morgon. Grå moln hade dragit in över havsviken och ett stilla duggregn föll mjukt till marken. Vätan smög sig in i bädden av tallris och manteln som hon svept om sig.

Det var kallt. Hon frös och det värkte i hela kroppen. De dimhöljda träden böljade fram och åter. Freja huttrade till och drog den fuktiga manteln tätare runt kroppen. Halsen ömmade efter ormens hugg. Hon var redan matt och medtagen. Ändå var detta bara början.

– Äntligen vaken.

Hon vände mödosamt på huvudet mot Tor som stod och pissade en armslängd från bädden.

Freja svalde mödosamt. Munnen brann av törst.

– Trollskott.

Tor såg förvånat på henne. Varje kväll sjöng hon för andarna och sejdade. Han trodde de var säkra.

– Jag trodde du hade sett till att inget kunde nå dig?

– Glömde, väste Freja.

Tor la handen på hennes fuktiga panna, den hettade under hans hand.

– Du är vit som en död. Vad ska jag göra?

Freja öppnade sakta sina värkande ögon. Det grå ljuset stack som nålar i huvudet.

– Inget.

Hon slöt ögonen och drev mot det inbjudande mörkret. Ormarna väntade henne i fjärran. Hennes lyckobringare hade vänt sig mot henne, hade kommit för att lotsa henne till Narnstränderna.

Nu fick hon ta straffet för att hon var en edsbrytare i eftervärlden. Hon drunknade sakta i förtvivlan. Det fanns så mycket hon velat göra, så mycket som var ogjort.

Bakom ormarna reste sig Dödsgudinnan Hel, vacker och vördnadsbjudande.

Freja började sakta gå mot henne.

En skarp smärta på hennes kind återförde henne till skogsdungen.

– Somna inte! Vad ska jag göra?

– Jag fryser, viskade hon och började hacka tänder.

Tor reste sig för att samla ved. Det här bådade inte gott, han hade sett tillräckligt många sjuklingar i sina dagar för att veta när det var illa.

Han grävde fram torra träbitar och löv ur marken, kämpade med glöden tills en liten motvillig eld lyckades få fäste i det dimmiga regnet. Han trugade den med bränsle tills den vuxit sig stark.

Nu skakade Freja av frossan, hon var brännhet. Hon fick inte dö här mitt i skogen. Tor skakade hennes axlar, slog hennes kinder tills de hettade.

– Vad gav du mig när jag var sjuk?

Hon svarade inte.

– Freja!

– Älggräs eller sälg, viskade hon.

Tor såg på träden. Det kunde vara vad som helst. Han hade ingen aning. Aldrig att han brytt sig om vad läkekvinnorna kom med i sina knyten. Nu fick han betala dyrt för sin okunskap.

– Du måste berätta hur de ser ut!

Det tog en evighet sedan öppnade hon ögonen igen.

– Älggräs. Vid det våta. Vita små blommor. Luktar.

Ett plågat ögonkast, en hes obegriplig viskning, så sjönk hon ned i sin dvala. Tor smekte hennes toviga hår medan han synade marken mellan skogen och stranden. Vad skulle han göra först? Hitta blomman eller bygga ett skydd?

Bäst att ordna ett ordentligt läger så att hon slutade frysa. Beslutsamt byggde han ett skydd av några grenar som han lutade mot ett träd. Under de våta löven låg ett lager som ännu inte fuktats av regnet. Han grävde fram det och gjorde en torr bädd dit han flyttade både Freja och elden.

Han hämtade lite vatten från en kåsa som han tvingade in mellan hennes grå läppar. Hon hostade matt, mumlade något om ormar och somnade sedan om.

Tors skräck växte. Freja var dödsmärkt. Hon hade gett upp. Han borde ha skaffat växterna först. Han la på ved och kokstenarna intill, sedan gav han sig av längs stranden. Allt han såg var vass. Om älggräset fanns häromkring så gömde det sig sannerligen. Tor började springa. Regnet tilltog och snart kunde han knappt se. Kanske fanns blomman längre inåt skogen. Han sökte med blicken, men såg ingenting. Nu började han bli riktigt förtvivlad. Han visste ju inte ens vad han letade efter. Små vita blommor. Han sprang fram och tillbaka längs strandkanten, rev och slet bland växterna. Till slut gav han upp. Det var hopplöst. Han började gå mot lägret för att se till Freja, genade genom ett buskage av höga blommor. När han gick igenom dem började de lukta skarpt. Tor stannade. De här växterna hade små vita blommor. Men växten var hög. Kunde det vara detta? Han slet åt sig ett fång och rusade till Freja.

Hon låg livlös som när han lämnat henne. Han försökte förgäves väcka henne. Han lyssnade på hennes bröst. Allt hade tystnat runt omkring dem – som om makterna väntade på hennes död.

– Aldrig, väste Tor och slängde ned vatten och kokstenar i gropen.

Han hade ingen aning om hur han skulle koka blommorna, men när han låg skadad hade han fått dekokter och det här kunde inte vara annorlunda. Han rev blommorna i småbitar och fyllde hela kokgropen med dem. Ju mer desto bättre. När allt kokat ihop fyllde han näverkåsan med drycken och försökte tvinga in den genom Frejas läppar medan han bad en bön om att han inte gav henne gift. Hon värjde sig men han fortsatte tills hon fått i sig nästan hela kåsan.

Nu hade han gjort sitt bästa. Allt han kunde göra var att vänta på att hon skulle leva eller dö.

Det kunde inte vara långt kvar till Idunvallen. Hon fick inte lägga sig ned och dö när de nästan var där. Inte efter allt de gått igenom. Jorunn dog, Freja dog, hans bröder föll i strid på Idunvallen. Tor drog djupt efter andan. Han kunde inte sitta här och gråta som en kärring.

Tor svepte sin mantel runt Frejas kropp och la sig bredvid henne och lyssnade på regnet som smattrade dovt mot skyddet han byggt av stockar och ris.

Nu låg allt i makternas händer.

Drottning Åse stod utanför sin hall och såg ut över sina hjordar som fridfullt betade på slätterna inåt land, de var som små prickar långt borta i landskapet. Bakom hennes rygg bredde havet ut sig bakom Vanaheims gårdar. En sval vind förde med sig lukten av fuktigt salt. Det var skönt att vara hemma igen.

Livet hade äntligen återgått till sina vanliga banor, världshjulet rullade vidare i sin cirkel, samma mönster, samma svårigheter. Men Åse hade ingen anledning att vara missnöjd. Härtåget hade visserligen kostat henne både kor, salt och brons men hon hade vunnit en duglig allierad och det behövdes.

Gudrun var hemkommen från handelsresor söderöver och berättade om strider längst ned i Skades land och hos danerna. Krigen var en farsot som kröp närmare hennes ö. Hon borde göra något. Åse spottade tre gånger på marken för att avvärja faran, att tänka på fiender kunde göra att man drog dem till sig.

Men de två främlingar som Oden skickat med som gisslan var en annan sak. Åse suckade. Den ene gjorde inget annat än att dricka mjöd och prata, den andre som Oden påstod hade vett i huvudet sa aldrig ett ord. Det var inte utan att hon kände sig lurad.

Några släpande steg fick henne att vända sig om. Gefjyn hasade över gårdsplanen. Hon var fortfarande inte återställd från sina sår, kinderna var bleka och hon rörde sig långsamt. Hon ställde sig vid sin moders sida och såg ut över vattnet.

– Tänker du på Freja? frågade Gefjyn.

Åse svarade inte. Frejas förehavanden var det som det pratades mest om i Vanaheim. Det hade passerat ett halvt månvarv sedan hon flytt med Tor. De hade inte kommit fram till Idunvallen, så mycket visste hon. Innan de lämnade Hallunda återvände den båt som varit där med Frejs tjänare och tillhörigheter och berättade att de inte synts till.

– Hon är kanske död, sa Åse och så fort hon sagt orden högt, slog de rot och gjorde henne orolig.

– Om hon var död borde vi varslats. Prästinnorna skulle ha sett det i sina syner. Hon lever där borta i skogarna, svarade Gefjyn trosvisst och såg ut över havet mot Skades land.

– Då borde hon ta sig till Oden och sluta mitt avtal. Jag svor på att Freja skulle leva som hans hustru under tre vintrar. Om hon inte tar sig dit så är avtalet brutet.

Åse gav Gefjyn en granskande blick.

– Har hon inte dykt upp vid vårblotet får du ta Frejas plats. Hoppas bara att Oden går med på det. Vi kanske kan förmå ett par av de yngre prästinnorna att följa med dig.

Gefjyn stirrade på sin mor med fasa.

– Skickar du mig till Oden som hans hustru går jag i sjön. Det svär jag på!

Hon backade undan för att gå sin väg, men Åse slet henne intill sig.

– Det här handlar inte om du vill eller inte. Det handlar om Vanaheim och min heder. Jag har gett mitt ord. Jag tänker fullfölja det. Och om du inte kan offra dig för ditt rike, ska du inte heller ta min plats den dag jag dör.

– Du har börjat tänka som krigsdyrkarna ...

Utan att säga ett ord släppte Åse taget om Gefjyns handled och gav henne en rungande örfil. Gefjyn tjöt som ett sårat djur. Medan hon såg sin yngsta dotter krypa ihop och gnida sig på kinden fick hon en känsla av att något var fel med Freja. Det var ingen vetskap, bara en vag olustkänsla.

– Eskil och Sale från Narlunda har kommit hit. De bråkar om sin mark igen och vill att du ska lösa tvisten, muttrade Gefjyn buttert.

Åse suckade och sköt undan tankarna på Freja medan hon gick mot hallen. Tvistandet tog aldrig slut.

Tor vakade vid Frejas sida hela natten, med jämna mellanrum tvingade han i henne drycken han kokat av älggräs. När det första gryningsljuset kom andades hon fortfarande, trots att det var så svagt att han nästan inte kunde känna det mot sin kind.

Det var då han bestämde sig. Han stoppade ned några vassrötter i ränseln och lyfte sedan upp Freja i famnen. Tor började gå inåt skogen åt det håll han trodde Idunvallen låg. Vad som helst var bättre än att sitta och vänta på det oundvikliga.

– Om det finns någon som kan hjälpa dig så ska jag hitta den, sa han till den livlösa Freja när han gick genom skogen med de mossbelupna trädstammarna.

Där fanns ingen ände, inget slut, bara Tors steg över den tjocka lövmattan. Grå himmel över frodig grönska. Frejas vita ansikte vilade mot hans bringa, hennes hår slog mot hans kropp för varje steg.

– Vi är i alla fall inte kvar i Mörkveden. Vem vet, kanske ligger det en gård här borta, mumlade han och kämpade sig uppför en kulle.

Ränseln dunkade mot hans rygg. Svetten i pannan sköljdes bort av ett strilande regn.

– Snart finner jag någon som kan göra dig frisk. Sov du och vila dig tills vi är framme, viskade han.

Hon var tung nu i hans armar, musklerna började värka. Motvilligt stannade han vid en klippa och la ned henne på marken innan han sjönk ihop och drog upp henne i sin famn. Han höll henne som om hon var ett litet barn, strök det ljusa håret från hennes ansikte och kysste de torra och spruckna läpparna. Sorgen var som en knut i bröstet. Förbannelse att han måste sitta här i hjälplöshet. De hade vandrat en evighet genom de förbannade träden och ändå fortsatte skogen så långt han kunde se.

– Tiwatz, kom hit och hjälp, ropade han trots att han visste att

Tiwatz inte brydde sig om kärleksbekymmer och sjukdomar. Men det var den Gud Tor svurit sig åt, och hans tecken han hade ristat på sin kropp.

– Vad har jag för nytta av dig nu? Om jag besegrat henne i strid hade du krävt henne, om hon bar ditt märke hade du stått här för att hämta henne till efterlivet. Men du bryr dig inte om något annat än kamp och mäktighet.

Tor tystnade, väl medveten om att han gått för långt. Att utmana makterna kunde inte hjälpa honom nu.

Skymningen kom, men han vågade inte släppa Freja för att slå eld. Han satt där tyst och lyssnade på skogen medan han väntade på att hon skulle dö. När hon var borta skulle han tända ett bål och bränna kroppen här vid stenen. Han ville fråga henne, men det var länge sedan hon märkte hans beröring eller tal. Trots sorgen kunde han inte låta bli att le. Han hade hatat häxor i hela sitt liv, hans folk var förbannande av dem och själv hade han slagit ihjäl flera. Ändå hade hans far slutit fred med deras drottning och själv satt han här med Freja i famnen. Livet kunde sannerligen ta märkliga vändningar.

Vad skulle nu hända med förbannelsen om Freja dog innan hon lyfte den? Han suckade och strök undan en hårslinga medan han lyfte huvudet och lyssnade. Där fanns ett ljud som han inte kände igen. Det var inget djur, så mycket hörde han.

Tor la försiktigt ned Freja på marken och ställde sig stridsberedd med yxan i hand. Var det något från andevärlden som kom för att hemsöka honom?

Något skimrade bland träden. Han kisade mot de dansande eldskenen och tog ett fastare grepp om yxan. Var det avgrundsvarelserna från Mörkveden som var ute efter dem igen? Gav de aldrig upp?

Plötsligt såg han att det var facklor. Kunde det verkligen vara människor, här i Utgård? Han spände musklerna och kramade yxhandtaget. Fackelbärarna närmade sig. Människor eller andar, han skulle möta dem i strid.

Men när de steg fram mellan träden stod han bara och stirrade med halvöppen mun. Varelserna framför honom liknade inga som han tidigare sett i denna värld.

Det var fyra män, små som halvvuxna barn, men med håriga och breda kroppar insvepta i björnhudar. I sina bälten bar de konstfärdigt smidda yxor, och i händerna varsin fackla som de höjde över huvudet när de stannade en bit från Freja och Tor.

– Vid Tiwatz, vad är det här för skrälingar? mumlade han.

De här fula små männen kunde omöjligen vara människor. Men de såg inte ut som fiender. De grova ansiktena iakttog honom förväntansfullt.

Kanske var detta det gamla folket som Freja pratat om. Vad det än var hade han inget att frukta. Tor slappnade sakta av. Männen var så små att han skulle kunna slå ihjäl dem med ett par yxslag.

De pekade på honom med grova fingrar och pratade ivrigt. Tor skakade på huvudet. Han begrep inte ett ord. Främlingarna tog ett par steg närmare och pekade på Freja, deras grova ansikten såg nu riktigt bekymrade ut.

Tor höjde långsamt sin ena handflata, för att visa att han var en vän.

Det fick dem att belåtet nicka. En av dem, ledaren, höjde sin fackla och gick fram till Tor och sa något.

Tor ryckte på axlarna. De små snattrade sinsemellan.

Ledaren tog några försiktiga steg ända fram. Han lutade sig framåt och petade på Freja med ett brunt finger.

– Kom, sa han med en grov röst som lät helt annorlunda än när han talade med sina kamrater.

Skrälingen sträckte sakta ut en hårig hand och ryckte i Tors arm. Han tvekade inte, han hade inget att förlora. Allt var bättre än att sitta och vänta på att hon skulle dö. Småttingarna måste ha sin gård i närheten, där kunde han åtminstone få hjälp och mat.

Han lyfte upp Freja i famnen och nickade.

De fyra männen knuffade honom ivrigt framåt. De hade bråttom. Varje gång han försökte stanna och vila skyndade de på honom.

– Kom, dånade ledaren med sin grova röst.

Tor lät sig fösas fram genom den mörknande skogen.

Det första tecknet på att de närmade sig skrälingarnas hem var en hjortskalle som lyste vit på en stör.

Männen verkade upphetsade, de sjöng sinsemellan och en av dem sprang i förväg i riktning mot en svart skugga som tornade upp sig framför dem. Tors steg var tunga av trötthet. Freja hade varken mumlat eller rört sig under en lång stund.

– Var är din Gudinna nu? frågade Tor hennes bleka ansikte.

Plötsligt slet en av männen honom in i skogen. Tor vacklade till och föll nästan ihop med Freja över sig.

– Vad vill du din fuling? röt han.

Småttingen pratade oavbrutet och pekade på stigen de följt. Vad ville han? Han såg mannen gå fram och krafsa lite bland de mörka skuggorna på marken. Tor såg ned i en djup grop. Nu begrep han. Skrälingen hade räddat honom från att falla ned i en fälla. Tor skymtade vässade pålar där nere på botten. Han nickade tacksamt mot den lille mannen och följde honom försiktigt i en omväg runt fångstgropen.

Snart tornade två jättelika klippblock upp sig på varsin sida av stigen. De var framme.

Tor stirrade häpet. Vad det än var han väntat sig så hade det inte varit detta.

Han stod bland några hyddor vid foten av ett brant sluttande berg. På bergssidan fanns flera stora grottor där eldar brann vid ingångarna.

Rep och stöttor förband hålorna med varandra och flera björnmän höll på att klättra ned till Tor och hans vägvisare. Det tog bara några ögonblick, så var han omringad av små människor. Det var som att stå bland en skock åldriga barn. Till och med de minsta hade grova ansikten som fick dem att se vuxna ut. De flesta var nakna, både kvinnor, barn och män. Deras bruna håriga kroppar pressade sig mot honom, petade på honom, nöp honom i skinnet medan de högljutt talade på sitt märkliga språk.

Tor lyfte Freja högre upp mot bröstet när de började nypa och lukta på hennes ljusa hår medan de förvånat tjattrade med varandra. En tandlös kvinna med ett litet barn sugande på det slappa bröstet lutade sig ned och försökte kika under Tors särk. Han morrade till och de backade snabbt undan. En av Tors vägvisare ställde sig framför honom och sjöng ilsket medan han hötte med sin yxa. Så vände han sig om och sjöng något med stolt röst.

Tor kände sig som ett värdefullt byte som burits hem till stammen. Han såg sig irriterat omkring. Ingen av de här skrälingarna kunde hjälpa Freja. Hennes läppar var nu så grå att hon måste vara död. Han skakade henne försiktigt, men hon hängde slappt i hans armar utan att röra sig. Sanningen kröp sig sakta på honom, la sina klor runt hjärtat på honom för att slita ut det i sorg.

Det var försent.

Rasande såg han på de små människorna. Vad ville de med honom? Plötsligt mindes han berättelserna om människoätarna som åt sina fiender för att få deras styrka. Aldrig att han skulle låta dem ta honom. Han svepte med blicken över de små. De var många men han skulle ta med sig de flesta innan de fick honom. En stridsplan tog form i hans huvud. Bättre att gå härifrån och begrava Freja i skogen. De skulle inte få göra sina oheligheter med hennes kropp, det skulle han bli man för.

I nästa stund skar ett gällt skri genom nattluften. Skrälingarna tystnade, drog sig åt sidan och släppte fram en kvinna som såg ut att vara hämtad ur en ond dröm. Hon var uråldrig och tandlös. På huvudet bar hon en hätta i skinn där horn från hjort och vildsvinsbetar var fästade. Grånande hårtestar stack ut och stod som en sky runt hennes grovrynkiga ansikte. Den enda klädnad hon bar var ett höftkläde i björnskinn. Kroppen var täckt av tatueringar, streck och cirklar, ormar och slingrande tecken. Men det var inte detta som fick Tor att misstänksamt rygga undan och lägga armarna om Freja. Det var det halsband av små vita människoskallar som hängde över de uttorkade brösten.

– Vid himlens och bergens Gud, vad är detta? mumlade Tor.

Häxan gick värdigt fram till Tor, men gav honom inte mer än en kort blick. Det var Freja hon nogsamt granskade. Hon luktade på hennes mun och tryckte på kroppen med ett svart smutsigt finger. Därefter strök hon med handen över ormarna på Frejas armar och grymtade förnöjt.

Tor backade undan från häxan. Vad tänkte hon göra med Frejas kropp? Aldrig att han lät henne besudla den. Det var som om häxan förstod vad han tänkte för hon såg bistert upp.

– Kom.

Hennes röst var grov och hes. Tor skakade på huvudet. Han tänkte inte gå någonstans med häxan från underjorden. Det blixtrade till i den gamlas ögon.

– Fred.

Tor skakade på huvudet. Aldrig. Skrälingarna, som hitintills stått tysta, började upprört prata och knuffa på honom. Hans vägvisare slet i hans armar och försökte ta Freja från honom. Andra pressade på bakom hans rygg. Tor hade inget val. Han tog några steg framåt och när han väl börjat gå var han tvungen att fortsätta. Plötsligt fick han syn på en av häxkvinnans tatueringar. Det var en likadan orm som Freja bar på sin arm. Var hon också häxa? Han såg på Frejas likbleka ansikte. Det var över. Häxan skrek på honom. Vad hade han att förlora om hon redan var död? Döskallekärringen skulle kanske kunna hjälpa Freja till hennes eftwervärld.

– Jag kommer väl då, sa han bistert.

Häxan ledde honom till en grotta som låg vid foten av berget.

Mynningen var trång och låg. Han fick ställa sig på alla fyra och släpa in Freja i grottan. Väl där inne var det högt till tak. Tor ställde sig avvaktande upp och såg sig omkring. Fyra facklor stod nedstuckna kring en bädd av fällar från älg och hjort som kastats över en rishög. Häxkvinnan pekade. Han skulle lägga ned Freja där. Tor tvekade och såg sig misstänksamt omkring medan han brottades med sina onda aningar. Vad var det här för ett ställe? Häxan skrek något på sitt språk och en av hans vägvisare kom in i grottan och började dra i Tor. Han föll till föga. Försiktigt la han ned Frejas livlösa kropp.

Väggarna var täckta med likadana bilder som han sett på den sten där Freja tillbad sin Gudinna. Det dansande skenet gjorde att de såg levande ut, hjortar sprang över den skrovliga klippan jagade av jägare med höjda spjut, kvinnor bolade med män med resta jättestakar, en kvinna höjde en dubbelyxa mot ett djur och överallt slingrade sig ormar.

Vita skallar från både människor och djur grinade mot honom från en klipphylla. Häxkvinnan rotade runt bland sina näveraskar och satte sig sedan vid Frejas sida. Hon gav Tor en ilsken blick och väste mot honom som en orm på väg att hugga.

– Gå.

Tor tvekade. Det var som att lämna Freja hos Dödsgudinnan själv.

– Är hon död?

Häxan skakade på huvudet.

– Gå.

Kvinnans grova ansikte var fyllt av hat. Här kunde han inte lämna Freja.

– Om du gör henne illa ska du också dö, sa Tor med fast röst. Han tänkte inte visa hur skräckslagen han var.

– Vettlös, väste häxan.

Tor höjde sin yxa. Vägvisaren drog i honom för att få honom att gå mot grottöppningen men Tor skakade av sig honom.

– Svär på att du inte ska skada henne.

Raseriet i kvinnans ögon hade kunnat få en dödlig att fatta eld. Hon skrek något på sitt sjungande språk och pekade sedan på Frejas armar. Därefter flög hon upp på fötter och grep en fackla och gick längre in i grottan. Ljuset dansade över slingrande ormar på väggen: de var precis likadana som på Frejas tatueringar. Så pekade häxan på ormen på sin arm.

– Syster, väste häxan rasande och pekade på sitt hjärta.

Så kastade hon sig framåt och sparkade Tor i magen. Han tog överrumplad ett steg bakåt medan han hämtade andan. Häxan blev helt vettlös. Skallarna dansade över brösten medan hon pekade mot grottmynningen och skrek. Tor gav Freja en sista blick, sedan kröp han ut ur grottan och satte sig vid ingången.

Han tänkte inte ta ett steg därifrån förrän Freja antingen var frisk eller död. Männen med björnskinnen kom smygande och satte sig vid hans sida som för att visa sitt stöd. De satt där och såg på eldarna som brann i grottmynningarna. En fasansfull sång hördes från grottan.

En av männen la en hårig hand på hans arm och sjöng något som lät lugnande. Tor svalde. Han hade hamnat i underjorden. Ljudet från flera trummor hördes från grottan. Gälla röster sjöng en sällsam sång. Håret reste sig långsamt på hans armar. Hade inte häxan varit ensam därinne? Han kunde ha svurit på att det inte fanns några andra ingångar. Tor rös och gjorde den gest med fingrarna som avvärjde det onda ögat. Mycket hade han sett under sitt liv, mycket hade han upplevt under sina vandringar, men sedan Oden dödade häxan på Idunvallen hade hela hans värld förvandlats till bländverk och häxspel.

Missmodigt tog han upp en pinne och började planlöst rita i den ljusa jorden. Hans fyra vägvisare satt vid hans sida och stirrade oavbrutet på honom. Irriterad reste sig Tor upp och började gå fram och tillbaka.

När han vaknade nästa dag, stel i kroppen efter att ha legat direkt på marken och irriterad eftersom solen stack i ögonen, stod hela småfolket och tittade på honom. De fnittrade och talade sinsemellan när han satte sig upp och gnuggade sömnen ur ögonen. Ett smutsigt barn med tovigt hår tassade fram, petade på Tors arm och rusade sedan tillbaka till de andra under skratt och hejarop.

Hans fyra vägvisare var redan vakna. De såg ut som om de hade rådslag. Resten av småfolket stod kvar och stirrade. Ingen av dem bar mantel utan bara höftkläden, de var de fulaste och hårigaste människor Tor sett i hela sitt liv.

Han undrade vad han skulle ta sig till, nickade till slut en hälsning. De började skratta och prata. Tor suckade trött.

Några grisar skrek från en av grottorna och plötsligt strömmade de ut. Ett par halvvuxna pojkar drev dem framåt med långa spön. Floden av svin verkade aldrig ta slut, präktiga suggor med halvvuxna kultingar vid sin sida. Ilskna galtar. Alla var de stora och präktiga, brunborstiga som vildsvin. En galt stannade till och vädrade misstänksamt innan han satte av.

Tor ställde sig förvånad upp. Han hade aldrig sett så många grisar förut. Trollen var ju rika!

– Grisar, sa han till vägvisarna som nickade uppskattande och pekade på djuren.

– Rimner! Rimner!

Tor nickade. Han var inte dummare än han begrep att han hade lärt sig sitt första ord. Vägvisarnas ledare pekade på sig själv och sa:

– Eitre.

Den lille mannen såg förväntansfullt på Tor som nickade och pekade på sig själv och sa sitt namn.

Skrälingarna jublade, därefter lärde han sig namnet på de tre andra män som hämtat honom i skogen: Berling, Brokk och Allvis.

De hade precis sagt sina namn när ett högt skri hördes från grottan. Freja! Hon levde! Lättad tog han ett steg mot öppningen. Vad gjorde häxan med henne därinne? De fyra småttingarna ställde sig genast framför honom och skakade med händerna i avvärjande gester. Ett nytt skri hördes därifrån, långt och så fyllt av fasa att småfolket drog sig bort från mynningen. Tor såg sig villrådigt omkring. Han kunde inte slå ned dem, då skulle de bli rasande.

– Vid de allrådande makterna. Vad är detta för vanvett?

Ilsket satte han sig ned och väntade. Frejas skrik hördes inte mer. Men hon levde. Han log för sig själv. Hon fanns fortfarande kvar i denna värld.

Efter den första dagen lämnade småfolket honom i fred. Bara några av barnen smög sig på honom och log förhoppningsfullt som om han skulle ge dem några gåvor. Tor brydde sig inte om dem. Han bara satt och väntade på Freja.

Två av hans vägvisare gav sig av, bara Berling och Allvis stannade. Tor ägnade mycken tid åt att se på deras hammare.

De var perfekt balanserade, deras slingrande mönster så vackra och sinnrika att han aldrig sett något liknande i hela sitt liv. Han begrep sig inte på dessa skrälingar, de bodde i grottor som djur men de ägde en stor rikedom i svin och vapen. De verkade inte odla något, han kunde inte se några åkrar någonstans, men ibland kom kvinnorna från skogen med korgar fyllda av växter. Han började vandra omkring nedanför det lilla berget och lärde känna dess omgivningar. De var inte lika storslagna som han först trott. Förutom häxans grotta fanns det ytterligare en grotta med en öppning nere vid marken och det var där som svinen hölls inspärrade under nätterna. Längre upp fanns ytterligare två hålor, skrälingarnas hem.

Var han än gick kom folk fram och sa sina namn om och om igen. Tor svarade artigt med sitt eget namn trots att det kokade inom honom. Han var less på att sitta här och vänta. Alltför många dagar och nätter hade redan passerat.

Han ville gå rätt in till häxkvinnans grotta och se hur Freja hade det, inte sitta och flina mot de kortväxta skrälingarna. Men han var inte dummare än att visa respekt mot dem som hade hans kvinna. Dessutom gav de honom rikligt med mat tre gånger om dagen. Och var det något Tor längtat efter så var det detta. Han åt av deras gröt och kött med en glupande aptit och la sig sedan ned och sov vid grottmynningen och väntade, in i oändligheten.

– Tor.

Eitre väckte honom försiktigt. Han satte sig upp och såg sig omkring, det var fortfarande natt. Månen var dold.

Eitre pekade bortåt skogen. Allvis stod redan upp med hammaren i hand. Tor behövde inga fler förklaringar. Han begrep mycket väl. Stridsberedd reste han sig upp. Ett hjärtslag senare kom de svarta skuggorna vällande ut från skogen. Skrälingarna rusade skrikande mot dem. Tor var i kapp fienden med några snabba språng. En liten man, nästan likadan som Eitre kom emot honom med höjt spjut. Tor gled smidigt åt sidan samtidigt som han krossade hans bakhuvud med yxan. Han vrålade med blodet kokande i kroppen. Så högg han yxan i nästa och nästa. Det var enkelt, han skördade skrälingarna som en skära på veteåkern. Blodet skvätte upp över hans kropp och fick stridsvansinnet att brinna. Han varken såg eller hörde. Fiendeskrälingarna hann aldrig hugga mot honom, han var för snabb, för stor, för smidig. Ingen var bättre än Tor på strid. Ingen undkom hans vapen.

I nästa stund var det över. Inkräktarna sprang till skogs med skrälingarna från berget efter sig. Han försökte följa efter dem men någon höll honom kvar. Rasande höjde han yxan och först i sista stund kände han igen Allvis ansikte. Han vred undan vapnet, slaget strök bredvid skrälingens huvud. Tor besinnade sig, drog flämtande efter andan medan stridsvansinnet rann av honom. Kroppen dröp av blod och svett. Hjärtat slog i kroppen. Det var sannerligen en kort strid.

Han såg sig omkring på de små kropparna som låg utspridda på marken. Hela småfolket var där med facklor och undersökte de döda. De kastade skrämda ögonkast mot Tor trots att han stod stilla. Allvis ryckte i hans arm. Pekade och gestikulerade, klämde på hans muskler. Han beundrade Tors styrka. Tor nickade stolt och började samla in skrälingarnas vapen. Bara ett par av dem bar yxor och hammare, resten hade spjut. Det var en besvikelse för Tiwatz.

Först då fick han syn på trollpackan som kommit ut från sin håla. Det var första gången sedan han bar in Freja i grottan. Tor var framme vid hennes sida med två språng.

– Var är Freja?

Kärringen fräste något. Vansinnet började sakta återvända. Han tog häxan i axlarna och skakade henne fram och tillbaka.

– Svara kärring. Var är min kvinna?!

Alla skrälingarna stannade till av hans rytande. Men häxan började skrika något åt honom. Allvis ryckte i hans arm, försökte slita honom därifrån.

– Förbannat att jag ber dig om lov kärring, skrek Tor och gav sig av till grottan. Nu fick det vara nog med häxors vilja.

Han släppte vapnen han erövrat vid grottmynningen och kröp sedan in, trots Allvis ropande. När han var igenom reste han sig upp och såg sig omkring. Yttervärlden kändes plötsligt avlägsen, inga ljud trängde in.

Freja låg på rygg och med slutna ögon, helt naken med armarna i kors på bröstet. Plötsligt blev Tor lugn. Han satte sig andäktigt vid hennes sida. Hon andades. Bröstet rörde sig svagt. Tecken hade målats över hela hennes kropp, vita blommor var strödda över hela bädden. Deras tunga söta lukt gjorde honom yr. Freja levde. Hon var vackrare än någonsin. Han smekte hennes bröst och lutade sig fram och kysste hennes läppar. Men hon varken rörde sig eller vaknade när han skakade henne lätt. Hon var i alla fall inte död. Ansiktet hade färg, läpparna var svagt rosa och inte grå.

I nästa ögonblick grep en hand tag i hans hår och slet honom bakåt. Den rasande häxkvinnan uttalade något som lät som en förbannelse. Allvis var också där och motade honom mot mynningen.

Skrälingen var allvarlig och skakad. Tor följde honom ut utan att bry sig om den skrikande fula kärringen. Han hade sett det han velat.

Nöjd samlade han ihop vapnen och gick nedåt sjön. När han nådde den leriga stranden tvättade han sig först noga i vattnet sedan tackade han Tiwatz för den seger han fått. Länge bad han om hjälp att komma hem och att hans släkt skulle beskyddas.

Därefter bröt han sönder spjuten över knäet och slungade dem ut i det svarta vattnet under höga rop. Det sista han gjorde var att slänga i de två hammarna. Nöjd med sitt offer vände han sig om och såg Allvis häpna ansikte.

Tor flinade.

– Du begriper det inte, eller hur? Att gudarna måste gäldas för sin seger.

Allvis mumlade något och Tor undrade hur de ärade sina gudar. Det fick han reda på när han kom tillbaka till grottorna och då önskade han att han stannat vid stranden.

Småfolket stod samlade runt en stor idegran som växte vid skogskanten. Där höll de på att hänga upp de döda i fötterna. Tor rynkade pannan och gick närmare för att se.

Dödshäxan skar av de dödas halsar medan hennes gälla röst sjöng. Två kvinnor höll upp en stor utsirad skål där de samlade blodet. Tor såg misstroget på. Han hade sett folk göra så här förr, men det var under deras vandringar långt österut. Skrälingarna skrattade förväntansfullt. De drack sina fienders styrka och offrade dem sedan till bergsguden. Detta var inte hans tro. Han skulle inte störa dem. Trött återvände han till grottmynningen för att vila. Men sömnen ville inte komma, trots att han var trött. Det fanns en sak som han inte kunde sluta tänka på. Vad hade de andra skrälingarna varit ute efter?

Nästa dag skulle han få veta.

Redan i gryningen kom småfolket och klappade om honom och log. De fortsatte under resten av dagen.

Det var ganska besvärande och när Eitre så ville att han skulle gå med honom in i en av grottorna följde han villigt med.

Tor klättrade upp för de trädstammar som lutade sig mot berget och tog sig upp på den första klippavsatsen. Eitre föste honom in i berget.

Grottan var ganska lång och tillräckligt hög så att han kunde stå upprätt. Överallt fanns askar, urnor och bäddar. Det stank som av något ruttet. Tor fnös. Men Eitre tvingade honom längre in och nu såg han, i slutet fanns en gång som slingrade sig djupt nedåt in i berget. Dämpade slag hördes därifrån. Tor gick dubbelvikt genom den trånga gången, han rev sig på stenar och det var så varmt att svetten rann. Han svor tyst för sig själv. Han kände sig som han var ett djur som kröp tillbaka in i moderlivet. Men snart blev gången vidare och de kom in i ytterligare en grotta.

Där stod ett par skrälingar och högg i väggen. Eitre lyfte facklan och drog med handen över den glittrande väggen. Tor flämtade till. Väggen var fylld av glittrande stenar. Kunde det vara guld? Han drog handen över väggen med bultande hjärta. Skimrande rikedom, berget var heligt. Inte undra på att skrälingarna anfallits. Han hade gärna gjort det själv för att komma åt rikedomarna som fanns här.

Eitre nickade och de gick tillbaka ut på klippavsatsen och ned till grisarnas grotta, först nu såg han att det egentligen var två stycken. En för djuren, den andra var en smedja. Ingen arbetade i dag. Härdarna var kalla men på stenarna låg verktyg och gjutformar. Eitre klappade på sin yxa och gestikulerade. Tor förstod. Det var här som den smitts. Han såg på den lille mannen med nyvunnen respekt, Eitre var en mästersmed med stor rikedom.

Den kvällen var det en ung kvinna som kom med kvällsmålet. Hon bar blommor i det långa svarta håret och såg skälmskt på Tor när hon ställde ned grötfatet. Tor åt utan att skänka kvinnan en tanke. Ett krus med en starkt mjödliknande dryck ställdes fram och han drack tacksamt. Kvinnan stod kvar och svängde på de fylliga brösten.

Eitre knuffade på honom och gjorde en gest med fingrarna och flinade belåtet. Det fanns inget tvivel om vad de ville att han skulle göra med kvinnan.

– Det kan du inte mena? utbrast Tor bestört.

Trodde skrälingarna verkligen att han skulle bola med den där fulingen medan hans kvinna kämpade mot döden? Tor höjde handen i en avväpnande gest.

– Nej.

Han kunde inte ha gjort något värre. Eitre ställde sig upp och skällde rasande på honom. Den unga kvinnan och de andra skällde högljutt. De drog till sig fler och fler och snart stod hela småfolket och skrek ut sin illvilja. Han hade förolämpat dem rejält, så mycket var klart.

Odens vandringar hade gjort Tor till en vittberest man. Han hade lärt sig att seder var olika och att man aldrig förolämpade en gästfri gård.

Men att bola med den där. Han såg på kvinnan och svalde tappert. Hennes tänder var lika svarta som ansiktet och håret. Ryggen var täckt av samma lockiga hår som ymnigt växte mellan hennes ben. Tor fattade tappert kruset med mjöd och tömde det i ett enda drag medan han bad till Tiwatz. Han behövde all hjälp han kunde få om han skulle få upp den i kväll.

Den unga flickan fnittrade glatt när hon visade honom till en av grottorna. Tor var inte finkänslig. Han slöt ögonen och tänkte på Freja. Efter en stund lyckades han riva av det han skulle. Han log stelt och gick ut ur grottan där alla småttingar stod och jublade.

Han gick tillbaka till häxkvinnans grotta där hans två ledsagare nickade och gjorde flinande gester. Tor satte sig ned på marken med en tung suck.

– Tiwatz, löven börjar gulna, det är snart tid för höstblot. Det är dags för mig att åka hem. Låt mig slippa denna plats, bad han.

Någon måste ha lyssnat på hans böner för när Tor vaknade på

morgonen stod hon framför honom och log. Ansiktet var magrare, men den sjukliga rodnaden var borta från hennes bleka kinder.

– Det är över, sa Freja.

Tor reste sig långsamt och tog henne i sina armar. Freja slöt ögonen, hon var matt och förvirrad. Ända sedan hon vaknade för tre dagar sedan kändes det som om en del av henne fortfarande sov.

– Jag trodde du var död, sa Tor.

Hon såg på hans solbrända ansikte och funderade en kort stund på om hon skulle berätta allt hon gått igenom. Men så beslöt hon sig för att han aldrig skulle kunna förstå vad det betydde att vandra genom underjordens nio världar utan att dö. Hon hade gjort samma resa som Snotra gjort när hon valdes till översteprästinna, men med en skillnad. Snotra hade rest i en natt, Freja hade vandrat där nere i ett halvt månvarv. Hon rös till. Aldrig så länge hon levde skulle hon kunna berätta om de fasor som hon upplevt. Om det inte varit för Bestlas sejd hade hon fått stanna där till tidernas slut. Hon var skyldig den gamla mer än hon någonsin kunde återgälda.

– Jag var nästan död men Bestla botade mig, sa Freja och rös till. Det fick räcka som förklaring till Tor.

Hon ville berätta hur hon sjönk ned till Gnipahålan och simmade genom sjön Gjölls vassa knivar tills hon nådde Narnstränderna. Hon ville säga hur hon flydde därifrån och vidare genom världarna med Bestlas andedjur som enda vägledare. Men denne man skulle inte begripa någonting.

Bestla kom ut ur sin håla, sträckte på sin satta kropp och kisade mot solen.

När hon skymtade den leende Tor i ögonvrån spottade hon ilsket på marken och vaggade muttrande iväg.

Freja log matt.

– Hon tycker inte om dig.

– Jag tycker i alla fall om henne. Jag var säker på att du skulle dö ifrån mig. Om inte de här kommit...

Han nickade mot Eitre och hans kamrater som följde häxkvinnan i hasorna.

– Bestla säger att Mångudinnan gav henne en syn. Vi är hedrade. Det gamla folket vill inte ha med oss människor att göra. De säger att vi förstör världen.

– Så du begriper vad de säger?

– Ja. Deras ord är fyllda med sejd. Alla våra galdrar är på det gamla språket. Jag har hoppats på att få träffa dem, men hade gärna gjort det på ett annat vis.

Hon log tveksamt. Tor såg på henne med forskande blick. Han måste känna hur hon förändrats.

– De ska ta oss till Idunvallen med båt. Det här är slutet på resan.

Han nickade, väl medveten om vad som väntade dem där. Ingenting skulle mer bli sig likt. Men han hade räddat hennes liv, gäldat henne för att hon räddade hans. De var inte längre bundna av några skulder.

Tor skulle aldrig säga det högt, men det gjorde honom både tom och sorgsen.

De gav sig av redan nästa dag. Småfolket samlades runt dem för att ta farväl. De verkade sorgsna över att de skulle resa.

Några av kvinnorna överlämnade högtidligt ett knyte till Freja som hon ödmjukt tog emot. Tor såg sig om efter Eitre, men han syntes inte till. De skulle precis gå till båten när han kom springande med något bakom sin rygg.

Eitre stannade framför Tor och sjöng på sitt främmande språk.

– Han säger att ni är bröder i anden. Han ger dig Mjölner i gåva, förklarade Freja.

Eitre nickade och sträckte fram den största hammare Tor sett. Han tog andäktigt emot vapnet, det svala bronset låg tungt i hans hand. Aldrig förr hade han sett ett sådant praktfullt arbete. De fyrkantiga huvudena var fyllda av slingrande ormar och spiraler som löpte in och ur varandra på samma sätt som Frejas tatueringar. Han la handen på den lille mannens håriga axlar.

– Din gåva är för storslagen. Jag kan aldrig återgälda den.

Eitre svarade.

– Han säger att det är deras tack för din strid. Att du alltid kommer att vara en bror och att du lever kvar i hans systers sköte, sa Freja och såg menande på honom.

– Jag var tvungen, jag tror att de skulle ha slagit ihjäl mig annars.

– Avvisar du en kvinna avvisar du hela folket. Du handlade rätt, sa Freja och tog av sig sitt bronsarmband.

Bestla var försvunnen så hon gav det till Eitre.

– En gåva som tack.

– Jag tackar å min mors vägnar. Ni är alltid välkomna till vår härd. Och nästa gång du kommer ska jag och mina bröder ge dig ett underskönt halsband, svarade Eitre.

– Du hedrar mig. Fred och god växt, sa Freja och tog Tors hand.

De följde Berling och Allvis till stranden där kanoten väntade. Freja flöt fram över stigen. Detta var bara början på en helt annan resa än den hon just gjort.

11

Freja och Tor stod tysta och såg på Idunvallen. Det solgula halmtaket på Odens hall skymtade bakom trädstammarna, en blek rökslinga letade sig ut ur rökhålet. De småväxta korna betade bland stubbarna på ängen, vallade av en mager liten pojke som satt hopkrupen på en sten. Bakom åkrarna, skyddade av gärdesgårdar och risbuskar, skymtade böjda ryggar. Ljudet av en yxa som högg i trä ekade i fjärran.

Freja vände på huvudet och såg ut över havet. Kanoten var nästan försvunnen bakom ett näs. Den smala urholkade trädstammen sköt som en pil över det mjuka vattnet. Hon ville springa längs stranden och ropa dem tillbaka istället för att gå de sista stegen till Odens gård.

– Far lär bli glad när jag återvänder med hans brud, sa Tor sammanbitet.

Han rättade till hjortskinnskjortan, den var så smutsig och trasig att den nästan inte höll ihop. I en reva på axeln lyste ärret från pilen rött.

Först nu såg hon hur Tor magrat sedan hon såg honom för första gången. Då hade han varit kraftig, nu låg hans muskler som spända rep under huden. Hon såg på blodådran som bultade mellan senorna på hans hals.

Det fanns så mycket Freja ville säga, så mycket hon ville berätta, men det var som om en strypsnara dragits åt runt halsen.

Det var över. Det var meningslöst att säga något mer.

Från det ögonblick de gick in på gårdsplanen skulle hon tillhöra Oden, som om hon var en kviga eller ett halsband. Hennes egen mor hade bytt bort henne mot fred och god handel, dömt henne till ett liv långt borta från Vanaheim.

Men om hon inte flytt med Tor skulle Oden skurit halsen av henne, nu skulle hon i alla fall få leva. Det var hon säker på. Och så länge hon var vid liv skulle hon slåss. Hon mötte Tors blick. De såg på varandra länge.

– Jag lämnar dig här, sedan ger jag mig av igen, sa han till slut.

Hon ville skrika till honom att hon inte stod ut med att vara ensam på gården om han inte var där. Hon ville vädja till honom, be honom stanna. Men allt hon fick fram var:

– Vart ska du?

Frejas röst var sprucken och hes av förtvivlan.

– Det får jag se, svarade han med en axelryckning och började gå mot gården. Hon följde efter. Det enda som fanns kvar var plikt.

– Jag är som en ko som leds till blotet, sa hon tyst.

Orden fick Tor att utan förvarning drabbas av raseri. Högröd i ansiktet grep han tag i hennes axlar och skakade henne.

– Tror du jag vill se dig samman med min far? Tror du inte att jag kommer se er samman framför mig varje kväll? Tror du inte att jag vill förhindra detta!

Freja vred sig ur hans grepp och tog förvånat ett steg bakåt. Hans raseri väckte henne ur sin förtvivlan.

– Jag måste leva samman med Oden för Vanaheims skull, men jag tänker sannerligen inte ligga samman med honom. Försöker din far komma ned i min bädd ska jag sejda hans stake slak.

– Jo, det kan du tro, muttrade Tor bittert.

Freja fnyste ilsket, strök undan håret från ansiktet.

– Jag tänker inte bli som en av era viljelösa hundar till kvinnfolk. Klarade jag vandringen genom underjorden klarar jag det här. Det är bara tre somrar, sedan är jag fri. Antingen tror du och litar på mig eller så gör du det inte. Du får själv välja om du vill vänta.

Så fort hon sagt orden högt kände hon hur sanna de var.

De hade nått fram till hagarna, nu var det inte långt kvar. Hon svepte med blicken över markerna. Det vilade en stilla ro över åkrarna, helt olikt den första gången hon kom till denna gård. Det måste vara Frejs verk.

Gärdesgården var lagad efter kampen, gräset växte högt på slagfältet. Hon såg striden inom sig, sökte med blicken platsen där ynglingen med uppskuren mage dött vid hennes sida. Och där borta hade hon gett Storm nådastöten, under ett andetag skymtade bilden av den döende kvänerkrigaren förbi. Freja blinkade till. Allt som fanns där nu var frodigt gräs som vajade i solskenet. Den sömniga friden kändes respektlös mot de döda.

– Tor!

En yngling tog ett språng över gärdesgården och kom rusande mot dem med ett tjut. Freja kände igen den blonde unge mannen med det slitna ländklädet. Det var Balder som nu skrattande omfamnade sin äldre bror.

– Vi trodde vi förlorat dig för alltid, sa han med lysande ögon.

Så ropade han bortåt gårdsplanen.

– Kom och se vem som är här!

Fler män kom fram, så fort de såg Tor släppte de vad de hade för händer och sprang honom till mötes. En skock ungar följde efter dem, nakna och barfota skockades de nyfiket bakom männen som dunkade Tor i ryggen medan de pratade i munnen på varandra.

Freja backade undan från de svettiga kropparna och höga rösterna. Männen såg henne inte ens, deras ögon lyste i de skäggiga ansiktena när de hälsade på Tor.

– Vi drack din skål när vi hörde att du flytt från Hallunda, sa Erik Långbåge. Han måste ha arbetat i smedjan för han hade fortfarande en garvad hud bunden runt mage och bröst.

– Hur hade du det hos häxorna? sa Balder.

– Jag var illa sårad, Freja här gav mig vård. Vi gav oss av tillsammans, svarade Tor.

Männen stannade och såg på Freja för första gången med blickar fyllda av misstrogenhet.

– Du menar inte att häxan räddade dig? ropade Balder.

Tor nickade.

Männen började gapskratta. De vek sig dubbelvikta, slog sig på knäna.

– Ja, det man inte har i armen får man ha i kuken, frustade Balder och dunkade Tor i ryggen som bara la armarna i kors och log godmodigt.

– Jag förlorade i alla fall inte striden, sa han lugnt.

Männens skratt tystnade. De vek undan med blicken.

– Det ska sannerligen bli spännande att höra din berättelse vid härden i kväll. Din far blir glad nu när du är hemma igen, sa Erik Långbåge till slut.

– Häxan du har med dig är väl densamma som han fick i fredsgåva av deras drottning? sa Loke som obemärkt glidit fram bakom männens ryggar.

Freja såg med fasa på den lille schamanens rävliknande ansikte. Han gav henne en beräknande blick, som om han planerade vad han skulle ta sig till med henne.

Tor nickade.

– Jo, hon ska bli min fars brud, sa han avvaktande.

– Som om Oden inte hade tillräckligt med kärringar. Jag kan ta henne istället, sa Erik Långbåge och såg uppskattande på Frejas lår.

I den stunden fick hon nog. Nu hade de förolämpat henne tillräckligt.

Freja klev rasande in bland männen och ställde sig framför Erik Långbåges ansikte och röt:

– Tig! Kom ihåg vem som gick segrande ur striden. Visa mig aktning annars ska jag låta dina pungkulor växa fast på tungan så du aldrig mer kan säga ett ord.

Erik Långbåge bleknade bakom det ljusa skägget och backade undan.

– Han menade inte så illa, sa Tor.

Men detta var hennes krig och hon var tvungen att börja slåss redan nu, så mycket begrep hon. Freja sträckte på ryggen och spände blicken i de roade männen.

– Jag varnar er, mer av sådant prat och jag ska sätta onda ögat på er så ni aldrig mer får tur.

De växlade några skrämda blickar med varandra.

– Ni borde lyssna på henne. Jag har sett henne göra ting som ingen av oss kan begripa, sa Tor och log svagt.

– Hon har förvridit huvudet på honom, sa Loke och såg på Freja med sina vassa ögon. Hon begrep att han inte glömt deras möte på slagfältet. Han var fortfarande hennes fiende.

– Mitt huvud är det inget fel på men om det inte varit för Frejas sejdande så hade jag inte levt idag. Jag ska berätta allt som skett vid härden i kväll, sa Tor.

– Trolldom och bländverk. Som om det inte räckte med den bolande schamanen som flyttat hit, muttrade Balder.

– Var är Frej och hans folk? frågade Freja, ivrig att få vara med de sina.

Balder ryckte på axlarna.

– Han är väl hos Oden inne i hallen eller i hyddan han tvingade oss bygga på gården, sa Balder och nickade bort mot gården.

– För mig dit.

Balder gav Tor en frågande blick och fick en kort nickning till svar.

– Följ med då, sa han och började gå.

– Jisses Tor, det var en ilsken kärring du släpat hit, var det sista hon hörde när hon gick genom grinden.

Gårdsplanen såg nästan likadan ut som den gjorde när hon vakade vid den sårade Gefjyns sida. En svart liten raggig häst stod bunden vid grisarnas tomma hage, länderna var svettiga som om den nyligen ridits dit, huvudet sänkt och den långa svansen slog efter flugorna. Två gamlingar satt och garvade ett skinn. En trälkvinna stod inne i den lilla köksträdgården och stirrade på Freja samtidigt som hon försökte plocka bort ogräs.

Dörren till hallen stod uppslagen, några dämpade röster hördes därifrån. Två loppbitna hundar låg och halvsov i skuggan under halmtaket, de var så magra att revbenen stack ut från den smutsiga pälsen. Några vidare vakthundar verkade de inte vara. En av dem såg ointresserat upp när Freja gick förbi ute i solgasset.

En kvinna, som Freja antog var friboren eftersom hon hade bättre kläder än den magra stackare som stod i köksträdgården, kom ut från hallen med ett träträg med vatten. Hon hällde det på hundarna som gnällande hoppade upp bara för att flytta sig bort mot högen av stenar, där de sjönk ihop igen.

Freja kastade en blick mot helgastenen och nickade sedan gillande för sig själv. Stenen var insmord med blod och en blotad get hängde uppspänd på några pålar, högt över marken så inga hundar kunde sätta tänderna i offergåvan. Inte undra på att jorden var lugnare nu. Feta flugor surrade runt getens ruttnande huvud.

– Är ni glada för Frej, frågade hon den tigande Balder som ryckte på axlarna.

– Det är väl inget större fel på honom. Han tog hit sina getter, en häst och fyra kor. Dem har han lovat att vi ska äta om vintern blir svår. Tur har han både i jakt och fiske så nog går det med honom.

Han tystnade när ett kvinnoskrik ekade ut över gårdsplanen.

Balder pekade på en stor hydda, som med sitt torvtak och präktiga väggar var mer av ett hus. Den hade byggts vid sidan av visthuset. Ytterligare ett skrik ljöd genom den nytimrade dörren.

– Där pågår kvinnosaker, sa Balder och skyndade tillbaka till sin bror.

Freja öppnade dörren och möttes av en kväljande lukt av smärta. På en vassmatta låg Siv med plågat rödsvettigt ansikte och en träbit mellan tänderna. Trälflickan Kol och en kvinna som Freja aldrig sett förr satt vid hennes svällande mage. De tre stirrade så häpet på Freja att hon lika gärna kunde ha stigit upp från underjorden.

– Men vilken hiskelig tur, sa Kol andäktigt.

– Din förbannade edsbrytare! Försvinn! skrek Siv, vanvettig av smärta.

Freja la av sig ränseln vid dörren. Vad skulle hon ta sig till? Hon hade inte skänkt vare sig Siv eller barnet hon väntade en tanke, det var så mycket annat som hade hänt. Det dåliga samvetet la sig som en stenmantel över hennes axlar. Siv hade rätt. Hon hade ljugit för henne.

– Vi kan inte vara fiender. Inte nu.

Siv vände sitt rödflammiga ansikte mot henne. Ögonen var dimmiga av smärta.

– Ta ut ungen ur kroppen, skrek hon medan födslovärken drog genom hennes kropp och fick hennes mage att rycka och spänna. Siv bet fast i pinnen och stönade som ett döende djur.

När smärtorna klingat av såg hon på Freja med rödkantade ögon som trots hennes utmattning dröp av illvilja.

– Du skadar ditt barn om du föder i hat, varnade Freja.

Sivs kropp skakades av ytterligare en smärtvåg. Hon var nära nu. Freja satte sig med bultande hjärta mellan Sivs ben medan hon försökte samla tankarna Den äldre kvinnan vid Kols sida såg nyfiket på Freja medan hon gjorde plats. Det fanns något värdigt över henne. Kvinnan bar en enkel klänning, men det gjorde alla vid barnafödslar.

Nej, det var sättet hon förde sig på som skiljde henne från de andra kvinnorna hon sett på Idunvallen. Till slut kom hon på vad det var. Hon var okuvad.

– Så det är du som är Freja. Jag är Frigg, Odens fru. Du ska vara välkommen hit.

Freja stirrade på kvinnan med en blandning av förvåning och lättnad. Oden hade redan tagit sig en ny hustru.

Då skulle hon slippa.

– Tack, sa Freja.

– Hon har hållit på sedan i natt, sa Frigg och nickade bekymrat mot Sivs sköte som lyste rött och öppet för barnet.

– Var är Frej?

– Han hämtar det där gräset som hon äter hela tiden, sa Kol och såg på Freja med tindrande ögon.

– Har livsvattnet runnit ur henne?

– Det var nästan två dagar sedan, sa Frigg bekymrat.

Siv skakades av en smärtvåg och bet i pinnen med ett plågat stön.

– Jag klarar det inte!

– Det gör du visst.

Freja drog ett djupt andetag. Hon tänkte inte överlåta detta åt främlingar.

Men det var mycket som behövde göras på kort tid. Hon tog några kol från den slocknande härden och krossade dem i handen. Därefter spottade hon på det tills det blev en svart smet som hon tecknade med på Sivs sprängande mage medan hon sjöng födslogaldrar. Kol stirrade skräckslaget, Frigg följde däremot nogsamt varje gest som Freja gjorde.

Sejden hjälpte. Siv lyfte sitt svettiga huvud och såg på den stora magen som spände och ryckte.

– Jag svar att jag aldrig mer ska ligga samman med en man, stönade hon.

Freja log mot Frigg.

– Det där har man hört förr. Nu får du kämpa annars dör både du och ungen, sa hon och särade Sivs ben.

I samma stund öppnades dörren och en svettig och andfådd Frej kom in med ett knippe gräs i handen.

– Må makterna vare lovade att du lyckades komma hit, syster.

Han kramade Frejas arm och såg oroligt på Siv.

– Hur går det?

Sivs ansikte var förvridet av smärta.

– Ge hit gräset och försvinn.

Hon slet åt sig knippet och började tugga i sig det utan att svälja.

– Lugn syster, sa Freja, tog gräset ur Sivs hand och la det åt sidan.

– Äter du för fort så tappar du sansen och då dör både du och barnet.

– Det är inte din kropp som håller på att slitas i två delar. Käraste Gudinna ta ut ungen ur min kropp.

Siv viftade undan Frejs hand som försökte stryka bort hennes svettiga hår från ansiktet.

– Jag vill inte se dig.

– Gå ut. Du Kol, kan hämta vatten. Det dröjer inte länge nu, sa Freja och gjorde en gest mot dörren.

Båda försvann lättade. Snart kom Kol med en skinnsäck vatten som värmts ljummen över kokgropen.

– Siv, upp på alla fyra. Tiden är inne, sa Freja.

– Jag orkar inte, flämtade Siv. Hon var lugnare nu när gräset börjat verka. Med en kraftansträngning lyckades hon snyftande vända på sig och ställa sig på händer och knä.

– Du är duktig. Det här går bra, lugnade Freja.

– Mycket, sa Kol vars egen växande mage putade under kjorteln. Hon såg hur Freja sjungande drog med handen över Sivs länder som om hon vore en orolig märr. Sivs svullna bröst slängde mot jättemagen. Nu syntes ett huvud, slem och vatten droppade ned på vassmattan. Kol stoppade in bitpinnen i Sivs skrikande mun.

Freja sjöng kraftsånger, det var en ursinnig kamp som fördes. Barnet och Siv färdades över gränslandet mellan liv och död. Lidande skar genom hyddan.

Nu var huvudet nästan ute. Freja kämpade för att få grepp om dess skrynkliga huvud, halt av fett och slem. Lite vatten sipprade ut från Sivs sköte. Nu hade Freja ett fast tag.

När nästa födslovärk kom drog hon till i huvudet och barnet föll ned på vassmattan, hal av blod och fett. Freja såg på den blåsvullna saken mellan hans ben.

– Det är en pojke, sa hon och tog sin blotkniv ur bältet.

Med ett raskt snitt skar hon av hans livstråd. Ett svagt pipande hördes från de späda läpparna. Han skulle leva. De fyra kvinnorna tystnade när andarna svepte genom rummet.

Freja lyfte upp varelsen och log triumferande. Detta var det största miraklet i världen.

– Gudinnan vare tack. Välkommen ska du vara, viskade hon och torkade av blodet och fettet från barnet med en skinnbit som Kol räckte fram.

Han var så liten, mindre än något annat barn hon sett. Ändå var han perfekt, alla fingrar, alla tår fanns där.

Hon la honom på Sivs bröst. Den lille började genast gapa som en fågelunge och söka efter bröstvårtan.

– Vacker, viskade Siv utmattad och smekte försiktigt de svarta fjunen på pojkens huvud.

Freja log och satte sig på huk och väntade på att blodklumpen som barnet ätit på när det växte skulle komma ut från magen.

Det dröjde, men till slut födde Siv fram den också. Freja vek upp den och såg på livsträdet som sträckte ut sina grenar. Där fanns barnets öde tecknat. Siv sträckte på halsen för att försöka se.

– Vad spår du, vad ser du?

– Lugn. Vänta.

Freja följde grenarna med fingret, såg noga på dem så att hon inte skulle säga fel. Men alla tecken var goda.

– Det är en jägare som ligger vid ditt bröst. Hans livsträd är starkt. Du har inget att oroa dig för. Han är stark och klok, sa hon och log mot Siv som lättad kysste sin son som somnat vid hennes bröst med öppen mun.

Freja såg vidare på livsträdet. Följde de gula grenarna över det röda köttet. Bara en sak var märklig. Under den klena fadersgrenen växte en mycket starkare och kraftigare gren. Den slingrade sig in i barnets livsöde, gjorde hans öde starkare och större.

– En man som inte är hans far kommer att ge honom näring och styrka under hans barndom.

– Ja, Frej duger då inte till något.

– Vad ska pojken heta?

Siv såg ned på sin nyfödde, smekte försiktigt hans kind.

– Jag viger dig till Gudinnan och ger dig namnet Ull, mässade hon och tecknade över barnet.

Freja nickade belåtet.

– Det är ett bra namn på en jägare.

Luften skimrade till och plötsligt stod Gullveig och såg ned på barnet. Freja drog häftigt efter andan. Men det här var inget ondskefullt bländverk, det här var den riktiga Gullveigs ande, svag men ändå närvarande.

Känslan av tröst omfamnade henne som en varm mantel. Gullveig log tyst. Freja var inte ensam mer.

Det knackade lätt på dörren. Frej ropade och undrade om han fick komma in.

– Vänta, skrek Freja och vände sig till Siv som la armarna om barnet som om hon skyddade det från fadern.

– Det här är ju inte den första ungen han hjälper till att sätta till världen. Och det lär bli några fler på den här gården. Men det bryr vi oss inte om. Eller hur? sa hon till den nyfödde pojken.

Freja nickade till Kol att hon skulle öppna och i nästa stund stod en glädjestrålande Frej i hyddan.

– Gudinnan har skänkt liv, jag tackar henne.

Han lutade sig förundrad ned över Siv som gav honom en irriterad blick.

– Så liten.

– Han kändes inte liten när han kom, muttrade Siv.

– Gjorde det ont?

Freja fnös.

– Siv behöver vila nu. Det är bäst om du går, sa hon.

– Jag vill namnge den lille med en gång, sa Frej.

Freja stirrade på Frej med vidöppna ögon. Hade han blivit vanvettig? Var detta samme man som vid Hallundas smedjor stått och sagt till henne att modern och fadern inte hade någon betydelse?

– Vi är inte här för att bli som krigsdyrkarna. Har du blivit så högfärdig nu att du tror att du kan ta Gudinnans plats? Tror du att du kan skapa liv bara för att du sticker in staken där du behagar?

– Nej, men jag tyckte att...

Freja reste sig och pekade mot dörren.

– Försvinn ut härifrån. Ta dig inte ton mer om detta. Ta dina saker och finn dig en annan sovplats. Här inne sätter du inte din fot mer.

Frej bleknade.

– Freja...

Men nu tog Idunvallens nya härskarinna över. Att en karl sprang runt ett nyfött barn var mer än Frigg kunde tåla.

– Nu får du gå. Ut, sa hon och knuffade handfast ut den förvånade Frej genom dörren.

Frigg stängde dörren efter honom och skakade på huvudet.

– Det är märkliga seder ni har, ska ni inte låta fadern sätta ungen på staken och ge honom ett namn?

– Enligt våra seder har han redan fått ett namn, sa Freja långsamt.

– Låt honom inte göra det. Då kan Frej ta honom ifrån mig, sa Siv oroligt och såg på Freja som om hon först nu insåg att de var de enda prästinnorna i Vanaheim som levde på denna gård och att de därför behövde varandra. Frigg såg tyst på när de växlade en lång blick.

– Har du hälsat på min make? frågade hon till slut.

– Nej, svarade Freja. Jag kom direkt hit.

– Då ska jag följa dig till honom. Vila nu Siv, det var ett hårt arbete, men du gjorde det väl. Kol ska ta hand om dig.

Hon klappade hennes kind och fick en tacksam blick till svar.

Freja lyfte upp det ännu varma livsträdet och la det utanför tröskeln. Där skulle det ligga i tre dagar så att alla och envar kunde läsa pojkens öde.

Inte för att någon på gården verkade begripa sig på sådana saker, men i alla fall. Det var på tiden att de fick lära sig några vettiga seder.

Hon försökte torka av sina blodiga händer på överdelen.

– Kom så går vi ner till stranden så du kan tvätta dig. Du ser hiskelig ut efter din långa vandring. Jag ska hjälpa dig att bli redo för mötet med din blivande make.

Freja stannade och såg rätt in i Friggs ögon med bultande hjärta. Vad talade denna kvinna om?

– Oden är ju redan gift med dig!

– En sådan stor hövding kan ta sig så många hustrur han vill.

– Jag dränker mig hellre än ligger samman med din karl. Det svär jag på, fräste Freja.

Frigg skrattade sorgset åt hennes raseri.

– Man vänjer sig vid allt.

Ända sedan Frigg kom till Idunvallen med sina barn hade hon hört talas om den unga häxan från Vanaheim som skulle bli Odens andra fru. Frigg var praktisk, en kvinna måste ta den lott hon fick i livet. Men när förste maken blev ihjälriven på björnjakt hade hans bror tagit över gården. Frigg och hennes tre döttrar fick bo kvar på nåder och hon drog inte jämnt med gårdens nya härskarinna. Därför hade hon blivit glad när Oden tog henne till hustru. Nu fick hon en bättre ställning på en rikare gård. Redan innan hon stod tillsammans med Oden under hammaren och blev välsignad visste hon att han skulle ta sig en ny fru. I början hade hon fruktat hennes ankomst och hoppats på att hon skulle dö ute i skogarna, men ju mer hon talat med alvaprästen Frej desto mer hade hon begripit att Freja inte var något hot mot varken henne eller döttrarna.

Dessutom hade hon tillräckligt många problem med kämparnas hustrur som bodde på gården och som försökte göra livet surt för henne.

Det hade talats mycket om vanernas häxor och hur de sejdat sitt folk till seger. Det sades att deras seder var märkligare än någon hört talas om och att de levde på det gamla sättet. Men deras drottning hade slutit en storslagen fred med Oden och dessutom borgat för handel och god växt. Därmed behövde de inte längre frukta svältvintrar och för Frigg var detta det viktigaste av allt.

Hon såg på den unga kvinnan, så olik de bilder hon gjort sig i huvudet om den märkliga häxan. Freja var knappt mer än ett flickebarn. Men trots att hon var mager som en skrika och smutsig över hela kroppen var hon ändå vacker så det värkte i ögonen.

Odens lentungade prat skulle få henne att ge upp sin illvilja, snart skulle hon slå låren runt hennes man. Det var hon säker på. Såvida inte Frejas håg stod till någon annan. Tor var en ståtlig yngling. De hade färdats länge genom skogarna. Det vore märkligt om de inte varit samman.

– Det har pratats mycket om dig och Tor må du tro. Han kom väl tillsammans med dig? sa Frigg försiktigt.

– Ja, vi vandrade tillsammans, sa Freja avvaktande.

– Och mer än så kan jag tro.

– Folk tror så mycket, svarade Freja kort.

Hon tänkte inte förnedra sig genom att berätta om sin sorg och kärlek.

– Jag förstår att detta är svårt för dig, men du ska veta att du kan lita på mig. Jag är faktiskt din vän, sa Frigg och log.

Nu var hon säker. Freja var inget hot. Och det var bättre att vara bundsförvant med häxan än att vara hennes fiende.

Frigg sökte med blicken bland kvinnorna som stod och viskade vid kokgropen medan de väntade på att elden skulle brinna ned till glöd.

– Fulla!

Den brunhåriga unga kvinnan slängde ett fång ved på elden och såg sedan upp.

– Kom hit.

Fulla skyndade förbi hallen, två flickor i koltåldern sprang i hennes hasor och slängde sig sedan om Friggs ben. Hon smekte deras huvuden, den ena var ljus som hon själv, den andra lite större, hade brunt lockigt hår.

– Vad blev det för bäbis, mamma?

Frigg log ömt mot sina döttrar.

– Det blev en pojke, sa hon med mjuk röst.

– Kommer han att leva?

– Ja, det är jag säker på.

– Vem är det där? sa den yngsta och såg på Freja som sökte med blicken efter Tor, men han måste gått in i hallen för hon såg honom ingenstans.

– Det här är Freja. Hon ska också bli Odens fru. Fulla hämta min kam och gula klänning och kom bort till badviken.

Hon nickade åt de två flickorna.

– Ni får följa med och hålla vakt.

De små jublade och sprang bortåt stranden.

Friggs ansikte var trött men vänligt.

– Kom nu Freja, vi ska göra dig vacker.

Det var skymning när Frigg tog ett steg bort från Freja och såg på henne med en blandning av stolthet och sorg. Trots att hon vägrat att låta dem fläta henne var hon oändligt vacker. Håret hängde lockigt och fuktigt runt hennes huvud. Det var i samma sädesgula ton som den överdel och vida kjol som Frigg lånat henne tillsammans med den spetsiga bucklan som hon spänt på hennes mage. Ögonen lyste gröna i det oroliga ansiktet, men hennes hållning var en drottnings. Det högg till av vånda i Friggs mage. Skulle Oden föredra Freja? Då skulle hon förskjutas och bli tjänarinna.

– Är du redo? frågade Frigg och log tröstande mot den blandning av rädsla och raseri som skymtade i Frejas ögon.

– Du ska ha tack, sa Freja och hon menade det verkligen. Badet och de rena kläderna gav henne ny styrka att möta Oden, Gullveigs baneman. Hon såg på den äldre kvinnan som tagit sig an henne trots att Freja var ett hot mot hennes ställning.

– Jag ska aldrig glömma din vänlighet och jag svär här och nu att aldrig göra något som skadar dig.

Frigg nickade och kunde inte dölja den lättnad hon kände.

Luften i hallen var unken och varm trots att dörrarna stod öppna. Den skarpa lukten av männens svett blandades med stekoset från kokgropen och fick det att vattnas i hungriga munnar. Några brinnande grenar på härden lyste upp karlarnas ansikten där de satt runt den. Kvinnor och barn tryckte längs väggar och sovbänkar. Alla lyssnade på Tor som med hög röst berättade om vad som hänt honom ända sedan den stormiga natt han sårades av Vanaheims krigare. Men så fort han fick syn på Freja tystnade han. Gårdens ansikten vändes mot henne. Hon tog ett par steg in i hallen, men stannade sedan och mötte

Tors blick. Hans kinder flammade i rött efter att han rakat av sig skägget. Hon hade glömt hans ansikte, nu såg han mycket yngre ut där han stod iklädd en svart yllekolt som hölls uppe av ett brett läderbälte. Tor hade aldrig varit stiligare. Hur skulle hon klara detta?

– Kom nu, var inte blyg, viskade Frigg.

Freja lät sig ledas bort till Odens högsäte. När hon såg honom sitta där, svartskäggig och stormagad, blev hon sig själv och mötte hans blick med styrka.

– Se här. Den vackraste flickan i världen har kommit för att bli min hustru, log Oden och granskade lystet hennes kropp.

Freja sträckte trotsigt på ryggen. Hon kunde känna Tors vrede och vånda slå mot hennes rygg.

– Min mor skickade mig hit för att signa din mark. Detta ska jag med glädje göra. Men något äktenskap kommer det inte att bli. Om jag gifter mig med dig kan jag inte klara vad jag är satt att göra.

Hon hade kunnat säga mer, men Oden hävde sig upp ur högsätet som en ilsken tjur.

– Du är gisslan här och gör vad du blir tillsagd. Jag har slutit ett avtal med din mor och det ska hållas, röt han.

Freja kämpade för att dämpa det raseri som flammade upp inom henne. Hon växlade en blick med Frigg som orolig stod vid Odens sida.

– Jag ska nog bli din hustru, men vill du ha sejd får du ta din lidelse någon annanstans. Välj själv hövding, sa Freja och korsade armarna över bröstet.

– Står du och trotsar mig i min egen hall, vrålade Oden högröd i ansiktet så att det rann spott ned i skägget.

I den stunden var det något som brast inuti Freja. Mycket galenskap hade hon fått finna sig i men hon tänkte inte stå och bli hånad av en man hennes mor besegrat i strid. Oden slängde sig fram och höjde handen för att slå henne.

– Så stick spjutet i mig och bränn mig på elden som du gjorde med Gullveig, men minns min mors hämnd. Nästa gång finns det ingen levande kvar att begrava era kroppar. Vanaheim kommer utplåna er alla, skrek Freja.

Oden hejdade sig och kämpade en våldsam inre kamp så att han inte skulle gripas av bärsärken. Men Freja brydde sig inte längre om vad som hände. Oden fick säga vad han ville, hon tänkte inte böja sig för hans vilja. Hellre dog hon.

Hon vände sig om och såg på Tor. Hon kunde känna hans lust att rusa fram till sin far, mannen som slagit ihjäl hans mor. De andra ansiktena var fyllda med fasa eller förväntan. De hatade henne för den hon var, besegrarens dotter. Hon kände det tydligt nu. Det spelade ingen roll. Hon tänkte inte gömma sig och vara undfallande. Det var hon som hade makterna på sin sida.

Återigen spände hon blicken i Oden.

– Du har sannerligen ett märkligt sätt att tacka den som räddade din äldste son. Är detta din gästfrihet?

Oden kippade efter andan och lyckades få mål i mun.

– Du ska ha min aktning för att du vårdade min äldste son. Du ska vara välkommen att leva i fred på Idunvallen. Men om du inte visar mig aktning och lever efter våra seder kommer ditt liv här att bli svårt för dig.

Frejas hjärta slog dubbelslag. Munnen var torr av rädsla. Men om hon vek sig för Oden nu skulle hon få fortsätta att backa tills hon stod med ryggen mot ett hörn. Det här var en strid hon måste vinna.

– Om ni inte visar mig aktning reser jag hem och då kan era åkrar stå och vissna. Jag ställer villkoren. Först när du uppfyllt dem ska jag lära dig den sejd som du så hett längtar efter.

Det susade till bakom hennes rygg. Vad säger hon? Häxan är ju vettlös. Har hon ingen skam? Frigg såg svimfärdig ut där hon stod vid högsätet med bleka kinder. Men Odens ilska förbyttes till häpnad. Det var mer ruter i flickan än han någonsin anat, men med den modern kunde hon ju knappast vara viljelös.

Plötsligt flinade han glatt. Vreden var som bortblåst, nu liknade han mest en välvillig gammal farbror.

– Du är sannerligen en syn för gudar, grann är du så det svider i ögonen och du är klok som en korp. Men vad du än säger så ska du stå under hammaren med mig och bli signad som min hustru. Så lät det avtal som jag slöt med din mor.

– Låt gå, men jag ska bo i hyddan med mina kvinnor. Ge mig en bänk så vi slipper sitta på golvet. Så fort som möjligt. Se till att vi får färskt kött och löpe med en gång. Vi har en nybliven mor hos oss, hon behöver få sina krafter åter, sa Freja.

– Det ska vi ordna, dotter av drottning Åse och prästinna av Vanaheim, svarade Oden och slog därmed fast hennes höga ställning och sin aktning för henne.

Han sträckte fram sin hand och efter en stunds tvekan tog hon den.

– Loke!

Den rävliknande schamanen slank fram ur skuggorna. Hans svarta mantel flaxade bakom honom som en svart korpvinge.

– Signa oss med hammaren här och nu. Läs dina ramsor och gör så att Freja blir min hustru, sa Oden.

– Redan? flämtade Freja.

Det var som om jordgolvet försvunnit och hon höll på att handlöst störta ned mot underjorden.

– Det är väl inget att vänta på. Du är ju redan klädd och färdig, sa Oden godmodigt.

Så lutade han sig framåt och viskade i hennes öra:

– Du är som en ungmärr, lika egensinnig och stursk, men jag har ridit in vildare hästar.

Hon rös när hans våta andedräkt kittlade hennes öra.

– Kommer du nära mig ska jag sejda pissjukan på dig. Din stake kommer att läcka som ett trasigt såll där den hänger som en obrukbar skinnbit i resten av ditt liv, väste hon och vände sakta huvudet mot Tor.

Han var så rasande att ansiktet var högrött och blodådrorna spände i pannan. Hon bad inom sig att han skulle slå ihjäl Oden och ta hans plats. Då kunde hon bli hans hustru och inte bli signad till denna kvinnomördare som om hon var en herrelös hund som hittats på åkern. Men han bara stod där och gjorde ingenting.

Loke kom tillbaka med en hammare. Han höll den över huvudet och började sjunga en enkel sång. Om hon inte varit så sorgsen och arg hade hon börjat gapskratta. Så simpel var den. Den handlade om hur kvinnan skulle lyda sin man i allt för han var hennes gud på jorden. Och kvinnans uppgift var att föda honom många barn och uppfylla hans minsta vilja. Och den kvinna som inte gjorde detta var en dålig kvinna som förtjänade bestraffas för hon var en skam för hela sin släkt och familj.

Men innan hon hann säga något sänkte Loke hammaren och ropade med hög röst:

– Kvinnan Freja från Vanaheim tillhör nu Oden, hövding över asarna.

Innan hon hann dra sig undan pressade Oden sina köttiga läppar mot hennes mun. Hans skägg stack i hennes ansikte. Freja tog illamående ett steg bakåt.

– Du kommer inte närmare än så.

– Vi får väl se, sa Oden och tackade sedan för de välgångsönskningar som hans mannar ropade.

Utan ett ord lämnade Freja hallen. Hon skyndade bort till helgastenen, där hon stannade och bet sig i näven så hårt att smärtan trängde undan lusten att skrika högt. Det kunde inte bli värre. Hon kunde inte känna mer sorg än hon kände nu. Gudinnan kunde inte ha gett henne ett värre straff. Plågad la hon handen på stenens torkade blod och bad om nåd och välgärning. Men det var mörkermåne i natt, Gudinnan var borta från himlavalvet. Om hon bara var hemma i Vanaheim!

Om bara Tor kunde komma. Om hon bara fick tala samman med honom en enda gång till. Men han hade bara stått där som om han inte alls brydde sig om vad som hände.

En grå skugga kom runt gårdsknuten. Frejas hjärta bultade vilt. Kunde det vara?... Så andades hon besviket ut. Mannen som skyndade mot henne var inte hennes älskade.

– Vad gör du här? Alla undrar vart du tog vägen.

Frej såg bekymrat på henne.

– Jag duger inte till något längre. Jag svek Vanaheim när jag flydde med Tor. Nu har jag bytts bort som en ko och ska leva här med en man jag hatar och som har mördat min fostermor. Inget av det som jag håller kärt har jag kvar. Gudinnan straffar mig, sa hon tonlöst.

Frej la handen på hennes kind.

– Vad är detta?

Hans röst var mjuk och bekymrad.

– Vad hände med den Freja jag en gång kände och som både var klok och stark? Inte är det så illa som du tror. När Frode kom hit berättade han att din mor inte alls var så arg över din flykt som många först trodde. Åse är en praktisk kvinna, det du gjorde var bra för Vanaheim. Det vet du. Och det är bra för Vanaheim om du är här och gör din plikt mot ditt folk.

Inte är du ensam heller. Jag lever ju här och Siv. Husets härskarinna är välvillig, jag hörde henne tala om dig som en vän.

– Hur kan Oden ta sig flera hustrur? Vad tror han att han är, en tjur som betar med sina kor?

Frej skrattade tyst.

– Ja, så är det ungefär. Men du ska lära dem hur makterna fungerar. Du kan förändra Oden genom sejden, visa honom rätt väg. Så stå inte här som en modlös småflicka. Börja ditt arbete som prästinna. Gör vad du alltid gjort. Makterna ska veta att det behövs.

Freja drog ett djupt andetag. Allt det han sagt var sant. Efter allt som hänt, efter alla prövningar hon utstått hade hon fortfarande den största framför sig. Vid Gudinnans namn, hon skulle visa sig värdig.

Hon sträckte på ryggen och såg in i Frejs ansikte, så välkänt och ändå så annorlunda. Han log brett, tänderna glänste vita, hans gula hår smektes av en ljummen nattbris.

– Du är sannerligen min bror.

– Ja, det är jag, svarade Frej och kysste henne på munnen.

12

Ull sög högljutt på Sivs stinna bröst medan hon smekte hans hjässa och viskade hemligheter till den lille. När barnet fallit i sömn såg hon upp på Freja som om hon först då lagt märke till att hon fanns i hyddan.

– Så du fick dig en make.

Rösten var vass som en nyslipad dolk, moderligheten försvunnen. Siv såg trött och medtagen ut. Hon hade svarta skuggor under ögonen och det vanligtvis så guldskimrande håret hängde livlöst och tovigt runt hennes ansikte.

– Bara till namnet, sa Freja.

– Du kanske tror att vi är vänner bara för att jag lät dig hjälpa mig vid födseln, men du ska veta en sak, jag kommer aldrig att förlåta dig. Hur kunde du ljuga så om Frej?

Freja svalde. Det kändes som det var en evighet sedan hon lämnade Hallunda. Men Siv hade rätt, hon hade betett sig illa.

– Jag trodde att jag inte hade något val, sa hon uppriktigt.

– Du är falsk och full av svek och en dag ska jag ge igen för det du gjorde.

Hon la sig tillrätta bredvid sitt sovande barn.

– Vi är de enda prästinnor från Vanaheim som finns här. Vi måste stå enade mot asarna, sa Freja.

– Kom inte dragande med det. Tor kunde tala sanning när vi stod i hyddan i Hallunda. Jag litar mer på honom än jag litar på dig nu. Du har alltid sett ned på mig. Du ser mig bara som en tjänarinna som ska svassa runt dig, för du har alltid varit så märkvärdig. Åses dotter, den stora sierskan. Varför såg du aldrig det här komma?

Hon hånflinade mot Freja som slöt ögonen. Varför fanns det inte någon som kunde begripa? Var de alla blinda?

– Om det inte passar tycker jag att du ska flytta in i hallen.

– Nej, det tänker jag inte göra. Jag ska stanna här och hålla ett öga på dig.

– Nu tiger du!

Frejas röst var som ett piskrapp. Hon hade hoppats på Sivs vänskap, men om det var så här hon ville ha det skulle Freja inte kräla i stoftet.

– Antingen beter du dig som folk eller så försvinner du ut härifrån. Ja, jag är Åses dotter och jag står därför över dig i börd. Fram till denna dag har jag inte tänkt på det, men om det är så här du vill ha det så slår jag fast här och nu att du är min tjänarinna. Därför ska du lyda mig.

Ull vaknade av Frejas höga röst och pep oroligt. Siv försökte ge honom bröstet igen och drog vårtan över den lilles mun tills han tog den.

– Är det uppfattat?

Siv såg upp från sitt barn med en blick som dröp av hat.

– Jag förstår, sa hon.

– Bra.

Freja gav henne en bister blick och gick ut ur hyddan. Så fort hon stängt dörren stannade hon till och drog efter andan. Händerna skakade av ilska.

Förbannelse att hon aldrig fick lugn och ro. Förbannelse över Sivs illvilja.

Hon drog några djupa andetag och började gå över gårdsplanen. En halvvuxen pojke stod och tvinnade rep borta vid smedjan. Han hade lagt en knippe sönderslagna brännässlestjälkar runt en träklyka och tvinnade dem samman till ett långt rep. En gammal gubbe hängde upp ett fisknät på torkställningen nere vid stranden.

Den varma vinden svepte med sig den ruttnande stanken från avfallshögen vid sidan av helgastenen. Hon måste se till att den flyttades. Gullveig skymtade likt en skugga vid de spruckna stenarna och de ruttnande benen. Freja rös.

Men det här var ingen tid för tvekan. Hon måste börja vara praktisk. Sommaren var till ända och hon hade inga läkeväxter. Detta var det första hon behövde ordna med.

– Ingen mening med att sjunga klagosånger, sa Freja till sig själv och gick mot långhuset för att låna en korg av Frigg. En gammal tandlös gumma satt på en pall utanför och rensade fisk. Hon såg inte upp när Freja gick förbi, men när hon steg in i dunklet hörde hon den gamlas viskning:

– Åk hem, häxa!

Freja stannade till och såg ned på den rynkiga kärringen.

– Vakta du din tunga, annars ska jag lära dig vad jag kan göra.

Gumman slog buttert undan blicken och bröt huvudet av en ny fisk.

Till Frejas förvåning satt Oden nedböjd vid härden. Varför var han inte ute och arbetade som alla andra? Hon försökte obemärkt gå förbi, men han ropade henne till sig.

– Sätt dig här.

Minnet av hans våta kyss dagen innan gjorde henne illamående och hon spände sina muskler. Skulle han försöka sig på något sådant? Nej. Han var annorlunda i dag. Oden hade ont. Smärtorna ritade långa fåror under ögonen.

Hon andades ut när hon långsamt satte sig ned på bänken.

– Du försvann fort i går, en ovilligare brud har jag aldrig stött på, sa Oden.

– Jag hade saker att sköta. Dessutom är du bara min make till namnet, kom ihåg det.

– Rätt som det är har du svalt din vassa tunga och då kommer du tigga om att jag ska plöja din åker, sa Oden och såg på hennes bröst medan han slickade sig över de köttiga läpparna.

– Aldrig så länge jag lever! fräste Freja och reste sig upp. Hon hade inte tid att lyssna på hans gubbsjuka.

– Vänta!

Freja såg hur han långsamt förde fram sitt ben mot henne.

– Det är som det låg glöd under huden, så illa värker det. Kan du göra något?

Freja gav det svarthåriga benet en avmätt blick medan hon korsade armarna på bröstet.

– Varför skulle jag hjälpa dig?

– För att jag säger det.

Frigg och några av kvinnorna stökade med något borta i hallens mörker. Hon nickade leende mot Freja och fortsatte sedan med arbetet. Oden rörde uppfordrande vid sitt ben.

– Vad får jag?

– Jag ska inte slå ihjäl dig, väste Oden.

Hon gav honom en föraktfull blick och tog några steg mot Frigg.

– Vänta!

Oden gjorde sitt bästa för att dölja sin vrede.

– Om du gör benet bra svär jag vid Tiwatz att inte göra något som du inte vill.

Orden var söta som honung, ögonen vädjande. Freja trodde inte alls på att Oden skulle hålla sitt löfte, men nu kände hon i alla fall hans svaghet.

Hon återvände och la motvilligt handen på hans knä och försökte slappna av tillräckligt för att känna sig in i benet.

Det fanns något där, först den vanliga köldvärken, men sedan också något annat.

– Nå? Loke har försökt med all världens dekokter och ramsor men jag har rest mellan världarna tillräckligt många gånger för att veta att inget av vad han gjorde hjälper mot detta.

Freja såg förvånat upp. Så hon hade haft rätt när hon såg schamanen inom Oden. Men varken han eller Loke kunde vara särskilt bra på läkekonst. Freja kände föraktet välla upp inom sig. Vilka okunniga, enkla människor det här var. Minsta lilla prästinna från Vanaheim kunde driva bort Odens värk med sejd och kraftristningar. Gullveig hade haft det mycket värre, men hon satt aldrig och gnällde vid härden i sin hall.

– Det här blir mycket svårt, sa hon långsamt. Det fanns ingen anledning att berätta hur enkelt det egentligen var.

Det blixtrade till i Odens ögon.

– Men du kan göra något?

Freja nickade allvarligt.

– Det går, men jag måste ge mig ut och samla det jag behöver innan jag kan sejda. Det tar tid.

– Kan inte alvaprästen hjälpa dig?

Freja skrattade, dumma karl.

– Om en man tar i växterna mister de sin kraft.

– Då kan du ju inte lära mig sejda.

– En del, men inte allt. Vissa saker klarar inte män.

– Kan du lära mig skicka de bojor du sände mina män under striden?

Det glänste till i hans ögon av lust och vilja.

– Jag kan försöka, sa Freja avmätt.

– När kan du bota benet?

– Hittar jag de rätta växterna kan jag hjälpa dig redan i kväll.

Oden nickade för sig själv.

– Du behöver hjälp.

– Ja, Kol har barn i magen och Siv ger bröst. Jag behöver en flicka som kan något om växter och skogen häromkring.

Oden såg sökande på kvinnorna som stökade runt längre ned i hallen.

– Frigg!

Odens förstahustru skyndade till sin makes sida.

– Ja?

– Var är Starkes dotter, Lin?

– Ute i köksträdgården.

– Hon får bli Frejas hjälpreda.

Oden grimaserade.

– Hädanefter får du löpa till Frigg om du ska tala om kvinnosaker.

Freja nickade. Det passade henne mycket bra.

– Kom så söker vi upp Lin, sa Frigg. Den gamla gråhåriga muttrade när de gick förbi.

– Kan du göra något? Han är hemsk när han har ont, sa Frigg.

– Jag ska göra mitt bästa.

Lin såg ut som sitt namn. Hon var en halvvuxen flicka med ljust hår och vidjesmal. Hon såg inte särskilt glad ut när Frigg sa åt henne att hjälpa Freja men när de gick genom skogen visade det sig att Lin kunde en hel del om det som växte där.

– Hur kommer det sig? frågade Freja efter en stund.

Lin hade inte sagt ett ord under den tid de varit ute, bara sett misstänksamt på henne när hon inte trodde att Freja märkte det. Nu ryckte hon på axlarna.

– Min mor berättade allt för mig innan hon dog.

– Var det längesedan?

– Nej, svarade Lin avfärdande.

Därefter blev inte mer sagt mellan dem.

Freja samlade så mycket hon kunde den dagen och hon hittade det hon sökte till Oden, både av drömbär och av flugsvamp.

När hon kom tillbaka till hyddan skickade hon iväg både Siv och Kol. Hon började förbereda drycken och medan den kokade under Lins överseende hämtade hon en bennål som hon fäste vid en träplatta. När hon var färdig hade hon svårt att hålla sig för skratt. En sak var säker: Oden skulle få sig en resa han sent skulle glömma.

– Det är kvällsmål nu, sa Lin.

Freja nickade och följde henne in i hallen där hon möttes av en tung doft av svett, rök och mat. Männen hade återvänt, de trängdes högljutt runt härden medan de slevade i sig av maten. Tor satt bredbent och talade med Erik Långbåge. Frejas hjärta började slå dubbelslag. Tunikan han bar var ny, en brun enkel, det mörkröda håret hängde fritt längs sidorna. Han såg fridfull ut, tillbaka i sin rätta omgivning.

Det fanns plats bredvid Tor på stocken. Hon gick dit och satte sig ned och såg förväntansfullt upp på hans ansikte. Men Tor gav henne bara en enda kort avvisande blick innan han vände bort huvudet igen och fortsatte tala med Erik Långbåge om en stundande älgjakt.

Oden nickade till Freja från sitt högsäte, annars var det inte många som låtsades om henne. De slog undan blicken när hon mötte deras blick. Bara Frigg log när hon räckte över en träskål blodgröt med kokta blad.

Den spända stämningen fick Freja att sleva i sig maten.

Talet var så lågmält att hon inte kunde säga något till Tor utan att de andra hörde. Men hon kände hur han hetsades av hennes närvaro. Det här var vanvett. Skulle hon inte ens kunna tala samman med sin käraste? Men så började Balder berätta om en stig där de borde gräva en fångstgrop. Hans röst var så hög att den dånade genom långhuset. Freja drog efter andan och lutade sig mot Tor.

– Hur är det att komma hem?

Han vände långsamt på huvudet och såg på henne med avgrundsblick.

– Det finns en del som är svårt att bära.

– Vi måste ses.

Han skakade på huvudet.

– Det är för många ögon som ser.

Freja svalde. Hon stod inte ut med tanken på att inte ens få tala med honom.

– När ger du dig av?

– Jag vet inte, sa han kort och vände sig åter bort.

Freja bet förödmjukad ihop käkarna. Hur kunde han avvisa henne som om hon var en trälflicka? Betydde hon inte mer för honom än så? Hon kände inte igen honom. Det här var inte samme man som hon vårdat till hälsa och som vakat utanför Bestlas grotta när hon var sjuk.

Odens forskande blick kröp som myror över hennes kropp. Hon blängde ilsket tillbaka.

– Båda mina bröder Höner och Vile bor hos din mor i Vanaheim. Kan du svära på att de blir väl behandlade? frågade Oden.

– Min mor är ingen edsbryterska, svarade hon kort.

Oden nickade och reste sig sedan mödosamt.

– Nu går vi till ditt, hustru, sa han med hög röst så att hela hallen hörde.

Tor ryckte till som om någon slagit till honom, men han vände inte på huvudet, gav henne inte en enda blick.

Freja reste sig långsamt och följde Oden ut ur hallen.

Alla var tysta och hon kände deras blickar bränna i ryggen.

Så fort hon stigit ut genom dörren hörde hon hur skämten började hagla.

– Det är fart i den gamle bocken än.

– Men häxan verkar ju glad i dig Tor och förr rände du ju efter henne med staken i hand. Har du ihop det med din fars kärring?

De grova skratten ekade i hallen. Freja stannade till med bultande hjärta för att höra hans svar.

– Jag bolar hellre med korna än med häxor.

Karlarna började gapskratta.

Hur kunde han spotta på henne efter allt de gjort och sagt? Hade hon kärat ned sig i en kuklös vekling? Hon måste ha varit vettlös.

Freja drog ett djupt andetag.

Tor var inte värd henne. Hon måste tänka framåt, skapa en framtid för både sig själv och Vanaheim. Oden väntade vid hennes hydda.

Hon öppnade dörren och pekade på bädden.

– Sätt dig där och klä av dig. Jag kommer snart, sa hon och tvingade fram ett blekt leende.

– Jag visste väl att du skulle ta ditt förnuft till fånga.

Oden drog av sig tunikan. Han lutade sig tillbaka på fällen med ett förväntansfullt flin på läpparna.

Hans runda mage veckade sig över den halvresta staken. Brösten hängde slappa på hans bringa. Freja svalde och bad till Gudinnan om att skänka henne kraft.

Tor kämpade en bitter strid med sig själv. Att se Freja gå och bola med Oden var som att få hjärtat utrivet ur kroppen. Han ville rusa dit och slå ihjäl sin förbannade far. Raseriet kokade i blodet. Men han tänkte inte förlora sin heder för hennes skull. Hans bröder skulle skratta ihjäl sig och ingen skulle lyssna på hans ord om han blev fadermördare för en kvinnas skull.

Istället satt han med nedböjt huvud och stirrade på ett rådjursben som hundarna ätit rent från kött.

Någon satte sig vid hans sida. Han visste vem det var innan han såg upp. Loke var hälften människa, hälften räv. Klart att han vädrat sig till hans elände, nu skulle han håna Tor i hans olycka.

– Freja är en vacker kvinna, det måste ha varit spännande att gå genom skogarna med henne.

Lokes röst var ljus och len som honung.

– Undrar hur många hon slagit låren om i sina dagar? Den flickan vet hur man roar sig. Hon bolar med dig och hon bolar med Oden. Snart ska hon bola med sin egen bror.

Tor vände förvånat på huvudet. Den förbannade Loke visste var han skulle droppa sitt gift.

– Jag hörde hur Frej och Freja talade samman i går. De kallade varandra bror och syster. Vid vårblotet kommer de att ligga samman.

Loke rös, gnuggade sina armar som om det vore kallt i hallen.

– De har vidriga seder, vanerna. Inget för hederligt folk.

– Jag tror inte ett ord av vad du säger! utbrast Tor.

Loke log sitt belåtna rävleende.

– Kärleken är blind.

– Tig ditt löskukade skrälle!

Loke lutade sig bakåt och såg upp i taket medan han sjöng:

– Vettlösa män litar på kvinnor. Sjunker ned i deras mjuka barm, glömmer ättens heder för de måste väta staken.

Flera av männen runt härden tystnade och lyssnade nyfiket på Loke.

Tor slet upp honom och väste.

– Nog du, annars slår jag Mjölner i skallen på dig.

Loke skakade på huvudet så hans hår dansade.

– Lugn, armstarke. Ska du dräpa mig i din egen fars hall?

– Du vet att han inte är värd det, ropade Balder och slängde ett avgnagt ben på elden.

Tor släppte långsamt taget och satte sig ned igen. Men om han trodde att Loke skulle försvinna så hade han fel.

– Säg mig, du brukar ju vara så rask att lägra gårdens fruntimmer, men än har du inte besökt en enda av trälarna. Kanske ska jag be gudarna om att skänka dig mannakraft?

Erik Långbåge skrattade till.

– Snöpte häxorna dig?

– Jag varnar dig, väste Tor.

– Har du sett på Siv, ett präktigt fruntimmer minsann, stora bröst och föda ungar kan hon också. När hon läkt till sig där nere vore det väl något för dig att köra staken i?

– För min fars och husfridens skull ska jag inte slå ihjäl dig, sa Tor och gick bort till sovbänken han delade med Balder. Där la han sig ned och slöt ögonen, utan att låtsas om Loke som sakta gick förbi sjungandes:

– Kärlekssorg, kärlekssorg. Mitt hjärta brister, kärlekssorg.

Ett hotfullt mullrande hördes utanför hallen.

– Tjura inte Tor, åskfödd. Vi vill inte ha något oväder över oss, fortsatte Loke, men nu lät hans röst orolig.

– Tig då, din dåre, sa Tor och såg hur Loke slank bort i skuggorna.

Freja kastade en gren på elden och såg hur Odens ögon började rulla, snart syntes bara ögonvitorna. Hon log. Drycken hon gett honom var så stark att han skulle sväva mellan världarna hela natten.

Hon doppade en liten idegranskvist i kitteln och skvätte den över Odens nakna kropp medan hon samlade andarna. Oden gungade fram och tillbaka.

Tiden var inne.

Hon vände honom mödosamt på mage och tog fram nålen hon fäst i en träbit. Försiktigt la hon spetsen på hans rygg, i mitten strax bredvid ryggraden, och började slå hål i skinnet med små lätta slag. Snart var två rader tatuerade bredvid varandra, tretton punkter i varje. Freja torkade bort blodet och gned in lite idegransaska i såren för att rena och färga dem.

Oden flög fortfarande genom andevärlden. Freja satte sig vid hans huvud och började viska in i hans öra. Det hon sa i natt skulle han minnas i all framtid. Det var nu hon kunde förändra allt.

Hon berättade hur världen skapats och om hur människorna måste leva. Hon sjöng sånger om Gudinnan och berättade hur man hedrade henne. Hela natten satt hon där och först när hennes hals var öm och orden tröt tystnade hon.

I gryningen kom Oden till sans. Han satte sig yrvaket upp och såg sig förvirrad omkring.

– Välkommen tillbaka, hälsade Freja.

Han grymtade till och reste sig sakta svajande. Utan ett ord gick han ut i den begynnande dagen.

En stund senare kom Kol in i hyddan med Sot på höften och en skål morgongröt i handen.

– Natten verkar ha varit yster?

Freja började äta och såg hur Sot kröp upp på bädden där Oden legat. Där kurade barnet ihop sig och la sig till ro.

– Jag har bara hållit på med vad du kallar trollkonster, sa Freja.

– De'ere då ingen som tror, sa Kol.

– Folk får tro vad de vill, svarade Freja, mer oberört än vad hon egentligen kände. Tors röst ekade i hennes huvud. Skulle hellre bola med en ko. Hon log bittert. Hon skulle nog visa honom.

Dörren slogs upp och Siv kom in, sur över att ha fått sova i långhuset. Hon la sig bredvid den sovande Sot utan att säga ett ord. Freja såg tankfullt på henne. Förr eller senare måste hon snöpa Sivs illvilja, för detta bådade inte gott. Men det skulle hon tänka på senare.

Odens drömresa måste ha varit den starkaste han varit ute på, så mycket kraft var det i hennes besvärjelser och den dekokt han druckit. Han skulle inte ha ont mer, inte på länge. Och när värken kom krypande skulle han tigga och be om mer. Nu hade hon makt över honom. Freja reste sig och svepte manteln runt axlarna.

– Jag går och hämtar Lin. Vi är åter vid kvällningen.

De båda kvinnorna såg tysta henne gå.

Tiden rann snabbt förbi. Freja tillbringade dagarna ute i skogarna med Lin och tillsammans lyckades de hitta rikligt med läkeörter.

Snart hängde de så tätt i taket att hon var tvungen att sätta Kol på att göra krukor att ha växterna i så att de inte skulle tappa sin kraft i kölden. Flickan visade sig vara mycket skicklig i att forma lera. När Frigg fick se hennes konstfärdighet fick hon göra flera krukor åt stora hallen vilket retade Aska, den trälkvinna som i vanliga fall skötte denna syssla.

Var det något Freja snart lärde sig så var det att inte lyssna på kvinnorna på Idunvallen, de sladdrade lika mycket som karlarna och den de pratade mest om var henne själv.

Tor såg hon inte mycket av, han höll sig mest undan och eftersom hon slutat äta inne i hallen slapp hon se honom på kvällarna. Det var bäst så. Han var som ett sår fyllt av sjukdom och om hon petade i det skulle varet välla fram.

Frigg gav henne fårull som hon satte Siv att tvätta, färga, karda och spinna. Ullen använde Freja till att väva den mantel hon lovat Greip.

Men hon hann sällan ägna sig åt det tidskrävande arbetet så mycket som hon önskade. Oden kom på besök efter kvällsvarden för att ställa frågor om sejd och Vanaheim.

Han var fortfarande förundrad över den resa han gjort. Smärtorna var borta och nu grubblade han istället över de syner han fått.

I en av dem svävade han fram över ett land där inget liv kunde växa och jagade en undflyende kvinnogestalt. Det var en dröm så enkel att ett barn hade kunnat tolka den. Freja sa som det var: eftersom han inte hedrade Gudinnan och inte ens brydde sig om sina egna kvinnor och deras kraft så kunde han aldrig få frid och god växt.

– Jag begriper inte att en sådan klok man som du inte kan förstå det. Tala med Frej som dyrkar tvillingguden, som både är kvinna och man. Båda behövs för att världen ska vara i balans.

– Men mannen står högre än kvinnan. Mannen är starkare och förståndigare.

Freja skrattade och skakade på huvudet.

– Män kan inte föda barn. De har inte gåvan. Män är starka och duktiga på att arbeta. De kan stupa i strid utan att ätten går under. Men vad händer om alla kvinnor dör? Nej, Gudinnan har gett kvinnor mer vett i skallen. Därför ska de fatta besluten.

– Så talar ett flickebarn som levt skyddad i hela sitt liv. Världen bygger på makt. Det krävs styrka att ta land och säkra sin släkts framtid.

– Vad ska du med land till om marken är livlös och skötena tomma?

Så höll de på fram och tillbaka och det var inte utan att Freja började tycka att det var roligt att munhuggas med Oden. Med tiden började de allt mer respektera varandra som motståndare.

Det förvånade henne att det dröjde så länge innan Oden bad henne skåda in i hans framtid. Hon trodde att han var så fåfäng att det var det första han ville veta. När han väl frågade tog hon fram spåbenen och dinglade med dem framför hans ansikte.

– Är du säker?

– Försöker du skrämma mig kvinna?

Oden log under sitt svarta skägg. Kvällen var sen och hon hade lärt honom en av de kraftsånger som användes i strid. Nu såg han lystet på spåbenen.

– Nåväl. Det är ditt val.

Freja kastade dem och medan de föll genom luften kom en våg av bilder genom hennes huvud. Oden hängde på ett träd som om han var en prästinna som skulle invigas, män som bar en träbild som föreställde honom, män som dog i hans namn. Och bakom allt reste sig Valhalla. En enorm hall som strålade av makt och härlighet. Där var det igen! Valhalla växte sig så stor att den fyllde både himmel och jord.

Hon gled ut ur synen och såg ned på de gulnande spåbenen på den smutsiga vassmattan.

Det tog henne lång stund att tolka det hon såg. Vad betydde detta Valhalla som skulle ta Vanaheims plats i framtiden? Var Oden den som skulle skapa detta nya? Nej. Han var inte ensam om detta men han var viktig.

Freja skakade irriterat på huvudet. Förbannelse över att hon aldrig fick veta tillräckligt.

– Först ska du hyllas, men inte av alla, sedan ska de hata dig och bränna din bild. Men bortglömd, det blir du aldrig, sa hon långsamt.

– Berätta mer.

Freja tvekade. Hon kunde inte berätta att han skulle hyllas som en Gud. Det skulle stiga honom åt huvudet.

– Jag ska låta dig hänga på trädet. Det kommer att ge dig makt, fortsatte hon och trodde nästan inte själv på sina ord.

– Det låter något det, sa Oden belåtet. När kan detta ske?

– Kom ihåg att du kan dö, sa Freja.

– Det får de rådande besluta.

– Först måste du förberedas och bli klar.

– När blir det?

Hon ryckte på axlarna.

– Det vet man bara.

Oden skrattade till.

– Vackra Freja, du har ingen aning om vem jag är. Jag visste att du skulle lära mig sejd innan du var född. Jag ser allt. Tror du inte jag vet vem du egentligen skulle vilja ha vid din sida?

Freja flämtade till. En leende Tor satt framför henne med korslagda ben.

Så skakade hon irriterat på huvudet.

– Det där är bara bländverk.

Tor bleknade bort och Oden satt åter framför henne.

– Det hjälper när man ska lägra unga kvinnor, sa han och gapskrattade så att han vek sig dubbel.

Sedan reste han sig upp och lämnade henne utan att säga ett ord.

Freja satt kvar häpen och skakad. Vad var det egentligen för makter han behärskade? Vem var Oden?

Hon sökte med blicken efter Gullveig, men denna fanns ingenstans.

Tor vaknade i gryningen av att Balder körde in sin armbåge i sidan på honom. Han makade sig en bit längre bort i sovbänken. De var för många i huset sedan alvaprästen flyttat in med sina tjänare. Han borde lämnat gården, gett sig ut på vandring eller besökt någon av sina fränder i utgårdarna. Men det var som om något höll honom kvar. Nu hade han väntat alldeles för länge. Vintern var nästan här och då kunde man inte stryka runt i skogarna som en vilsen hund. Här hade han åtminstone tak över huvudet och mat i skålen. Han suckade och såg på trälkvinnorna som stökade vid härden.

Oden sökte hans sällskap ibland, men han höll sig undan. Det gamla raseriet hettade till. Han hade inget att säga den man som slagit ihjäl hans mor.

Förbannat vare det öde som gjorde att han tvingades lyssna på Odens skryt över sina två vackra hustrur och sin egen mannakraft. Han slöt ögonen och drömde ännu en gång om hur han krossade sin fars skalle.

Redan när Oden tog Freja till hustru hade han fått ett triumferande ögonkast från sin far. Oden visste att Tor ville ha vanaprästinnan. Han ville håna honom med sitt skryt, trycka ner honom som han ständigt gjort. Nej, det fanns inte längre någon plats på Idunvallen för Tor. Han borde bryta sin egen mark och bygga sig ett eget hus långt borta från sin fars trånga hall. Som äldste son hade han rätt till en del av djuren på gården, men Oden skulle kräva att han stannade för att en gång ta hans plats som hövding. Han borde avstå till Balder, först då kunde han få ut sin arvelott. Ju mer Tor tänkte på det, desto mer lockande blev det. Att få bruka sin egen mark utan att behöva be någon om lov.

Tor kliade sig på loppbetten på magen. Om han byggde sig en gård behövde han en hustru, men den enda han ville ha var Freja. Förbannelse! Varför hade han inte lämnat Idunvallen medan det fanns tid?

Bara att se en skymt av henne var som att få hjärtat utslitet ur kroppen. Varje kväll efter solnedgången såg han hur Oden belåtet gick till hennes hydda. Siv och Kol fick vänta inne i hallen tills Oden kom tillbaka. Och själv fick han sitta som en fåne och skratta och skämta för annars fick han Loke på sig.

Siv sökte ofta hans sällskap under dessa kvällar. Hon satt där med barnet i famnen. Ibland berättade hon om hur glad Freja hade blivit i Oden och hur hon sagt att hon ville föda hans barn. Då blev Tor tyst och såg in i elden. Siv stod Freja nära så det hon sa måste vara riktigt och sant.

Frejas löften om att hon bara skulle vara Odens hustru till namnet hade varit tomt prat. Han började begripa vem hon egentligen var.

– Freja slår låren runt Oden för det är han som har makten. Det du känner är kärlekssejd, jag vet, tänk på att jag är prästinna. Du förtjänar en riktig kvinna som hedrar bara dig och föder dig många söner, brukade Siv viska.

Ju mer han tänkte på det, desto mer begrep han att det låg något i det hon sa. Orättfärdig och falsk, det var just vad Freja var. Att han inte begripit det.

Det var inte bara Tor som hade det svårt. Frigg var inte heller glad, han såg det nog trots att hon försökte dölja det. Hon var en god kvinna, bättre än hans far förtjänade. Trots att Tor innerligt saknade sin mor hade han motvilligt lärt sig att hedra Frigg. Hushållet var ordentligt skött, inget saknades eller förbisågs. Hon höll trälarna i ett stadigt grepp och hushållade noga med gårdens förråd. Skörden hade visserligen varit usel, men fisket och jakten hade varit bättre än någonsin på denna mark.

Tor visste att det var Frejas och Frejs verk. De höll långsamt på att bryta förbannelsen över gården.

Dessutom hade alvaprästen sagt att de kunde äta hans kritter om vintern blev hård. Svälten var bortdriven från gården, och det var viktigast av allt.

Det var märkligt hur saker och ting förändrades. Tolv asar hade dött under striden, en av dem var hans egen bror. Nu låg de i högen och vakade över marken. Med deras död slöts den fred som tog dem ur häxornas grepp. Häxorna fördrev häxorna. Det var mer än man kunde begripa.

Två av trälkvinnorna kom in med mjölk. Frigg höll på att väcka barnen som sömnigt klättrade ur sina sovbänkar. De satte sig halvsovande på bänkarna vid härden där elden sprakade.

Tor följde Frigg med blicken. Trots att Oden tagit Freja som bihustru var hon alltid vänlig mot henne och visade inte på något sätt någon avoghet.

Men på senare tid hade hon talat mycket samman med alvaprästen Frej. Han hade sett hur de gick med huvudena tätt samman. Kanske sökte hon lårvänskap på annat håll? Tor suckade. Den dag han fick sin egen hall skulle han hålla bättre ordning både på kvinnor och tjänstefolk.

– Jag går och hugger ved, sa han till Balder och fick ett sömnigt mumlande till svar.

Tor hävde sig ned från sovbänken. Frigg hällde upp mjölk i trämuggar till de nyvakna barnen. Bland de sömniga ansiktena fanns den rödhåriga pojke som trälkvinnan Stena fött för fyra somrar sedan. Den lilles ansikte lyste upp när han fick syn på Tor. Han ruffsade till pojkens hår innan han gav sig ut.

Det var råkallt. En blek morgonsol höll på att kämpa sig upp över himlen. Tor gick bort till knuten och såg ut över trädens färgprakt.

Grisarna skrek i hägnaden, krävde att han skulle släppa ut dem så att de kunde äta sig mätta i skogen, men Tor brydde sig inte om dem.

Det var längesedan han var svinaherde. Istället tog han en yxa från smedjan och gav sig ut för att hugga ved. Inte för att det behövdes utan för att hans kropp krävde att få arbeta sig trött. Han gick djupt in i skogen innan han stannade till och såg ut ett träd att fälla. Musklerna sjöng när han satte igång.

Solen hade stigit högt när han la ifrån sig yxan och satte sig för att vila. Tor torkade svetten ur ansiktet och njöt av tröttheten.

– Jag trodde du var ute och bolade med korna?

Han ryckte till och vände på huvudet medan hjärtat sjönk i kroppen.

Där stod hon i en brun enkel särk. Den bleka höstsolen lekte i håret som låg utslaget över axlarna. I handen höll hon en flätad korg fylld av växter. Det gamla begäret värkte till i kroppen, men det var vreden som talade.

– Och du har slitit dig från min fars sida. Ska du ränna runt mig nu? Kanske vill du prova Balder medan du är igång? Ta oss alla, sa han bittert.

Han ångrade sina ord. För sent. Raseriet kom genast över henne.

– Och dig hjälpte jag att fly! Vilken ynkedom till man du är!

Tor brottades med vreden och lusten att lägga ned henne på marken och ta henne bland träflisor och torra löv. Hon var som en sjukdom. Hans kropp blev svag av hennes närhet.

– Begriper du inte hur svårt det är att se Oden lägra dig varje kväll och sedan ha honom flinande framför sig! röt Tor.

– Jag har inte bolat med din far. Förstår du inte vad jag säger till dig!

– Jag har nog hört om dina lögner och bländverk. Jag tror inte ett ord på vad du säger. Spring hem till min far och lägg låren om honom. Vi har inget att säga varandra mer.

De tystnade och blängde rasande på varandra.

– Kanske det. För jag vet inte vad som hände med den man som jag höll så högt, sa Freja till slut.

Tor tog yxan och slängde den långt in i skogen med ett rytande. Det prasslade när den landade i några buskar långt därifrån.

Raseriet kokade i kroppen. Han visste att det var lönlöst att tala med henne, det gjorde det bara värre. Förbannelse! Om han bara gett sig iväg från Idunvallen, då hade han sluppit detta. Nu var han maktlös, oförmögen att fly.

Hon stod så nära, alltför nära. Hennes bröst nuddade nästan vid hans bröstkorg. Det kostade honom all självbehärskning att inte ta i häxan.

– Vad ska du göra nu? Ska du slå till mig som ni brukar göra med era kvinnor?

Hennes röst var så hätsk att det svartnade framför ögonen. Han slet hennes huvud till sig och kysste henne så hårt att han fick blodsmak i munnen. Men hennes händer var plötsligt över hela hans kropp. Hennes kropp tryckte sig mot hans.

Det fanns ingen återvändo.

Tor kastade ned henne på marken, slet upp hennes särk och trängde rasande in i henne. För varje stöt gjorde han henne till sin. Varje spår av hans far måste drivas bort. Freja tillhörde honom.

Men när han så kom djupt inne i henne var fröjden blandad med ren förtvivlan. Han sjönk ihop och la huvudet på hennes bröst. Hjärtat dånade av skam inne i bröstet. Han hade tagit henne som en trälkvinna.

Först när hon knuffade undan hans huvud och reste sig vågade han möta Frejas rasande blick.

– Vi har inget att säga varandra längre, sa hon kort och rättade till sin särk.

Han såg henne försvinna bland trädstammarna oförmögen att säga ett ord. Han ville springa efter och fånga henne. Förklara och få henne att förstå. Men det enda han gjorde var att resa sig och hämta sin yxa. Rasande började han hugga sönder almstocken så att flisorna yrde. Utmattningen gav honom slutligen en stunds ro.

Freja skyndade in i sin hydda, stängde dörren och lutade sig mot den för att hindra att någon kom in. Tårarna började rinna längs kinderna. Förbannade Tor! Som hon längtat efter att få tala med honom och känna hans hud mot sin. Varje kväll somnade hon med hans ansikte framför sig. Och så gjorde han så här mot henne.

Hon tog sig mellan benen, det brann som eld i skötet, men det blödde åtminstone inte. Hur kunde han? Freja strök undan tårarna. Det var inte så att hon inte velat ligga samman med honom, det var hans våldsamhet som fördärvat allt. Han hade kastat sig över henne inte av lust utan för att han ville besegra hennes kropp och sinne.

– Vad har hänt?

Freja såg panikslagen på Siv. Hon hade inte sett att hon satt i mörkret i sovbänken. Hon gungade den flätade vaggan där Ull sov invirad i en bit fårfäll och såg nyfiket på Freja.

– Inget, sa Freja kort.

– Är det därför du har löv i håret och tar dig mellan benen som om du bolat dig öm?

– Du vet inte vad du pratar om, fräste Freja.

– Det tror jag nog att jag gör, svarade Siv lugnt.

Freja gick bort till sina korgar och började rensa växterna med skakande händer. Om hon berättade vad som hänt skulle Siv springa till Oden och skvallra. Hon tillbringade dagarna med att sladdra med gårdens kvinnor och gick omkring med Ull som om han vore gjord av guld och skröt över att han redan var större än de tre andra barn som fötts på gården under sommaren. Freja gav Siv en ilsken blick.

– Ska du inte ränna ut till dina nya väninnor?

– Jo, de vill nog gärna veta att du kommer hem nybolad och grann från skogen samtidigt som Tor är där ute och hugger ved. Gammal kärlek dör inte så lätt. Jag undrar vad Oden kommer att säga när jag berättar det för honom?

Siv småskrattade för sig själv.

– Du pratar som du har förstånd till, fräste Freja.

– Försök inte ljuga. Jag har slutat att tro på dig.

Ull pep till i sin vagga då Siv lyfte upp honom och la honom till sitt yppiga bröst. Det var tyst i hyddan så när som på barnets giriga slurpanden.

– Du är så bitter över att du inte får Frej att du vänder dig mot var och en som vill dig väl, sa Freja.

Siv skrattade till och smekte sitt barn.

– Vad ska jag med honom till? Som vanligt begriper du ingenting. Jag vill fånga större fiskar till både mig och Ull.

Hon såg ned på barnet.

– Eller hur lille man? Du vet väl vad din mor vill?

– Siv, lyssna noga nu.

Freja tornade upp sig framför Siv som en hotfull skugga.

– Du tiger om vad som hänt, annars sätter jag sjukdom på ditt barn. Det svär jag på.

Freja mådde illa av orden, men hon måste få tyst på Siv som bleknade och la armarna om barnet.

– Jag ska vara tyst, viskade hon men så återfick hon en del av sin karskhet.

– Men jag tänker inte bo här med dig en enda natt till.

Freja såg henne gå ut ur hyddan och slänga igen dörren bakom sig. Utmattad sjönk hon ned i sovbänken och slöt ögonen medan tankarna malde i huvudet.

Njorunn skyndade längs den slingrande stigen upp till offerlunden. Höstvindar svepte in från havet och bar med sig fuktig råkyla. Vintern skulle komma tidigt, det skulle bli många långa händelselösa dagar framför härden.

Hon sträckte på halsen för att se efter Eir. I dagar hade hon försökt tala med Snotras närmaste men det var som om hon aldrig vek från översteprästinnans sida. En svart mantel skymtade till borta vid helgastenen. Njorunn skyndade på stegen och nådde fram till Eir som bad i cirkeln av stenjättar.

– Moder, ropade hon.

Eir vände sig om med ett förskräckt uttryck i ansiktet och tog räddhågset om sina grå flätor.

– Har det hänt något?

Njorunn skakade på huvudet och gick närmare så att hennes ord inte skulle ryckas bort av vinden.

– Jag har något jag måste dryfta, sa hon vädjande.

Eir skulle kunna driva bort henne från prästinnornas hallar för det hon nu skulle säga.

– Så fram med det.

Njorunn svalde innan hon började tala:

– Det gäller Snotra. Saker och ting är inte som de borde vara. Vi vet inte längre vad vi ska ta oss till. De yngre går sysslolösa och i förrgår avvisade Snotra Jens nere från en av granngårdarna när han kom för att söka hjälp för sin sjuka dotter.

Njorunn tystnade och såg vädjande på Eirs slutna ansikte medan hennes hjärta bultade i bröstet.

– Allt Snotra talar om är Freja och att allt är hennes fel. Men Freja var vår syster och även om det hon gjorde var märkligt så säkerställde hon trots allt freden.

Eir sa fortfarande ingenting utan stod bara tigande vid den gråkalla helgastenen med ett allvarligt uttryck i ansiktet. Hennes blå prästinneklänning fladdrade i vinden.

– Du måste göra något, vädjade Njorunn.

– Om Snotra inte kan axla översteprästinnans mantel måste vi finna någon annan som kan det. Månända borde vi valt Freja?

Eir vände långsamt på huvudet.

– Tig nu flicka och tänk på vad du säger. Det här handlar om saker som är långt ovanför ditt förstånd. Gå tillbaka till dina sysslor och tänk på att sladder och förtal är det som skadar Vanaheim mest.

Njorunn bleknade och slog ödmjukt ned blicken.

– Ja, mor.

Så såg hon upp igen med trotset brinnande i ögonen.

– Men jag har inte längre några sysslor att utföra och det är svårt att tiga om det som är sant.

Njorunn sprang nedför stigen med löven virvlande runt sig. När hon var borta satte sig Eir tungt på en av stenarna. Det var värre än hon anat. Om inte Snotra tog sig samman och började styra prästinnornas hallar skulle de falla samman. De äldre prästinnorna hade redan gett sig av åt olika håll för att sia i gårdarna och signa jord och kritter. Några hade inte ens kommit hem till höstblotet och Eir visste varför. Deras misstro mot Snotra hade vuxit sig stark och det var inte utan att hon förstod dem. Det var som Njorunn sagt, det viktigaste i Snotras liv var att nära hatet mot Freja.

Det spelade ingen roll hur många gånger Eir försökt tala förstånd med henne.

Snotra lyssnade inte. Hon kunde sitta uppe hela nätterna och skicka trollskott och elände över Freja. Hon var som besatt av någon illasinnad kraft.

Eir suckade. Hon hade känt Snotra i hela sitt liv, ända sedan den dag hon kom till hallarna som halvvuxen flicka. Redan då var hon förfaren i läkekonst, hennes mor hade lärt henne.

Sedan hade en okänd sjukdom kommit till trakten. Snotras mor var bland de första som fick de svarta svullnaderna runt munnen. Två dagar senare dog hon. Då var Snotras fem syskon redan sjuka. Hon hade förtvivlat försökt hjälpa dem med växter och besvärjelser men först dog Eli, som bara levt i en sommar, sedan de andra. Snotra hade gråtit och förtvivlat kokat dekokter, använt allt sitt kunnande. Förgäves. Hon sprang till de andra gårdarna som låg runtomkring för att söka hjälp, men hon fann bara sjukdom och förödelse. De vädjade till henne om hjälp. Mödrar höll fram sina sjuka barn och grät, fäder låg döda på gårdsplanen. Hennes vänner klamrade sig fast vid hennes armar och skrek att hon skulle ta bort sjukdomen.

Snotra visste inte vad hon skulle göra. Gråtande och förtvivlad bad hon Gudinnan om hjälp, men hon fick inga svar. Sjudomen fortsatte dra fram genom grannskapet.

Likbålen brann dag som natt. Till slut fanns det ingen kvar som kunde bära de döda till bålet, utan hon fick lämna dem att ruttna i sina sovbänkar.

Erki, en ung tjänare, var den siste som höll sig vid liv. Snotra vakade vid hans sida. Hon trodde länge att han skulle bli frisk för han levde mycket längre än de andra. När han till slut dog satt hon vid hans sida förkrossad av ensamhet, hjälplöshet och sorg.

Det var de törstiga och uthungrade djurens skrik som fick Snotra att slita sig från Erki. Hon släppte ut dem och försökte sedan överleva.

Några av de äldre prästinnorna hittade henne långt senare när de var ute på vandring mellan gårdarna. En halvvuxen mager flicka som bodde ensam bland slocknade likbål och halvruttnade lik. Snotra var som ett vilt djur, skygg och tyst.

De lockade henne till sig och förde henne till Vanaheim för att läka hennes sinne. Den första tiden låg Snotra i sin bädd med tomma uppspärrade ögon. Gullveig satt hos henne varje dag, besvärjde och stillade hennes inre. Långsamt kom hon till sans och sedan den dagen gjorde hon allt för Gullveig.

Men Snotra blev också besatt av läkekonst, hon ansåg att det fanns en orsak till att Gudinnan sparat hennes liv. Snart var hon Vanaheims främsta läkeprästinna. Hon sa aldrig ett ord om vad som hänt henne innan hon kom till Vanaheim, men det fanns kvar hos henne som en hård knut. Snotra var aldrig glad och hon var alltid den mest plikttrogna av dem alla. Allt måste vara fulländat, seder måste bevaras och följas. Snotra hade alltid varit sträng och hård, men allra mest mot sig själv.

Eir såg ut över havet som kokade i grått. Nu verkade det som om det hårda höll på att ta över hela Snotras sinne. Det medlidande och förstånd som trots allt skymtat fram ibland var borta. Om Snotras sinne var förgiftat var det hon som måste ingripa. Eir suckade tungt. Om bara saker och ting var som de brukade, om hon bara kunde ägna sig åt det fridsamma arbetet med läkeväxterna och helandet. I hela sitt liv hade hon försökt undvika världen och alla dess svårigheter, nu höll hon Vanaheims framtid i sin hand. Gudinnans vägar var sannerligen outgrundliga.

Tunghjärtad såg hon hur Snotra kom gående uppför stigen. Översteprästinnan hade blivit ännu magrare den sista tiden, ögon och kinder glödde i blåsten.

– Där är du. Jag har goda nyheter, hälsade hon leende.

En gnista av hopp tändes i Eir. Kanske skulle allt få sin lösning utan att hon behövde ingripa.

– Jag har beslutat mig för vilken av alvernas präster som jag vill ha hos mig under vårblotet, sa Snotra och satte sig ned på en av stenarna.

– Jag har ju alltid talat om hur viktigt det är bevara ritualerna och de gamla riterna. Därför måste vi återgå till det som var förr, först då kan vi stävja det nya onda som håller på att ta form.

Eir såg avvaktande på Vanaheims översteprästinna medan hennes olust växte.

– Vem hade du tänkt dig?

Snotra såg triumferande upp.

– Alvernas starkaste präst. Njord!

Det dröjde innan Eir samlat sig tillräckligt för att få mål i mun.

– Du kan inte välja Njord. Åse kommer att bli rasande, viskade Eir till slut.

– Det är jag som är översteprästinna, jag måste se till Vanaheims bästa och välja den man som kan ge mig störst kraft under ritualen, svarade Snotra bestämt.

Eir skakade sorgset på huvudet medan hon inom sig vädjade till

Gullveigs ande om råd och hjälp. Detta var fasansfullt. Snotra kunde splittra Vanaheim.

– Jag är säker på att Åse förstår hur viktigt det här är. Och det var ju evigheter sedan Njord var kung till Åse. Det där är redan bortglömt.

Eir slöt ögonen utan att säga ett ord. Det fanns ingen återvändo. Hon måste göra något, hur mycket det än smärtade.

Freja satt vid vävramen och arbetade med manteln. Hon slog fast ylletråden med en träbit och la sedan ned varpan, axlarna värkte, och hon var trött. Greips mantel var ännu inte redo trots att tiden var knapp.

Dörren gled upp med ett lågt knarrande och Kol stack in sitt svarttoviga huvud.

– Så ni är ovänner på riktigt nu? sa hon och började plocka ihop Sivs saker.

– Det kan man säga, sa Freja.

Kol stod tvekande framför henne.

– Har jag gjort nåt fel? Jag och Sot vill gärna stanna kvar. De e fullt i hallen och här slipper jag karlarna på nätterna.

Kol bet sig i läppen och såg vädjande på Freja.

– Du får bo här så länge du vill.

Kol lyste upp och försvann med Sivs saker i famnen. Freja växlade en blick med Gullveig som satt på bädden. Hemlängtan växte sig stark i bröstet. Det kändes som om en livstid passerat sedan hon var tillsammans med sina systrar i Vanaheim. Hon mindes hur de gått till stjärnstenarna tillsammans med tandlösa gamla Alin som berättade hur himlavalvet vreds och hur stenarna skulle tolkas mot stjärnorna. Till slut hade alla begripit utom Skalf. Som de hade retats med henne.

– Jag längtar efter mina systrar, viskade Freja.

Gullveig nickade långsamt som om hon förstod och vände sedan på huvudet. Hela hennes kind var sönderbränd, ända in till benet.

– Vad har hänt? viskade Freja, men i samma ögonblick begrep hon. Gullveig hade skyddat henne mot en besvärjelse. Utslungad av vem? Snotra! Det kunde inte vara någon annan. Freja sträckte ut armarna mot den tunna andevarelsen som en gång varit hennes moster.

– Jag ska ge dig mer kraft, det lovar jag. Jag ska blota bara för dig.

Men Gullveig skakade långsamt på huvudet, som om hon inte ville stanna kvar utan istället blekna bort till eftervärlden.

– Men jag behöver dig!

Gullveig log snett och skakade på huvudet igen. I nästa andetag var hon försvunnen. Freja satt sorgset kvar och såg ut i den tomma luften. Hennes moster måste komma tillbaka, hon fick inte överge henne. Inte hon också.

Siv tog emot sakerna som Kol hämtat och stuvade dem under den bädd hon skulle dela med Lin.

– Stackars dig som måste bo kvar. Kan du inte flytta in du också?

– Nej, det är för trångt, sa Kol undvikande och smet undan när Solveig, Starkes hustru, kom fram till Siv.

– Jaha du, du ska bo här inne du.

– Ja, du förstår väl att jag inte kan bo kvar hos Freja. Hon hotade med att förbanna mitt barn!

– Nej! Vad säger du?

Solveig spärrade upp ögonen och skulle precis ropa till sig de andra kvinnorna när Siv tystade henne.

– Snälla säg inget. Om Freja får reda på att jag pratar kommer hon att skada mitt barn. Du förstår inte hur rädd jag varit.

Solveigs ögon fylldes av medlidande.

– Stackars dig.

– Jag är så glad att jag får bo här med er.

Solveig la beskyddande armen om Sivs axlar.

– Vi ska nog ta hand om häxan om hon är elak mot dig.

Så sänkte hon rösten.

– Håll dig undan Frigg också. Hon tror att hon bestämmer allt och ingen får säga något illa om Freja. Frigg ska ju vara lite märkvärdig förstår du.

Siv nickade, så log de förstående mot varandra.

I nästa ögonblick slogs dörrarna upp och karlarna kom in, trötta, smutsiga och svettiga efter att ha grävt fångstgropar hela dagen. Tor slängde sin ränsel på sin sovbänk, nästan mitt emot Sivs. Hans tunika hade en stor reva i axeln.

– Vad är det där? utbrast Siv och skyndade fram till honom.

– Den är ju trasig, ta av den så jag får laga den.

Tor smålog och drog av sig tunikan. Han stod där halvnaken i bara benkläderna.

– Men sätt dig ned och vila så hämtar jag mat. Du är ju alldeles färdig. Och den här lagar jag.

Tor satte sig tungt vid härden, behagligt trött och glupande hungrig. Snart kom Siv med en skål kokt kött och en kanna svagdricka. Hon satte sig vid hans sida och började laga hans tunika. Tor åt, och när han tömt halva kannan kändes allt ganska gemytligt. Han hade börjat vänja sig vid Sivs omsorger. Hon svassade alltid runt honom och passade upp på hans minsta önskningar. Han visste att hon trånade efter honom, men än hade han inte bolat med henne. Det hade bara inte blivit så, han visste inte själv varför.

– Jag ska bo här inne nu, sa hon.

– Jaså, får du inte plats hos Freja mer?

Siv såg upp från sömnaden och spärrade upp sina sorgsna blå ögon.

– Hon började hota både mig och pojken. Sa att hon skulle dräpa oss.

– Varför? frågade Tor med en blandning av förvåning och ilska.

Sivs ögon fylldes med tårar och hon slog undan blicken.

– Jag kan inte …

– Du behöver inte vara rädd för mig, sa Tor mjukt.

– Hon är arg för att jag håller dig kär. Det är därför hon vill dräpa både mig och barnet, viskade hon.

Tor reste sig rasande upp. Vad var det för orm han släpat till gården?!

– Du ska inte vara rädd mer, försäkrade han den tårögda Siv och smekte tafatt hennes kind.

– Snälla, du får inte säga något till Freja. Då har hon ihjäl oss båda två!

– Oroa dig inte, sa Tor och stövlade iväg.

Siv såg triumferande ned i sin sömnad.

– Tror du inte det finns folk som ser vad du sysslar med, syster?

Siv ryckte till och såg Frej stå bakom henne med korslagda armar. Vem var han att döma henne?!

– Du bryr dig varken om mig eller Ull, men Freja krälar du för som den orm du är, sa hon bittert.

Frej rörde inte en min. Hans annars så milda ansikte var fyllt av avsmak.

– Det är inte mycket heder du har i dig.

Sivs raseri växte. Hon ville riva ut ögonen på honom. Förmätna karl!

– Hur vågar du döma mig, försvinn härifrån annars ropar jag på Tor.

– En dag kommer de att se vilket gift du sprider omkring dig, sa Frej och lämnade Siv med ett föraktfullt ögonkast.

– En dag ska du kräla för mig, din förbannade alvapräst. Jag ska nog visa dig, väste Siv efter hans rygg.

Oden kom sent den kvällen. Freja satt och väntade och trodde nästan att han skulle hålla sig borta när han kom in och slog sig ned mitt emot henne med en djup suck.

– Vad är det för ovänskap mellan dig och Siv? Hon sitter och sladdrar med kvinnfolket och sprider galla omkring sig. Jag har bett Frigg ta henne i örat.

– Hon skyller sin otur på mig, sa Freja.

Med tiden hade hon lärt sig att tala öppet med Oden. Ibland såg hon till och med fram emot hans besök. Han hade mycket kunskap om det fördolda, mer än hon anat. Och han lärde sig snabbt de galdrar hon sjöng. Även om hon aldrig skulle säga det högt tyckte hon om att undervisa honom. Nu kliade han sig i skägget och såg på henne med plirande ögon.

– Siv behöver en karl och en till unge i magen. Det blir inte så svårt att gifta bort henne om du ger ditt tillstånd. Hon är ju din tjänsteflicka.

Freja nickade. Att gifta bort Siv var klokt. Då skulle hon slippa hennes elakheter och illvilja. Hon smålog för sig själv. Nu hade hon börjat tänka som främlingarna.

– Finns det någon speciell du tänker på?

– Det byggs ett par gårdar i Utgård, men karlarna där har ju redan fruntimmer så det räcker, tänkte han högt.

– Här på gården finns ju Balder, men han verkar inte ha någon större håg till henne. Men Siv verkar komma bra överens med Tor, sa han och nickade som om det redan var avgjort.

Det svartnade framför Frejas ögon. Skulle hennes Tor leva med Siv? Inte så länge hon levde.

Hon mötte Odens forskande blick. Det tindrade längst inne i de bruna ögonen. Plötsligt insåg Freja att hon gått rätt in i en fälla. Oden spelade på henne som om hon vore en gammal flöjt och hon hade inte alls begripit vad han var ute efter.

– Det borde vi kanske tänka över ett tag, svarade Freja avvaktande.

– Varför det? Tor går här på gården och vantrivs. Han vill inget hellre än att bygga sin egen gård men han tror inte att jag kommer att ge honom kreatur så han kommer igång. Din mor lovade att du skulle få med dig kor i giftasgåva. Dem har jag inte sett till. Men om vi skickar bud efter djuren till våren så kan vi gifta bort Siv med Tor.

Han såg rätt in i hennes ögon. Ända in i hennes själ.

– Det blir nog lugnast för alla, sa han.

Freja var helt svarslös. Inte nog med att hon skulle mista Tor, hon skulle också ge sin rikedom till hans framtid.

– Hur ska vi ha det?

Freja drog långsamt efter andan. Kanske skulle detta verkligen vara det bästa. Hon skulle ju ändå återvända till Vanaheim. Men att aldrig mer få vara samman med Tor.

Freja nickade sakta medan hennes värld föll samman.

– Bra, då går jag och talar med Tor, sa Oden och reste sig upp.

– Men vänta, sa Freja.

Han kunde inte göra det nu, inte än.

– Vad är det?

Hon såg sig panikslaget omkring.

– Ska jag inte undervisa dig?

Oden log.

– Inte i kväll hustru.

Freja såg lamslaget hur han försvann ut i kvällningen. En höstvind började rycka i dörren. Freja förmådde inte resa sig och stänga den.

Hon bara satt på vassmattan och stirrade ut i tomma intet.

Gefjyn hoppade ned från Vindfaxe och band hästen vid en förvriden martall som klamrade sig fast på den karga heden. Hon gick långsamt in i ringen av helgastenar som reste sig mot den stormgrå himlen.

Två gestalter skyndade mot henne med de svarta mantlarna fladdrande efter sig. Tvedräkt och intriger. Hela Vanaheim hade börjat skvallra om Snotra, missnöje och osäkerhet spred sig över ön. Folk hade blivit avvisade när de sökte prästinnornas hjälp. Något sådant hade aldrig hänt förr.

Njorunn och Frid nådde fram till stenarna med rosiga kinder.

– Fred och god växt, sa Gefjyn och la armarna i kors på bröstet. Är det så illa som folk säger? Håller Snotra på att bli vanvettig?

– Jag tror att hon redan är det, svarade Njorunn och strök undan det svarta håret som piskade henne i ansiktet.

– Nej, hallarna sköts lite bättre nu. Jag tror att det kommer att ordna sig, invände Frid.

Det blixtrade till i Njorunns mörka ögon.

– Hur kan du säga något sådant? Det enda Snotra gör är att sejda mot Freja och uttala förbannelser. Hon ser inte ens att hallarna håller på att falla samman. Hennes vanvett löper över ön som en farsot. Åse måste ingripa, sa hon och såg uppfordrande på Gefjyn.

– Min mor har fullt upp med krigen i söder. Hon tror att de kommer sprida sig hit, svarade Gefjyn undvikande.

– Det är därför vi måste ha en riktig översteprästinna. Det här går inte längre. Vi måste hämta Freja, sa Njorunn och slog vädjande ut med händerna.

– Vad kan Freja göra? undrade den ljusa Frid med ett sorgset leende.

– Hennes kraft är större än Snotras, hon kan ena prästinnorna igen, sa Njorunn ilsket.

– Det är inte ens säkert att hon vill återvända, sa Frid.

– Freja skulle aldrig svika Vanaheim! Vad är det med dig Frid, vill du inte att hon ska återvända?

Njorunn grep tag i sin mantel och svepte den runt omkring sig.

Frid suckade och såg ned i marken.

– Det enda jag vill är att det ska bli som vanligt. Om Freja kan skapa endräkt i hallarna så vill jag att hon ska återvända.

– Håller Snotra fortfarande fast vid att ha Njord som sin överstepräst vid vårblotet? frågande Gefjyn.

Njorunn nickade tyst.

Gefjyn fingrade på bågen hon bar över axeln medan hon samlade tankarna. Åse hade blivit så rasande när hon fick reda på Snotras planer att hon vägrade att släppa in översteprästinnan i sin hall. Sedan dess ville hon inte befatta sig med prästinnorna. Gefjyn hade försökt tala med Åse om vad som hände men blev avvisad varje gång. Hon sträckte på ryggen. Det var hennes arv som var i fara och hon tänkte inte stillatigande se på när Vanaheim slets itu.

– Vi hämtar Freja, sa hon bistert och såg ut över det grå havet. Hon hade aldrig trott att hon en dag skulle söka sin systers hjälp för att nå endräkt.

– Om hon har lyckats ta sig till främlingarna. Vi vet det inte säkert, sa Frid.

– Om Freja var död skulle vi ha sett det i väven, sa Njorunn irriterat.

– Höststormarna har börjat. Vi får vänta till våren. Då ska min mor skicka en båt till Idunvallen. Ni åker med och hämtar hem syster min, slog Gefjyn fast.

Det tindrade i Njorunns ögon. Hon älskade att resa och se mer av världen. Nu skulle hon ännu en gång få lämna Vanaheim. Det var mer än hon vågat drömma om.

– Men Freja är ju gisslan hos dem. Kan hon bara åka hem? undrade Frid.

– Jag vet hur vi ska lösa den saken, sa Gefjyn.

– Det är långt till våren, mycket kan hända till dess, suckade Njorunn bekymrat.

– Det finns inget vi kan göra åt det. Använd tiden till att tala med dina systrar. Ta reda på vilka som stödjer oss och vilka som vill ha Snotra kvar, manade Gefjyn och lossade Vindfaxes rep.

– Men säg inte ett ord om våra planer.

De två prästinnorna skakade på huvudet.

Gefjyn satte upp och höjde handen till en hälsning innan hon sprängde iväg över heden.

Höststormarna var så starka att de fick driva in djuren i långhuset. Gårdsfolket satt mest inomhus och började vinterns arbete med att väva, laga verktyg och tillverka nya. Ingen med vettet i behåll gick ut, ingen förutom Freja.

Hon kämpade sig genom vindarna bort mot havet. Stormen slet i träd och halmtak, kastade ved och lösa grenar över gårdsplanen. Hon hade förgäves försökt sejda lugn över gården men det var som om en främmande makt drog till sig stormarna. Den tjutande Gjalp rasade över havet.

Frejas ed måste slutas. Hon kämpade sig förbi helgastenen och ned till vattnet som piskade upp på stranden. Havet kokade som en gråsvart kittel.

Freja satte sig ned på knä och drog fram knytet som hon bar i famnen medan vinden piskade hennes hår mot kinderna.

– Kom till mig Greip, skrek hon, men orden rycktes bort i vinden.

Freja väntade tålmodigt innan hon ropade igen:

– Stilla din syster. Vårt avtal ska fullbordas.

Hon tystnade och bad inom sig att manteln skulle duga annars skulle hon själv slitas ned i vågorna.

Det dröjde ganska länge. Men så formade sig de mörkgrå vågorna till en kvinnogestalt.

– Min mantel, viskade Greip med våtkall röst.

Freja vecklade ut knytet och lät den fladdra lös i vinden. Hon hade gjort sitt bästa under de långa nätterna. Rött och blått blandade sig med det svarta och långa rader med glänsande stenar var fastsydda längst ner.

Greip sträckte sig fram och slet åt sig gåvan.

Freja släppte taget och vågen förde hennes mantel ned i djupet.

– Vacker, skrattade Greip dovt från botten och Freja andades lättad ut.

– Jag ber dig att skydda mina närmaste.

Greip reste sig grå och skräckinjagande från havet.

– Eländigt kort är människornas liv. Vi är för evigt. Det vi vill ha tar vi också. Hon virvlade rytande runt med sin rasande syster och försvann ned bland de manshöga vågorna.

Freja skyndade in i den stora hallen där Frigg hjälpte till att stänga dörren bakom henne.

– Nå, blev ditt offer mottaget? viskade hon tyst så att ingen skulle höra. Freja talade inte högt om sitt avtal med Greip.

– Ja, jag slöt min ed, viskade hon tillbaka.

– Men du är blöt ända in i benen. Kom här och värm dig så du inte blir sjuk.

Frigg tryckte ned Freja på en av bänkarna runt härden där elden flammade högt och en välsignad värme spred sig i rummet. Både kvinnor och män satt inne och de flesta hade något för händer. Hon nickade mot Oden som satt och spelade brädspel med Loke. Frej och Garver satt och såg på. Sigfrid, Garvers fru, satt och vävde. Freja höll ut händerna och värmde dem mot elden medan hon såg sig omkring på de trötta och fårade ansiktena.

Ungarna sprang missmodigt omkring och bråkade. En liten pojke slog till en äldre och fick sedan så mycket stryk att han skrikande flydde till sin mor. Hela huset klagade när stormen slet i dess tak och bjälkar.

Det värkte av trötthet i Frejas kropp. Hösten hade varit alltför tung för en ensam prästinna. Hon hade signat varje djur, tecknat fruktbarhet på deras magar och länder, lagt åkrarna i träda och offrat till Ran. Samtidigt hade hon samlat in de växter hon behövde för våroffer och annat.

Tor satt och putsade ett svärd med en skinnbit. Han gav henne inte en enda blick, som om hon var gjord av luft. Men Siv satt vid hans sida och broderade. Hon gav Freja ett ögonkast som lyste av triumf och elakhet.

Som så många gånger förr lekte Freja med tanken att skjuta trollskott på henne så hon slapp se hennes flinande. Nu var hon väl nöjd när hon skulle få sin egen gård och ligga samman med den man som hon visste att Freja ville ha. Och han, den kuklöse veklingen, hade inte sagt ett ord sedan händelsen i skogen, utan hållit sig undan.

Freja såg hur han satt och låtsades putsa på sitt svärd. Plötsligt fick hon nog.

– Tor. Jag har gäldat Greip, sa hon med en sådan hög röst att alla tystnade för att lyssna.

Tor gav henne en snabb blick och fortsatte sedan putsa svärdet utan att säga ett ord. Siv satt rasande vid hans sida. Men Freja var trött på att tiga. Hon förtjänade bättre.

– Kommer du inte ihåg Greip? Det var hon som höll på att dräpa oss när vi flydde från Hallunda. Det var strax efter jag gett dig fri och brutit min ed med Gudinnan för din skull.

Freja lyssnade till stormen och log.

– Det är kanske hon som börjat straffa oss nu.

Husfolket började mumla och viska, men Freja vek inte med blicken från den tigande Tor. Äntligen såg han upp med en brinnande blick.

– Allt du har gjort minns jag väl, sa han korthugget.

Freja tog emot en skål med kött som Frigg gav henne med frågande blick.

– Det är bra. Vissa saker kan inte glömmas, svarade hon och struntade i Oden som såg upp från brädspelet.

– Tror du Siv blir en bra hustru? fortsatte hon och såg oskyldigt på Tor som skruvade på sig.

– Det är jag säker på.

– Hur kan du vara säker på det? Kan du förklara vad det är som gör en bra hustru?

Alla tystnade och såg på Tor. Han lade omständligt ifrån sig svärdet och mötte trotsigt hennes blick.

– En bra hustru lyder sin man i allt och föder honom många söner. Hon är skicklig på att sköta hushållet och kan väva och sy.

Freja log föraktfullt. Allt han sa var en utmaning mot henne.

– Ska hon också vara vacker?

– Självklart.

Freja nickade belåtet för sig själv och fäste sedan blicken på Siv.

– Är du bra på allt detta syster?

Siv snörpte ihop läpparna.

– Det vet du att jag är.

– Jag trodde heder och tro var viktigt, men det är tydligt att jag har mycket att lära, sa Freja och lämnade härden med avskyn brinnande i bröstet. Hon stod inte ut att se dem tillsammans. Förbannelse över Siv, den falska ormen. Hon kunde bara ana vilket gift hon spridit omkring sig för att komma över Tor, den fege bocken.

Hon vände sig om i dörren och mötte hans blick. Den brann av vädjan och dold längtan. Freja gick ut i stormen.

Tors tid var över.

13

Ett våldsamt väder drog fram över Idunvallen dagarna innan vårblotet. Regnet slog mot åkrarna, vinden rev i halmtak och träd. Det var illavarslande tecken även om det bara var ett löfte om den storm som måste rasa över havet.

Men ett par dagar innan blotet stillades makterna. Nu smekte en sommarlugn sol gården.

Freja stod utanför hyddan och såg ut över de nyvaknade åkrarna medan livskraften rasade i hennes kropp.

De mörka händelselösa dagarna vid härden var över. Dag efter dag hade hon suttit och lyssnat på berättelserna om Odens folk och deras vandringar medan hon vävde på ett klänningstyg. Vintern var den tid som ägnades åt långsamt arbete. Alla satt runt elden med något för händerna. Berättelserna var ett sätt att få de mörka dagarna att gå. Freja lyssnade noga på sagorna.

Det var ett hårt liv Odens folk levt, det förstod hon nu. Men de hade i alla fall inte svultit denna vinter även om det var knappt med mat under vårvintern. Bara ett enda barn, en pojke på två somrar, hade dött av sjukdom. Freja hade förgäves försökt bota den lille, men hans livskraft var slut och han föll i evig sömn.

De begravde honom i högen tillsammans med sina fränder så att hans ande inte skulle känna sig ensam i eftervärlden. Strax efter fällde Frej en älgtjur som klarade dem över den sista vanskliga tiden tills de första brännässlorna började gro på avfallshögen. Två nya barn hade kommit till livet. Freja hade hjälpt Kol att föda fram en pojke som döptes till Sten, ett präktigt livskraftigt barn som redan vuxit sig så stark att han kunde sitta.

Freja såg på kritterna hon sejdat liv i över vintern. Långbenta kalvar och killingar lekte på det ljusgröna tunet. Aldrig förr hade så många ungar fötts på gården.

Människor och kritter var fortfarande magra, men alla var ense om att en sådan mild vinter som denna hade de aldrig upplevt på Idunvallen. De hade sannerligen mycket att tacka för under vårblotet.

– Du ser blek ut. Drick mer kladur, sa Frej och räckte Freja den lilla skrovliga lerurnan fylld med vatten, koblod och örter.

Freja drack girigt, det smakade unket, men hon var törstig och ville få bort dammet ur munnen.

Detta var den nionde dagen hon levde på kladur och örterna i drycken fick henne att flyta ovan marken. I kväll skulle hon för första gången hålla i vårblotet och tacka för de gåvor Gudinnan skänkt denna gård. Det ilade över hela hennes kropp. Inget fick gå fel.

– Det går bra. Jag är ju där, sa Frej med lysten ömsinthet. Trots att han var mager hade han lyckats bli ännu vackrare under vintern. De höga kindknotorna tecknade sig skarpt i hans ansikte.

I natt skulle de hedra makterna tillsammans.

Det kändes både ödsligt och smått. Det skulle inte alls bli så storslaget som i Vanaheim trots att Frej valt ut en vacker hingst som skulle blotas. De var tvungna att göra sitt bästa, även om de var bland främlingar.

Hon såg på kvinnorna vid den ångande kokgropen. De gav henne förstulna blickar och viskade sinsemellan.

– Ovädret var ett tecken, en varning, svarade Freja långsamt.

– Vi får hoppas att Gudinnan hör oss vid blotet, sa Frej.

– Varför skulle hon lyssna? Ser du kvinnorna där borta, de tycker jag är konstig. De är rädda för mig eftersom jag behärskar sejden och talar med andarna. Allt de vill är att lyda och vara männen till lags. De är alla ett hån mot Gudinnan.

Freja kisade och såg Gullveigs skugga flyta fram över åkrarna tillsammans med diserna. De dödas andar svävade ovanför gravhögarna.

– Du talar genom kladurn. Inte kan du förändra en människas inre på ett halvt år, det är omöjligt.

– Jag såg Vanaheim i en syn, hur mina systrar samlades till vårblotet.

Hon log sorgset för sig själv, hemlängtan brände i bröstet.

– Jag hade gjort vad som helst för att vara där nu.

Frej kastade en blick över vattnet.

– De lovade skicka en båt till blotet.

Freja kisade mot solen. Diserna dansade runt henne så att hon blev alldeles yr. De bar med sig en hoppfull visshet.

– De är på väg, viskade hon. De kommer snart.

– Jag hoppas du har rätt, sa Frej och nickade till Frodig som kommit för att hämta honom.

– Vi ses vid offerstenen syster.

Så fort Frej försvann lösgjorde sig Frigg från kvinnorna och skyndade fram till Freja.

Hon såg trött och utsliten ut. Det hade kommit många gäster från de andra gårdarna, hon måste visa gästfrihet och se till dem alla, det var ett hårt arbete.

– Kom in, det är svalare här inne, bjöd Freja. De gick ensamma in i hennes hydda. Dekokten till vårblotet värmdes sakta i en stor bronsgryta.

Hon satte sig på huk, rörde om och fnös sedan åt den bittra lukten. Drycken skulle blandas ned i gästernas mjöd. Alla skulle resa med henne i natt.

– Det är en sak vi måste tala om, började Frigg långsamt.

– Så tala, sa Freja och log. Marken gungade under hennes fötter, men det gjorde henne inte illamående utan full i skratt.

– Mitt sköte är tomt. Jag kan inte ge Oden något barn. Begriper du vad det betyder?

– Du vill att jag ska sejda liv i dig som jag gjort med djuren, sa Freja.

Men Frigg skakade långsamt på huvudet.

– Om jag inte blir med barn måste du bli det.

– Nej.

Det fanns inget mer att säga om saken.

– Det är din plikt.

– Om du vill ha ett barn måste du be Gudinnan att skänka dig ett. Det är hon som råder över liv och död.

Freja gungade fram och tillbaka, hon höll på att upplösas i oändligheten. Friggs ansikte dansade framför henne. Plötsligt kunde hon se allt hon varit och skulle bli.

– Ligg samman med Frej i natt. Om nio månvarv kommer du att föda en son. Det är i väven.

Hennes röst var tonlös och siande.

– Det kan jag inte göra!

Frigg rodnade och såg djupt förorättad ut.

Freja brast ut i skratt. Plötsligt var det vansinnigt roligt hur Frigg och de andra kvinnorna på gården dolde sina innersta väsen och den vilda styrka de välsignats med, bakom låtsad ärbarhet.

– Du vet redan att du kan göra vad du vill. Varför kommer du till mig när du vet att bara Frej behagar Gudinnan så mycket att hon skänker dig ett barn.

– Men jag kan inte, förklarade Frigg förtvivlat.

Freja slutade skratta och la armarna om den äldre kvinnan. Varmt svettigt hår nuddade hennes mun. Friggs hjärta slog mot hennes bröst. Ömheten överväldigade henne.

– Sluta tygla dig själv som om du vore en bångstyrig häst, viskade Freja när hyddan långsamt började cirkla runt henne. Hon klamrade sig fast vid Frigg som smekte hennes blick med längtan och blygsel.

– Det är Frej du vill ha, viskade Freja.

– Men ni två kommer ju att ligga samman?

– Gudinnan och Guden använder oss. Natten är fylld av sejd och liv. Bruka den väl, syster.

Dörren kastades upp och Kol kom inrusande i hyddan. Hon stannade förvånat till och såg på kvinnorna.

– Båten har kommit. Den e här!

Njorunn och Frid omfamnade Freja som skrattade och grät om vartannat. Hennes systrar var äntligen här!

– Vi måste genast tala samman, sa Njorunn och drog i Frejas arm.

Hon stod kvar och såg dimmigt på Vanaheims båt som låg sargad vid stranden med bruten mast.

– Vad har hänt? frågade Freja.

– Vi höll på att dö i stormen. Flera av korna spolades överbord. Vågorna höll på att dra ned oss i djupet, men i sista stund släppte Greip och lät oss leva, förklarade Frid.

Freja log mot det stilla vattnet, såg skuggan av Rans dotter i djupet och log av glädje och tacksamhet. Hon skulle väva Greip en mantel till, vackrare än den förra.

Byggvir och de andra männen kom och hälsade innan de började lasta av korna från båten. Råmande och vingliga spred de sig ut på ängen. Hennes kor, dem som hon skulle ge bort.

– Kom nu. Vi har viktiga bud hemifrån!

Njorunn trampade oroligt vid hennes sida. Hennes klänning skimrade i blått, en bronsbrosch glittrade på bröstet. Vid hennes sida stod den lugna Frid och såg på Freja med orosfylld glädje.

Freja började skratta. Det var som om ljusspiraler av glädje lyfte från marken och flög upp mot himlen. Hennes systrar var här!

– Hon har druckit för mycket kladur. Vi får ta det i morgon, sa Frid.

Njorunn suckade irriterat.

– Vi som väntat så länge.

– Hon kommer inte att försvinna i natt.

I nästa stund kom Balder och Erik Långbåge springande. Bakom dem följde Oden och resten av gårdsfolket. Hövdingen bar praktkläder, det blanka svärdet hängde vid hans höft i en utsirad skida. Utan att hälsa började han syna korna.

Freja skrattade och såg förundrad på den skönhet som låg över gården denna dag.

– Var är Siv?

Freja skakade på huvudet åt Njorunns fråga.

– Hon hatar mig. Hon ska gifta sig med Tor, sa hon och började åter skratta.

Prästinnorna växlade en bekymrad blick.

– Visa oss var vi ska bo. Vi har mycket att göra innan kvällen.

Freja flöt viktlös över det spröda gräset. Några ljusvirvlar skymtade i fjärran och hon skyndade mot dem, undvek nogsamt de svarta skuggorna.

Med en kraftansträngning tog hon sig igenom grinden till den andra världen. Nu var hon inte längre Freja, hennes kropp uppfylldes av ljusdiser.

Hon skrattade åt de skimrande ljusvirvlarna som välkomnade henne. Hon njöt av de gnistrande färgerna. I natt skulle de dansa tillsammans. I natt var hon ett med Gudinnan.

Vita kaprifoler under hennes bara fötter. Trummor som piskade henne runt altaret i helig dans. Runt omkring virvlade prästinnorna, gamla andar svävade med dem för att skänka sin livskraft till moder jord.

Skenet från altaret strålade, sträckte sig mot henne. Hon flöt fram mellan eldarna, mot det strålande ljuset...

Trummorna dunkade likt själva jordens hjärtslag.

Freja gled mellan världarna. Hon var en ande, en dis. Hon var ett med Gudinnan, ett med gräset under sina bara fötter. Trummornas rytm rev i hennes blod.

Hon lyfte sina armar och mässade den uråldriga galdren.

– Moder hör dina döttrars bön. *Erce,* hör dina tjänarinnor. Vi tackar dig för dina gåvor, för de liv du skänker oss.

Prästinnornas ljusa röster steg som en spiral mot himlen. Krafterna virvlade förbi som fåglar i flykt.

Förundrat såg Freja hur hennes tatuerade ormar fick liv och slingrade sig över hennes armar och kropp. En främmande närvaro var i hennes kropp, styrde hennes handlingar.

Behornade och med dubbelyxorna i sina händer kom prästerna skridande mot kullen. Solspiraler glödde på deras bröst.

Frej gick i täten, Frej, den vackre. Den ståtlige. Fast i natt var också han någon annan, ögonen strålade av tvillinggudens styrka. Hornen på hans huvud gnistrade av kraft.

Han var jägaren, beskyddaren av liv, Gudinnans älskare. Freja skrattade. Hennes steg kändes lätta. Hon var luft.

En perfekt hingst, guldglänsande och prydd med heliga blommor dansade nervöst omkring och försökte resa sig på bakbenen.

Trummorna ökade i styrka. Frej sjönk ned på knä och la sitt huvud mot Frejas mage. Hon välsignade honom och när han reste sig, stärkt av hennes kraft började de mässa. Deras två röster blev en.

Prästinna och präst, Gudinna och gud. Makterna hade till fullo tagit dem i besittning.

Den kvinna som en gång varit Freja höjde sin offerkniv mot de fyra väderstrecken. Hon hälsade makterna, bjöd in dem. Prästerna höll stadigt i hingsten. Frej höjde offerklubban. Efter ett enda slag föll djuret bedövat ned på altaret.

Freja skar upp hästens hals. Blodet forsade ut över altaret i pulserande kaskader. Kraften var oemotståndlig. Den uppfyllde henne, drog i hennes kropp, en röd hinna över hennes ögon.

Hon la sin hand på det varma blodet och smetade ut det över altaret. Det rann över den skrovliga stenhällen, droppade ned på marken. Jorden tackade henne med en våg av vällust. Freja slöt ögonen och njöt. Frejs hand återförde henne till verkligheten.

Hon måste fortsätta.

Som om makterna styrde hennes hand böjde hon sig ned och skar av hingstens mandom. Jublande höll hon upp talismanen mot skyn. Det var den som skulle skänka liv till folket och jorden. Det var den som skulle borga för fruktsamheten.

Trummorna minskade i styrka.

– Jag tackar dig för året som gått. Jag tackar dig för det år som kommer.

Frejas dånande röst var främmande, hennes ansikte var förändrat, ingen som såg henne kunde tro annat än att Gudinnan tagit henne i besittning.

Hon vände sig mot sin hjortgud och målade hans ansikte med hingstens blod.

Nu var de ett.

Hon tog emot sin Gud. Hon accepterade offret.

Kraft pulserade nu så starkt att det skar i kroppen.

Gudinna och Gud förenades på det blodbestänkta altaret i en kaskad av ljus.

Vågor av kraft vällde ned från kullen, ned mot folket, åkrarna och djuren. Den väckte det spirande livet, fick det att flamma upp till en dånande eld.

Blotet var fullbordat.

Tor stod en bit från kullen och såg hur gårdsbor och grannar parade sig som djur på marken. Han drack av sitt mjöd och kramade staken. Såg hur en flinande Loke slickade bröstet på den mörka prästinnan som anlänt under dagen. I nästa stund stötte han staken mellan hennes vällustigt skrevande ben.

Om Tor inte varit så rasande hade han gärna gett sig in i leken, men allt han kunde se framför sig var hur Freja låg samman med Frej. Det vände sig i magen på honom.

Hur kunde Oden tillåta att hans egen hustru bolade med någon annan?

Freja reste sig långsamt upp från altaret. Hon kunde knappast stå, kroppen var blodig, ansiktet extatiskt som om hon inte längre var sig själv.

Hennes trälflicka och en ljus prästinna ledde henne bort mot stranden.

Tack och lov att han inte druckit av det mjöd hon bjöd på. Oden hade sagt att alla skulle dricka, men Tor vägrade. Siv hade berättat vad som skulle ske.

Erik Blodyxa brottade skrattande ned en av trälflickorna och lyfte hennes särk. Han såg längtansfullt på hur folk skrattade, dansade eller drog sig undan till buskarna. Överallt hördes stönande och kvidande rop.

Han skymtade Frigg bakom altaret. Hon stod framför Frej och nu la han armarna om henne. Tor såg dem gå iväg mot skogen och fnös ilsket. Prästen hade ju precis lämnat Frejas sköte. Skörlevnad och vildsint bolande. Han kunde inte se på längre.

Ändå hade han redan legat samman med Siv innan hon gick för att vakta barnen i långhuset.

Han måste ha mer. Förbannelse.

Han tömde sitt mjöd och gick ned till stranden. I all sin manlighet var han blind för älskogsdisen Sköfn som skrattande styrde hans steg.

Freja stod ute i vattnet och sträckte sina armar mot månstrålarna som smekte henne medan de två kvinnorna tvättade hennes kropp.

Tor stod som trollbunden. Allt som varit emellan dem rann undan i natten. Kraften drog i honom, tvingade honom närmare.

Det var Freja han måste ha.

När han nådde vattenbrynet vände hon sig långsamt om och såg på honom med det överjordiska uttrycket i ansiktet.

– Så du kom, var allt hon sa.

– Ska vi be honom gå? frågade Frid.

– Gå ni till blotet. Jag och Tor har mycket att dryfta, sa Freja utan att vika med blicken från hans ansikte.

Kvinnorna försvann och de var ensamma i natten. Trummorna ekade från blotplatsen. Månen smekte hennes nakna kropp. Tor gick långsamt ned i vattnet till henne. Det svala vattnet nådde honom till låren. Han kände det inte ens, kroppen hettade som av sårfeber.

– Du svek mig. Du litade inte på mig, sa Freja lugnt.

– Jag vet, svarade Tor.

För första gången sedan de kom till Odens gård kände han sig vaken och närvarande. Månljuset brände på hans kropp och klarnade hans sinne. Han hade lyssnat till Sivs lögner och låtit sig styras av sin fars osanningar.

– Det betyder inget, sa Freja.

– Snart reser jag med Heimdal. Jag ska bygga min gård i markerna bortom hans.

– Siv kommer att bli en bra hustru. Hon kommer att föda dig många söner och sköta ditt hem, sa Freja och log, hälften människa, hälften Gudinna. Hennes kraft stack i Tors skinn, fick det att krypa i hårbotten. Men han fruktade den inte, inte nu längre. Inte när han kunde stå här och se på hennes bröstvårtor som styvnat i natten.

– Jag vill ha dig. Det är du som ska föda mina barn. Orden var så självklara att han inte kunde begripa att han aldrig sagt dem högt förr.

– Det är ett stort svek mot Siv.

– Jag har varit en dåre som lyssnat på hennes gift. Förlåt mig för mitt vanvett. Kom till mig.

Freja log snett och kysste honom. Tor flämtade till. Eldpilar löpte under hans hud, fick den att brinna.

Han tog henne i sina armar och bar försiktigt upp henne till stranden. Där, i gränslandet mellan hav och land öppnade hon sig för honom och han trängde långsamt in i hennes månskimrande kropp.

Freja slog benen om hans midja, höjde sig mot honom när han skälvande tömde sin säd djupt inne i hennes fuktighet. Efteråt låg de stilla i sin förening.

Luften skimrade till, ökade i styrka. Freja såg förvånat upp på Mångudinnans förödande skönhet. Hon svävade framför henne som en sträng mor.

– Lyssna nu. Detta är din framtid…

Det var lösningen på allt hon grubblat över, den väg hon måste gå.

Freja såg upp på de skrattande stjärnorna och log av tacksamhet och sorg.

Tor drog sig långsamt ut ur henne.

– Säg att du kommer till min gård.

Freja reste sig upp, kysste sorgset hans läppar som smakade av man och mjöd. Hon slickade långsamt av hans bittra sötma från läpparna innan hon svarade.

– Jag älskar dig.

– Jag visste det! Jag ska bygga oss en präktig gård, alla kvinnor ska avundas dig ditt hem. Jag vet var den ska ligga, uppe på en höjd så vi får utsikt över skogarna och vinden tar med sig stanken från skithögen.

Han la handen på hennes mage.

– Du ska inte vara ledsen för att du inte fått några ungar. Snart ska magen stå i vädret, det ska jag bli karl för.

Hans stolta iver gjorde henne både sorgsen och glad.

– Jag älskar dig, sa Tor och smekte hennes fuktiga hår.

Freja kysste ömt hans bröst.

– Jag kommer aldrig att glömma dig, vad som än händer, sa hon och gick sin väg i natten.

– Ni vill att jag ska åka hem?

Freja såg förvånat på Njorunn och Frid som nickade allvarligt.

Hon lutade sig tillbaka på slänten med värkande huvud och försökte samla sina tankar. Ett stilla lugn låg över gården. Bara från Vanaheims båt hördes arbetsljud från yxor och hammare när masten lagades. Budet sjönk långsamt in.

De ville att hon skulle åka hem. Till Vanaheim.

– Du kan inte ana vilket elände det varit i vinter. Ena dagen säger Snotra att vi ska göra en sak, nästa dag ska vi göra något annat, berättade Njorunn. Allt är i en enda röra.

– Folk på gårdarna viskar bakom Snotras rygg, de säger att hon är vettlös, sa Frid.

– Det värsta är att sådden i år blev så dålig. Det var som om åkrarna värjde sig. Och Åse är rasande för att Snotra valde Njord till vårblotet, sa Njorunn.

Freja såg förvånat upp. Njord, den man som var hennes far skulle ta Frejs plats vid blotet. Det började snurra i hennes huvud av budet och kladurns efterverkningar.

– Du måste ta Snotras plats. Det är det enda sättet att rädda Vanaheim, fortsatte Njorunn.

Freja skakade på huvudet och fnös. Nu kom de krypande. Men när hon hade behövt dem hade de hållit sig så långt borta de kunde. Ändå ... hon såg ut över vattnet och kände en bister tillfredsställelse vakna till liv. Allt det hon sett i sina syner höll på att bli verklighet. Nu ville de att hon skulle rädda dem.

– Vilka av prästinnorna vill att jag ska ta Snotras plats?

Hon såg den blick som hennes systrar växlade innan Njorunn svarade.

– Nästan alla.

Freja kunde höra på hennes röst att hon inte talade sanning.

– Hur många?

– Kanske en tredjedel, många är osäkra men om du är i Vanaheim kommer de att ställa sig bakom dig. Och Gefjyn, din egen syster, hälsar att hon vill ha dig som översteprästinna, sa Njorunn och såg triumferande på Freja.

Det måste verkligen vara illa om hennes syster ville att hon skulle komma hem.

– Krigen i söder närmar sig, Vanaheim måste ha en duglig överstеprästinna, vädjade Njorunn.

– Det är din plikt att återvända med oss. Du kan inte svika Vanaheim, sa Frid.

Att få åka hem, att bli överstеprästinna och rädda Vanaheim. Det var allt som Freja önskat, allt hon strävat efter i sitt liv.

– Man ska vara försiktig vad man ber om för det kan hända att man får det, sa Freja trevande.

Hon vägde skinnpungen som Njorunn tagit med i handen. Den var fylld av de smycken hon hade kvar samt ett par som de yngre prästinnorna skänkt. Med denna rikedom skulle hon köpa sig fri från Oden.

– Det hastar. Vi måste åka så fort båten är lagad.

Njorunn såg allvarlig ut bakom sitt mörklockiga hår. Den prydliga Frid nickade instämmande.

– Och om inte Oden vill släppa mig?

– Då tar vi din plats som gisslan.

Freja såg skarpt på sina systrar. Varför var de plötsligt så villiga att offra sig?

– Tror ni verkligen att Oden går med på det?

– Han var en av dem jag låg samman med under blotet och efteråt sa Oden att han önskade att jag skulle vara i ditt ställe, sa Njorunn.

– Låg du samman med Oden?

– Jag gör det gärna för Vanaheim, fortsatte Njorunn allvarligt.

Freja fick svårt att hålla sig för skratt.

– Hans ord är inte mycket att lita på, sa hon till slut. Men jag ska tala med honom.

Oden svepte sömndrucket manteln runt sina axlar och såg förvånat på Freja. Hade han verkligen hört rätt?

Inte nog med att hon släpade upp honom ur bädden och tog med honom in i skogen. Nu försökte hon betala gäld för sig själv.

Det hade han aldrig kunnat förutse.

– Ta mina rikedomar, sa hon och la knytet med smycken i hans knä.

Oden öppnade skinnpungen och räknade hennes rikedomar. Det var mer än han lyckats gömma undan från hennes mor. Mer än han förlorat under kriget mot vanerna.

– Du lovade att jag skulle hänga på trädet, sa han och såg upp mot idegranen som reste sig i natten bakom hennes rygg.

Freja nickade mot de två andra blåklädda prästinnorna som steg ut ur dunklet.

– Så fort vi slutit avtalet kan vi börja.

Oden smekte frånvarande sitt skägg medan han funderade. Om han överlevde detta skulle hans krafter bli enorma. Det var detta han strävat efter sedan den dag han lämnade byn vid den svarta stranden. Detta var slutet, och början på hans vandringar.

– Du kan dö, sa Freja.

Oden nickade, lätt irriterad över hennes beskäftighet.

– Jag tar risken. Avtalet är slutet. Du får som du vill.

Utan ett ord sträckte Freja över en kruka med sejddryck. När han tömt den, klädde prästinnorna av honom mantel och ländkläder.

Oden stod naken i natten och väntade på att världarna skulle börja lösas upp. De ljusa kvinnorösterna smekte hans kropp, symboler målades på kroppen. Han tog sina första steg genom gränslandet.

Fler röster blandades med kvinnornas. Starka händer lyfte honom upp i trädet och allt blev svart.

Oden vaknade av outhärdlig smärta. Det var dag. Hans utsträckta armar var fastbundna i trädet. Fötterna var ihopbundna med stammen. Freja stod där nere, hon höjde något mot hans kropp. Ett spjut. Det skar genom hans bröstkorg, lämnade honom skrikande och blödande på trädet. Men i den röda smärtdimman började han skymta eftervärlden. Två korpar flög honom till mötes. Oden följde dem med ett plågat stön.

Frej satte sig på knä bredvid Freja och såg upp mot den livlöse Oden. Blodet rann över hans kropp.

– Det här är den sjunde dagen och ingen makt har valt honom än. Han kommer inte att leva, sa Frej.

Freja gav honom en trött blick. Hon var blek efter allt vakande.

– Han kommer att klara sig.

– Vad har du sett?

Hon skakade avvärjande på huvudet.

– Jag vill inte tala om det. Vad händer på gården?

– Frigg lugnar dem som undrar. Hon såg ju Oden och förstod. Men det blir vanskligt för oss alla om han dör.

– Då blir Tor hövding.

Frej log och smekte hennes kind.

– Det är vad du önskar.

Plötsligt skrek Oden till i fasa. Freja blötte en tygtrasa med vatten, la den på en lång pinne och fuktade Odens läppar. Han verkade inte märka vattnet som rann över hans gråtorra läppar.

– Hur länge hängde du?

– En dag och en natt, sa Frej.

– Jag hängde i åtta nätter innan Mångudinnan tog mig till sig, sa

Freja allvarligt. För varje steg han tar, desto klokare blir han. Det är bra för hans folk och bra för oss.

Hon stelnade till och lyssnade ut i skogen. Ljudet av vingslag ekade mellan träden.

– Det är nära nu, viskade Freja.

I nästa stund svärmade hundratals skrikande kråkor runt Odens hängande kropp. De högg i hans sår, åt på hans ögon. Deras hesa rop dånade olidligt högt mellan träden.

Två andetag senare lyfte de och försvann. Odens kropp var förvandlad till ett enda blodigt sår.

– Han är utvald, förkunnade Freja.

Frej tog fram kniven och ropade på Frodig. Tillsammans skar de ned asarnas hövding. Njorunn väntade med örter och vatten.

Freja la en hand på hans panna, livet strömmade mot henne.

– Har har återvänt från dödsriket. Han är återuppstånden, sa hon och nickade för sig själv.

Den man som återvände till Idunvallen nio dagar efter att han hämtats av Freja var inte densamme som lämnat gården.

Odens ena öga hade hackats ut och det varande såret hade täckts med en svart bindel. Kroppen var full med rivsår, såret vid revbenet var bara halvläkt. Men det han betalat i smärta vann han i kunskap och styrka. Han läkte snabbt sin kropp. Och även om han mist hälften av sin syn såg han skarpare och bättre än han någonsin gjort förr.

– Du höll din del av avtalet, sa Oden till Freja.

Hon nickade och såg förundrat på Odens förändring. På hans axlar satt två svarta skuggkorpar, de själsdjur som tagit honom till sig. Han log okynnigt och gick in på gårdsplanen, rak i ryggen som en segrare. Frigg släppte ullen hon hade i händerna och sprang honom till mötes. Snart var Oden omgiven av sitt folk. Han vände på huvudet och gav vanerna en sista blick innan han lät sig ledas in i hallen.

– Han kommer att bli en stor man, sa Frej långsamt.

– Större än de flesta, bekräftade Frode.

– Men vad är det du skapat?

Njorunn såg oroligt på Freja som bara smålog för sig själv. Det nya som tagit form hade alltid funnits hos Oden. Hon hade bara låtit det växa sig starkt. Hon såg sig om efter Kol. Flickan stod utanför den stora hallen med sin minsta i famnen. När Kol mötte Frejas blick nickade hon bekräftande och skyndade sedan iväg.

Sommardiserna lekte sin uråldriga dans på tunet. Hettan tryckte mot mark och djur. Freja lyfte sitt ansikte mot den livgivande solen och lutade ryggen mot trädets grova bark. Det var här hon en gång slagit läger med Gullveig och Snotra. Cirkeln var sluten.

– Så mycket har hänt sedan dess, sa hon till Gullveig.

Den gamla stod med ryggen vänd mot henne och såg ut över vattnet. Orörlig i den varma vinden. Nere vid vattnet låg Vanaheims båt, den nytimrade masten lyste ljus i dess mitt. Byggvir och hans män skyndade fram på stranden. Allt var klart för att återvända hem.

– Det är nu du ska besluta om vad som komma skall, viskade Gullveig.

Freja nickade och kände hemlängtan bränna till i bröstet. Men när hon sökte djupt inne i sig själv, bortom kärleken till ön, fanns ingen tvekan.

– De hoppas att jag är som du, en bevarare. De tror att om jag återvänder kommer allt att bli som förr. Men det finns saker som jag vill förändra, saker som jag lärt på min resa och som prästinnorna aldrig skulle acceptera. För jag är inte som du och när de upptäcker det kommer de att bli besvikna. Vad ska de då ta sig till? Intrigera och försöka få bort också mig? Det som varit splittrat blir lätt trasigt igen.

Gullveig vände på huvudet och såg på henne med uppfordrande blick.

– Reser jag hem blir det kamp mellan mig och Snotra, maktstrid i Vanaheim. Allt det du har fruktat. Freja log sorgset. En dag skulle hennes systrar förstå att det enda hedersamma var att avstå. Att det var det största offer hon kunde ge dem.

– Du har vuxit upp och blivit kvinna, sa Gullveig.

Hennes andeväsen var tunt och bräckligt i solen. Hon skimrade långsamt och började tunnas ut i vinden.

Frejas strupe snördes åt när hon såg Gullveig försvinna.

– Vänta, viskade hon. Orden var otympliga i hennes mun och hon fick pressa fram dem. Den gamla skammen hade dragit åt strypsnaran. Motviljan vällde upp inom henne som om hon petat på ett ruttnande sår.

Hon måste få säga det, hur smärtsamt det än var. Det var nu eller aldrig, snart var Gullveig borta i evigheten.

– Förlåt att jag inte räddade dig ur elden, snyftade hon till slut.

Gullveig skakade på huvudet.

– Allt det som hänt var i väven. Du kunde inte ha gjort någonting.

Tårar började rinna längs Frejas kinder. Befrielsen lyfte tungsinnet från hennes sinne.

– Du visste.

Gullveig nickade, tunn som en skiftning i luften.

– Du behöver mig inte längre, viskade den gamla med en ömsint vädjan i rösten.

Freja reste sig långsamt på fötter, såg den gamlas längtan efter att bli fri.

– Gå i frid moster.

En varm vind förde med sig de sista av de tunna dimslöjorna. Gullveigs ande hade gått till Gudinnan. Freja sträckte ut handen och smekte den tomma luften medan hennes hjärta värkte av kärlek.

Så drog hon ett djupt andetag och började gå mot gården.

Rimfaxe frustade trött i morgondimman och skrapade misslynt med ena hoven.

– Du måste vara tyst, viskade Freja när hon drog åt läderremmen runt hästens brunraggiga mage. Det klirrade lågt i skinnsäckarna på hästens rygg.

Hon ryckte i bronskitteln som hängde på den andra hästens rygg. Den hängde stadigt över de hoprullade fällarna.

Allt var klart.

Hon såg sig omkring i det bleka gryningsljuset. Inte ens hundarna var vakna. De låg och sov i en grå hög vid halldörren. Ibland höjde någon av dem yrvaket sitt huvud för att se vad som stod på. När de kände igen Freja sjönk de trötta tillbaka i sömnen.

Freja log åt sin egen upphetsning. Det knarrade till i hyddans dörr. Kol kom gående med en sovande Sot i famnen och sin nyfödda gungande i en skinnränsel på ryggen.

– Jag är redo.

– Än kan du ångra dig, sa Freja.

Kol skakade bestämt på huvudet.

– Aldrig.

Freja nickade och gick in i hyddan. Frid och Njorunn sov tungt på fällarna. Resten av hyddan var tom, de hade inte märkt något när Freja och Kol bar ut packningen. Eller hade de trott att de bar ut packningen till båten och inte låtsats om det? Freja satte sig på huk, strök undan det mörka håret från Njorunns axel och skakade den lätt.

Hon satte sig genast upp och såg sig om med yrvaken förvåning.

– Vad sker?

– Jag ger mig av nu, sa Freja. Bakom Njorunns axel såg Frid upp med det ljusa håret spretande åt alla håll.

– Ska båten lämna oss här? frågade Njorunn ilsket.

– Nej. Jag ger mig av från Idunvallen. Detta är mitt farväl. Vill ni tala samman med mig får ni komma ut, sa Freja och skyndade genom dörröppningen. Kol kunde inte hålla reda på både barn och hästar. Hon såg lättad på Freja och räckte över hästarnas rep.

Ett andetag senare kom Njorunn skyndande med bara fötter över den daggfuktiga gårdsplanen.

– Ska du svika oss igen?

Det blixtrade i hennes mörka ögon.

– Jag har aldrig någonsin svikit er, tvärtom, svarade Freja lugnt.

– Men du ska följa med oss, sa Frid medan hon svepte manteln om axlarna.

Freja såg sorgset på sin syster. Hon hade alltid varit så ordentlig och plikttrogen. Trots att hon hade svaret i sin hand, kunde hon ändå inte begripa.

– Jag kan inte åka till Vanaheim, då kommer ön att splittras ännu mer. Det var vad Gullveig fruktade mest av allt. Jag kan inte heller stanna här. Därför ger jag mig av.

– Vart ska du? frågade Njorunn.

– Jag ska bygga min egen hall. Där ska jag bo utan någon som styr och ställer ovanför mitt huvud. Ni får gärna följa med och leva tillsammans med mig om ni så önskar.

Frids ansikte var förvridet av bestörtning.

– Men du kan ju inte bara gå iväg och lämna allt.

– Den högsta styr mina steg. Freja såg på Njorunn som forskande mötte hennes blick medan hon långsamt strök bort en hårslinga från ansiktet. Det fanns något djupt inne i hennes ögon, en dold lockelse.

– Varför vill du detta? undrade hon enkelt.

– Jag vill bygga något nytt i Gudinnans namn, svarade Freja.

– Och vad ska det bli?

Freja ryckte på axlarna.

– Hon kommer att vägleda mig. Det blir ett liv i frihet. Ingen ska skänkas som gisslan till främlingar. Ingen ska dömas om hon vill följa sin egen väg. Det är allt jag vet.

– Lyssna inte på henne Njorunn. Om vi inte hedrar det gamla är vi förlorade, sa Frid.

– Är vi verkligen det?

Frid ryckte i Njorunns särk.

– Kom nu. Freja tänker lämna prästinnornas hallar i Snotras vanvettiga händer. Hon bryr sig inte om att överstеprästinnan raserar allt som Gullveig byggt upp. Och tänk på Gefjyn, hur kan du svika din egen syster?

Freja suckade djupt. Den bräckliga vänskap hon byggt upp med Gefjyn skulle falla samman, men om hon återvände skulle dyrbarare ting förloras. Hon skulle sakna Vanaheim och alla som levde där. Det hon nu gjorde skulle kapa banden.

– Du kan inte bygga din egen hall ensam, sa Njorunn.

– Gudinnan har gett mig hjälp, sa Freja och när hon uttalade orden kände hon en bekräftande våg av värme inom sig.

Njorunn såg tvekande på Kol och sedan på Freja. Hon var lockad av Frejas erbjudande. Ända sedan de var flickor hade Njorunn varit den med minst ro i kroppen. Nu låg äventyret och glänste som ett guldsmycke framför henne.

– Jag ska packa mina saker, sa hon och började gå mot hyddan.

– Jag förbjuder dig, ropade Frid.

Hennes röst fick en av hundarna att sömnigt se upp.

– Du kan inte förbjuda mig något, sa Njorunn och vände sig om.

– Du drar med mig i dina planer trots att jag inte först ville. Sedan reser jag med dig ända hit för att jag trodde på allt du sa om hur viktig Freja var för Vanaheim. Men nu lämnar du mig bara.

Stråk av vrede hördes i Frids annars så milda röst.

Njorunn vred olustigt på sig under hennes anklagande blickar.

– Du kan väl följa med? frågade Freja.

– Nej. Jag tänker stå vid mitt ord, svarade Frid.

Hon sträckte på ryggen och såg tyst på Njorunn som till slut vände henne ryggen och slank in i hyddan.

När dörren slagit igen vände sig Frid mot Freja.

– Förrädare, väste hon.

Freja såg förvånat på Frids glödande ögon. Hon hade aldrig sett Frid så upprörd i hela sitt liv, hon hade inte ens anat att hon förmådde bli vred. Hennes raseri var illavarslande.

– Du sviker allt och alla, lockar med dig Njorunn. Vanaheim behöver dig och du bara går. Må rimtursarna ta dig, utbrast Frid och spottade på dammet framför Frejas fötter.

– Förstår du inte …

– Jag förstår nog! Din eländiga svikerska. Du vägrar att skänka lugn och endräkt åt Vanaheim. Du lämnar oss åt ovänskap trots att du kan skapa fred. Må du trefaldigt förbannas.

Freja hade tagit några steg bakåt när Frid fällde sina hårda ord. Nu stannade hon och såg sig omkring. Hästarna klippte med öronen, Sot gnällde till i Kols famn. Freja försökte samla sig. Frids ord var som piskrapp i morgonljuset.

– Du är en skam för Gullveig!

– Nu räcker det. Begriper du inte att jag värnar om Gullveigs arv?! Hon varnade oss om och om igen för att Vanaheim inte fick splittras, då skulle ön gå under. Jag svor en ed till henne, det gjorde du också. Likväl vill du att jag ska åka hem och ta strid mot Snotra. Är du blind?

Njorunn kom ut ur hyddan med ränseln över axeln. Hon undvek att se på Frid. Istället gick hon fram till Kol och tog den sovande Sot i famnen. Barnet la sig sömnigt tillrätta mot hennes axel.

– Jag är redo, sa Njorunn med glittrande ögon.

Freja smekte Rimfaxes mjuka mule medan den upphetsade skräcken lekte i magen. Grisarna grymtade ilsket i sin inhägnad. Snart skulle hela gården vara vaken.

– Då går vi.

– Jag ska berätta för dem därhemma om ert svek, sa Frid och la armarna i kors över bröstet.

– Gör det, sa Freja och log sorgset mot den syster som hon känt i hela sitt liv.

– Berätta att jag avstod från att utmana den kvinna som hatar mig mest i livet och vill se mig död.

– Låt oss inte skiljas i ovänskap, vädjade Njorunn.

– Det valet har du själv gjort, väste Frid.

Freja ryckte i det stickiga repet runt Rimfaxes hals, kastade en sista blick på hyddan och började gå. Grinden knarrade lätt när hon öppnade den. Den upptrampade stigen förde dem längs stranden, förbi Vanaheims väntande skepp, bort mot skogen.

Frids vrede låg som en obruten tystnad mellan dem. Den friska morgonluften med dess mättade smak steg långsamt. Det blev lättare att andas för varje steg.

De gick förbi åkrarna där den starka grödan sträckte sig upp ur myllan. Fåglarna hälsade Solgudinnan välkommen. Dimmorna slingrade sig över havet. Bleka andar svävade ovanför gravhögarna.

– Freja!

Hans mörka röst skar genom kroppen. Freja stannade tvärt och såg ned i marken. Hon borde ha vetat att det inte skulle gå att försvinna obemärkt från Tor.

– Fortsätt ni, sa hon och lät Njorunn och Kol passera med sin häst. Först när de nådde skogskanten vände hon sig långsamt om.

Han stod ensam på stigen. De första solstrålarna gnistrade i hans hår, fick det att glöda runt hans huvud som om han vore en Gud. Den gamla åtrån spred sig som gift i Frejas kropp.

– Vad gör du? Lämnar du mig?

Tors grova röst var hes av rörelse och dold vrede. Långsamt sträckte han ut handen i en vädjande gest.

Freja nickade med bultande hjärta.

– Men du skulle ju komma och bo med mig?

Hon såg sorgset på den man hon älskade, smekte varje del av hans ansikte med sin blick.

– Det går inte.

– Men du är ju min, sa han.

Freja skakade långsamt på huvudet.

– Jag tillhör bara Gudinnan.

Det glänste till i Tors ögon. Han samlade sig för att försöka vinna henne åter. Det låg inte i hans väsen att ge sig utan strid.

Freja la handen på sin mage, kände det nya livet pulsera djupt där inne.

Tors barn.

Gudinnans gåva vid vårblotet.

– Jag kommer alltid att älska dig, sa hon med grumlig röst.

Med en kraftansträngning slet hon sig loss från hans blick och började gå mot skogen. Det prasslade mellan trädstammarna när de nyfikna skogsandarna trängdes runt dem. Tors blickar brände på hennes rygg. Men han följde inte efter. Snart var de uppslukade av skogen. Kniven i Frejas hjärta löstes sakta upp och försvann.

Solen reste sig från underjorden och fick molnen att brinna i gryningen. Hästarna skrittade fram med spetsade öron, fyllda av obändig livsglädje.

Bortom skogen väntade en okänd framtid full av löften. En helt ny värld.

En jublande känsla steg i Frejas kropp.

Hon var fri att skapa sitt eget liv.

Äntligen.

Historien i denna bok är påhittad eller bygger på uråldriga myter. Men miljön och människornas tro är skildrad så verklighetstroget som möjligt.

Under den yngre bronsåldern, runt 700 år före Kristus, dyrkades med största sannolikhet en Gudinna. Det tror arkeologerna eftersom de gåvor som las ned i offermossarna under några hundra år bara var kvinnliga, smycken, små gudinnestatyer med halsringar, dräktspännen och dylikt.

Under bronsåldern gjordes också de skålgropar som förmodligen är symboler för Gudinnan. Hällristningarna från samma tid visar att människorna var väldigt förtjusta i fruktbarhet. Män med enorma könsorgan avbildades tillsammans med skepp och jägare. Det märkliga är att mansfigurerna ibland har långt hår, som kvinnor.

Prästinnorna var förmodligen också ett viktigt inslag under denna tid. De tillfrågades om allt och kunde se in i framtiden.

Naturen sågs som besjälad och det var viktigt att leva i harmoni med naturens och förfädernas andar. Makterna kunde när som helst slå till och måste blidkas.

Klimatet var rätt likt dagens, folk var jordbrukare och ägde boskap, de var skickliga hantverkare och reste mycket.

Tyvärr kunde de inte skriva.

Först 800 år senare nedtecknades den första berättelsen. Det var den romerska historieberättaren Tacitus som skrev att skandinaverna dyrkade Gudinnan Nerthus. Hon fördes runt i en vagn en gång per år och under denna tid rådde fred och glädje. Den enda som fick se henne var en präst.

När Nerthus besökt sitt folk fördes hon till en ö med en sjö där vagnen tvättades av slavar som sedan dränktes.

Tacitus beskrev också Kvänernas ö, där dugliga säljägande kvinnor skötte sig själva och bara träffade männen en kort tid varje år. Ingen vet var i Skandinavien denna ö låg, men utanför Lettlands kust finns en ö som än i dag kallas för Kvinnoön.

I denna bok har kvänerna fått namn efter våra valkyrior, de som hämtade hem de döda från slagfältet. Krigande kvinnor är dock ingen myt. I Ural hade kvinnorna en mycket stark position. Där finns gravfält från järnåldern där kvinnor med svärd begravts i de praktfullaste gravhögarna. I ett av skeletten hittades en pilspets som visade att kvinnan dött i strid. I andra gravar har tatuerade prästinnor hittats.

Konflikten mellan asar och vaner är en vikingamyt. Gullveig från Vanaheim kom till asarna och talade om guld, Oden gav henne en trefaldig död. Kriget bröt ut, men de äldsta insåg hur meningslöst det var att strida så man slöt fred och utväxlade gisslan.

Det finns teorier om att asarna var en invandrande krigisk stam österifrån som verkligen drabbade samman med de fruktbarhetsdyrkande vanerna. Kanske var det så. Myter har med jämna mellanrum visat sig vara sanning.

Freja, vår största Gudinna, var inte bara kärleksgudinna utan också förslagen i magi och det var hon som lärde Oden att sejda. Hon var också krigsgudinna och delade de döda själarna med Oden. Hennes inställning till sex var avslappnad, hon låg samman med den hon hade lust med och ingen tyckte det var något konstigt med det.

Det kändes naturligt att hon skulle ha en kärlekshistoria med Tor, som i myterna framstår som en sturig, stingslig, men ansvarsfull karlakarl. Det var Tor som försvarade Valhalla mot jättarna och han utförde många stordåd.

Ingen vet var Vanaheim låg eller vem som styrde ön. Jag har lagt platsen på Åland som var en viktig knutpunkt under denna tid. Drottning Åse är också påhittad, men vem vet? Utanför Västerås finns till exempel ett gravfält där bara kvinnor ligger begravda i rika hövdingagravar.

Under bronsåldern var Mälaren en havsvik där det bodde gott om folk som reste och förde handel med omvärlden.

Hallunda utanför Stockholm var en blomstrande boplats med skickliga bronsgjutare. Och bara ett par stenkast från långhusen ligger en outforskad gravhög.

Bronsålderns myter och sagor har gått förlorade i tiden. Det enda som finns kvar i dag är fornlämningar och suddiga spår från det förflutna i form av namn på platser som Vanadisplan och Torshälla. Vi vet inte mycket, men vi kan ana oss till hur det var.

Så kanske var det verkligen så här livet såg ut i Sverige för ungefär 2700 år sedan.

TACK

Ingen människa klarar sig ensam, allra minst jag själv. Förutom min man skulle vilja tacka följande personer som hjälpt till med denna bok:

Helena Victor, fil. dr. i arkeologi, för ovärderlig faktagranskning och alla uppslag till nästa bok.

Tove Alsterdal, dramatiker och stenhård redaktör, utan dig skulle jag fortfarande skriva på kapitel ett.

Ulrika Larsson, redaktör, för professionellt och kritiskt granskande samt all välgörande entusiasm.

Maria Carlshamre, journalist och vän, för klok kritik och uppmuntrande kommentarer.

Leah Allén, frilansande orakel, för givande kunskaper om andevärlden.

Ann Tived, chef på skattemyndigheten och vän, för alla kloka och logiska påpekanden.

Maria Langsén, gudinnedyrkare och webbdesigner, som gav mig tillgång till sitt omfattande bibliotek fyllt med exakt den litteratur jag behövde.

Bengt Nordin, Sveriges bästa agent, min beskyddare och hjälte.

Jenny Nordin, webbdesigner som gjort en egen hemsida åt mig: johannehildebrandt.com

Liza Marklund, succéförfattare, som alltid tror på mig och orkar föra långa resonemang om bokens innehåll. En bättre vän kan ingen önska sig.

Tack Anders Timrén som gjort omslaget, för att det blev så bra och för att du och Anna Käll fått bronsåldern att se trendig ut.

Slutligen, att skriva en bok är ett lagarbete – tack till alla på Bokförlaget Forum: min förstående förläggare Eva Fallenius, förlagschefen Karin Leijon, Annelie Eldh, Isabella Falkowska, Irene Westin Ahlgren, Håkan Köhler och alla andra på sälj- och marknadsavdelningen. Tack Anna Brannemark som gjorde kartan och Bengt Permatz som höll i tryckproduktionen.

Det är ett sant nöje att arbeta med er.

PERSONREGISTER

Alfhild – blivande drottning i Alfheim, Alvarins dotter

Alin – gammal vanaprästinna

Alvarin – Alfheims kung, Alfhilds far

Allvis – en av det gamla folket

Aska – trälkvinna hos asarna

Balder – Odens son, Tors bror

Beilja – drottning Åses tjänarinna

Berling – en av det gamla folket

Bestla – prästinna hos det gamla folket

Blodyxa – Odens kämpe

Brock – en av det gamla folket

Byggvir – drottning Åses kämpe, vanakrigarnas ledare

Böka – prästinna i Hallunda

Eir – äldre prästinna i Vanaheim

Eitre – en av det gamla folket

Erik Långbåge – Odens kämpe

Frej – alvernas överstepräst

Freja – prästinna i Vanaheim, drottning Åses dotter

Frid – vanaprästinna

Frigg – Odens andra hustru

Frode – alvapräst

Frodig – alvapräst

Fulla – Friggs tjänstekvinna

Garver – as

Gefjyn – krigare, Frejas syster och Åses dotter

Gendilf – Gefjyns farfar

Gondul – krigarfolket kvänernas drottning

Gullveig – Vanaheims översteprästinna, Frejas moster

Hird – drottning Gonduls kämpe

Hrist – drottning Gonduls kämpe

Höne – Odens bror

Jorunn – asakvinna, Tors mor och Odens hustru

Kol – asatjänarinna, mor till Sot

Lin – asen Starkes dotter

Loke – asapräst

Lökk – vägvisare från Utgård

Mimer – Odens smed

Njord – alvapräst, Frejas far

Njorunn – prästinna i Vanaheim

Oden – asarnas hövding, Tors och Balders far

Orga – prästinna i Vanaheim som blivit vettlös

Röskva – utgårdskvinna

Sigfrid – asakvinna, Garvers hustru

Sigvard Vittfarne – berömd kämpe som tjänar drottning Åse

Siv – prästinna i Vanaheim, Frejas barndomsvän och tjänarinna

Skalf – vanaprästinna

Snotra – äldre prästinna i Vanaheim

Solveig – asakvinna, Starkes hustru

Starke – asakämpe

Sot – Kols dotter

Sten – drottning Åses kämpe

Stena – trälkvinna hos asarna

Storm – kvänerkrigare, Gonduls dotter

Tor – asakrigare, Odens son och Balders bror

Trygve – hövding i Hallunda

Vidar – alvapräst

Vile – Odens kämpe

Åse – Vanaheims drottning tillika Frejas och Gefjyns mor, Gullveigs syster

Tyckte du om den här boken?

Då vill vi tipsa dig om de här också:

PÅVEN JOHANNA

Donna Woolfolk Cross

En begåvad och orädd kvinna lyckades förklädd till man överlista hela den katolska världen. Detta förde henne ända fram till ett riskfyllt liv i påvepalatset.

INKA - I PUMANS SKUGGA

AB Daniel

Första romanen av tre i serien om en mäktig civilisation och om den förbjudna kärleken mellan en inkaprinsessa och en spansk officer. En internationell succé.

BORTOM STJÄRNAN

Elisabet Nemert

Herdedottern Sofia växer upp i den lilla staden Betlehem under den period då romarna ockuperar Palestina. Det är en grym tid, särskilt om man är kvinna och vill gå sin egen väg.

FLICKA MED PÄRLÖRHÄNGE

Tracy Chevalier

En förtätad och ödesmättad roman om attraktionen mellan konstnären Vermeer och hans tjänsteflicka. Full av sensualism och mystik.

Nyhetsbrev från Månpocket

Prenumerera gratis på vårt nyhetsbrev via e-post! Du får förhandsinformation om våra nyheter och vad vi planerar att ge ut i pocket längre fram. Du får även information om utlottningar, kampanjerbjudanden mm.

6